THE
FINAL
GIRL
SUPPORT
GROUP

그래디 헨드릭스
장편소설

류기일
옮김

파이널 걸 서포트 그룹

THE
FINAL
GIRL
SUPPORT
GROUP

문학동네

일러두기

1. 주석은 모두 옮긴이주다.
2. 본문 중 고딕체는 원서에서 이탤릭체 등으로 강조한 부분이다.
3. 장편소설과 기타 단행본은 『』, 단편소설과 기타 수록작은 「」, 연속간행물·영화·방송·음
   악 등은 〈 〉로 구분했다.

어맨다,
진정한 사랑이란 누군가를 나보다 우선하는 것이지.
그래서 나는 생각했던 거야.
저 얼음 위를 걸을 때,
당신을 내 앞에 세워야겠다고.

차례

파이널 걸(Final Girl) · 명사

공포영화에서 마지막으로 유일하게 살아남은 생존자를 일컫는 말.

게시판: lastladies 작성자: fu(bar)gate 작성일: 17개월 전

유튜브 '파이널 걸에 대한 최후 발언' 조회수 210만 대체 뭐야?
목주름 늘어진 할망구들을 누가 그렇게나 보는 거냐고.
한 명이라도 섹시하면 이해를 하겠음.
죄다 그 얘기만 하는 거 지긋지긋해 돌아버리겠네.

공유하기 저장하기 숨기기 신고하기

게시판: lastladies 작성자: orchomenus 작성일: 17개월 전

시간이 지나면 사그라들걸. 15년 전에나 반짝 유명했던 인간들이지.

공유하기 저장하기 숨기기 신고하기

게시판: lastladies 작성자: fu(bar)gate 작성일: 17개월 전

다 뒤져버렸으면.

공유하기 저장하기 숨기기 신고하기

게시판: lastladies 작성자: orchomenus 작성일: 17개월 전

인내심을 가져. 바이퍼 핸슨, 리키 워커,
월터 스코르그 안 죽고 감옥에 있는 거 알지?
드림킹은 아직도 안 잡혔다던데.
나중에는 아무도 파이널 걸이 뭔지 기억 못할걸.
그때 가서 대가를 치르겠지.

공유하기 저장하기 숨기기 신고하기

파이널 걸 게시판 'lastladies'의 스레드 중에서

파이널 걸 서포트 그룹

 눈을 뜨고 자리에서 일어나 화분에 인사를 건네고 단백질 바하나를 뜯은 후 1리터들이 물병의 물을 마셨다. 그렇게 깨어 있는 채로 5분을 보낸 후에야 오늘이 내가 죽는 날일지도 모른다는 생각이 비로소 들었다. 나이가 들면 마음이 물러지는 것이다.

 거실로 가 기지개를 켠 뒤 공중에 무릎 지르기 40회, 손바닥 지르기 40회, 엎드려뻗쳐서 무릎 측면 지르기는 콘크리트 바닥에 땀방울이 떨어질 때까지 했다. 양어깨가 타들어갈 때까지 팔꿈치 찍기를 하고 나서, 러닝머신에 올라 속력을 7단계로 올려 허벅지가 불타오르고 숨을 헐떡일 때까지 달린 뒤 거기서 5분을 더 달렸다. 지금 내가 어떤 상황인지 까먹은 나 자신에게 벌을 내려야 했다. 특히나 오늘 같은 날 말이다.

 샤워할 때는 안에서 화장실 문을 자물쇠로 잠근다. 다시 이불 속으로 기어들어가고 싶지 않도록 침대를 정돈했다. 차를 내리려고 물을 끓이지만 전기 주전자가 딸각 소리를 내기도 전에 오늘의 첫 공황발작이 왔다.

그렇게 심각한 발작은 아니고, 거대한 손이 내 폐를 우그러뜨리는 것처럼 흉부가 조이는 정도였다. 나는 눈을 감고, 목 근육을 풀고, 심호흡을 한 뒤 폐 끝까지 산소를 들이마시는 데 집중했다. 2분 30초가 지나고 다시 정상적으로 숨이 쉬어지자 감은 눈을 떴다.

이게 가능한 장소는 세상에 이 집밖에 없었다. 침실 하나, 거실 하나, 부엌 하나, 그리고 제대로 조심하기만 하면 2분은 눈을 감고 있을 수 있는 화장실 하나. 저 바깥의 세상은 끊임없는 살육의 축제가 열리는 곳으로, 아주 작은 실수라도 했다간 나는 송장이 되고 말 것이다.

거실로 가서 오늘의 사망자는 몇 명인지 확인하기 위해 CNN 채널을 켰다. 제일 첫 영상만 봐도 오늘 하루가 좋지 않게 흘러가리란 예감이 들었다.

CNN이 화면에 띄운 온갖 잡다한 글자 뒤로 여름 캠핑장을 비추는 실시간 항공샷이 보였다. 오두막 바깥에는 승용차와 응급차들이 엉켜 있고, 하얀색 방호복을 입은 사람들이 나무 사이를 오가고, 노란색 폴리스 라인이 도로를 통제하고 있다. 화면은 전날 밤에 녹화된, 어둠 속에 푸른빛이 오가는 영상으로 바뀌었고, 사건을 요약한 화면의 자막이 나를 강타했다. 현실에서 되풀이된 레드 레이크의 비극.

볼륨을 높이니 정확히 내가 우려했던 내용이었다. 레드 레이크 캠프의 카운슬러 여섯 명이 캠프 운영 시즌을 끝내고 파장하던

중에 살해됐다. 범인은 낫, 전동 드릴, 활과 화살, 마체테 등 다양한 도구를 사용했는데, 자칫하면 일곱번째 희생자가 생길 뻔했다. CNN 자막에 의하면 스테퍼니 푸가티라는 이름의 열여섯 살 소녀가 건초보관용 다락 바깥으로 그를 떠밀어 살아남았다.

범인의 신상은 아직 밝혀지지 않았지만 스테퍼니의 학교 앨범 사진은 화면에 떠 있었다. 맑은 피부에 동그란 얼굴, 치아교정기를 하고 미소를 지은 그 모습에 마음이 아팠다. 이 아이는 어젯밤부로 다시는 예전처럼 행복할 수 없을 것이다. 파이널 걸이 된 것이다.

공포영화를 보면 침묵의 살인자는 약쟁이, 창녀, 괴짜, 운동광, 경찰 등등을 먼저 해치우고 숲을 가르며 처녀인 베이비시터를 쫓는다. 그 소녀는, 이렇게 멀리 떨어진 여름 캠핑장에서 파티를 열어선 안 된다고, 버려진 정신병동에 몰래 들어가선 안 된다고, 외딴 호수에 몸을 담가선 안 된다고 말했던 바로 그 인물이다. 핼러윈이라서, 추수감사절이라서, 식목일이라서, 혹은 미제 살인 사건의 기일이라서 더욱이 그런 곳에 가면 안 된다고 했던 소녀다. 살인자는 쇠톱이나 보트 갈고리 장대나 정육용 칼을 지닌 반면 소녀에겐 아무것도 없다. 힘 있는 상체도, 몸집도, 엽총도 가지고 있지 않다. 가진 것이라곤 곧잘 달리는 다리와 전형적인 미국인의 표정이다. 그래도 소녀는 어떻게든 살인자를 처치하고는 넋을 잃은 눈동자로 저멀리를 응시하거나, 막 도착한 경찰의 품에 안겨 쓰러지거나, 아니면 울부짖으며 남자친구에게로 달려간다. 그러고는 마지막으로 인상적인 한마디를 남기고, 마지막으로 담배에 불을 붙이고, 마지막으로 잊을 수 없는 질문을 던진 뒤, 절대 멈추지 않을 것 같은 비명을 지르며 구급차에 실려 나간다.

파이널 걸들이 무슨 일을 겪는지 생각해본 적 있는가? 경찰이 그들을 용의선상에서 제외하고 난 뒤에 어떻게 되는지 말이다. 교정기를 낀데다 양볼은 여드름투성이에 머리는 산발인 학급 앨범 사진을 언론이 뿌려대고, 그 사진이 실제 범죄 사건을 다루는 책들의 표지에까지 실리고 난 뒤에 어떻게 되는지. 촛불 추모식과 침묵의 순간이 지나고 추모의 나무를 심고 난 뒤에 무슨 일을 겪는지.

나는 그 소녀들이 무슨 일을 겪는지 알고 있다. 영화 계약이 체결되고 그 영화 시리즈가 망한다. 병원에 갇혀 정신치료를 받으며 어둠이 무섭지 않은 척하는 사이, 다른 친구들은 대학 입시 원서를 작성한다. 이런저런 토크쇼를 순회한다. 세번째 상담치료사는 자기가 해줄 수 있는 건 기계적으로 졸로푸트*를 처방해주는 것뿐, 어떤 치료로도 나아지게 할 수 없다는 사실을 인정한다. 인생에서 유일하게 재미있는 사건은 이미 열여섯 살에 일어났다는 걸 깨닫고 외출을 관둔다. 다른 여자들이 티파니 매장의 쇼윈도를 구경하듯 잠금장치 수리공을 물색하게 된다. 죽은 친구들의 부모들이 '왜 네가 죽지 않았지?'라고 묻듯 보내는 눈빛을 견딜 수 없어 동네를 떠난다. 모든 것을 잃고 고통의 불길을 걸으며 자신을 따라다니는 스토커들의 이름을 알게 된다. 이 모든 일을 겪고 난 소녀들은 오늘 내가 가는 곳에 이르게 된다. 버뱅크에 있는 어느 교회의 지하실에서 벽에 등을 기대고 앉은 채 삶의 파편을

---

* 우울증과 강박장애에 사용하는 의약품.

이어보려 애를 쓰는 것이다.

　우리는 멸종 위기에 처해 있고, 그래서 감사했다. 여섯 명만 남았다. 같은 처지의 사람이 더 없다는 사실에 슬펐던 적도 있다. 하지만 우리는 1980년대의 산물일 뿐이고, 세상은 계속 돌아간다. 사건 기념일마다 사람들은 철 지난 우리 영상을 찾아보고, 이따금 영화 시리즈가 리부트될 때도 있지만, 요즘은 다들 기름 유출이나 위키리크스, 보수주의자들의 티 파티 운동, 탈레반에 관심이 있다. 우리 여섯은 다른 시대의 산물인 것이다. 우리는 미디어에서 보이지 않는 존재였다. 어쩌면 존재하지 않는 것이나 다름없었다.

　CNN을 끄고 나서야 숫자를 잘못 셌다는 걸 깨달았다. 사실 우리는 일곱 명이다. 크리시를 떠올리고 싶지 않았다. 그 누구도 떠올리고 싶어하지 않는다. 이름을 언급하는 것만으로 머릿속이 시끄러워지는 건 크리시가 배신자이기 때문이다. 그룹과 만날 때까지 3시간밖에 안 남았지만 나는 1분이란 시간을 들여 심호흡을 하고 다시 정신을 집중하려 노력했다.

　에이드리엔은 지금쯤 제정신이 아닐 것이다. 레드 레이크 캠프는 에이드리엔의 사건이 일어났던 장소다. 이후 에이드리엔은 그 캠프를 사들여 폭력 피해자들, 특히 학교 총기 사건 생존자들과 납치범으로부터 살아남은 아이들을 위한 휴식처로 바꾸어놨다. 이 일로 그녀는 엄청난 충격을 받았을 것이다. 그간 우리가 옥신각신 반복해왔던 얘기를 대신할 새 화젯거리가 생긴 건 분명했다.

　더이상 미룰 수 없게 되어서야 밖으로 나갈 채비를 했다. 일주일에 한 번 길 건너 우편함에 갈 때와 한 달에 한 번 탈출로를 점

검할 때, 보름에 한 번 길모퉁이 가게에 생필품을 사러 나갈 때를 제외하고 집 바깥을 나서는 건 이 그룹 모임에 갈 때가 유일했다. 나는 위험을 좋아하지 않는다. 긴 머리는 붙잡힐 수 있기 때문에 머리도 짧게 잘랐다. 움직여야 할 경우를 대비해 운동화를 신었다. 치렁치렁한 옷은 입지 않았다.

주머니 속 물건은 다 파악하고 있었다. 열쇠, 돈, 핸드폰, 무기 등. 몇 년 전의 소동 이후로 대중교통에 총기는 들고 타지 않지만, 후추 스프레이와 커터 칼은 오른쪽 앞주머니에 넣고 면도칼은 왼쪽 발목에 테이프로 붙여놨다. 헤드폰은 쓰지 않고 선글라스도 끼지 않았다. 재킷도 붙잡힐 만한 부분 없이 딱 맞는지 확인했다. 그런 다음 화분에게 인사를 건네고 숨을 한번 깊이 들이마신 뒤, 집을 나서서 내가 죽기를 바라는 이 세상을 대면했다.

파이널 걸 서포트 그룹
작성자: 캐럴 엘리엇 박사
모임 회차: 188
일자: 2010년 9월

참 가 자

매릴린 토레스
에이드리엔 버틀러
대니 시프먼
리넷 타킹턴
헤더 델루카
줄리아 캠벨

모임에 앞서: 놀랍게도 이번 달이면 이 그룹의 정규 모임이 16주년을 맞는다.
나는 이 그룹을 평소 업무와 별개로 이끌어왔다. 내 아이들이 태어나기도
전부터 이 여성들은 내 환자였다.

수년에 걸쳐 형성됐던 강력한 라포르♦와 멤버 간의 화목함이 지난 열두 달
사이 무너져내려 안타깝다. 근래의 모임은 사소한 문제를 두고 실랑이를
벌이고, 끝없이 말싸움을 하고, 가차없이 인신공격을 하는 일들뿐이었다.
에이드리엔은 모범적인 행동을 보이며 그룹 공동운영자라 해도 좋을
모습을 유지했지만 매릴린과 대니는 가만있지 못하고 화를 냈다. 헤더의
경우, 관심을 끌려는 태도 및 치료에 대한 즉흥적인 접근으로 계속 갈등을
유발했다. 리넷의 과민반응은 나아진 기미가 없다.

이런 일을 견뎌가며 이 그룹이 모여야 하는 목적이 뭘까? 제일 먼저
이 그룹을 해산시킬 사람은 누굴까? 내가 나서서 마무리를 지어야 할까?

♦ 두 사람 간의 친밀 관계를 뜻하는 말로, 주로 내담자와 상담자 사이에 형성
되는 신뢰감을 가리킨다.

파이널 걸 서포트 그룹 2

예수님은 양들을 사랑하십니다! 하얀 솜뭉치 같은 양이 말한다.

무덤에서 솟아난 앙상한 귀신 삼총사가 공표한다. 유령은 무섭지만…… 성령은 무섭지 않아요!

매직 마커로 알록달록 휘갈겨 쓴 글귀가 외치고 있었다. 그가 살아나셨느니라!

그 문장에 눈길이 머물렀다. 이 그룹의 모두에게 부활이라는 개념은 복잡한 의미를 가지고 있었다.

원래는 원형으로 앉아야 하지만 우리 다섯 명은 들쑥날쑥 C자 모양으로 앉았다. 그 누구도 다시는 문을 등지고 싶어하지 않기 때문이었다. 대니는 팔짱을 끼고 다리를 벌리고는 카우보이처럼 준엄한 표정으로 주황색과 검은색 색종이로 만든 잭 오 랜턴*과

---

* 주로 호박 속을 파고 눈과 입 모양 구멍을 낸 뒤 안에 초를 넣은 것.

성난 고양이가 붙어 있는 벽 앞에 앉았다. 대니는 핼러윈이 다가온다는 사실을 이 세상 그 누구보다도 달가워하지 않았다.

매릴린은 다리를 꼬고 한 손에는 스타벅스 컵을 든 채, 새로 산 핸드백이 바닥에 닿지 않도록 무릎에 올려놓고 있었다. 줄리아에게 1135달러짜리라고 말하지만 나는 믿지 않았다. 모조 가죽 핸드백으로는 터무니없는 가격인데다 매릴린이 진짜 가죽을 손에 댈 리 만무했다.

"빈속으로는 집중하기가 어렵단 말이야." 헤더는 그 특유의 밑도 끝도 없는 '1988년부터 잠을 못 자요' 말투로 중얼거리며 의자 앞으로 몸을 기울이고 양손을 저었다. "저혈당 때문에."

아무래도 오늘의 이야기 주제는 간식이 될 게 분명했다.

줄리아는 아주 따분하단 표정으로 휠체어에 앉아서 손가락으로 바퀴를 두드려대고 있었다. 아이러니하게도 세계 최고 아빠라고 적힌 티셔츠를 입었다. 줄리아는 구겨진 커다란 그림을 바라보고 있었는데, 그림 속에는 한 남자가 팔을 곧게 벌려 날아가고 있었고, 거기에는 "예수님은 슬프고 돌아가셨고 살아 계십니다"라고 쓰여 있었다.

한때는 주일학교 학생들의 그림이 빼곡한 곳에서 만나는 게 이상했다. 하지만 이제는 시야를 확보하고 탈출구를 확인하면 먼저 그림부터 확인했다. 언젠가 살인 사건 피해자가 될지도 모를 아이들의 예술적 자아 표현이 흥미로워서가 아니었다. 나는 경고 신호를 찾았다. 폭발하는 총과 피 흐르는 칼을 그린 그림, 소년들이 자신을 목 없는 괴물로 그리고 뾰족한 송곳니로 부모를 반으로 찢는 그림. 이중 훗날 나의 적이 되고, 우리 모두를 죽이려 했

22

던 괴물로 자랄 아이가 있을지, 그 징후를 찾아보려 했다.

"모임 전에 뭐라도 먹으면 도움이 되지 않겠어요?" 캐럴 박사
가 물었다.

이 방에서 유일하게 문을 등질 수 있는 사람인 캐럴 박사는 지
난 16년 동안 그래왔듯 C자의 빈 부분에 앉아서 완벽한 자세로
무릎 한쪽에 수첩을 올린 채 펜을 쥐고 있었다. 자신의 방식대로
우리의 말 한마디 한마디에 관심과 우려를 표하며 헤더의 간식
강박에 접근하는 중이었다.

"그건 제 스케줄과 맞지 않는데요." 헤더가 대답했다. "회복중
인 중독자가 맨정신을 유지하려면 스케줄을 지키는 게 중요해요.
그러려면 집에서 일찍 출발해야 하고요. 아시다시피 경찰이 내
면허증을 가져가서 돌려주지 않는 바람에 여기 오는 게 더 오래
걸려요. 나는 지각하지 않는 걸 중요하게 생각하는 사람이에요.
에이드리엔은 나처럼 배려심이 있지 않은 게 분명하지만."

"에이드리엔은 늦을 수밖에 없는 이유가 있겠지요, 분명." 캐
럴 박사가 대답했다.

"에이드리엔이 오는 게 더 놀라울 것 같은데요." 줄리아가 말
했다. CNN을 본 게 분명했다. "에이드리엔이랑 연락해본 사람
있어? 전화를 걸었는데 음성사서함으로 연결되더라고."

"핸드폰을 꺼놨겠지." 매릴린이 말하고는 고약한 냄새가 난다
는 듯한 표정을 지었다. "방송사들 때문에."

매릴린은 자신의 사건 이후 그 어떤 기자회견도 하지 않고 단
독 보도도 잡지 않아 미국 모든 기자들의 공분을 샀다. 게다가 공
화당 편에서 활발히 활동하는 거대 부호 집안에 시집을 갔기 때

문에 언론의 노여움은 걷잡을 수 없이 커져 있었다. 그 정도는 아니었지만 우리도 매릴린이 어떤 기분인지는 알았다. 전화기는 벽에서 코드를 뽑아버릴 때까지 잠시도 멈추지 않고 울려댄다. 한 번도 만난 적 없는 기자가 전화를 걸어서 친근히 이름을 부르며 같은 고등학교에 다닌 척, 아주 그럴싸하게 속여대기도 한다. 머나먼 친척이라는 자가 온갖 심려 가득한 표정을 하고 병원에 나타날 때도 있다. 하지만 그의 가방 속에서는 녹음기가 돌아가고, 〈내셔널 인콰이어러〉*가 지급한 수표가 뒹굴고 있다.

"에이드리엔 얘기는 에이드리엔과 나누는 게 맞겠어요." 캐럴 박사가 말했다. "에이드리엔이 오면 당연히 얘기 나눠볼 수 있을 거예요. 그건 그렇고, 다들 헤더가 걱정하는 것에 대해선 어떻게 생각해요?"

누군가가 미끼를 물기를 기다리지만 아무도 물지 않는 어색한 순간이 오갔다. 우리는 파이널 걸이다. 함정을 피하는 데 능숙하다.

"내 말은 그러니까." 헤더가 어색한 침묵을 깨고 말했다. "나는 욕구불만이 있고, 여기 너희들처럼 상황이 좋은 것도 아니니까 커피든 쿠키든 뭐든 좀 먹었으면 좋겠어. 아무것도 없이 크기만 한 방을 보면 울적하다고."

헤더는 정말 순순히 넘어갈 생각이 아닌 듯했다. 놀랍지 않았다. 아무리 아파도 계속 맞서 싸우고, 3층 창문에서 뛰어내리고, 육체가 이제 나가떨어져 죽으라고 비명을 지를 때도 지붕 위로 기어올라갔던 여자들이 바로 우리니까. 한번 시작하면 좀처럼 멈

---

* 미국의 가십 주간지.

출 수 없는 우리였다.

"헤더가 뭘 가져와도 저는 괜찮아요." 매릴린이 말했다. 매릴린이 뚜껑에 짙은 빨간색 립스틱이 묻은 스타벅스 컵을 흔들 때마다 팔찌가 출렁였다. "피자를 가져오든지. 이제 제발 다른 얘기를 하면 안 될까요?"

"흥미로운 의견이네요." 캐럴 박사가 말했다. 그렇게 생각하는 사람은 캐럴 박사뿐이었다. "매릴린과 같은 생각인 사람이 있나요?"

똑같은 사람 여섯 명과 16년을 지내고 나면 다들 무슨 짓을 할지 미리 알 수 있다. 화학 반응처럼, 특정한 조건이 충족되면 특정한 결과가 나오는 것이다. 아니나 다를까, 이제 줄리아 차례다.

"모임중에 사람들이 먹고 마시는 건 일종의 편향* 심리라고 생각하는데요." 매릴린과 논쟁할 기회를 놓칠 리 없는 줄리아가 말했다. "매릴린이 두유 넣은 차이라테를 빅 걸프**로 마시는 것도 다 이 그룹으로부터 거리를 두려는 장치인 거죠."

"아이고, 대단해라." 매릴린이 높낮이 없는 텍사스 억양으로 놀랐다는 듯 말했다. "어떻게 그런 생각을 하는 거야?"

"지지난 모임에서 우리가 과거에 갇혀 있다고 불평했으니까." 줄리아가 말했다.

매릴린이 우리 얼굴을 하나하나 바라보았다.

"글쎄. 다들 이게 예전처럼 필요하다고 생각해? 서로 저격하

---

* 감당하기 힘든 상황에 노출됐을 때 자신을 보호하고자 타인과 접촉을 피하려는 행동을 뜻하는 심리학 용어.

** 미국의 세븐일레븐에서 판매하는 950밀리리터 사이즈의 음료.

고 쪼아대는 걸 보면 우리 모두 휴가가 필요한 것 같은데. 치료란 게, 언젠가 더는 치료받을 필요가 없게 하는 게 목적 아니야?" 매릴린이 물었다.

폐가 쪼그라드는 느낌이 들어 나는 숨을 일곱 번 들이쉬고 일곱 번 내쉬었다. 천천히 고르게 호흡했다. 진심은 아니겠지. 이 그룹은 우리 모두의 중심축이었고, 캐럴 박사에게도 마찬가지였다. 캐럴 박사가 셀프헬프*로 이뤄낸 명성과 성공은 우리와 90년 대에 했던 연구를 바탕으로 한 것이다. 우리가 카메라에 노출된 그녀의 호화로운 상담소 대신 이 교회 지하실에 있는 이유는 이곳이 우리끼리만 아는 비밀이자, 스토커와 광팬들, 기자와 취재원들로부터 자유롭고 안전한 곳이기 때문이었다. 매릴린은 어떻게 저리 아무렇지도 않게 관두자는 얘기를 할 수 있지?

"우리 중에는 휴가를 갈 여유가 안 되는 사람도 있어. 모두가 돈을 보고 결혼한 건 아니라서 말이야." 줄리아가 반박했다.

"불쌍해라. 그건 네 전남편이 한 짓 아니었어?" 매릴린이 대꾸했다.

아무리 매릴린이라지만 선을 넘은 발언이었다. 물리치료사와 결혼했을 당시에 줄리아는 여전히 휠체어를 타고 살아가는 법을 배우는 중이었다. 나 역시 그 마음을 너무나 잘 이해한다. 누군가가 구해주겠다며 다가오면 그 품에 몸을 던지고 모든 결정을 내맡기게 되니까. 정신을 차릴 때까지 입을 피해가 너무 크지 않기

---

* (정신이나 생활습관에 문제가 있다고 여기는 사람들이) 자신의 힘으로 정신과 육체를 관리해 문제를 해결하는 것.

를 바라는 수밖에 없다. 줄리아가 정신을 차렸을 때는 전남편이 영화 시리즈 판권을 팔고 은행 계좌들을 텅텅 비워 아무것도 남기지 않은 채 떠난 후였다.

"오늘 모임이 이렇게 굴러가게 놔둘 거야?" 줄리아가 우리에게 호소했다. "서로를 모욕하고 오랜 상처를 들추고? 우리가 이렇게 구질하게 굴 이유가 없어. 강하고 힘있는 여자들이잖아. 대니는 기지가 있고 혼자 힘으로 살아갈 줄 알고, 매릴린은 우리 모두를 합친 것보다 많은 돈이 있고, 에이드리엔은 노벨평화상 후보고……"

"메릴 스트립 씨, 무슨 상이라도 받으세요? 네가 인생사를 읊는 순간 나는 다시 약에 손댈 것 같아." 헤더가 말했다.

"내 인생사는 꺼낼 생각이 없었는데." 줄리아가 상처받은 표정으로 말했다.

"그 방향으로 가고 있었잖아." 헤더가 말했다.

"원하는 대로 생각해, 그럼." 줄리아는 팔짱을 끼고 휠체어 등받이에 몸을 기댔다.

헤더는 가슴이 무릎에 닿을 때까지 몸을 숙이고 한 손을 들어 성경에 맹세하는 시늉을 했다.

"네가 따낸 학위 목록을 읊으려던 게 아니었다고 내 눈을 보고 맹세할 수 있으면 20달러 줄게."

"내가 말하는 게 바로 이거예요." 줄리아가 캐럴 박사에게 호소했다. "생산적으로 에너지를 쓰지 않고 서로를 깎아내리기만 하잖아요. 이 그룹은 사사로운 갈등에 휘둘리고 있다고요. 이렇게 비생산적일 수가."

"20달러야." 헤더가 다시 한번 말했다.

"내기할 20달러도 없잖아." 줄리아가 대꾸했다.

"매릴린에게 빌릴게." 헤더가 말했다.

"그건 '빌리는' 거라 할 수 없지." 매릴린이 말했다.

"나를 무시하지 마! 나는 네가 꿈도 못 꿀 일들을 겪었다고! 너라면 새틴 팬티에 지릴 정도로 차원이 다른 영적 체험까지 했다니까!" 헤더가 폭발했다.

"진정해." 줄리아가 헤더에게 말했다.

"세상 모든 도움 중에 네 도움이 제일 안 필요해." 매릴린이 줄리아에게 말했다.

"그래, 줄리아." 헤더가 말했다.

"넌 말 조심하는 게 좋겠어." 매릴린이 헤더에게 말했다.

"자자, 좋아요. 한 걸음 물러서서 평가해보죠." 캐럴 박사가 끼어들었다. 이 모임이 끝나면 캐럴 박사도 긴장을 풀기 위해 스스로 약을 처방해 먹을까. 적어도 이제 간식 얘기는 아무도 하지 않았다. "매릴린과 헤더의 간식 얘기가 얼마나 빨리 감정적인 얘기로 전환되는지 봤나요? 왜 이렇게 되는지 의견 있는 사람 없나요?"

에이드리엔이 여기 있었다면 다들 잘 지냈을 것이다. 에이드리엔이 방에 있으면 꼭 우리의 명성에 걸맞게 행동해야 할 것 같은 기분이 들기 때문이다.

"농담이었어요." 헤더가 웅얼거렸다.

"비련의 주인공처럼 굴지 말고 오기 전에 스타벅스나 한 잔 사서 와." 매릴린이 말했다. "카페인은 식욕을 억제해주니까."

"부자 전용 커피를 사먹을 형편이 아닌 사람도 있다고." 헤더
가 대꾸했다. "'익명의 알코올 중독자 모임'*은 늘 공짜 커피에다
쿠키까지 줬는데. 나한테 스타벅스 카드라도 한 장 사주면 어때?
어차피 나한테 빚진 것도 있잖아."

"여러분." 캐럴 박사가 입을 열었다.

"대체, 내가, 뭘 빚졌다는 거야?" 매릴린이 물었다.

"'공포영화의 올스타들' 계약을 망쳤잖아." 헤더가 말했다.
"다 준비해놨더니 네가 와서 다 박살냈지. 너 때문에 사업을 족족
망치는데 무슨 수로 빚을 갚겠어?"

"지금 나랑 장난해?" 매릴린이 눈을 동그랗게 뜨며 말했다.
"어차피 네가 빚 갚을 일 없다는 거 서로 잘 알잖아."

헤더가 분통을 터뜨리기 시작하자 나는 귀를 닫았다. 다들 마
찬가지였다. 대사 한 줄 한 줄 다 예전에 들은 것이었다. 어떻게
자신을 이처럼 욕보일 수 있느냐. 지구의 모든 화학 물질을 피우
고 들이마시고 투여해본 약쟁이의 엄숙한 발언 따위는 법적 구속
력이 없다는 말을 감히 어떻게 꺼낼 수 있느냐. 어떻게 자신의 말
이 변호사들이 작성한 철통같은 계약서처럼 믿을 만한 게 아니라
고 말할 수 있느냐 등등.

헤더는 늘 분주하다. 나랑 줄리아는 돈이 없다는 걸 알기 때문
에 신경도 쓰지 않고, 대니는 본인 의지가 아니면 꿈쩍도 안 하는
사람이라 포기했지만, 에이드리엔과 매릴린에게는 계속 프로젝
트, 라이선스 계약, 협업, 출연 기획안 등을 들고 나타났다. 떨어

---

* 1930년대 미국에서 시작된 절주·금주 모임.

지는 부스러기나 받아먹고 다니는 종자들은 일찍이 헤더가 우리 중 가장 구워삶기 쉬운 먹잇감이라는 것을 알아차렸다.

"우리 중에는 돈이 스트레스 요인인 사람들도 있지요." 캐럴 박사가 입을 열었다. "이 문제를 좀 깊이 들어가보게 도와줄래요, 매릴린? 아니면 리넷이 해볼래요?"

"음……" 나는 방심하고 있다가 얼버무리며 대답했다. "26분이나 지났는데 에이드리엔이 안 오네요."

"그래서 어떤 기분인가요?" 캐럴 박사가 물었다.

"초조하달까요?" 나는 대답하려 애를 썼다.

"다들 들어봐." 줄리아가 입을 열었다. "우리 왜 돈 얘기를 하고 있는 거야? 매릴린은 이 그룹이 더이상 목적에 맞지 않는다고 했지. 모임 절반을 간식 얘기를 하는 데 쓰면 나도 그 말에 동의할 수밖에 없어. 우리 대체 왜 이 모양인 거야? 언제 이렇게 구질구질해진 거지?"

헤더는 깊이 숨을 들이쉬었다. "나는 그저, 누가 커피랑 쿠키를 좀 가져왔으면 좋겠다는 거뿐이야. 그게 다라고."

캐럴 박사가 이 '2010년 간식 위기 대사건'을 제대로 다뤄보려 할 때 대니가 끼어들었다. 평소 대니는 카우보이처럼 과묵해서 그녀가 말을 할 때는 다들 얌전해진다.

"할말이 있어요." 대니가 말했다. "이것만 말하고 다시 간식 얘기로 돌아가시죠."

"돌아가지 않아도 돼." 줄리아가 끼어들었다.

"이게 제 마지막 모임이에요. 저는 이제 관두겠습니다." 대니가 말했다.

끔찍한 침묵이 한참 동안 이어졌다.

대니는 에이드리엔, 매릴린과 함께 원조 파이널 걸 중 한 명이다. 대니가 없다는 건 그룹도 예전 같지 않을 거란 얘기였다. 그룹은 그간 한결같았다. 우리는 클린턴 탄핵도, 9/11 테러도 함께 겪었다. 콜럼바인 고등학교와 버지니아 공대의 총기 난사 사건 때는 서로를 위해 이곳에 모였다. 매사추세츠주에서 동성결혼이 합법화됐을 때 우리는 돈을 모아 대니에게 근사한 작은 베레타 나노*를 사줬고 거기에 대니와 미셸의 이름도 새겨줬다. 매릴린은 자신을 주인공으로 한 영화 시리즈가 리부트되는 바람에 숨어 지낼 때도, 한 달에 한 번은 꼭 L.A.로 날아와 그룹 모임에 참석했다.

하지만 지난 몇 년 사이 캐럴 박사는 모임을 몇 분씩 일찍 마치기 시작했고, 매릴린은 점점 참을성을 잃어갔으며, 줄리아는 부쩍 정치적 견해를 밀어붙였다. 헤더가 아니었다면 이 그룹은 진작 끝났으리란 느낌이었다. 하지만 우리 사이에는 무슨 일이 있어도 그룹 모임에 와야 한다는 암묵적 동의 같은 것이 있었다. 이 그룹이 헤더의 삶에서 유일하게 꾸준하고, 의지할 만한 존재였기 때문이다.

하지만 놀랍게도 대니의 선언에 제일 충격을 받은 사람은 헤더가 아니었다.

"에이드리엔이 늦을 때부터 이런 일이 일어날 줄 알았어." 나는 그렇게 말하고는 프라이버시를 위해 얼굴을 가렸다. 나 혼자

---

* 미국 베레타 사에서 만든 반자동 초소형 권총.

화장실에 갈 수는 없었다.

"세상에. 제대로 울고 있네." 헤더가 말했다.

"놀라서 그런 거야." 소매로 눈을 훔치며 내가 말했다. "충격의 눈물이라고."

"미안해." 대니가 나직이 나에게 말했다.

나는 어깨를 으쓱했지만 실은 소리를 지르고 싶었다. 네가 다 망쳤어! 네가 우리 모두의 모든 걸 망쳐놨다고! 매릴린의 핸드폰이 핸드백 깊숙한 데서 윙윙거렸다. 다들 한때는 '핸드폰 전원 끄기' 규칙을 엄격히 지켰지만 지난 몇 년간 이것도 느슨해졌다.

"괜찮아요." 내가 말했다. "정말 괜찮으니까 우리 다른 얘기 해요."

매릴린의 핸드폰이 계속 진동했고 나는 고함을 지르고 싶었다. 전화 좀 받아! 안 받으면 모임 내내 누군지 궁금해할 거잖아! 이왕 핸드폰 켜둘 거면 전화 좀 받으라고!

"리넷은 뭔가 할말이 있는 것 같은데요?" 캐럴 박사가 나에게 물었다.

"아니요." 내가 말했다. "할말은 없어요. 그냥…… 대니가 자기 행동이 어떤 결과를 부를지 잘 모르는 것 같단 생각이 드네요."

"여기 오는 데만 차로 2시간이에요." 대니가 말했다.

전자 실로폰 소리가 동당거렸다. 줄리아가 핸드폰 소리를 끌 때까지 나는 못마땅한 표정으로 쏘아보았다. 핸드폰 금지 규칙에 신경을 쓰는 사람은 나뿐인 건가?

"어떤 결과를 부를 거라고 생각하죠, 리넷?" 캐럴 박사가 물었다.

다들 어떻게 모를 수 있지? 줄리아는 정치학과 대학원생 같은 태도로, 힙스터 앞머리에 아이러니한 문구의 티셔츠를 입고 휠체어에 앉아 있었다. 바로 옆자리에 앉은 매릴린은 흑갈색 머리에 몸이 풍만하고 꼭 리얼리티 쇼에 나오는 텍사스 주부처럼 치장했다. 헤더는 나뭇가지처럼 앙상한 팔다리, 툭 튀어나온 팔꿈치, 딱지투성이 무릎을 기부 물품 상자에서 주워 입은 옷으로 겨우 감싸고 있다. 대니는 여자로 태어난 브루스 스프링스틴처럼 보였다. 우리 중 누구도 같은 방에 있을 사람으로 보이지 않았다.

"너무 뻔해요." 내가 말했다. "일일이 짚어내지 않아도 다들 알걸요. 내 말은, 제 눈엔 훤히 보인다는 거예요. 대니는 떠날 거고, 에이드리엔도 더이상 나오지 않을 테죠. 매릴린과 줄리아는 서로를 싫어하니까 둘 중 하나가 그다음으로 안 나오겠죠. 그건 헤더가 다시 약에 의존하는 계기가 될 거고요. 그럼 누가 남죠? 나인가? 한 명이 관두면 우린 다 뿔뿔이 흩어질 거예요. 모임 한두 번 만에, 혹은 세 번 만에 바로 흩어지진 않겠죠. 그렇지만 차츰차츰 이 방은 텅 비어버리고 접이식 의자랑 벽에 걸린 그림만 덩그러니 남을 거예요. 그렇게 될 건 분명해요. 그래도 괜찮아요. 그게 문제인 건 아니니까요. 내 말은, 모든 건 끝이 있고 우리는 앞으로 나아가야 하잖아요. 16년은 긴 시간이죠. 하지만 누군가는 이걸 말해야 할 것 같았어요. 대니가 지금 무슨 일을 벌이는 건지 누군가는 설명해줘야 해요."

매릴린의 전화가 다시 윙윙 울리며 내 기나긴 말의 끝에 짜증스러운 마침표를 찍어줬다.

"난 지금 미셸 곁에 있어야 해. 너희를 존중하니까 직접 말하러 온 거야." 대니가 말했다.

다음달 첫째 주 목요일, 집에 있는 내 모습을 상상해봤다. 딱 동네 블록 크기만큼, 아파트 크기만큼, 방 네 칸 크기만큼 쪼그라든 내 삶을 생각해봤다. 나를 진짜로 아는 인간을 다시는 볼 수 없다는 것에 대해 생각해봤다.

"하지만 미셸이 죽고 나면 넌 혼자가 될 거야." 하면 안 되는 말이라는 것을 알면서도 나는 말했다. "그땐 우리가 필요할 거야. 다시 슬금슬금 기어나올걸."

"좋아." 대니가 일어섰다. "이젠 정말 됐어. 다들 내 이메일 주소 알지."

"가지 마세요. 아직 30분 남았어요. 적어도 왜 그런 결정을 했는지 말해줄 수 있어요?" 캐럴 박사가 말했다.

대니는 한숨을 내쉬고 버즈컷을 한 희끗한 머리를 손가락으로 쓸어넘겼다.

"오십이 된 이후로 이제 시작보단 끝에 가까워졌다는 생각이 들었어요. 더이상 과거에 매이고 싶지 않았습니다. 털고 나아가고 싶었어요."

"이 그룹이 앞으로 나아가는 데 도움이 되지 않는다고 생각하나요?" 캐럴 박사가 물었다.

"이 그룹은 그저 과거에 대한 게 아니라고." 내가 분통을 터뜨렸다.

"반박은 안 돼요." 캐럴 박사가 경고를 날렸다.

나는 무시했다.

"그럼 우리는? 우리는 현재이기도 해. 우리는 친구야, 안 그래? 서로의 삶의 일부라고. 이 그룹은 우리 모두와 연관되어 있어. 이건…… 우정의 모임이야."

대니가 둥글게 앉은 사람을 하나하나 뜯어보았다. 매릴린의 핸드폰은 윙윙, 윙윙, 윙윙, 나를 비웃듯 울려대기 시작했다. 매릴린은 지금 무슨 일이 일어나는지 안중에도 없고 오로지 빌어먹을 핸드폰에만 정신이 쏠려 있다는 게 보였다. 곧이어 줄리아의 핸드폰이 윙윙댔고 그녀의 손이 움찔했다.

"내 눈에는 고등학교 때 일어난 사건에서 벗어나지 못하는 한 무리의 여자들만 보여. 내가 잘 알지도 못하는." 대니가 말했다.

"잘 알지 못하다니?" 내가 물었다. 그런 말을 하다니 믿을 수 없었다. "우리는 몇 년 동안 알고 지냈어."

"그래서 우리가 서로에 대해 아는 게 뭐지?" 대니가 반문했다. "넌 우리한테 집 주소도 알려주지 않는데. 다들 나한테 마지막으로 미셸 안부를 물어본 게 언제지? 난 중요하지도 않은 걸 중요한 척하는 데 지쳤어."

"헤더는 어떡하라고?" 내가 내지른 목소리가 벽에 부딪혀 울렸다. 대니는 나를 뚫어져라 바라보더니 헤더에게 몸을 돌렸다.

"헤더?" 대니가 물었다. "헤더가 왜?"

"난 리넷이 대체 뭔 헛소리를 하는 건지 모르겠는데." 헤더가 답했다.

"다시 중독에 빠질 거야. 그럴까봐 우리가 계속 오는 거란 걸 알면서. 헤더 인생에서 이게 얼마나 중요한지 모르겠어? 헤더가 기댈 유일한 곳이라는 걸? 너 자신을 위해 있지 못하겠다면 헤더를 위해서라도 남아 있어."

대니는 당황한 듯했다. 매릴린은 핸드백을 만지작거리고 있었다. 헤더는 헤더다운 포즈로 손목 안쪽 피부를 잡아뜯고 있었고 모두가 내 눈을 피했다. 줄리아만 빼고. 줄리아는 혼란스럽다는 표정이었다.

"나는 우리가 널 위해 온다고 생각했는데?" 줄리아가 마침내 입을 열었다.

말도 안 된다. 줄리아의 바보 같은 농담 중 하나다.

"나를 위해 온다고?" 내가 웃었지만 물개가 짖는 것처럼 목이 멘 소리가 났다. "나를 위해 오는 게 아니야. 내가 왜 이 모임이 필요하겠어? 난 필요하지 않아. 괜찮다고."

누구도 대답하지 않았고 심지어 헤더조차 내가 민망하다는 듯 말이 없었다. 매릴린의 핸드폰이 또다시 윙윙 울렸고 그다음엔 줄리아의 핸드폰이 따라 울렸다. 누군가는 뭐라도 말을 해야 했으므로 나는 매릴린과 줄리아를 향해 지난 5분 동안 죽도록 하고 싶었던 말을 했다.

"다들 그 빌어먹을 전화 좀 받겠어?"

"여기서 잠시 쉬고 재정비를 해야겠어요." 캐럴 박사가 말했다. "리넷, 어때요?"

"나는 쉴 필요 없어요. 휴식이 필요한 건 대니죠. 늘 이렇게 사람을 밀어내니까요."

"내가 사람을 밀어낸다고?" 대니가 물었다.

"그게 아니면 뭔데? 허허벌판 가운데 살면서. 가장 가까운 이웃도 15킬로미터는 달려야 나오잖아. 그룹을 떠나는 것도 너고."

"난 가정이 있어. 넌 있어?" 대니가 물었다.

자신이 이 방에서 가장 이성적이라고 믿는 줄리아가 끼어들려고 했다.

"서로 대화가 어긋나고 있잖아. 캐럴 박사님 말이 맞아. 잠시 쉬자고."

"아, 진짜. 바퀴 달린 의자 타고 잘도 끼어드네." 내가 줄리아를 향해 몸을 돌렸다. "우린 그저 네가 불쌍해서 이 그룹에 껴주는 거야."

줄리아가 뭐라고 말을 하려 했지만 싸움의 기미를 느낀 헤더가 링에 올랐다.

"그 충고를 자신에게 좀 적용해보지그래, 정신병자야. 넌 심지어 파이널 걸도 아니잖아."

나는 대화가 선을 넘어섰다는 걸 깨달았다. 수습을 해보려고 입을 여는데 매릴린이 나를 저지했다. 나뿐만 아니라 모두를.

"내 말 좀 들어봐." 매릴린이 너무나도 천천히, 그리고 나긋이 말하는 바람에 우리는 모두 고개를 돌렸다. 매릴린은 핸드폰에서 시선을 떼지 못하고 있었다. 다들 뭔가 나쁜 일이 일어났다는 걸 감지했다.

"에이드리엔이 죽었대." 매릴린이 말했다.

부신 피질 자극 호르몬이 내 혈류로 들어가 부신을 활성화하면서 모든 혈관이 잡아당긴 그물처럼 수축되고, 손발은 차갑게 얼어붙고, 커진 동공으로 들어오는 방의 불빛에 눈이 부시고, 근육이 긴장하면서 팔에 난 털이 곤두섰다.

괴물이 에이드리엔을 죽였다. 괴물이 끝내 에이드리엔을 죽인 것이다. 우리 중 누구라도 그다음이 될 수 있었다.

살인 사건에도 유명인사가 존재한다면, 여기 맨해튼의 시크한 발타
사르 비스트로의 테이블에 함께 앉은 세 사람이 바로 그들이다. 제리 사
인펠드♦가 뒤편 좌석에서 감자튀김을 먹고 있고, 스파이크 리♦♦가 캘빈
클라인에게 인사를 건네려 잠시 들르기까지 했지만, 모두의 이목은 짙
은 갈색의 피부가 환히 빛나는 에이드리엔 버틀러, 휠체어에 앉은 쾌활
하고 생기 넘치는 줄리아 캠벨, 그리고 조용한 목소리로 그들을 유심히
돌보는 캐럴 엘리엇 박사에게 쏠려 있다. 저 세 사람 중 두 명이 살아서
이곳에 있을 수 있는 게 생사를 건 사투에서 살아남았기 때문이라는 사
실을 떠올리기란 쉽지 않다.

"저는 그렇게 정의되고 싶지 않아요. 누구나 할 수 있는 일을 했을 뿐
이에요. 살인범과 의견이 서로 달랐던 거죠." 캠벨은 그렇게 말했다.

"가장 격렬한 의견 충돌이었다고 봐야죠." 듣고 있던 에이드리엔 버
틀러가 덧붙였다.

"제 인생이 끝나길 바라더라고요. 동의할 수 없었죠."

캠벨이 그렇게 말하자 세 사람은 조용히 씁쓸한 웃음을 지었다.

파이널 걸의 부활에 온 걸 환영한다. 이 여성들은 복면 쓴 살인마들의
무자비한 공격에서 수차례 살아남아 80년대에 유명해졌다. 그들의 영
화 시리즈는 데이트와 파자마 파티에서 꼭 봐야 하는 작품으로 10년간
군림했다. 하지만 80년대 말 하이틴 킬러 영화는 유행에서 멀어졌고, 그
자리를 〈고스트〉처럼 단숨에 관객을 사로잡는 블록버스터 영화와 케빈
코스트너의 관능미가 대신했다. 그러나 오늘날, 줄리아 캠벨의 노고 덕
분에 이들은 돌아왔다. 이번에는 당신의 취향에 딱 들어맞을 것이다.

엘리엇은 환자들의 신상이 밝혀지지 않도록 조심하며 이렇게 말했다.
"치료 차원에서 이런 여성들을 많이 만납니다. 그들은 제게 정말 많은 것
을 가르쳐줬죠. 그들의 삶에서 배움을 얻은 저는 운이 좋은 사람입니다."

엘리엇이 배운 교훈은 최신 저서 『침묵이 끼어들었다: 여섯 생존자가
말하다』의 근간이 되었다. 대통령이 성추행 혐의로 기소되고 많은 사
람들이 페미니즘은 죽었다고 말하는 시대에 이 책은, 파이널 걸들(이들
일부는 익명으로 남아 있다)의 경험을 바탕으로 우리 문화가 여성들을
어떻게 대하는지를 보여주고 있다.

♦ 미국의 코미디언이자 배우. 1980~90년대를 풍미했던 시트콤 〈사인펠드〉
를 만들었다.
♦♦ 미국의 영화감독.

파이널 걸 서포트 그룹 3D

우리는 뭉치지 않는다. 흩어진다. 파이널 걸들답게 자기 앞가림은 알아서 했다. 위층으로 올라오니 나쁜 일이라곤 전혀 일어날 것 같지 않은 로스엔젤레스의 환한 가을이 한창이었다. 다른 사람들 눈에 우리는 교회에 모인 열성 엄마들처럼 보일지도 몰랐다. 페이스페인팅을 해주고 조랑말도 태울 수 있는 멋들어진 축제를 기획하고 교회 문을 나서는 엄마들. 매릴린은 E 클래스 벤츠로 걸어가면서 내내 통화를 했다. 줄리아는 주차장으로 이어지는 엘리베이터를 타고 내려가 미니밴 뒤에 휠체어를 싣고는 목발을 절뚝절뚝 짚어 운전석에 올랐다. 헤더는 다른 집들의 앞마당과 진입로를 가로지르며 알라메다가街를 걸어갔다. 언뜻 보기에 우리는 다른 사람들과 다르지 않았다. 트럭 뒤편에서 대니가 검은색 무광 베레타 나노를 허벅지 옆에 붙들고 우리 전원이 안전하게 빠져나가는지 지켜보고 있다는 것만 빼면.

나는 위험에 노출된 기분을 느끼며 어색하게 얼어붙어 있었다. 그렇지만 나에겐 오랜 세월 스스로를 지켜온 나만의 시스템이 있었다. 버스정류장으로 걸어가는 사이 나는 초감각적 지각력을 최대한 발휘해 동네를 살폈다. 인도 대신 주차된 차들 바깥쪽의 차도를 걸으면서, 위험한 것은 없는지 고개를 두리번거리며 좌우를 확인했다.

줄리아가 했던 말이 떠올라 집중력이 흐트러졌다. 내 뒤에 걷는 사람들, 다른 주 번호판을 단 차량, 선글라스를 쓰고 모자를 깊숙이 내려쓴 남자들을 주시하지만 마음은 계속 줄리아와 실랑이를 벌이고 있었다.

문제는 내가 아니야. 차 세우고 앉아 있는 저 남자는 핸드폰 보는 척하는 건가? 왜 내가 쳐다보니까 스르륵 몸을 낮추는 거지? 미친 사람은 내가 아니야. 나 때문에 다들 모이는 게 아니야. 우리가 지켜보는 건 헤더야. 헤더는 우리가 필요하니까. 나는 정상이야. 나는 안전해. 저기 우회전을 한 혼다는 유타주 번호판을 달고 있다. 블록을 한 바퀴 돌아서 다시 돌아올까봐 번호를 외워뒀다. 선팅을 한 자동차 창문을 바라보았다. 오토바이를 주시했다. 줄리아가 했던 말은 생각하지 않았다. 아무도 줄리아의 말을 반박하지 않았다는 사실도 생각하지 않았다. 밴을 주시했다. 밴 얘기는 꺼내지도 말자.

시내버스를 탈 때까지 긴장을 놓지 않았다. 길거리는 어느 방향에서 누구든 달려들 수 있다. 버스는 공격할 수 있는 각도가 제한적이다. 머리 위로 공포영화 광고가 걸려 있다. 광고의 빨간색 때문에 에이드리엔이 생각나지만 집중해야 했다. 악기 케이스를 든 남학생 몇 명이 뒤쪽에 앉아 고개를 숙이고 핸드폰을 보며 뭔가에 몰두하고 있었다. 남자들은 우리처럼 주변에 주의를 기울일 필요가 없다. 남자들은 자기들 실수로 죽는다. 그럼 여자는? 우리는 여자라서 죽는다. 에이드리엔만 봐도 그렇다. 아니다. 지금 봐야 할 건 신발이었다. 얼굴, 옷, 신발을 외우라고. 특히 신발.

버스를 죽 타고 중심가까지 가서 올리브가에서 내린 뒤 큰길을 골라 근처 멀티플렉스 영화관으로 향했다. 실외에서는 벽에 등을 대고 핸드폰을 확인하는 척했다. 누군가 나를 뒤따라온다면 잠시 멈춰 서거나 나를 지나쳐 걸어가는 수밖에 없다. 새하얀 나이키 운동화가 시야를 가로질렀다. 번쩍이는 검은색 록포트, 끈이 굵은 팀버랜드. 뒤따라오는 사람이 외투나 모자는 바꿀 수 있어도 신발을 갈아 신기는 어려운 법이다.

지붕 위나 창문을 확인할 필요는 없다. 우리 인생에 나타나는 괴물들은 가까이서 일대일로 접근하는 편을 선호하기 때문에 걱정해야 할 것은 신발이다. 스나이퍼의 공격은 우편으로 성기를 보내는 것이나 마찬가지다. 괴물들은 나에게 가까이 오려 한다.

영화 티켓을 사고 로비에 서서 다시 벽을 등지고 신발들을 바라보았다. 벳시 존슨 발레 플랫, 베이지색 어그 부츠, 색종이처럼 알록달록한 스페리의 어린이 운동화.

영화는 아직 예고편을 틀고 있다. 맨 앞줄에 앉아서 데이트 상대를 찾듯 뒤를 돌아보았다. 3D 애니메이션으로 만든 어린이 영화이기 때문에 일행 없이 온 성인 남자를 찾아내기 쉬웠다. 불가능한 건 아니지만 미행하는 사람이 위장하려고 아이를 데리고 올 확률은 낮다. 나는 달라붙는 민소매를 입은 붉은 머리 남자와 갈색 머리의 쌍둥이 아이들, 턱수염을 기른 금발 남자와 어린아이를 계속해서 주시했다. 두 남자 모두 상영관에 들어오면서 누군가를 찾듯 내부를 훑었다.

이윽고 영화가 시작되고 나는 스크린 왼편의 비상 탈출구를 통해 계단을 내려가 길거리로 나왔다. 붉은 머리 남자도, 턱수염 남자도 없었다. 유타주 번호판을 단 혼다가 또 보이지만 숫자가 다르다. 나는 이 번호 역시 외우면서 차창은 먼지로 뿌옇고, 범퍼에는 진흙이 묻었고, 뒷유리에는 AAA 스티커가 붙어 있다는 걸 눈여겨보았다. 나는 베벌리 센터로 가는 버스를 탔다.

버스에서는 최대한 운전기사 가까이 앉았다. 버스가 정차할 때마다 신발을 살폈다. 닥터 마틴, 앞코에 쇠를 댄 캐터필러 부츠, 흠집이 난 나이키, 간호사들이 많이 신는 흰색 단화. 집중하려 애를 쓰지만 자꾸 에이드리엔이 생각의 흐름 사이로 끼어들었다. 줄리아와 에이드리엔 때문에 평소대로 할 수 없었다.

에이드리엔은 최초이자 최고의 파이널 걸이었다. 우리 대부분이 그룹에 합류한 것도 에이드리엔 덕분이었다. 에이드리엔이 겪은 위기는 그룹의 초석이 되었다. 많은 여성이 폭력에서 살아남지만 우리 그룹이 파이널 걸이라는 유해한 범주로 따로 분류되는 데는 이유가 있다. 괴물들을 죽였거나 죽였다고 믿었음에도 같은 일을 또다시 겪어야 했던 이들이기 때문이다. 우리 중 후속편이 없는 사람은 에이드리엔뿐이라고 모두들 생각했지만 그건 착각이었다. 괴물은 33년이 지난 지금 자신의 임무를 완수하러 여기 다시 왔다. 에이드리엔은 자신이 안전하다고 생각했을지 모르지만 잘못된 생각이었다. 우리가 잘못 생각한 게 뭐가 더 있을까?

에이드리엔의 사건은 매릴린의 사건과 똑같은 해 여름에 일어났다. 두 사람의 사건은 서로 비슷해서 언론의 관심을 끌었지만 에이드리엔이 정말로 유명해진 건 훗날 제작된 영화 때문이었다. 에이드리엔은 레드 레이크 캠프의 카운슬러였고, 직원들은 일찍부터 미리 캠핑장을 정비하러 나왔다. 오두막을 환기하고 말벌집을 없애고 창고에서 카누를 꺼내놔야 했다. 첫날 밤, 에이드리엔의 친구 아홉 명이 살해당했다. 그중 네 명은 잘 모르는 1년 차 카운슬러들이었고, 나머지 다섯 명은 어릴 때부터 레드 레이크에서 함께 캠핑을 하며 알고 지내던 친구들이었다. 에이드리엔의 남은 인생을 바꿔놓은, 길고 암울한 12시간이었다.

살인범은 과거 캠핑장에서 요리사로 일했던, 브루스 볼커라는 이름의 싱글대디로 드러났다. 그는 20년 전 두 명의 카운슬러가 섹스를 하느라 자기 아들 테디가 물에 빠져 죽는 것도 몰랐다고 주장했다. 그는 테디가 모든 카운슬러를 죽이고 복수를 이루기 위해 무덤에서 돌아왔다고 했지만, 복수를 하기 위해 왜 그렇게 오랜 시간을 기다렸는지는 결코 설명해내지 못했다. 어쨌든 그 살인 행각은 에이드리엔이 볼커의 마체테로 그의 머리를 딴 후에야 멈췄다.

상황이 더욱 나빠진 건 브루스 볼커의 아들이 레드 레이크에서 익사한 적이 없다는 사실이 밝혀지면서였다. 사실 그에게는 아들이 있었던 적도 없었다. 브루스 볼커는 그저 아동에게 병적으로 집착하고 칼 휘두르는 일에 매달리는 외로운 노인이었지만, 덕분에 에이드리엔은 첫번째 파이널 걸이 되었다. 그리고 에이드리엔은 이를 이용해 원하는 모든 것을 이뤄냈다.

끼익, 공기브레이크 소리가 났다. 주위를 둘러보았지만 눈에 보이는 건 다 처음 보는 신발뿐이었다. 내가 상념에 잠긴 사이에 얼마나 많은 사람이 타고 내린 거지? 주름이 자글자글한 할머니 하나가 자신과 똑같이 생긴 배우자와 함께 내 뒤에 앉아 있었다. 똑같이 낡은 리복 운동화에 지저분한 빨간색 야구 모자를 착용하고 있다. 그들이 타는 것도 보지 못했다.

나는 비상 정지 버튼을 내려친 뒤 문이 열리기까지 간신히 기다렸다가 다급히 빠져나왔다. 베벌리 센터까지 세 블록이 남았지만 차마 뛸 수 없다. L.A.에서는 아무도 뛰지 않기 때문이다. 나는 빠르게 걸어 14번 버스에 오른다. 마지막으로 지하철 레드 라인 반대 방향으로 돌아간다. 버몬트/베벌리역에 도착했을 때 열차는 이미 플랫폼에 들어와 있었고, 아슬하게 문이 닫힐 때 탑승할 수 있었다. 안에는 열다섯 명이 있었고 나는 양끝의 문에서 같은 거리만큼 떨어진 좌석을 찾았다. 신발들을 훑었지만 눈에 익숙한 신발은 없었다. 다섯 정거장을 지나 앤털로프 밸리 라인으로 갈아탔다.

집으로 가야 했지만 평소 루틴을 서두를 수는 없었다. 에이드리엔에게 무슨 일이 생긴 건지 알아내야 했다. 매릴린이 핸드폰으로 기사의 나머지 부분을 읽어줬지만 구체적인 내용은 별로 없었다. 한 남자가 집에 있던 에이드리엔을 살해했다는 게 전부였다. 더 알아내야 했다. 에이드리엔은 그룹 밖에서 내가 가장 얘기를 많이 나누는 사람, 사건이 일어난 후 나를 끌고 나온 사람, 내가 매달 안부를 물으러 전화하는 사람이기 때문이었다. 뭐, 매달은 아니고 격월, 가끔은 석 달에 한 번씩 했고 올해는 그마저도 안 된 것 같지만 많이 연락한 기분이 들었다. 중요한 건 에이드리엔이 언제나 나를 위해 시간을 내줬다는 것이다.

마침내 나는 버뱅크로 돌아와 공항역에서 내려 잠시 렌터카 대여소로 가는 셔틀을 탔다. 셔틀이 설 때마다 처음 보는 신발이 올라탄다는 확신이 들면 시내버스를 잡아 두 번 갈아탔다. 그리고 출발한 지 거의 3시간 만에 내가 사는 건물에 도착했다.

매번 경로는 다르지만 골자는 똑같다. 천천히 이동할 것, 크게 한 바퀴를 돌되 그 안에서 작게 여러 차례 순환할 것, 경계심을 유지할 것, 주의를 기울일 것, 신발을 관찰할 것, 바보같이 굴지 말 것, 죽지 말 것. 지나치게 조심하다가도 어쩌다 한 번 충분히 조심하지 못하면 다시는 되돌아갈 수 없다.

아파트의 엘리베이터 내부가 어떻게 생겼는지는 설명할 수 없다. 늘 계단을 이용하니까. 엘리베이터는 문이 하나인 상자다. 누구든 나를 강제로 태울 수 있다. 심지어 덩치가 산만한 남자도 억지로 사람을 태울 수 있다. 도망갈 곳이 없기 때문이다. 계단에서는 선택지가 있는데다 유산소운동도 할 수 있다. 결심하는 데 시간이 좀 걸렸지만 3층은 완벽한 높이라고 할 수 있다. 누가 내 창문에 손댈 수 없을 만큼 높으면서 내가 창밖으로 뛰어내려도 살아남을 수 있을 만큼 낮다. 복도에 아무도 없는지 확인하고 이중 양면 잠금장치를 푼 다음에 나의 철창으로 들어섰다.

16년 전 이사왔을 때 이 건물은 쓰레기장이나 마찬가지였다. 건물 주인은 입주민들이 불평하지 않는 한 내가 집을 어떻게 개조하든 상관하지 않았다. 그때는 수중에 돈이 좀 남아 있었으므로 이 집을 내가 진정 안전하게 머물 수 있는 유일한 곳으로 만들

수 있었다.

우리는 트라우마에 각자 다르게 반응했다. 대니는 자급자족하는 낙향인이 되었고, 에이드리엔은 셀프헬프 활동에 빠져들었고, 매릴린은 결혼이란 구덩이에 머리를 묻어버리고는 아무것도 모르는 척했고, 헤더는 약에 취했으며, 줄리아는 활동가가 되었다. 나? 나는 나를 지키는 방법을 배웠다.

나의 철창이란, 현관문 주변 벽에 나사로 고정시킨 전화 부스 크기의 철망 공간을 말한다. 철망은 단단하고 철창은 크기가 몹시 작아서 아무도 힘으로 뚫을 수 없다. 철창의 문은 네 개의 전자기電磁氣 빗장으로 잠겨 있다. 키패드에 코드를 입력하지 않고서는 절대 열 수 없으며, 전원이 차단되면 빗장이 잠긴다. 코드가 잘못 입력되어도 빗장이 잠긴다. 누군가 집에 들어와도 나의 허락 없이 더는 들어가지 못하게 막는 장치다. 현관문을 강철로 바꾸고 복도에 감시 카메라 몇 대를 더 달면 좋았겠지만 그러면 사람들의 눈에 띌 테니까 철창으로 타협을 보았다.

현관문을 걸어잠그고 코드를 입력하면 철창의 빗장 네 개가 덜커덩 소리를 내며 열린다. 나는 집으로 들어가 철창을 닫고 코드를 다시 눌렀다. 빗장이 잠기며 철커덩 하는 금속제 소리가 집을 가득 채운다. 그 만족스러운 소리에 나는 비로소 안전하다는 사실을 실감했다. 숨을 들이쉬고, 집에서 나는 표백제 냄새에 다시 한번 마음을 가라앉혔다.

"안녕? 파인." 나는 화분에게 말을 걸었다. "상황이 좋지가 않네. 안전한지 확인부터 하고 와서 말해줄게."

내가 살아 있는 건 순전히 의지력과 자제력 덕분이었다. 총기

금고를 열어 나의 38구경 스페셜을 꺼냈다. 다이아몬드가 여성의 가장 친한 친구라면, 강력한 저지력을 갖춘 믿음직한 권총은 파이널 걸의 가장 친한 친구다. 망상을 하는 게 아니다. 이런 총은 그때 리키 워커를 막지 못했고 그의 동생도 막지 못했지만, 몸통 가운데로 두 발만 맞추면 패닉 룸*에 들어갈 시간 정도는 벌 수 있다. 정확히는 패닉 옷장이지만.

나는 총을 쥐고 집을 샅샅이 뒤졌다. 15분이 걸렸다. 집에 아무도 없으며 패닉 룸의 문이 잘 작동하고 핸드폰은 충전되고 있고 커튼은 쳐졌고 내부 문은 잠겼다는 것을 확인한 후에야 비로소 자리에 앉아 파인을 손에 들어올려 무릎에 앉혔다.

"에이드리엔이……" 무슨 일이 있었는지 눈물 없이는 말할 수 없다는 걸 알아차렸지만 그래도 나는 말을 잇는다. "죽었어."

나는 그렇게 앉아서 파인의 잎사귀에 눈물을 뚝뚝 떨궜다. 소금기 있는 물이 파인에게 해롭지 않을까 싶지만 그는 묵묵히 있을 뿐이다. 파인은 말을 잘 들어준다. 나의 가장 친한 친구.

파인은 나 자신을 제외하면 내가 책임져야 할 유일한 생명체다. 그런 다짐을 하기까지 아주 오랜 시간이 걸렸고 앞선 세 화분은 모두 지켜주지 못했다. 네번째가 바로 파인인데, 파이널 식물을 줄인 말이다. 파이널 걸과 파이널 식물. 우리는 좋은 한 팀이다.

우리는 아홉 해를 함께했다. 2년 전에 잎진드기가 생겼을 때 그를 쓰레기장에 내놓을 생각을 하니 도저히 견딜 수 없었다. 나는 사흘을 연이어 잠도 자지 않고 잎사귀를 물로 닦고 비누 용액

---

* 비상사태에 대피할 수 있도록 만든 방.

으로 또 닦고 알코올로 문지르고 다시 물로 닦아주고를 수차례 반복했고, 잎을 만지며 까무룩 졸다가 또 잎진드기가 남김없이 모두 죽었는지 확인했다. 친구를 또 잃을 수는 없었다. 결국 파인은 살아났고, 그가 지켜낸 잎사귀들은 후추 식물 역사상 가장 반질반질하고 깨끗한 잎이 되었다. 파인의 기력은 완전히 돌아왔지만 줄기 위, 내가 지켜주지 못한 잎사귀가 떨어진 자리에는 여전히 흉터가 남아 있는 게 보인다.

울음이 좀 멎었으니 파인에게 모든 걸 자세히 알려주고 싶지만 아는 게 없음을 깨달았다. 에이드리엔은 오늘 아침 레드 레이크에 있었을까? 내가 본 영상은 살해 현장을 찍은 건가? 두 사건이 연관된 것은 맞나? 나는 파인을 책상 위에 올려놓고 CNN을 켰다. 뉴스에는 온통 에이드리엔의 얼굴뿐이었다. 살아 있는 파이널 걸은 그렇게 오래도록 아무도 궁금해하지 않았는데, 죽어버린 파이널 걸은 초미의 관심사인 모양이었다.

파이널 걸들은 서로의 과거에 관여하지 않지만 나는 개인적인 이유로 에이드리엔의 과거를 살피고 있었던 터라 CNN에 나오는 사진들이 익숙했다. 유일하게 새로운 사진이라곤 미라로 변한 볼커의 머리가 든 냉장고 내부 사진뿐인데 모자이크 처리되어 안타까웠다. 그게 내가 보고 싶었던 유일한 사진인데.

에이드리엔과 같은 공간에 있어본 적도 없는 CNN 앵커가 자기 여동생이라도 죽은 것처럼 아주 안타까운 얼굴을 하고 진중하게 카메라를 향해 말을 하고 있었다. 적어도 CNN 측에서도 흑인 앵커가 이 소식을 전하게끔 신경을 쓴 듯했다.

"충격적인 죽음을 맞이한 에이드리엔 버틀러는 레드 레이크 캠프 살인 사건의 생존자로 이름을 알렸고 미국 최초의 파이널 걸로 유명합니다. 치유 커뮤니티를 이끌었던 버틀러는 자신의 인생을 바쳐…… 종식시키기 위해……"

오로지 공포영화만 보는 열다섯 살 아이라면 에이드리엔이 흑인이라는 걸 처음 알았을 것이다. 〈여름의 도살〉은 에이드리엔을 백인 여자아이로 바꾸는 악수를 두었다. 나는 왜 에이드리엔이 제작자들을 응징하기로 마음먹었는지 이해가 갔다. 자신의 민족성에 자부심이 있었던 에이드리엔은 그들이 자신의 인생을 바탕으로 영화를 만들면서 그렇게 중요한 부분을 소거해버렸다는 사실에 판을 뒤집었다.

〈여름의 도살〉은 이미 히트한 상태였고, 에이드리엔의 변호사가 가처분 신청을 제기할 즈음에는 속편이 개봉을 앞두고 있었다. 변호사는 더 많은 소송을 제기해야 했고 마침내 판사가 그중 한 건에 대한 판결을 내렸을 때는 〈여름의 도살 3 3D〉가 극장에서 개봉한 상태였다. 에이드리엔은 집안에 돈이 좀 있었고 캠프 소유주들에게 합의금도 받았기 때문에 악착같은 정예 군단을 고용해 영화 제작자들을 굴복시키려 했다. 마침내 제작사가 한탕해먹고 튀려던 종자들을 강제로 협상 테이블에 앉혀놓자 그들은 이렇게 말했다고 한다.

"우리한테 원하는 게 뭐요?" 에이드리엔이 수표를 써달라거나 엔딩 크레디트에 이름을 올려달라는, 별 무리 없는 요구를 하리라 생각했던 것이다.

에이드리엔은 웃으며 말했다.

"전부 다요."

그렇게 에이드리엔은 얻어냈다. 소송이 끝나고 그녀는 처음 세 편의 영화와 앞으로 나올 모든 영화에 대한 권리를 소유하게 되었다. 이미 제작에 들어간 4편의 대본도 손에 넣었다. 에이드리엔 사건의 판결은 스토리에 대한 권리는 오롯이 생존자에게 있다는 선례를 남겼다. 희생자의 가족도, 영화를 먼저 상영한 제작사도 아닌 파이널 걸에게. 옳은 판결이었든 아니든 그 판결로 모든 것이 변했다. 우리에게 힘이 생겼다.

에이드리엔은 권리를 소유하자마자 영화 시리즈를 모두 백지화해버렸다. 모두 해고시켰다. 제작사 측의 관계자들은 돼지 멱따는 소리를 내며 꽥꽥 항의했고, 그들의 변호사들은 에이드리엔이 이 바닥이 어떻게 굴러가는지 모른다며, 의도치 않은 결과를 가져올 거라고, 촬영기사와 조명 담당자가 길에서 굶주릴 거라고 했지만 에이드리엔은 두 달에 걸쳐 모든 걸 깔끔히 정리했다. 그리고 아무도 예상하지 못했던 일을 실행에 옮겼다. 판을 다시 뒤집은 것이다.

〈여름의 도살〉세 편의 제작에 모두 참여했던 라인 프로듀서가 있었는데, 에이드리엔은 그 사람을 총괄 프로듀서로 임명하며 단 한 사람만 만족시키면 된다는 조건을 걸었다. 바로 에이드리엔 자신이었다. 에이드리엔의 변호사는 수정된 계약서로 제작사와 협상을 했고, 이듬해 여름에는 〈여름의 도살 3 3D〉가 재개봉했다. 그때는 그런 식의 재개봉이 이상하지 않았다. 그리고 두 달 후에는 〈여름의 도살 4〉가 스크린에 올랐다.

〈여름의 도살 4〉가 나오기 전에 에이드리엔은 토크쇼란 토크쇼에는 전부 출연해 영화 수익금이 자신에게 돌아오지 않고 비영리 단체 '여성 폭력 방지를 위한 에이드리엔 버틀러 기금'에 기부된다고 사방에 알렸다. 다른 살인 영화들이 여성혐오적이라는 비난을 받는 동안 에이드리엔의 〈여름의 도살〉 시리즈는 언론의 찬사를 받았다. 수익금이 좋은 일에 쓰였기 때문에 아무도 티켓을 구매하는 데 죄책감을 느끼지 않았다. 90년대 중반에 에이드리엔은 여성 폭력 분야의 오프라 윈프리가 되어 있었다. 에이드리엔이 영화와 무슨 관련이 있는지 모르는 사람도 생겼다.

에이드리엔은 책을 쓰고, 강연을 하고, 특별 방송에 출연하고, 세미나를 열고, 워크숍을 이끌었다. 영화 수익금으로 레드 레이크 캠프를 사서 폭력 피해자들을 위한 쉼터로 만들었다. 에이드리엔은 지칠 줄 몰랐고, 헌신적이었으며 긍정적이고 낙천적이었다. 미국인들이 가장 좋아하는 파이널 걸이었다.

에이드리엔을 보면 우리 모두가 가짜인 것 같은 기분이 들었다. 스스로의 잠재력을 최대로 발휘하지 않고 있다는 기분, 창문에 창살을 달거나 총 쏘는 법을 배우는 대신 나라를 위해 무엇을 할 수 있을지 고민해야 할 것 같은 기분이 들었다. 하지만 에이드리엔은 우리의 선택에 자신의 잣대를 들이밀지 않았고 결코 내가 미친 사람이라고 생각하지도 않았다.

에이드리엔은 매릴린처럼 부유하진 않았지만 언제나 마음은 더 넓었다. 줄리아가 마음에 들어하는 집에서 휠체어를 탈 수 있도록 수리 비용을 지불했다. 대니가 자연 속으로 거처를 옮겼을 때 비상전화를 설치하도록 돈을 내줬다.

"널 위한 게 아니야. 네가 조금 더 안전하단 걸 알아야 내가 잠을 잘 수 있어서 그래."

〈여름의 도살〉 영화는 에이드리엔 제국 저 아래 연료실에서 쉭쉭거리며 약동하는 검은 엔진이 되어 에이드리엔의 고통을 돈으로 바꿔냈다. 시리즈는 총 아홉 편으로, 우리 영화 가운데 가장 많은 편수를 제작했다. 그중에는 미래를 배경으로 한 공상과학 버전도 있었다. 인정사정없는 테디가 냉동 수면에서 깨어나 우주 정거장에서 사람을 죽인다는 내용이었다. 헤더에게 수익을 좀 나눠주려고 헤더 영화의 드림킹을 등장시킨 버전도 있었는데 뜻대로 되지 않았다. 원인은, 뭐 알다시피 헤더였다. 영화 속 인물로 액션 피규어가 만들어지고 인형도 만들어졌다. 이상하게도 에이드리엔은 주연에 흑인 여배우를 써달라고 요구하지 않았다. 미국 중산층의 동정심을 살 피해자가 누군지에 대해서는 언제나 현실적이었다.

한번은 줄리아가 에이드리엔에게 물었다. 친구들을 죽이고 자신마저 죽이려 한 남자가 도시락통과 티셔츠마다 찍혀 있는 게 신경쓰이지 않느냐고. 어쩌면 에이드리엔보다 남자가 더 유명하다면서.

"친구들을 죽인 건 테디가 아니었어." 에이드리엔이 빙긋 웃으며 말했다. "테디는 존재한 적도 없고. 자신의 거짓말이 여성 폭력 단절에 일조한 걸 알면 브루스 볼커가 무덤에서 뛰쳐나오겠지. 그 생각을 하면 아주 행복해."

파인과 나는 CNN을 보면서 브루스 볼커에게 테디라는 아들은 없지만 크리스토파라는 조카가 있었고, 삼촌이 사망했을 당시에 세 살이었다는 걸 알게 되었다. 이제 서른다섯 살이 된 조카는 가족의 비극이 전 세계적인 오락 사업이 되었는데 아무도 자신의 몫을 챙겨주지 않는 데 화가 났다.

나도 그 이름은 알고 있었다. 크리스토프는 에이드리엔을 상대로 성가신 소송을 제기하는 수십 명의 미친 인간 중 하나였다. 하지만 에이드리엔이 늘 변호사도 더 많고 돈도 더 많았다. 그리고 판사들 대부분은 살인범의 조카가 사망한 삼촌의 피해자로부터 돈을 받아내려는 것을 탐탁지 않게 보았다.

크리스토프는 소송을 수차례 제기했고 상황은 두더지 잡기 게임 같은 난타전이 되었다. 결국 그는 파산하고 정신이 이상해져 할리우드 영화를 본받기로 결심하게 된 것이었다.

크리스토프 볼커는 몇 년 전부터 에이드리엔의 레드 레이크 캠프 부지를 스토킹하기 시작하더니 법원으로부터 300미터 이내 접근 금지 명령을 받았다. 그간 명령을 잘 지켜오던 크리스토프는 어젯밤 돌연 삼촌의 무덤을 파헤치고 캠프로 향했다. 그리고 시즌이 끝나 캠핑장을 정리하던 당직 스태프를 죽이고, 건초 다락에서 떨어졌다가 절뚝거리며 경찰을 피해 도망쳤다. 3시간을 운전해 에이드리엔의 집으로 간 그는 미라가 된 삼촌의 잘린 머리를 냉장고에 넣었다. 아침이 되어 에이드리엔이 커피를 마시기 위해 위층에서 내려오자 그는 식료품 저장실에서 뛰쳐나와 얼음송곳으로 에이드리엔의 뒤통수를 스물두 차례 찔렀다.

다른 파이널 걸들과 마찬가지로 에이드리엔 역시 사교적인 편은 아니었기 때문에 경찰이 캠프에서 일어난 살인 사건을 알려주러 들르기 전까지 아무도 시신을 발견하지 못했다.

바로 그때 나의 핸드폰이 울렸다. 화면을 보았지만 지금은 그 사람과 얘기하고픈 마음이 들지 않았다. 긴장을 풀어야 했다. 뭔가 편안한 것으로 마음을 안정시켜야 했다. 넷플릭스를 켠 뒤 〈러브 액츄얼리〉를 찾으려고 리모콘을 누르는데 무슨 소리가 들렸다. 시간이 한참 지난 지금까지도 무섭게 느껴지는 소리였다.

뭔가가 현관문을 쿵쿵 두드리는 소리.

파인을 돌아보니 나처럼 겁에 질려 있었다. 감시 화면을 켰다. 현관문이 사각지대가 되게 내버려둘 내가 아니었다. 이사한 후 나는 밖을 내다보는 작은 문구멍에 초소형 카메라를 달아뒀다.

문 앞에는 아무도 없다.

다시 쿵쿵 두드리는 소리.

나는 책상 위 다치지 않을 만한 곳에 파인을 올려놨다. 그리고 38구경 권총을 쥐고 안전장치를 풀었다. 문 바깥에 숨겨둔 카메라가 하나 더 있는데 훨씬 낮은 위치에 달려 있었다. 그 카메라로 전환하고 나서야 왜 아무것도 안 보였는지 알 수 있었다. 휠체어에 앉아 문을 두드리는 줄리아를 비추기엔 카메라의 높이가 너무 높았던 것이다.

나는 눈을 감고 줄리아가 그냥 가기를 빌었다. 줄리아는 더 세게 문을 두드리기 시작했다.

"집에 있는 거 다 알아, 리넷!" 문 너머로, 철창 너머로, 빈 방을 가로질러 나의 유일하게 안전한 공간까지 그 목소리가 울렸다.

"갈 거야." 나는 파인에게 속삭였다. "가만히 아무 기척도 내지 않으면 갈 거야."

아무도 내가 사는 곳을 모른다. 차량관리국이 내 주소를 안전하게 보관하리라고 믿을 수 없기 때문에 운전도 하지 않는다. 도서관 회원증도 없다. 투표도 하지 않는다. 주 정부 데이터베이스에서 벗어나기 위해 모든 일을 내 힘으로 한다. 연방정부는 어쩔 도리가 없으므로 그쪽 보안이 철저하기만을 기도한다. 아무도 내 주소를 모른다는 것에는 단점이 있다. 내가 행방불명이 되면 사람들이 알 방법이 없다. 누군가 알아차리기까지 시간이 얼마나 걸릴까. 그사이 그놈이 나에게 무슨 짓을 할지 모른다.

그래서 8년 전에 나는 도박을 했다. 내가 고른 사람은 당시 새로 그룹에 들어온 멤버 줄리아였다. 가장 젊은 사람이라 내 말을 잘 따를 거라고 생각했다. 나는 하루에 두 번, 아침 9시와 저녁 9시에 문자로 줄리아에게 나의 생존을 알렸다. 문자 안부를 놓칠 경우를 대비해 봉인된 봉투를 남겼다. 다른 경우에는 절대 열어보지 말라고 신신당부했다. 거기에는 우리집으로 오는 경로가 담겨 있었다.

화면 속에서 줄리아는 문 두드리기를 멈추고 뒤로 조금 물러났다. 포기했구나. 이제 간다. 줄리아가 무릎 위의 뭔가를 만지작거리자 내 핸드폰이 울린다. 소리를 끄려고 필사적으로 음소거 버튼을 찾지만 이미 늦었다. 내가 집에 있다는 걸 들켜버렸다.

줄리아가 정신을 놓고 문에다 소리를 질렀다.

"리넷. 괴짜처럼 굴지 마, 중요한 일이야!"

파인과 나는 꼼짝 않고 소리를 죽인 채 숨도 쉬지 않는다. 이 배신자가 전화를 걸고 또 걸어서 화면에는 알림 표시가 뭉게뭉게 차올랐다. 여덟 번의 전화 끝에 줄리아는 자리를 떴다.

나는 숨을 내쉬었고 파인도 마찬가지였다. 우리는 서로를 바라보았다. 이제 어떡하지? 우리 위치가 노출됐어. 머물러야 하나, 아니면 도망가야 하나? 누군가 줄리아를 미행해서 지금 내 집을 지켜보고 있을 수도 있다. 하지만 떠날 수 없다. 이곳이 내가 유일하게 안전한 장소니까.

음식은 3주를 버틸 만큼 있다. 커튼은 열지 않아도 된다. 핸드폰을 끄고 웅크리고 있을 것이다. 아무도 들어올 수 없다. 여기라면 충분히 안전하다. 줄리아의 '긴급 상황'은 다른 사람들이 처리해줄 거야. 나는 살아 있어야 한다.

〈러브 액츄얼리〉를 절반쯤 보았을 때 또 누군가가 문을 두드렸다. 나는 볼륨을 확 낮췄다. 감시 화면을 켜 하단 카메라를 띄우면서 줄리아가 제발 나를 내버려두기를 빌었다. 화면을 본 순간 피부가 바짝 당기며 근육이 움츠러들었다. 총을 든 손은 마비됐다. 줄리아였다. 그리고 그 옆에는 기다란 검은 가운을 입고 흰색 가면을 쓴 '유령'이 몸을 웅크리고 줄리아의 목에 칼을 겨누고 있었다.

이건 실제 상황이 아니다. 이건 영화다. 넷플릭스를 계속 보고 있는 거고, 실수로 줄리아의 〈난도질〉 영화를 튼 거다. 줄리아를 연기하는 여자아이가 제법 두려움을 잘 표현하네. 커다래진 눈, 헤벌린 입, 오르내리는 가슴. 어느새 나까지 과호흡 증상을 따라 하고 있었다.

이건 영화다. 그게 전부다. 예방 조치를 그렇게 했는데 이런 일이 진짜 일어날 리가 없다. 그러니 나는 영화를 시청하고 있는 게 틀림없다. 나는 조심스러운 사람이고 위험의 여지를 두지 않는다.

유령은 검은 구멍이 뚫린 눈을 돌려 카메라를 바라보더니 인쇄용 종이를 한 장 꺼내들었다.

'문 열지 않으면 이 여자는 죽는다. 리넷.' 매직으로 쓴 글씨였다.

파이널 걸들은 서로 약속을 맺었다. 아무도 입 밖으로 꺼내지는 않지만 암묵의 약속이 존재한다는 것을 안다. 부모님이 나를 사랑했고, 나의 집은 안전하고, 파인이 나의 가장 소중한 친구라는 것을 말하지 않아도 알듯, 우리는 그 약속을 알고 있다. 괴물이 나타나면 서로를 돕는다. 그게 누구의 괴물이든. 무엇을 해야하든. 파이널 걸이라면 이런 일이 언제든 일어나기 마련이며, 우리는 매달 그룹 모임을 통해 이 합의를 상기한다.

다만 가장 먼저 도움을 필요로 할 사람이 줄리아일 줄은 몰랐다.

나는 38구경 스페셜을 꽉 쥐었다. 안전장치를 풀었는지 확인했다. 그러고 나서 현관문을 여는 버튼을 눌러 괴물이 들어오길 기다렸다.

이른바 슬래셔, 혹은 '파이널 걸' 영화는 고기 분쇄기 같은 것이다. 한편에서 제작자와 제작사 대표들이 기계를 돌리면, 다른 편에서 남성 팬들이 침을 흘리며 그 폭력적이고 성적인 판타지를 덥석 받아먹는다. 포르노 고어 관중들이 간과하는 것은 이러한 영화들이 실제 살인 사건을 바탕으로 만들어졌다는 사실이다. 실제로 현실에 존재하는 여성이 남성에게 짐승 취급을 당하고 얻어터지고 살해되거나, 혹은 친구들이 살해되는 것을 목격한 사건들 말이다. 하지만 이 판타지는 점점 강렬해지고 주류가 되어 아무도 이 유독한 나무의 뿌리에 놓인 악취나는 여성들의 시체를 지적하지 않는다. 누군가 그런 시도를 할라치면 재미를 망치는 고루한 인간이라는 비난을 산다. 나 역시 수차례 그랬다.

여성들은 대개 침묵하며, 착취에 가담한 사실을 숨긴다. 그중 누군가 반기를 들려고 하면 업계는 티셔츠와 앨범, 포스터, 액션 피규어를 더 많이 양산해 그들에게 재갈을 물린다. 거기에는 이제 유명인이 되어버린, 그들이 제일 좋아하는 살인범의 얼굴이 찍혀 있다.

'문제적'이라는 말로는 '파이널 걸' 영화의 진상을 규명조차 할 수 없다.

데버라 밸린, 「여성이라는 고기, 그 즐거운 섭취」,
『파이널 걸에 대한 최후 발언』 선집에서

파이널 걸 서포트 그룹 4
파이널 걸의 귀환

웅웅, 웅웅, 현관문 잠금장치가 열리는 버저 소리가 울렸다. 나는 매일 밤 연습했던 사격 자세로 섰다. 집안에서 이 자세를 취한다는 건 모든 게 잘못됐다는 의미다. 나는 줄리아의 머리 한참 위쪽으로 총신을 조준한다. 그쯤이 유령의 몸통일 것이다. 팔이 떨리고 손목은 힘이 빠지고 손가락에는 감각이 사라졌다. 검지에 닿은 게 방아쇠인지 방아쇠울 바깥 부분인지 알 수 없었지만, 확인하자니 너무 무서워서 문에서 눈을 뗄 수 없었다. 이 철창이 살해 장소가 되는 거다. 총알을 받아낼 벽 같은 건 생각도 나지 않았다. 총알이 저 벽을 뚫고 건물 복도까지 가면 어떻게 될지 생각할 여유가 없었다.

곤혹스러웠다.

감당하기 힘든 기분이 들었다. 과민하게 반응하고 있었다. 내가 실수를 했구나. 살면서 사람에게 총을 겨눠본 적은 한번도 없었다. 이런 일을 시내에서, 그것도 내 집에서 벌일 순 없어. 하지만 뻣뻣해진 팔을 내리기에는 너무 무서웠다. 그래서 나는 마치 무슨 대단한 영웅이라도 되는 양 바보처럼 총을 들고 서 있었다. 마치 내 세상은 끄떡없다는 듯이.

줄리아의 휠체어 앞부분이 문을 밀며 철창으로 들어오자 내 근육이 미세하게 수축했지만 나는 쏘지 않았다. 기절하지 않으려면 숨을 깊게 내쉬어야 했다. 철창의 철망이 굵어서 줄리아의 얼굴이 보이지 않았지만 무슨 기분인지 정확히 알 수 있었다. 나도 느껴봤으니까. 우리가 겪은 일을 똑같이 겪지 않는 이상, 인간이 어디까지 겁에 질릴 수 있는지 사람들은 알지 못한다.

귀에 고음의 이명이 울려댔다. 시야 한가운데의 철창을 제외한 주변 모든 것이 회색 안개로 뒤덮였다.

내가 지켜줄게. 나는 속으로 파인을 안심시켰다. 저놈이 철창을 뚫고 들어올 순 없을 거야.

파인에게 말을 하는 건지 나 자신에게 말을 하는 건지 알 수가 없다.

줄리아 뒤편으로 그 유령이 들어섰다. 생각하지 않고 방아쇠를 당겼다. 그러자 아까 품었던 의문의 정답을 알게 되었다. 내 손가락이 닿아 있던 곳은 방아쇠울 바깥 부분이었다. 그때 땀에 젖은 손가락이 총에서 미끄러지면서 얼음장처럼 차가워진 손이 총을 놓치고 허둥댔다. 나는 얼른 쪼그려앉아 미끄러운 총이 바닥에 떨어지기 직전에 손가락 끝으로 잡았고 일어설 생각도, 총을 제대로 쥘 생각도 없이 손가락으로 방아쇠를 찾았다.

"리넷! 리넷!" 줄리아가 외쳤다.

내가 우리를 지킬게, 파인.

유령은 가면을 잡아뜯으려 했다. 기이한 행동이지만 내가 안전
해질 때까지 멈출 수 없다.

"리넷! 그만둬!" 줄리아가 외쳤다.

나는 방아쇠를 당겼다.

양쪽 고막이 푹 찔리는 듯했다. 방은 연기로 자욱했다. 손목이
뒤로 꺾이면서 얼굴을 쳤고 이 사이로 쇠맛이 났다. 다음 순간 나
는 바닥에 주저앉아 있었다.

"지렸어요." 남자가 저음의 목소리로 외쳤다. "오줌을 쌌다고
요."

"리넷! 저건 러스야. 러셀 손이라고!"

나는 왼손에 총을 쥔 채 다시 일어섰다. 그리고 오른손으로 바
꿔 들었다.

"리넷!" 줄리아가 다시 외쳤다. "맙소사. 쏘지 마. 쏘지 말라니
까. 너 세이프워드*가 뭐야? 미치겠네."

나는 다시 총을 들어올렸다. 유령은 검은 가운에 몸이 엉킨 채
문을 열고 복도로 나가려 하지만 줄리아의 휠체어와 문 사이에
껴버렸다.

"도와줘요!" 그가 외쳐댔다. "살려줘살려줘살려줘!"

나는 그의 몸 중앙을 찾아 총구를 겨눴다.

"리넷!" 줄리아가 소리를 질렀다. "러셀 손이라고. 널 인터뷰
한 사람!"

---

* 듣는 순간 당장 행동을 멈추게끔 사전에 미리 정해둔 신호나 암호.

아는 이름이었다.

"러셀 손." 이름을 중얼거렸지만 내 생각은 무엇이 총알을 막아냈는지에만 쏠려 있었다. 저 유령이 왜 안 죽은 거지? 저 유령이 왜 러셀 손이라는 거야?

나는 다시 방아쇠를 당겼다.

철창이 흔들렸지만 이번에는 자세를 유지했다. 이번에는 손목이 부러지는 듯한 느낌만 났다.

"우리 좀 그만 쏴요!" 러셀 손이 비명을 질렀다.

그가 가면을 벗자 붉은색 수염이 보였다. 그는 줄리아의 휠체어 위로 넘어오고 있었고, 철창 안은 팔과 다리들이 엉켜 난리도 아니었다.

"내가 하자고 한 거 아니야! 그렇지만 나한테 문을 열어주지 않았잖아!" 줄리아가 외쳤다.

나는 너무너무 진이 빠져 있었다. 혀가 움직이지 않고 눈꺼풀이 무거웠다. 총에서 나온 연기 때문에 방이 어두웠고 눈이 쓰라렸으며 졸음이 몰려왔다.

"봉투를 열어봤어." 줄리아가 말했다. "대화가 필요해서."

이곳에서 그렇게나 오래도록 조용히 살아왔건만 나는 어느새 총을 두 번 쏜 사람이 되어 있었다. 5분 안에 경찰들이 닥쳐들 테고 앞으로 30분 안에 지난 16년 동안 저 문으로 들어온 사람을 합친 것보다 더 많은 사람들이 이 집에 들어올 것이다.

얼굴이 마비되어 움직이지 않았다. 키패드에 코드를 두들기자 빗장이 쾅 열렸다. 줄리아가 바퀴를 굴려 안으로 들어왔다.

"러스에게 수건 좀 줘." 줄리아가 떨리는 목소리로 말했다. "네가 날 쏘다니 믿을 수 없어. 젠장, 심장마비 올 것 같아."

"그건 못 가지고 들어와." 나는 유령 가면과 가운을 가리켰다.

나는 여전히 총을 쥐고 있었다. 러셀은 불이라도 붙은 것처럼 가운을 바닥에 떨어뜨렸다.

"복도로." 내가 말했다.

그는 허둥지둥 가운을 밖으로 던지고 문을 쾅 닫았다. 파인은 이 상황을 싫어한다. 파인은 우리 둘만 있는 걸 좋아한다. 낯선 사람이 여기 있는 걸 원하지 않는다.

"너무 늦었어." 내가 파인에게 말했다.

"뭐라고?" 줄리아가 한 손으로 가슴을 부여잡은 채 물었다.

러셀이 미친 사람을 보듯 나를 바라보고 있었다. 문과의 거리를 가늠하는 중이었다. 내가 걸어가 철창의 문을 닫자 빗장이 철커덩 잠겼고 러셀은 펄쩍 뛰었다. 철창에서 몸을 돌리니 러셀이 내 의자에 앉아 있었다.

"러닝머신에 앉아." 내가 말했다. "바지가 젖었잖아."

그는 수염 덮인 얼굴을 붉히면서 자리를 옮겼다. 러셀은 모든 정보를 한꺼번에 받아들이고 있었다. 끈적한 눈빛으로 사방의 벽, 내 컴퓨터와 온갖 화면 등을 훑었다. 머릿속으로 메모를 하고, 나에 관한 문장을 쓰면서('단출한 안방에는 짙은 노란색 벽'), 나를 평가하는 문단을 완성하고는('몇 년 전에 자신을 해친 남자만큼 햇빛도 무서워하는 건지 커튼을 단단히 여미고……'), 마지막 핵심 문장을 지어내고 있었다('자신의 집에 갇혀 그 남자와 마찬가지로 형량을 사는 여자').

바로 지난주에도 나와 얘기를 나눴으면서 러셀은 그런 적이 없다는 양 굳었다.

나는 철창을 살폈다. 두 군데가 그을려 움푹 들어가 있었다. 철창을 만든 남자가 38구경 총이면 쉽게 뚫릴 거라고 장담했는데 거짓말을 했든 멍청했든 둘 중 하나였다. 잘못된 정보를 바탕으로 세운 계획이 또 얼마나 있을까?

"세상에." 줄리아가 아무렇지 않은 척 말하며 덜덜 떨리는 손가락으로 움푹 패인 곳을 만졌다. "정말 우리를 쐈어."

"이 철망을 뚫었어야 했어."

"안 그래서 정말 빌어먹게 다행이네요." 저 아래 러닝머신 바닥에서 러셀의 목소리가 들렸다.

"안부문자를 안 할 때만 봉투를 열어보라고 했잖아." 내가 줄리아에게 말했다.

"긴급 상황이었어." 줄리아가 말했다.

"이건 규칙을 어긴 거야." 내가 말했다. "제대로 위반한 거라고."

"그룹의 누군가가 책을 쓰고 있어." 줄리아가 말했다. "볼커의 조카가 그걸 알고 있었고."

갑자기 속이 안 좋아졌다.

"여긴 왜 왔어?" 내가 목 막힌 목소리로 물었다.

그때 누군가 문을 거칠게 두드렸다.

"신경 꺼요!" 내가 외쳤다.

"경찰을 부를 거예요!" 여자 목소리가 되받아쳤다.

카메라를 확인했다. 복도 끝에 사는 여배우가 운동복에 끈 풀린 운동화 차림으로 서 있었다.

"리허설중이에요!" 내가 소리질렀다.

우리는 화면으로 여자가 복도를 지나 집으로 돌아가는 걸 지켜보았다.

"왜 온 거야?" 내가 다시 물었다.

"책을 쓴 게 헤더란 걸 아니까." 줄리아가 말했다. "헤더를 찾게 도와줘."

러셀은 본래의 자신감을 되찾고 바닥에서 나를 노려보고 있다. 줄리아는 내 대답을 기다리고 있었다. 에이드리엔을 죽인 남자는 우리 그룹의 누군가가 책을 쓰고 있다는 사실을 알고 있다. 줄리아는 그게 헤더라고 생각하고?

"1분만." 내가 말했다. "1분만 다들 입 다물어봐."

줄리아 사건의 살인범은 유령이었다. 검은색 가운에 핼러윈 가면을 썼던 범인은 알고 보니 줄리아의 남자친구였다. 공포영화광이던 그는 고등학교 3학년이던 당시 줄리아를 자신만의 파이널 걸로 만들고 싶어했다. 그는 가장 친한 친구와 유령 의상을 입고 둘이서 졸업반 학생들 사이를 휘젓고 다녔다. 그들에겐 죽은 여자아이들이 그저 하나의 고차원적 농담일 뿐이었다.

그들은 SAT 점수도 높은데다 대학 진학을 앞둔 영리한 아이들이었고, 자신들이 누구보다 똑똑하다고 생각했기 때문에 그 어떤 것도 진지하게 받아들이지 않았다. 두 사람이 미처 고려하지 못한 한 가지는 줄리아가 파이널 걸이 되려면 그들이 줄리아 손에 죽어야 한다는 것이었다. 그리고 줄리아는 아무런 문제 없이 그일을 해냈다. 줄리아의 말에 의하면 최악은 그들의 말장난이었다고 했다. 총을 몇 번을 쏘아대도 남자친구는 멍청한 농담을 멈추지 않았다.

90년대에 들어서자 파이널 걸에 대한 대중의 관심은 시들해졌다. 하지만 줄리아가 대학에 갔을 때 갑자기 후속편이 될 만한 사건이 벌어졌고 나라는 다시 들끓었다. 우리가 그걸 후속편이라고 부르는 건 그들이 거의 항상 돌아오기 때문이다. 줄리아와 수업을 같이 듣던 학생 중 하나가 15분이라도 유명해지고 싶어서 유령 분장을 했다. 그는 다섯 명을 죽이고 체포되어 사형 선고를 받았지만 종신형으로 감형됐으며 그 과정에서 줄리아를 일약 스타로 만들었다. 모두들 여왕의 귀환을 환영했다.

줄리아가 두번째 유령을 저지한 방법은 그를 창문 밖으로 메꽂는 것이었다. 룸메이트의 목숨을 구하기 위해서였다. 그 일로 줄리아는 L1 요추에 불완전골절을 입었다. 다리 윗부분만 부분적으로 움직일 수 있게 된 줄리아는 그날 이후로 휠체어를 타고 다녔다. 영화에선 줄리아 역할로 사슴 같은 눈망울에, 비장애인인 발레리나를 캐스팅하면서 그 부분을 없애버렸다. 요추가 골절된 것도 실은 무의미한 일이었다. 룸메이트가 병원으로 실려가는 도중에 죽었기 때문이다. 그게 인생이었다. 가장 처참한 순간에 한번 더 걷어차이는 것.

줄리아의 물리치료사는 남편으로 승격됐고, 그는 줄리아에게 토크쇼를 돌라고 설득했다. 그게 어떤 기분인지 나는 안다. 누군가가 화를 내는 게 싫어서, 특히 남자가 화를 내는 게 싫어서 하기 싫은 일에도 예스, 라고 말하게 된다. 왜냐하면 자기 자신이 어디에 있는지 알지 못하고, 아무도 나를 이끌어주지 않는데, 머릿속에선 그저 남자들을 화나게 만들지 마라는 네온사인만 깜빡이기 때문이다.

토크쇼 사람들은 줄리아가 얼마나 화가 나 있었는지 예상하지 못했다. 줄리아 자신도 몰랐다고 했다. 첫 토크쇼는 샐리 제시 라파엘의 쇼였다. 샐리는 줄리아가 영감을 주는 존재라고 했다. 줄리아는 초점 없는 눈으로 샐리를 바라보고 말했다. "그러시다면 방송국에 빌어먹을 휠체어 경사로 좀 설치해야겠다는 영감을 받아보는 게 어때요." 다음으로 예약되어 있던 쇼의 프로듀서는 토크쇼 중간에 전화를 걸어, 줄리아 대신 에드 베글리 주니어와 그의 바이오디젤* 자동차가 출연하게 됐다는 음성메시지를 남겼다. 그 이후로 다시는 연락이 없었다.

줄리아를 그룹에 데려온 사람은 에이드리엔이었다. 줄리아가 매번 시비를 거는 통에 처음에는 줄리아를 받지 않으려 했다. 줄리아는 심지어 헤더와도 싸웠다. 헤더와 싸우는 게 시간 낭비라는 건 만난 지 10분도 안 되어 알 수 있는데도 말이다. 그다음 줄리아는 매릴린에게 미국 제국주의에 대해 15분간 강연을 펼쳤다. 그 모임이 끝나고 에이드리엔은 줄리아를 레드 레이크 캠프로 불러 주말 동안 묵게 했다. 줄리아는 일주일을 머물렀다. 무슨 일이 있었는지 말해주진 않았지만 뭔가가 변한 건 분명했다. 캠프에서 돌아온 줄리아는 책에 코를 박고 법률보조원 학위를 따더니, 스포츠 의학 석사를 받고 호신술 수업을 듣고 휠체어에 앉아 사격하는 방법을 배웠다. 자신이 할 수 있는 만큼 입을 다무는 법도 배우기 시작했다.

---

* 식물성 기름이나 동물성 지방으로 만든 연료로, 보통 트럭이나 버스 등에 사용된다.

또한 줄리아는 전 물리치료사이자 현 남편이 자신의 돈을 모두 '유용'했다는 사실도 알아냈다. 이혼을 한 뒤로 상황이 더는 악화되지 않았지만, 회복하는 데는 시간이 걸렸다. 두번째 유령인 레이 칼턴은 1년에 한 번씩 항소를 했고, 판사는 1년에 한 번씩 기각을 했다. 줄리아는 자기 사건의 법률 보조 업무를 직접 맡아서 했다. 검찰 사무실은 무료로 일손을 얻어 좋아했고 줄리아는 만족감을 느꼈다.

"넌 내 삶을 위험에 빠뜨렸어." 내가 줄리아에게 말했다.

"그거 플라스틱 칼이었다고요." 러셀이 말했다.

"그게 문제가 아니야."

"지금 네 편집증보다 중요한 일이 있다니까." 줄리아가 말했다.

"넌 내 안전을 위협했어." 내가 다시 말했다.

"다들 옥신각신하기 전에 좀더 실질적인 대화를 나누면 어떨까요." 러셀이 말했다.

태도는 준엄했지만 가느다란 목소리와 젖은 가랑이 때문에 효과가 떨어졌다.

"책을 쓰는 사람이 있다는 건 어떻게 알았지?" 내가 줄리아에게 물었다.

"내가 알려줬어요." 러셀이 말했다.

나는 할말을 잃었다. 대화를 하려고 할 때마다 러셀이 내가 이해하지 못하는 쪽으로 방향을 돌려놨다. 철창 옆 후크에는 내 비상용 가방이 걸려 있었다. 그걸 낚아채고 몇 초 만에 뛰쳐나갈 수 있다.

"크리스토프 볼커야." 줄리아가 말했다. "뉴스 봤지? 에이드리엔에게 무슨 짓을 했는지?"

목소리가 제대로 안 나올 것 같아 고개만 대신 끄덕였다.

"어제 레드 레이크 캠프 살인 사건에서 살아남은 스테퍼니 푸가티 말이야. 걔가 경찰에게 말하길, 크리스토프가 그렇게 쉬지 않고 말을 해댔대. 쫓아오는 내내 여자는 어쩌고, 미혼모가 저쩌고, 동성애 안건에, 오바마 출생증명서에, FEMA 시체 수용소까지 끊임없이 얘길 했다고. 스테퍼니가 기억하는 것 중 하나가, 크리스토프가 우리 그룹 누군가와 연락을 했었다는 거야. 책을 쓴다면서 에이드리엔과의 소송에 대해 자세히 물어봤댔어."

"한마디로 첩자가 있는 거죠. 그리고 그 미치광이가 이 사실을 알고 있었던 거고요." 러셀이 말했다.

"헤더야." 줄리아가 말했다.

줄리아는 사람들이 흔히 쓰는 제 생각에는요, 제 의견은, 같은 말을 쓰지 않았다. 그냥 자기 의견이 사실인 것처럼 말했다.

"헤더가 그럴 리 없어." 내가 말했다.

"우리처럼 그룹에 의리가 없는 거야." 줄리아가 말했다. "전에도 책을 쓰려고 했고. 헤더가 책에 관심 있다는 걸 우리도 알잖아. 그리고 늘 돈이 필요하고."

"헤더일 리가 없어."

"당연히 헤더야." 줄리아가 말했다. "걔가 있는 사회적응시설에 연락했는데 그룹 모임 끝나고 돌아오지 않았더라고. 볼커 얘기를 듣고 도망간 거야. 우리가 날뛸 걸 아니까."

"그렇지만 넌 내가 미쳤다고 생각하잖아." 내가 말했다.

"뭐?"

"모임에서 말이야. 헤더가 아니라 나 때문에 우리가 모이는 거라고 했잖아. 내가 미친 애라고. 다 떠벌렸으면서."

"음……" 줄리아는 내 집을 둘러보며 말했다. "이게 확실히 건강한 정신의 산물로 보이진 않는데."

"무례하게 굴려는 건 아니지만, 난 당신이 이렇게 제대로 미쳤는지는 몰랐네요." 러셀이 끼어들었다.

"가만히 좀 있어요!" 줄리아가 말했다. "리넷, 마음 상하게 하고 신뢰를 깨뜨렸다면 정말 미안해. 그렇지만 지금 헤더가 쓰고 있는 책 때문에 우리 모두가 위험해. 그룹에 대해 어떻게 쓰든 그 책은 정신이 불안정한 팬들한테 매뉴얼이 될 거야. 자신들의 신성한 사이코를 제거하고 남성의 권위를 무너뜨린 여자를 해치우는 매뉴얼."

"헤더는 책을 쓸 정도로 인내심이 있지 않아." 내가 말했다. "대필 작가랑 인세를 나누기엔 또 욕심이 많고. 책이 중요한 게 아니야. 볼커가 어떻게 에이드리엔의 집 주소를 알게 된 거야?"

"볼커는 스토커야." 줄리아가 말했다. "스토킹을 하는 사람이니까 당연히 알겠지. 넌 지금 요점을 못 보고 있어. 지금 헤더 델루카의 이름으로 파이널 걸 서포트 그룹에 대한 폭로가 나오면 무슨 일이 일어날지 내가 꼭 설명을 해야겠어?"

우리는 모두 대중의 시선을 받으며 오랜 시간을 보냈지만 사람들은 이 그룹에 대해 알지 못했다. 나는 감옥 안에서 사형 집행을 기다리며 썩어가는 우리의 괴물들과 감옥 바깥에 있는 그 괴물의 팬들을 생각했다. 우리 중 한 명이 살해당하자 갑자기 다시 우리에게 혈안이 된 언론을 생각했다. 우리가 한 달에 한 번 버뱅크의 교회 지하실에서 만난다는 사실이 알려지면 어떻게 될지 생각했다.

"이 사람이 왜 여기 있는지 아직도 모르겠는데." 나는 턱으로 러셀을 가리켰다.

"이 사람이 그 스테퍼니란 아이가 볼커에 대해 했던 말을 알려준 거야. 그러면서 네가 어디 사는지 아냐고도 물었어. 여기까지 따라올 줄은 몰랐지."

"제 덕에 그 문을 연 거예요." 러셀은 바지에 오줌을 지리지 않은 사람처럼 으스댔다. "임기응변에 능하단 걸 증명한 거죠. 저랑 일하면 유익한 일뿐일 겁니다."

"이 사람이 볼커가 무슨 말을 했는지 알려줬다고?" 내가 줄리아에게 물었다. 이 빈대 같은 불쾌한 인간은 수년 동안 우리에게 붙어다녔다. 아직 상황을 바꿀 수 있을지도 모른다. "이 인간이 거짓말하는 게 아닌지 어떻게 알아?"

러셀은 답답하다는 듯 한숨을 내쉬었다. 우리가 남자였다면 어엿한 성인처럼 의사소통할 수 있었을 거라고 생각하는 건지도 몰랐다. 그는 창가로 걸어가더니 암막 커튼 옆에 과장된 몸짓으로 멈춰 서서 '배심원단에게 호소하는 변호사' 포즈를 취했다.

"여러분은 늘 저를 무시해왔죠. 이제 새로운 마음으로 협력해주시길 제안합니다."

러셀은 커튼을 열어 거리를 내려다보았다. 나는 절대 커튼을 열지 않는다. 목표물이 노출되기 때문이다. 창턱은 죽은 거미와 먼지로 수북했다.

"커튼 닫아." 내가 말했다.

"누가 경찰을 불렀네요." 그는 바깥 거리를 내다보더니 커튼을 확 잡아당겼다. 쏟아지는 빛을 피해 나는 방 안쪽으로 걸음을 옮겼다. "경찰이 사방에 득시글거리고 있어요."

"캘리포니아는 성城의 원칙*을 따르지. 집에서 총을 쏜 건 완전히 정당한 일이야."

갑자기 쨍그랑하는 날카로운 소리와 함께 유리가 깨지면서 거리의 소음이 왁자지껄 쏟아져들어왔고 반대편 벽에 뭔가 부딪히는 소리가 났다. 먼지가 자욱 피어오르고 창 바깥에서 우레 같은 요란한 소리가 지나갔다.

투둥퉁, 콰앙, 펑!

이어서 소리가 또 들렸다. 러셀이 잡고 있던 커튼이 확 뒤집히더니 뭔가가 휠체어에 앉은 줄리아를 뒤로 밀쳤다. 퉁, 줄리아의 머리가 바닥에 부딪히며 텅 빈 코코넛 같은 소리를 냈다. 창문에 난 두 구멍에서 바깥바람이 숭숭 불어왔다. 유리 조각 하나가 잠깐 아슬아슬하게 붙어 있다가 창턱으로 쨍그랑하고 떨어졌다. 유리창은 이내 펑 터져버렸다.

퉁퉁 퉁퉁 퉁퉁 퉁퉁 퉁퉁 퉁퉁 퉁퉁 퍼어어엉!

내 성은 사격장이 되어버렸다. 이빨 같은 납탄이 커튼을 갈기갈기 찢고 바닥에 유리를 흩뿌리고 석고 벽을 산산조각냈다. 하얀 먼지가 대기를 메우고 내 목까지 밀려들었다. 스나이퍼다. 길 건너 옥상에서 창백한 총구가 번쩍이는 게 보였다. 저쪽 건물이

---

* 캐슬 독트린(castle doctrine). 자신의 성(castle), 즉 개인 공간에 허락 없이 들어온 사람을 무력으로 제압할 수 있다는 원칙.

더 높다. 각도가 완벽했다. 스나이퍼는 한 번도 생각해보지 못했다. 저렇게 멀리서 나를 죽이려 들 거라곤 생각도 못했다.

나의 세상이 반으로 갈라지는 듯한 소리가 영원처럼 이어졌다.

러셀은 바닥에 엎드려 어깨를 움츠리고 머리 위로 손을 들고 있었다.

모든 것이 조용해졌다.

"총을 쏘고 있어요!" 러셀이 정적을 깨고 외쳤다. "우리를 쏘고 있다고요!"

척추를 따라 찌릿한 전기가 흘렀다. 나는 총을 떨어뜨리고는 몸을 구부려 후다닥 방을 가로질러 파인에게로 갔다.

잡았다. 나는 파인을 안아올렸다. 너를 두고 가지 않아.

그다음 휠체어에 앉아 쓰러져 있는 줄리아에게로 방향을 틀었다. 줄리아는 움직이지 않았다. 크게 한 걸음 내딛는 찰나 또 폭발이 시작됐다.

퉁퉁 퉁퉁 퉁퉁 퉁퉁 퉁퉁 퉁퉁 퉁퉁 퍼어어엉!

"안 돼! 안 돼! 안 돼!" 러셀이 비명을 질러댔다. "사람 살려!"

줄리아를 구하려 했지만 앞의 벽이 갈라지면서 먼지가 내 눈을 덮었다. 재빨리 뒤로 물러났지만 발에 지나치게 힘을 주다 균형을 잃고 한쪽 엉덩이로 거세게 엉덩방아를 찧었다. 파인이 바닥에 흙을 흩뿌리며 데구르르 굴러갔다.

"파인!" 파인은 멀리 떨어진 구석으로 가서야 멈췄다. 그때 러셀이 바닥에서 몸을 일으켜 현관문으로 달려가면서 내 손 하나를 짓밟았다.

퉁퉁 퉁퉁 퉁퉁 퉁퉁 퉁퉁 퉁퉁 퉁퉁 퍼벙펑!

러셀의 몸이 옆으로 날아가더니 벽에 힘없이 부딪히고는 바닥에 쓰러졌다. 나는 다시 일어서 줄리아에게 가려 했지만 총소리에 놀라 뒤로 물러났고 머릿속이 새하얗게 질렸다. 나는 나도 모르는 사이 몸을 돌려 비상용 가방을 집어든 뒤 키패드에 코드를 두들겼고 빗장이 철컹 열렸다. 총알이 당장이라도 내 등을 갈라 놓을지 몰랐다. 몇 년 동안 두려워했던 모든 상황이 한꺼번에 일어나고 있었다. 오래전 흉터가 새로 난 상처처럼 욱신거렸다. 눈에는 오로지 복도로 나가는 문만 보였다. 이제는 편집증처럼 보이지 않겠지.

툭툭 툭툭 툭툭 툭툭 툭툭 툭툭 툭툭 퍼어어엉!

사방을 에워싼 철창이 부르르르 진동했다.

툭툭 툭툭 툭툭!

총에 뚫리지 않는 철망을 판 그 남자에게 고마웠다. 나는 복도로 나가는 문을 활짝 열어젖히고 뛰기 시작했다.

미안해. 나는 줄리아와 파인 쪽을 돌아보았다.

리넷! 파인이 뒤에서 외쳤다. 아니, 줄리아인가. 날 두고 가지 마!

복도를 달렸다. 집을 뒤로하고, 가장 친한 친구를 뒤로하고, 줄리아를 뒤로하고. 어려운 상황이 막상 닥치자 결국 나 자신만 구할 수 있었다.

70년대 말, 관객들은 이미 사탄이란 소재에 염증을 느끼고 있었지만, 누구도 〈팬핸들◆ 정육점 갈고리〉의 등장을 예상하지는 못했다. 투박한 제목에 걸맞게 투박한 이 영화는 정형화되지 않은 장르 문법을 보여줬고, 관람객들은 망치로 머리를 두드려맞는 듯한 충격에 빠졌다. 〈록키 2〉와 〈007 문레이커〉 등 대작 블록버스터가 쏟아지던 때 엄청난 입소문을 타고 흥행한 〈팬핸들 정육점 갈고리〉와 〈에일리언〉은 1979년 여름 영화계를 완전히 뒤바꿔놓은 원투펀치였다. 두 영화에 유일한 차이점이 있다면, 〈에일리언〉 제작에는 1070만 달러가 들었고 〈팬핸들 정육점 갈고리〉는 14만 달러가 들었다는 점이다.

프로듀서들은 실제 파이널 걸이었던 매릴린 토레스의 이름을 영화에 그대로 사용하는 것은 물론, 실제 살인범의 이름까지 그대로 차용해 분출해대는 폭력에 섬뜩한 사실주의를 더했다. 〈팬핸들 정육점 갈고리〉는 미국 중부를 끝없는 잔인함의 풍경으로 재구성하고, 시청자를 가혹한 죽음의 농업 시스템에 끌고 들어오는 등, 중부 지역에 대한 기존의 인식을 해체시켰다. 대디 핸슨이 젊은 여성을 고기 분쇄기에 넣으면서 말하는 대사가 그 예다. "이게 남자를 위한 음식이지, 배를 채우는 것은 물론, 영혼도 살찌우지."

◆ 프라이팬의 손잡이처럼 본체에서 가늘게 뻗어나온 지역을 일컫는 말. 미국 텍사스 북단 및 플로리다 서부 등이 팬핸들 지역으로 불린다.

닉 엘리어 『미국의 공포영화: 중부 배경 영화의 특성』 2판, 1998년

파이널 걸 서포트 그룹의 새로운 악몽

나는 왼쪽으로 돌아 빼꼼히 열린 아파트 문들을 하나씩 지나치며 달렸다. 문마다 사람들이 얼굴을 토템 기둥처럼 층층이 쌓아올린 채 지켜보고 있었다. 나서서 돕기에는 너무 무섭고 안에 있자니 너무 궁금한 표정들이었다. 나는 복도 끝의 문을 박차고 계단을 허겁지겁 내려가면서 경찰들이 엘리베이터를 타고 올라오길 기도했다. 어깨 위에 걸친 비상용 가방을 고쳐메고 파인에게 죄책감을 느끼지도, 줄리아 생각을 하지도 못할 정도로 빠르게 달렸다. 콘크리트 계단을 다섯 개씩 한 번에 뛰어내리며 배낭 옆 주머니에서 플라스틱 페인트 긁개를 꺼냈다.

파인을 위해 돌아올 거야.

맹세해.

다른 선택지가 없었어.

줄리아도 이해할 거야.

층계 아래에는 건물 뒤로 나가는 비상용 문이 있었는데, 밀어서 열면 경보음이 울립니다라고 빨간색으로 적힌 디텍스 푸시바[*]가 설치되어 있었다. 빗장이 노출된 형태였다. 나는 수백 번 연습해온 대로 페인트 긁개를 푸시바와 문틈 사이로 밀어넣어 경보음이 울리지 않게 빗장을 탁 풀었다. 문이 아무 일도 없다는 듯 딸깍 소리를 내며 열렸고 나는 밖으로 빠져나왔다.

바깥은 어스름했다. 해가 언덕 너머로 지고 있던 참이라 하늘에는 주황빛 구름이 가득했다. 건물 뒤쪽에는 마름모 철망 울타리가 쳐져 있었고, 그 너머는 똑같이 생긴 구질구질한 아파트의 후면이었다. 나는 페인트 긁개를 던진 뒤 바닥에 널린 담배꽁초와 지르밟힌 맥주 캔을 지나 전력 질주했다. 철망 울타리에는 내가 오래전에 뚫어놓고 매달 확인해뒀던 개구멍이 있었다.

나는 배를 땅에 대고 옆 주차장으로 기어갔다. 낡은 아스팔트를 가로지른 뒤 내 비상용 가방에 테이프로 붙여놨던 벨트형 가방을 허리에 찼다. 그 안에 들어 있는 M&P[**] 실드 권총의 묵직함에 마음이 놓였다. 저지력은 부족하지만 그런 걸 따질 상황이 아니었다.

나는 아무 생각도 하지 않고 짜놓은 계획대로 움직였다. 반쯤 뛰듯 거리로 나가 점차 빠른 걸음 수준으로 속도를 낮추며 뒤돌아보지 않고 아파트를 벗어났다. 내 뒤로 파인의 울음소리가 머릿속에서 점차 사라져갔다. 파인을 두고 떠나다니. 미안해.

---

[*] 기다란 철제 막대를 밀어 문을 열도록 설계된 잠금장치. 주로 방화문에 이용되며 패닉 바라고 부르기도 한다.

[**] 군경(Military and Police)의 약자.

줄리아도 두고 떠났다.

나는 계획대로 움직였다.

아파트 건물에서 벗어나 주차장 빌딩으로 향했다. 사이렌이 땅거미 진 저녁을 가르며 지나갔다. 인근 모든 응급 차량이 나의 집으로 자석에 이끌리듯 모이고 있었다. 또 한 대가 사이렌을 울리며 지나갔다. 도시가 하나의 덫이었다. 나는 숨을 쉴 수 없었다.

주차장 빌딩까지는 정확히 15분이 걸렸다. 나는 차키를 손에 쥐고 계단 A를 올라 3층에 있는 내 도주용 차량으로 걸어갔다.

차량관리국 전산에 집 주소를 올리는 위험을 감수하지 않기로 오래전에 결단을 내렸지만 비상시에 쓰기 적당한 위조 신분증이 몇 개 있었다. 지난 5년간 이 주차장을 빌려 800달러짜리 쉐보레 루미나를 보관해왔다. 한 달에 한 번씩 차가 잘 움직이는지 확인했다. 트렁크에는 캠핑 장비를 넣어뒀다. 여차하면 엘패소까지 운전해서 길을 따라 전기와 수도가 없는 곳으로 사라질 계획이었다. 땅덩이가 큰 나라니 빨리 움직이기만 하면 아무도 나를 찾지 못할 것이다.

계단을 오르자마자 데크 끝에 주차된 차가 주저앉아 있는 게 보였다. 허리춤의 가방 안에 든 스미스앤드웨슨을 손에 쥐고 걸어가던 도중 뭐가 문제인지 발견했다. 누군가 타이어 네 개를 모두 찢어놨다. 머릿속이 새하얘졌지만 세워둔 계획을 믿고 아무런 망설임 없이 몸을 돌려 계단 B로 서둘러 내려갔다. 내 몸 위로 수많은 시선이 기어가는 것만 같았다.

나는 우연을 믿지 않는다. 누군가 어떻게든 내 자동차를 알아내 망가뜨렸다. 탈출 경로를 차단한 것이다.

내가 소리를 지르지 않은 건 아직 지켜보는 눈이 있을지도 모르기 때문이었다. 공황발작이 일어나지 않은 건 경련이 일어나려는 폐에 강제로 숨을 가득 채워넣었기 때문이다. 길 한복판으로 뛰어나가 의심스러워 보이는 사람들을 쏘지 않은 건 이런 일을 대비했기 때문이다. 계획이 실패하는 경우를 대비한 계획이 실패할 때를 위한 계획까지도 세워뒀다. 계획 하나는 없는 것이나 마찬가지고, 계획 둘은 하나와 다름없기 때문이다. 대니의 가르침이었다.

나는 연락처에서 L.A. 시티 택시 회사를 찾아서 전화를 걸었다. 모퉁이에 있는 도넛 가게에서 노란색과 검은색으로 된 차를 탄 후 운전기사의 택시 면허증 사진을 찍어뒀다. 운전기사가 자신의 티셔츠 사업에 대해 혼자 떠드는 동안 나는 문 가까이 앉아 비상용 가방을 무릎 위에 올려둔 채 그의 좌석 뒤로 내 스미스앤드웨슨을 겨누고 있었다. 어떻게 내 차를 찾아냈지? 어느 날 밤 나를 미행한 게 틀림없다. 이미 오래전 세워둔 계획에 내가 지금 걸려든 것이다. 모든 것이 그들 뜻대로 되고 있단 의미다. 하지만 밴 누이스의 물품 보관소는 나의 에이스 카드다.

나는 블록 끝에 내려 현금을 지불하고 모퉁이를 돌아 차들과 반대 방향으로 걸어서 거대한 베이지색 보관창고로 갔다. 보관함은 1층에 있다. 나는 문에 코드를 입력하고 시설로 들어가 A132로 향했다. 거기에는 현금 3천 달러, 갈아입을 옷 세 벌, 총과 탄약, 신용카드, 여벌 위조 신분증 등이 든 더플백이 있다. 계획은 유니언 스테이션으로 가서 국내 어디든 무작위로 떠나는 것이었다. 당분간 숨어 지낼 돈이 있으니 상황이 안정된 후 다음 거처를 정하면 된다.

유일한 문제는 머릿속이 벌떼라도 들은 듯 윙윙거린다는 것이었다. 그래서 보관함으로 한참을 걸어가던 도중에야 자물쇠가 내것이 아니란 걸 깨달았다. 예일 사의 금색 번호자물쇠를 달아놓았는데 이건 마스터 록 사의 은색 전천후 자물쇠였다. 나는 얼어붙었다. 두려움이 뼛속까지 스며 무릎이 구부러지지 않았다. 콘크리트 바닥에 뿌리를 내린 것처럼 발도 움직이지 않았다. CCTV 카메라가 목덜미를 쪼아 비추는 느낌. 어두운 복도에서 누군가나를 관찰하는 것 같다.

누군가 알고 있다. 내 탈출 경로를 모두 알고 있다. 이제 보관함 안에 든 것도 신뢰할 수 없었다. 신분증도 노출됐을 거고, 비상용 신용카드는 물론, 현금에도 표시를 해놓고 탄약에도 손을 댔을 거다. 지금 당장 나를 지켜보고 있을지도 몰랐다.

나는 즉시 바닥에서 힘겹게 발을 떼고 무거운 다리를 들어 왔던 길을 되돌아갔다. 내가 움직이는 경로를 안다면 여기서 나를 기다리고 있을지도 몰랐다. 감각 없는 다리로 나는 최대한 빨리 걸었다. 후드티를 입은 누군가가 뒤에서 나타나 나를 보관함에 밀치고 정육 칼로 신장을 재봉틀 바늘 움직이듯 찔러댈 것 같았지만 창고에는 아무도 없었다.

나는 등딱지 없는 거북이, 보호장치도 없이 맨살을 세상에 드러낸 거북이였다. 헤더가 한번은 나를 그렇게 불렀다. 진짜 파이널 걸도 아닌, 우왕좌왕하다 하필이면 괴물과 가던 길이 겹친 사람.

막상 적을 마주하면 모든 대책은 쓸모없어지는 법이다. 하지만 이렇게 빨리, 또 완벽하게 모든 계획이 실패하리라곤 생각하지 않았다. 동네를 벗어나는 두 가지 탈출 경로 모두 실패였다. 줄리 아를 믿고 주소를 맡겼지만 실패했다. 러셀을 이용할 수 있을 줄 알았지만 실패했다. 철창이 있으면 될 줄 알았는데 실패했다. 친 구들을 지켜줄 수 있다고 믿었지만 줄리아를 죽게 놔두고 도망쳤 다. 실패했고, 실패했고, 실패했다.

미안해, 파인.

정신을 차리니 버뱅크행 버스에 몸을 싣고 있었다. 시간이 숭덩 사라지고 갑자기 배경 속으로 휙 던져졌다. 사람들의 신발을 살펴 보았지만 내가 지금 어디에 있는지 전혀 모른다는 걸 깨달았다. 나의 뇌와 집중력, 주의력은 제일 절실한 순간에 나를 배신했다.

비상 정지 버튼을 누르고 내려서 차와 반대 방향으로 빠르게 걸었다. 뛰지 않으려고 애쓰며 인파에 섞여들어 오렌지 라인 버 스가 막 출발하려는 순간 미끄러지듯 올라탔다.

나는 왼편 창문 옆, 교통경찰 뒤에 앉아 허리춤의 가방에 손을 올리고 팽팽 돌아가는 뇌의 속도를 확 낮춰 사실을 짚어보려 노 력했다.

누군가 나에게 총을 쐈다.

그들이 내 탈출 경로를 알고 있었다.

줄리아가 죽었다.

아니, 마지막 문장은 지우자. 시체를 보기 전까지 파이널 걸을 쉽게 제해선 안 된다. 당해도 거듭 되살아난 이들이다. 줄리아는 살아 있다. 혼자 죽게 놔두고 떠나지 않았다. 줄리아는 살아 있 다. 그래야 했다. 대신 나는 다음 문장을 추가했다.

사람들이 내 집에 있다.

공무를 수행하는 이들의 부츠와 단화가 지금 집 바닥을 누비며 파인을 걷어차고 화분을 깨고 그의 뿌리를 짓이기며 방을 살펴보고 있을 것이다. 컴퓨터에 접속해서 나를 찾고 있을 것이다. 총이 든 네 개의 금고와 러셀의 시체만으로 내가 누군지 관심을 갖기 충분했다. 도움이 필요했다.

하차 버튼을 누르고 내리자마자 실수했다는 것을 깨달았다. 거리는 텅 비어 있다. 여기선 너무 눈에 띈다. 쓰레기통에 핸드폰을 던지고 영업중인 스타벅스를 찾아 들어갔다. 뒤편 화장실 옆 테이블에 앉았다.

비상용 가방에는 연락처가 저장되어 있고 충전도 완벽히 해놓은 일회용 핸드폰이 있었다. 핸드폰을 열어 전화를 걸었다.

"여보세요." 신호 두 번만에 상대가 전화를 받았다.

"캐럴 박사님." 내가 말했다. "리넷이에요. 누가 나를 공격했어요. 도움이 필요해요."

캐럴 박사는 생각보다 침착했다.

"어디죠? 데리러 갈게요."

"박사님 주소를 말해주세요. 제가 가는 게 낫겠어요." 내가 답했다.

"위험한 상황이라면 지금은 집으로 오지 않는 편이 낫겠어요. 이해해줘요." 박사가 말했다.

"누군가 나를 쏘려고 했어요." 내가 말했다. "우리를 다 쐈어요. 나랑 줄리아랑 그 기자랑."

"리넷." 그녀가 말했다. "경찰은 대체 뭐하고요?"

"몰라요. 도망쳤거든요. 그러니까…… 나를 쏜 게 경찰이에요. 창문으로요."

"애들이 아니라고 확신해요? 폭죽도 아니고?"

"줄리아가 맞았어요." 내가 답했다.

"세상에." 캐럴 박사는 처음으로 의사가 아니라 사람 같은 반응을 보였다. "다쳤나요?"

"모르겠어요. 도망쳤거든요."

"도망쳤다고요?" 비난조의 목소리였다.

"911을 부른 다음에요." 나는 거짓말을 하고 하나를 더 보탰다. "줄리아가 괜찮은지 제일 먼저 확인했어요. 바닥에 피를 흘리고 있는데 떠날 리가요."

바닥에 피를 흘리고 있는데 떠났다.

"줄리아를 무슨 병원으로 데려갔죠?" 캐럴 박사가 물었다.

"나를 쏘고 있었어요." 내가 말했다. "구급대원과 얘기하면서 붙어 있을 새가 없었어요. 마땅한 행동이었어요."

"마땅한 행동을 했네요." 캐럴 박사가 동의했다. "내 연구실로 와요. 나도 30분이면 갈 수 있어요."

"안 돼요." 나는 버스 노선을 보며 답했다. "평소 가던 곳이 아니어야 해요."

나는 주소를 불러주고 50분 후에 거기서 만나자고 했다. 전화를 끊고 잠시 가방을 확인했다. M&P의 약실에 총알이 들어 있는지, 주머니에 커터 칼이 있는지 확인하고 TAP 카드*를 꺼내는 데 정신이 팔린 나머지 테이블 옆으로 누가 다가오는 줄도 몰랐다.

---

* 로스앤젤레스에서 사용하는 교통카드 이름.

"5분 뒤에 마감합니다." 카페 매니저가 말했다. 나는 그를 칼로 그어버릴 뻔했다.

대신 고개를 숙이고 끄덕이며 사과했다. 기억에 남지 않도록 행동해야 했다. 카페 문을 나서며 다시 나의 시스템을 가동했다. 버스 갈아타기, 두 배는 먼 길로 돌아가기. 누가 나를 따라온다는 건 이제 의심할 여지가 없는 사실이었다. 그러면 일은 더 쉬웠다.

산타모니카 몬타나로路와 7번가의 교차로에 있는 스타벅스에서 물을 두 병째 마실 때였다.(공황은 탈수를 부른다.) 깜깜한 어둠 사이로 캐럴 박사의 검은색 아우디 S5가 지나가는 게 보였다. 캐럴 박사는 천천히 코너를 돌며 길 반대편에서 나를 찾았다. 나는 앞문을 열고 조수석에 냉큼 뛰어들어갔다.

"운전해요." 내가 말했다.

"이런, 놀랐잖아요." 캐럴 박사가 말했다.

고맙게도 캐럴 박사가 속도를 올렸고 우리는 교외의 미로 같은 주택가 사이로 나아갔다.

"괜찮아요? 리넷?" 박사가 물었지만 나는 대답하지 않았다.

뒷좌석에 나를 놀라게 할 만한 건 없는지 확인중이었다.

"문 잠가요." 내가 말했다.

차문이 딸깍 소리를 내며 잠겼고 나는 안전띠를 멨다.

"고속도로가 더 나을 거예요." 내가 말했다. "신호등 없는 큰 길로 가요. 가능하면 일단정지 표시에도 속도 늦추지 말고요."

"어디로 가고 싶은 거예요?"

"집에 가고 싶어요." 말을 하고는 목이 메어 침을 삼켰다. "그러나 갈 수 없으니 그냥 계속 가세요."

"무슨 일이 생긴 거죠?" 캐럴 박사가 물었다.

10번 고속도로를 타고 가면서 나는 모든 걸 얘기했다. 얘기를 끝냈을 때 캐럴 박사는 잠시 말이 없었다.

"병원에 전화해서 줄리아가 어떤지 찾아볼게요." 마침내 박사가 말했다. "빌리 워커일 것 같아요? 그 남자 어디 있는지 알고 있어요?"

그 이름을 듣는 것만으로 재떨이를 핥는 것 같았다.

"유인타스 교도소의 독방에 있어요. 매주 확인해요."

"팬의 소행 같아요?"

나는 고개를 저었다.

"저한테만 일어난 게 아니에요." 내가 말했다. "오늘 아침은 에이드리엔이었고 오후엔 나랑 줄리아였어요. 누군가 파이널 걸들을 처치하려 하고 있어요."

"섣불리 결론 내리지 않기로 해요." 캐럴 박사가 말했다.

"내가 진작 말했잖아요." 내가 말했다. "이제 다 끝난 일이니 그룹이 필요 없다고요? 우릴 죽이고 싶어하는 사람은 언제나 있어요. 절대 끝나지 않는다고요."

"경찰한테 가야 해요." 캐럴 박사가 말했다.

"절대 안 돼요. 개릿 P. 캐넌은 아무 도움도 안 된다고요. 그 동료들은 도와주기는커녕 나를 감방에 가둬버릴 거고요. 그럼 전 도망도 못 가고 꼼짝없이 앉아 있는 표적이 되겠죠." 내가 말했다.

"경찰을 믿는 게 리넷에게 굉장히 어려운 일이란 걸 알아요." 캐럴 박사가 말했다. "하지만 이런 일을 처리하는 건 그 사람들이에요. 리넷, 누군가가 당신을 죽이려 했어요. 줄리아를 쐈고요. 심각한 일이에요."

"나는 총이 많아요." 나는 이를 악물고 말했다. "내 집에 죽은 사람이 있어요. 누가 내 건물 전체에 기관총을 난사했어요. 경찰은 딱 세 가지만 생각하겠죠. 테러범. 테러범. 테러범."

"내가 잘 말해볼게요." 캐럴 박사가 말했다.

"경찰이 과잉 대응을 멈추고 말을 들을 때쯤이면 이미 너무 늦어요." 내가 말했다. "모르겠어요? 한 번만 실수하면 저는 죽은 목숨이에요. 놈들이 나를 몇 달 동안 관찰했다고요. 내가 어디로 갈지까지 다 알아요. 제가 지금까지 살아 있는 건 아주 빠르게 움직였기 때문이에요."

나는 좌석 위로 다리를 올려 무릎을 끌어안았다. 관자놀이 머리카락을 너무 세게 잡아뜯는 바람에 피부가 찢어질 것만 같았다.

"죽는다고요. 죽어요. 죽어요. 죽어요. 죽어요."

캐럴 박사는 내 팔을 어루만졌다. 내가 움찔하자 손을 치웠다.

"사람들이 내 집에 있어요." 점점 칭얼거림에 가까워지는 내 목소리가 듣기 싫었다. 나는 이마를 창문에 갖다붙이고 천천히 머리를 찧었다.

"지낼 만한 곳은 있어요, 리넷?" 캐럴 박사가 물었다.

호텔 아니면 모텔, 그것도 아니면 바나 교회 쉼터를 생각했다. 매릴린이나 대니 집으로 갈 수는 없었다. 지금은 안 되었다. 우리가 한곳에 모여서 더 손쉽게 처리할 수 있게 되기를 바깥의 누군가가 기다리고 있다.

"그냥 차로 좀 주변을 돌면 안 될까요?" 내가 물었다.

나는 늘 차 안에 있을 때 머리가 더 잘 돌아갔다.

"리넷." 캐럴 박사가 말했다. "집으로 가요. 어때요? 우리집으로 와서 하룻밤 쉬어요. 다른 사람들한테도 전화해서 알려주자구요. 그게 중요하다고 생각되면 그렇게 해요. 그리고 아침에 앉아서 얘기해요."

"박사님 집에 누가 있죠?"

"스카이랑 팩스밖에 없어요." 그녀가 말했다.

"남자가 있군요."

"팩스는 고작 여덟 살이에요. 스카이는 운좋으면 하루에 한 번 방에서 나오고요. 늘 컴퓨터만 하니까요. 집에는 경보 시스템도 있고 대문도 있고, 손님용 방도 있어요. 우리집으로 가요."

내가 신뢰하는 사람은 다른 파이널 걸뿐이었다. 우리는 언제나 서로를 지켜준다.

줄리아는 빼고. 줄리아는 누가 지켜줬지?

하지만 캐럴 박사는 우리를 이해한다. 우리와 16년을 함께했다. 내가 파이널 걸 외에 다른 누군가를 믿어야 한다면 그건 캐럴 박사다.

"창문 없는 방도 있어요?"

"지하에 운동실이 있어요."

별다른 수가 없는 듯했다.

캐럴 박사의 집은 셔먼 오크스에 있는 2층짜리 하얀색 아시엔다로, 마음을 진정시키고 위로할 수 있도록 디자인했다지만 동작 감지 투광조명, 자동으로 개폐되는 대문, 차 두 대가 들어가는 실내 차고, 창문 구석마다 작게 붙은 ADT 스티커, 세련되게 숨어 있는 카메라 등 부유층을 위한 보안설비는 죄다 갖추고 있었다. 그래도 지하실에서 잘 수 있어 다행이었다.

안으로 들어가니 이가 하나 빠진 금발의 아이가 부엌을 깡충깡충 앞뒤로 뛰며 고거트*를 빨고 있었다.

"엄마!" 아이가 외쳤다. "엄마! 엄마! 엄마!"

"팩스." 캐럴 박사가 입을 열었다. "여긴 리넷이라고 해. 엄마 환자고 오늘밤 주무시고 갈 거야."

아이는 뛰는 동작을 멈추더니 눈을 가늘게 뜨며 나를 바라보았다.

"아줌마도 미친 사람이에요?" 아이가 물었다.

"팩스!"

"꺼지렴." 내가 말했다.

"리넷!"

"엄마! 저 아줌마가 나쁜 말 했어요!"

"팩스, 쉬잇! 리넷, 여긴 내 집이고 가정이에요. 여기 있으려면 예의를 갖춰요."

싱크대 너머 창문으로 뒷마당을 에워싼 벽이 보여 좋았다. 그래도 나는 창밖에서 보이지 않을 곳에 섰다.

"미안해." 아이와 화해하기 위해 내가 말했다. 적어도 오늘밤은 이 아이의 집이 필요하니까. "하지만 나는 미친 사람도 아니고 그렇게 불리는 걸 좋아하지도 않아."

---

* 짜 먹는 요거트의 상품명.

아이는 나를 무시하고 캐럴 박사에게 포스트잇 메모를 건넸다.

"엄마! 경찰이 전화했어요! 이 사람한테 다시 전화하래요!"

캐럴은 나를 바라보지 않으려 노력했지만 꼬마들의 눈치란 초능력에 가깝다.

"이 아줌마를 찾는 거예요?" 아이가 소리를 질렀다. "이 사람이 범인이에요? 테러범이에요?"

"팩스, 놀이방으로 가." 캐럴 박사가 말했다.

"싫어요! 엄마를 자살 폭탄 테러범이랑 두고 갈 수 없어요!"

아이 때문에 머리가 아팠다.

"그럼 엄마가 전화하는 동안 리넷에게 네가 그린 만화를 보여주면 어때?" 캐럴 박사가 말했다.

포스트잇 메모에 적힌 번호로 전화를 거는 엄마에게 시선을 고정시킨 채 팩스는 책가방에서 스테이플러가 박힌 종이 묶음을 꺼냈다.

"여기요." 팩스가 불쑥 종이를 내밀었다. "『전쟁 유령』이라고 해요. 읽으려면 5달러 내세요."

나는 아이를 무시하고 캐럴 박사의 통화에 귀를 기울였다.

"안녕하세요. 캐럴 엘리엇 박사라고 합니다." 캐럴 박사가 전화기에 대고 말했다. 아이의 만화는 내 손에 덜렁덜렁 들려 있었다. "이 번호로 전화를 받아서요. 풀러 형사님이요. 음…… 음…… 끔찍한 일이네요. 아니요, 저는 모릅니다. 어디로 갔는지 아시나요?" 캐럴 박사는 한동안 잠자코 듣더니 말했다. "뭐라도 들으시면 제발 꼭 이 번호로 아무때나 저에게 알려주세요. 저는 늦게 자고 일찍 일어나니까요. 아, 차라리 제 핸드폰 번호를 알려드릴게요. 24시간 언제든 전화하셔도 됩니다. 맞아요."

캐럴 박사가 전화기를 내려놨다.

"팩스, 다른 데 가 있어." 캐럴 박사가 말했다.

"엄마!" 팩스가 징징거렸다.

"당장!" 캐럴 박사가 소리쳤다.

팩스는 내 손에 들린 『전쟁 유령』을 낚아챘다. 나는 캐럴 박사를 바라보며 안 좋은 소식을 기다렸지만 팩스가 완전히 사라질 때까지 박사는 아무 말도 하지 않았다. 팩스가 들을 수 없다고 확신한 뒤에야 캐럴 박사는 몸을 돌려 나를 마주보았다.

"헤더가 있는 시설에 화재가 났대요."

"거봐요!" 내가 외쳤지만 캐럴 박사는 고개를 가로저었다.

"불이 발생한 지하실에 마약 용품들이 있었대요. 아무도 죽지 않고 일부만 다쳤고요. 헤더는 실종 상태래요. 다들 헤더가 불을 냈다고 생각하나봐요."

내가 파이널 걸이 아니라면 나 역시 그렇게 생각했을 것이다.

"놈들이 우리를 잡으러 오고 있어요." 내가 말했다. "한 명 한 명 처리하러 오는 거예요. 유인타스에 전화해서 빌리가 아직 거기 있는지 확인해야 해요. 그놈들, 괴물들이 전부 어디 있는지 찾아내야 해요. 이게 후속편이나 크로스오버 영화가 아니고 뭐겠어요."

"리넷, 진정해요. 당장은 아무것도 알 수 없어요." 캐럴 박사가 말했다.

"나는 다 안다고요!" 나는 꽥 소리를 질렀다. "무슨 일이 일어나는지 알아요! 왜 아무도 내 말을 안 듣는 거죠?"

"우리 엄마한테 소리지르지 마!" 뭔가 뾰족한 것이 내 다리를 가격했다.

내려다보니 팩스가 한 손에 연필을 쥐고 이를 드러내고 있었다. 청바지를 뚫지는 않았지만 멍이 들 게 분명했다.

"엄마를 내버려둬!" 아이가 으르렁거렸다.

내가 세게 밀치자 팩스는 엉덩방아를 찧었다. 아이의 입이 만화에 나오는 O자 모양이 되었다. 캐럴 박사를 바라보니 똑같은 입 모양을 하고 있었다.

"혼자 좀 있어야겠어요." 나는 그렇게 말하고 자리를 떴다.

캐럴 박사가 침구와 에어 매트리스를 가져다줬다. 운동실은 안에서 잠글 수 있었다. 창문이 없으므로 일립티컬 머신*을 끌어다 문을 막은 다음 구석에 둥지를 틀고, 핸드폰에 충전기를 꽂고 벨소리 음량을 크게 올린 뒤 나의 스미스앤드웨슨을 베개 밑에 밀어넣었다. 그런 다음 상황을 찬찬히 되짚어봤다.

누가 우릴 쫓아오는 것일까? 팬이라면 말이 된다. 우리가 살면서 만났던 괴물들은 스타벅스에서 음료를 주문하듯 까다롭게 파이널 걸을 골랐다. 검은색 무지방 캠프 카운슬러에 고통 역치가 높은 녀석으로 샷 추가. 더블샷 두유 레즈비언 베이비시터는 거침없이 눈을 찌를 수 있고 거품은 물지 않는 녀석으로.

하지만 어떻게 이런 일들을 준비했을까? 파이널 걸 팬들은 외로운 괴짜들이다. 연쇄살인범 근처로 이사하고 미치광이의 아기를 갖는 꿈을 꾸는 부류의 인간들. 리키 워커 분장을 하고 우리집

---

* 손잡이를 잡고 앞뒤로 흔들며 걷는 운동기구.

주변을 행진하거나, 나의 양어머니를 쇼핑몰까지 따라가 그녀가 사용한 휴지를 훔쳐 부두교 의식에 사용하는 작자들. 이성적으로 사고하는 사람들이 아니었다.

잠이 들기 직전에야 나는 이 짓을 벌인 사람이 누군지 깨달았다. 그들 모두구나. 나를 둘러싼 집안의 어둠 속에서 괴물들이 어둠을 타고 기어들어오는 게 느껴졌다. 계단을 몰래 내려오며 서로에게 쉬이, 조용히 하라고 손짓하는 리키 워커와 빌리 워커. 크고 둥근 달덩이 얼굴에 가식적인 미소를 띠고 현관문에 서 있는 닉 시프먼. 집 뒤편 쓰레기통 안에서 꿈지럭거리는 핸슨 일가. 차고 문을 통해 들어오는 유령. 냉장고 불빛을 받으며 서 있는 테디 볼커. 방 반대편 거울 그림자 속에 숨은 창백한 얼굴의 드림킹.

복도에서 소리가 들리자 심박수가 치솟았다. 여덟 차례 심호흡을 하며 분명 그 징그러운 어린아이일 거라고 스스로를 다독였다. 아침에 아이의 만화책을 보고 어떤 공격의 징후가 있는지, 나중에라도 조심해야 할 아이인지 확인해야겠다고 생각했다. 여덟 살 아이라도 먼저 우위를 점하면 위험할 수 있다.

벌거벗은 기분이 들었다. 저들은 내 계획을 알고 있었다. 내 탈출구를 알고 있었다. 내 컴퓨터를 들여다보았다. 내 집에 있었다. 너무도 깊숙이 침범당한 나머지 다시는 개운한 기분을 느끼지 못할 것 같았다.

나는 줄리아를 두고 떠났다. 그렇게 하는 게 마땅했다. 줄리아도 똑같이 했을 거다. 걱정해줄 시간이 없었다. 나 자신을 구할 시간만 있었다.

만약을 대비해 침대 옆에 2킬로그램짜리 바벨을 두 개 갖다놓왔다. 캐럴 박사의 아들을 쏘고 싶지는 않았다. 그냥 기절시키는 편이 나을 것이다.

처음 L.A.에 왔을 때는 죽을 거라고 생각했다. 내가 가는 곳마다 남자들이 따라왔다. 나는 집밖으로 나가기를 포기했다. 그룹 모임에도 더이상 가지 않았다. 그러자 그들은 초인종을 울려댔고 나는 집도 안전하지 않다는 것을 깨달았다.

대니는 사격을 배우면 좀더 안전한 기분이 들 거라고 했다. 하지만 총을 만져본 적도 없는데 어떻게 사격장에 갈 수 있을까? 사람들에게 등을 내보인 채 텅 빈 벌판을 바라보며 23미터 떨어진 자그마한 종이 과녁에만 집중할 수 있을 리가 없었다. 에이드리엔은 비록 리노베이션 공사중이긴 하지만 레드 레이크에 아직 소총 사격장이 남아 있다고 알려줬다. 그리고 그곳에 나를 데려다줬다.

캠핑장에는 우리 둘뿐이었다. 그곳에 머물렀던 사흘 동안 나는 손목이 마비될 때까지 탄창을 비워댔고, 흰 스웨터에 청바지를 입은 에이드리엔은 빨간 귀마개를 착용한 채 내 뒤를 봐줬다. 에이드리엔은 총을 좋아하지 않았지만 나를 좋아했다.

에이드리엔이 죽었다. 줄리아도 죽었을지 모른다. 헤더도 살아 있는지 알 수 없었다. 눈 깜짝할 사이에 내 인생의 절반이 사라졌다.

에어 매트리스의 단점은 울면 물이 고인다는 것이다. 달리 스밀 곳이 없으므로.

◆ 뾰족한 모자를 쓴 작은 요정으로, 공포영화에 등장하는 소재 중 하나다.
◆◆ 유대교의 제식에 쓰이는 촛대로, 상징적인 의미를 지니고 있다.
◆◆◆ 고대 켈트족의 축제로, 현대의 핼러윈이 여기서 유래했다는 설이 있다.
◆◆◆◆ 미국의 특수분장 아티스트.

7위 〈놈✝커밍〉 (총 1편, 1989)

시애틀의 어느 바는 14년간 금요일마다 〈놈커밍〉을 상영해왔지만 그게 팬층이 두텁다는 얘기는 아니다. 그저 시애틀을 싫어할 이유가 하나 추가될 뿐이다. 이 영화는 형편없어도 묘하게 재미있다고 할 수준도 되지 않으며, 후속편을 만들 가치도 없다. 이 영화의 파이널 걸은 캐나다의 첫 파이널 걸이자 마지막 파이널 걸이 되었는데 이유는 딱 하나, 아주 형편없었기 때문이다.

6위 〈살인의 종소리〉 (총 4편, 1993~1997)

이지 갤러거의 특수효과는 기가 막히고 맥주만 충분하다면 재미있는 영화지만, 이 시리즈가 영화관에 걸리지도 않고 비디오 가게로 직행한 이유는 분명하다. 단 한 편도 90분이 넘지 않으며, 시도 때도 없는 크리스마스 말장난은 거의 전쟁범죄 수준이다. 〈살인의 종소리 4: 공포의 축제〉에 나오는 '메노라✦✦ 파괴범'은 인종차별주의자인 필자의 삼촌 래리가 에그노그를 여러 잔 들이켜고 지어낸 것 같다.

5위 〈팬핸들 정육점 갈고리〉 (총 5편, 1979~2003)

2003년의 리메이크 버전은 배우의 벗은 웃통과 비주얼 측면에선 나쁘지 않았다. 시리즈 1편은 미국의 가정관을 잔인하게 도륙했고 오늘날까지 악몽으로 남아 있지만, 2편은 우스꽝스러운 내용으로 곤두박질쳤고, 3편은 언급하지 않는 편이 낫겠다. 4편은 영원히 체제 전복적인 공포영화로 기억되겠지만 제작사가 저예산으로 허겁지겁 촬영한 티가 난다.

4위 〈죽음의 꿈〉 (총 4편, 1989~2003)

헤더 델루카는 진짜 파이널 걸일까, 아니면 제작사가 만든 노이즈 마케팅일까? 〈죽음의 꿈〉은 화려한 예산과 특수효과로 슬래셔 영화에 활기를 불어넣은 것일까, 아니면 13세 관람가의 감상적인 내용으로 퇴보시킨 것일까? 정답이 무엇이든 〈죽음의 꿈 4: 최후의 흉몽〉이 개봉하던 주말에 프로듀서 애비 풀로스의 가족이 살해되어 이 시리즈가 끝을 맞이했다는 사실이 우리를 씁쓸하게 만든다.

3위 〈베이비시터 살인 사건〉 (총 3편, 1981~1986)

기괴한 3편 〈베이비시터 살인 사건 3: 삼하인✦✦✦〉이 시리즈를 수렁에 밀어넣긴 했지만 그게 여전히 잔인하고 긴장감과 공포가 가득한 영화로 남아 있는 1편과 2편의 명성을 빼앗는 것은 아니다. 스테디 캠과 반복되는 드럼소리, 값싼 핼러윈 가면만으로 제작된 〈베이비시터 살인 사건〉은, 〈죠스〉가 사람들에게 물에 대한 공포를 심어주었듯 사람들이 시급 7달러짜리 베이비시터 일을 꺼리게 만들었다.

2위 〈여름의 도살〉 (총 10편, 1980~2003)

가장 방대한 시리즈이자 가장 오래된 시리즈라는 데 기본 점수를 주고 싶다. 2편, 4편, 6편은 진정한 고전이라 할 수 있다. 하지만 테디 볼커를 비난할 근거로 8편(〈워싱턴으로 간 테디〉), 9편(〈테디: 제로 G〉)을 들 수 있겠고, 10편은 그냥 나쁜 꿈이었다고 생각하자. 그래도 테디는 하나의 아이콘이며, 뛰어난 연기를 선보인 세 편에 팬 서비스를 제공한 두 편까지 합하면 이 시리즈는 은메달을 받고도 남는다.

1위 〈난도질〉 (영화 2편·드라마 1편, 1996~2003)

양보다 질. 이것이 〈난도질〉 시리즈가 슬래셔 영화를 어떻게 만들어야 하는지를 보여주는, 완벽에 가까운 사례가 된 까닭이다. 1편이 이미 꼬리를 무는 뱀처럼 스스로 순환하는데다, 기가 막히게 영리하고, 장르를 스스로 자각하면서 스릴을 선사했기 때문에 사람들은 후속편에 많은 기대를 하지 않았다. 하지만 얼마나 잘못된 생각이었던가. 후속편은 서스펜스의 걸작이었다. 히치콕이 톰 사비니✦✦✦✦를 데려올 수 있었다면 이런 슬래셔 영화를 만들었을 것이다. 거기다 결말은 관객을 울게 만든다. TV 드라마는 한 시즌밖에 방영되지 않았지만 그것마저 필요 이상으로 빈틈없었다. 이 순위 리스트를 읽고 한 명이라도 더 이 시리즈를 보게 된다면(근래 DVD로도 출시됐다), 그것으로 이 기사는 소임을 다했다 하겠다.

러셀 손 '슬래셔 영화 시리즈 순위' 〈릭 모르그〉 2010년 8월

파이널 걸 서포트 그룹 6
다음 세대

잠에 들지도, 눈을 감지도 않았지만 시간이 큰 덩어리로 뚝뚝 떨어져나가는 무아지경의 상태에 빠졌다. 해가 뜨는 것도 보지 못했다. 새들이 지저귀는 것도 듣지 못했다. 하지만 어느새 아침이었고 누군가가 작동 오류가 난 로봇처럼 일립티컬 머신을 치며 계속 문을 열려고 하고 있었다.

덜컹…… 덜컹…… 덜컹……

정신을 차리고 일어나 총을 손에 쥐자 캐럴 박사가 문 사이로 빼꼼 얼굴을 내밀었다.

"리넷, 아니 이런!" 캐럴은 문을 열어둔 채 황급히 문 뒤로 몸을 숨겼다.

"혼자예요?" 내가 물었다.

"지금 내 집에 권총을 가져온 거예요?" 캐럴 박사가 문 뒤에서 외쳤다.

"그런데요……?"

"리넷, 아직도 나를 겨누고 있어요?" 캐럴 박사가 물었다.

"아니요." 나는 거짓말을 했다.

"위협받는 느낌은 이해해요." 박사가 말했다. "하지만 아이들이 집에 있어요. 여기 머무는 동안은 금고에 넣어두기로 해요."

"안전장치 걸고 내 가방에 둘게요. 금고는 안 돼요."

나는 허리가방에 총을 도로 넣었지만 안전장치는 걸지 않았다. 그 0.5초가 생사를 가를지도 몰랐다. 그런 다음 일립티컬 머신을 문가에서 끌어냈다. 어젯밤보다 무겁게 느껴졌다.

부드러운 차콜 스웨터에 밝은 회색 슬랙스를 입은 캐럴 박사가 복도에 서 있었다. 이미 머리 손질과 화장을 끝낸 뒤였다.

"보여줘요." 박사가 말했다.

나는 가방 지퍼를 열어 총을 보여줬다. 캐럴 박사는 한 번도 총을 잡아본 적 없는 사람이라 가까이 있는 것만으로도 긴장을 했다. 안전장치가 걸려 있는지도 확인하지 못했다. 나는 지퍼를 도로 닫았다.

"아침 먹을 건지 물어보러 왔어요." 박사가 말했다.

위층 부엌에는 금발 수염이 까끌한 남자가 헝클어진 머리로 싱크대 앞에 서 있었다. 운동복 바지에 꾀죄죄한 흰 양말, 라크로스 티셔츠를 입고 고기 자르는 데 쓰는 30센티미터짜리 칼의 끝으로 베이컨 포장을 뜯으려 하고 있었다.

"내가 할게." 캐럴 박사가 가서 칼을 받아들었다.

그는 캐럴 박사가 대신 해주는 모습을 지켜보았고, 나는 그가 캐럴 박사의 또다른 아들인 스카이라는 걸 깨달았다. 이렇게 자란 걸 보니 내가 늙었단 생각이 들었다. 그는 지방이라곤 거의 없이 호리호리했다. 육상이라도 하는 듯했다. 나보다 키가 크고 팔다리도 길었으며 체력도 좋아 보였다. 상대할 수는 있지만 먼저 선방을 날리고 우위를 점해야 한다. 내가 먼저 파악하는 건 이런 것이었다. 그가 나이에 비해 매력적이고 턱이 멋있다는 것 따위는 눈에 들어오지 않았다.

"왜 아직도 있어요?" 팩스가 조리대 반대편에서 불쑥 나타나 토스트를 입에 댄 채 물었다.

"왜냐면 우리 손님이니까." 캐럴 박사가 말했다. "팔꿈치 내려."

팩스는 조리대에서 팔꿈치를 내리고 다시 토스트를 빨아댔다.

"내 손님은 아닌데." 팩스가 말했다.

"내 손님도 아니야." 싱크대에 선 스카이가 말했다. "엄마가 환자를 집에 들일 줄 몰랐어요."

"둘 다 예의바르게 행동해. 스카이 너도." 마침내 베이컨 포장을 뜯은 캐럴 박사가 가스레인지로 베이컨을 가져갔다.

"오래 구워줘요 꼭. 아주 바삭하게요." 팩스가 말했다.

우리를 벼랑 끝에서 구해낸 여성이 아이들의 시종으로 전락한 모양새는 보기 좋지 않았다. 엄마가 언제까지나 아이들이 해달라는 대로 바로 요리해주고 빨래하고 시중들어줄 수는 없다. 저 모든 일을 무상으로 처리하려면 불쌍한 여자를 속여 결혼해야 할 것이다.

캐럴 박사는 스크램블드에그, 베이컨, 통밀 토스트, 망고 스무디를 만들었다. 나는 과일만 먹었다. 평소에는 포장 처리된 음식을 선호하지만, 안전하지 못한 환경이라면 그나마 먹을 수 있는 것은 과일이다.

팩스를 뺀 모두가 식탁에 앉았다. 팩스는 등받이 없는 의자에 앉아 설렁설렁 좌우로 회전하면서 입을 크게 벌려 토스트를 우적우적 씹어먹었다. 입안으로 끈끈해진 갈색 빵덩이가 보였다. 그러더니 자기 형을 바라보며 킥킥 웃기 시작했다. 스카이가 빙긋 웃었다.

"뭔데 그러니?" 캐럴 박사가 웃음판에 끼어들려고 물었다.

"팩스가 할말이 있대요." 스카이가 말했다.

"아니야." 팩스가 고개를 흔들며 한 손으로 입을 틀어막았다.

"부끄러워할 필요 없어, 팩스." 캐럴 박사가 그를 격려했다.

팩스는 나를 바라보더니 무표정을 지으려고 노력했다.

"왕가슴." 그렇게 말하고 팩스는 킥킥거리며 의자에서 뛰어내렸다.

가슴속 뭔가가 조이는 기분이 들었다.

"팩스!" 캐럴 박사가 진심으로 충격받은 표정으로 외쳤다. "그렇게 말하면 안 돼."

그 말이 쓰인 티셔츠를 못 본 지 꽤 되었지만 분명 나에 대해 검색해본 게 분명했다. 이 쓸모없는 꼬맹이가 신경을 긁게 놔둘 수 없었다.

"괜찮아요." 내가 캐럴 박사에게 말하고 팩스에게 시선을 맞췄다. "흉터 보고 싶니? 얼마나 웃기게 생겼는지 보고 싶어?"

캐럴 박사는 어쩔 줄 몰라했다. 엄마의 난처함을 감지한 팩스가 웃음을 멈췄다. 나는 손목을 교차해 내 티셔츠 양옆 밑단을 잡았다. "그렇게 관심 있으면 보여줄 수 있어."

"올라가서 학교 갈 준비해, 팩스." 캐럴 박사가 말했다.

모두 그애가 가는 걸 지켜보았다. 계단 앞에 다다른 팩스는 뒤돌아 우리가 자신을 지켜보는 것을 보더니 몸을 돌려 위층으로 뛰어올라갔다.

"저는 보고 싶어요."

스카이가 나를 바라보았다.

"죄송해요." 스카이가 말했다. "누군지 엄마가 알려줬을 때 검색해봤어요. 팩스가 그걸 본 거예요."

"친구들한테 리넷이 여기 있는 걸 말해선 안 돼." 캐럴 박사가 말했다.

"내가 말하고 다니겠어요?" 스카이가 응수했다.

나는 일어섰다.

"리넷, 이러지 않았으면 좋겠어요." 캐럴 박사가 말했다.

나는 뒤로 돌아 내 티셔츠를 가슴 아래까지 들어올렸다.

허리에 있는 흉터가 가장 심했다. 스카이에게 그걸 보여줬다. 그의 시선이 와닿는 게 느껴졌다. 그가 숨을 토했다.

"왜 이렇게 여러 개예요?"

"수사슴 뿔 첫번째 가지와 두번째 가지에 살점이 떨어져나갔지." 나는 그에게서 고개를 돌려 창문을 바라보았다. "뿔에 대롱대롱 매달려 있는 사이에 세번째 가지가 후벼서 구멍을 내고."

"어떤 느낌이에요?" 그가 물었다.

나는 티셔츠 자락을 내리고 돌아섰다. 보통 사람들은 흉터를 보면 입을 다문다. 스카이가 계속 말을 한다는 게 놀라웠다. 어머니 얼굴은 창백한데.

"아프지. 굴욕적이고. 하지만 5시간이 지나니까 고통도 익숙해지더라고." 내가 말했다.

"이 이야긴 이 정도면 됐어요." 캐럴 박사가 말했다.

우리 세 사람은 다시 식사를 계속했지만 스카이가 나를 힐끗 훔쳐보는 게 눈에 들어왔다. 식사를 끝낸 스카이는 위층 자기 방으로 돌아갔다. 스카이도 팩스도 캐럴 박사가 그릇을 헹구고 식기세척기에 넣게 내버려뒀다. 컴퓨터도, 청소할 총도, 관리할 시스템과 스케줄도 없어지니 나는 나 자신이 누군지조차 알 수 없었다. 구석에 서서 어색하게 굴지 않으려고 애쓸 뿐이었다. 아들들 뒤치다꺼리를 끝낸 캐럴 박사가 "내 서재로 가요"라고 말하자 마음이 놓였다.

서재는 햇살이 잘 드는 증축 공간으로, 집 뒤편 방향으로 창문을 지나치게 많이 내어 무성한 대나무가 벽을 이룬 정원이 내다보였다. 커다란 창과 유리문 때문에 마음이 편하지 않았다.

나는 소파의 발받침용 의자에 앉아 벽에 아주 살짝 등을 기대고 주변을 전부 둘러보려 했다. 캐럴 박사는 안락의자에 털썩 앉아 몸을 기대더니 엄한 태도로 말을 꺼냈다.

"팩스의 행동에 사과할게요. 여덟 살이라 아직 공감을 할 줄 몰라요. 하지만 내 아들들을 그렇게 대하지 않았으면 해요."

"걔가 보여달라고 했어요."

"그리고 리넷은 티셔츠를 들어올렸고요." 캐럴 박사가 말했다. "어려운 상황인 건 알지만 여긴 내 집이고 내 가정이고 내 법칙이 있어요. 그걸 존중할 수 없다면 떠나라고 할 수밖에 없어요."

내가 가진 선택지를 떠올려봤다. 별다른 수가 없었다.

"여기 있을게요."

"그리고요?"

"박사님의 기준을 따를게요."

"고마워요."

캐럴 박사는 나보다 고작 몇 살 많을 뿐이지만 몇 년째 나를 치료해왔기에 엄마처럼 말하도록 내버려뒀다. 캐럴 박사가 나를 흡족하게 여겼으면 좋겠다. 그룹을 절대 잃고 싶지 않았다.

그때 부드러운 전자음이 들려왔다.

"잠시만요."

캐럴 박사는 핸드폰을 들고 중얼거리며 대화를 나눴다. 중간중간 나를 세 번이나 힐끗거리는 걸 보니 좋은 소식이 아니란 걸 알 수 있었다.

"헤더인가요?" 통화가 끝나자 내가 물어봤다.

캐럴 박사는 우리 사이에 있는 라탄 카펫을 한동안 응시하다가 눈을 들어 내 얼굴을 곰곰이 살폈다. 내 상태가 마음에 들지 않는 게 분명했다. 그러더니 금세 표정을 바꾸고 평소의 사람 좋은 캐럴 박사로, 대외용 표정을 단단히 장착한 모습으로 돌아왔다.

"대니가 경찰을 쐈대요." 박사가 말했다. "구속됐다고 해요."

"뭐라고요?"

느리고 아둔해지는 기분이 들었다. 먹잇감이 된 기분이다.

"리넷의 총을 나에게 넘겨달라고 할 수밖에 없겠어요."

"지금 얼마나 위험한 상황인지 모르겠어요?" 내가 물었다. "처음은 에이드리엔이더니, 그다음엔 줄리아랑 헤더였고, 이제 대니라고요?"

"지금 일어나는 일들이 서로 연관이 있든 없든, 우리집에 무기를 둘 순 없어요."

"안 돼요." 내가 대꾸했다.

캐럴 박사는 자세를 고쳐앉더니 내 눈을 똑바로 바라보며 의사 모드로 들어갔다.

"금고에 보관할 게 아니면 떠나라고 할 수밖에 없어요."

호흡이 가빠졌다. 나는 무릎 사이에 머리를 묻었다. 기도에서 힘을 빼려 했다. 심호흡을 하려 했다. 노출되겠지. 무방비 상태가 될 거야. 하지만 이 집을 떠날 순 없어. 바깥은 더 최악일 거야. 대체 대니에겐 무슨 일이 생긴 걸까?

나는 목의 근육을 이완하려 애쓰며 폐에 산소를 들이밀었고, 결국 허리가방에서 총을 꺼내 건넸다. 그러고 나서는 화장실에 간다고 얼버무리며 아래층으로 내려가 비상용 가방 바닥의 주머니를 열어 나의 작은 22구경을 꺼내 다시 허리가방에 숨겼다. 하나는 없는 것이나 마찬가지다.

위층으로 돌아오자 캐럴 박사는 나에게 상황을 알려줬다.

몇 주 전 뉴저지주 경찰이 어떤 연유로 대니의 사건 파일을 다시 열어봤다고 했다. FBI에게까지 연락을 했다는 걸로 보아 뭔가 새로운 사실을 알아낸 게 분명했다. FBI는 대니가 사는 지역의 보안관 사무소에 연락을 했고, 보안관들은 대니와 잘 아는 사이이니 걱정 말라고 했다. 오늘 아침 동이 트자 보안관은 FBI 요원을 데리고 대니의 목장으로 가서 심문을 위해 서까지 동행해달라고 요구했다. 미셸에 대해서는 신경도 쓰지 않았다.

미셸은 암으로 죽어가고 있었다. 대니 말로는 두 달 전부터 병세가 악화되어 요즘은 매일이 생사의 기로라고 했다. 때때로 30분을 간신히 보내고 이따금 20분간 느긋하게 견딜 수 있으면 다행이라 했다. 그게 대니가 하루를 보내는 방식이었다. 사랑하는 여인이 죽어가는 동안 가능한 한 의식이 생생한 시간을 조각조각 이어붙이는 것. 그들은 19년을 함께했다. 그룹 모임을 제외하고 대니가 미셸의 침대 곁에서 자리를 뜰 일은 절대 없었다.

보안관은 거실에서 심문하자고 제안했다. FBI는 용인해주지 않았다. 반드시 서에서 심문을 해야 한다고 했다. 당시 대니는 L.A.에서 막 돌아온 상태였고, 그들에게 자신의 사유지에서 나가라고 말했다. 그들이 떠나지 않자 집으로 들어가 총을 들고 나왔다. 그리고 발포하기 시작했다.

내 생각에는 대니가 경찰을 쐈을 것 같지 않았다. 대니는 법과 질서를 사랑하는 유권자로, 지역 보안관들이 연례 바비큐 파티를 하도록 자신의 땅 한구석을 내주는 사람이었다. 보안관들을 위한 사격장을 차려줬고, 보안관들이 시간이 정해진 코스를 신나게 누비며 대니가 자른 철제 과녁판을 쏘아대는 동안 미셸은 돼지를 구웠다. 경찰은 대니의 영웅이었다. 대니가 9/11 때 얼마나 힘들어했는지 나는 잘 알았다. 그런 만큼 대니가 공무를 집행하는 사람을 쐈다는 말을 믿기가 어려웠다.

캐럴 박사도 그 말을 믿지 못하고 사건의 진상을 알 때까지 전화를 걸어댔다.

"아무도 쏘지 않았대요." 마침내 안도의 한숨을 내쉬며 캐럴 박사가 말했다. "착오가 있었대요. 허공에 발포했고, 그들이 대니를 테이저 건으로 쐈다는군요. 경찰에 무기를 겨눌 사람이 아니란 걸 알아요."

좋은 소식은 그뿐만이 아니었다.

"그리고 줄리아가 살아 있대요." 캐럴 박사가 말했다. "총 세 발을 맞아서 중환자실에 있는데 아직 혼수상태고요."

"살아 있을 줄 알았어요." 어깨에 긴장이 풀리는 게 느껴졌다. 내가 이렇게 겁에 질려 있는 줄도 몰랐다.

캐럴 박사가 연이어 말했다.

"나쁜 소식이 더 있어요. 대니 사건을 다시 열어본 이유 말이에요. 누군가 자신이 사건의 진범이라고 자수를 했대요."

나는 캐럴 박사의 눈을 바라보았다.

"대니를 자살 감시 대상에 올려야 해요." 내가 말했다.

캐럴 박사가 고개를 끄덕였다.

"내가 전화할게요."

사람을 죽이는 일은 어렵다. 친오빠를 죽이는 일은 더욱 어렵다. 아무 이유 없이 친오빠를 살해했다는 사실을 받아들이기란 불가능에 가깝다. 캐럴 박사는 누군가와 연락을 취해 대니를 감시실로 옮길 수 있었다. 대니는 미셸과 있겠다고 거세게 반항하며 절규했다. 경찰은 구급차를 보내 미셸을 호스피스로 옮겼다. 미셸의 상태를 생각해보건대, 그런다고 미셸의 수명이 늘어나진 않을 것이다. 두 사람은 목장을 사랑했고 대니는 미셸에게 그곳에서 눈감게 해주겠다고 약속했었다. 약속을 깨는 일만큼 대니가 혐오하는 건 없었다. 지금 대니는 불구덩이 지옥에 있을 것이다.

지옥이라면 대니에겐 익숙한 곳이다.

80년대에 대니의 친오빠 닉은 동물 살육을 즐겼다. 커다란 몸집에 통제불능이었던 닉은 자기보다 작은 동물을 해치는 걸 재미있어했다. 대니가 일곱 살일 때 닉은 베이비시터를 다치게 했다. 너무 심한 부상을 입힌 나머지 닉은 교정시설로 보내졌다. 오빠의 열여덟번째 생일에 부모님은 대니를 면회에 데려갔다. 대니가 열 살일 때였다. 대니의 말에 의하면 닉은 소라진*에 너무 취해 혀를 쓰지 못했고, 그의 셔츠 앞면은 침에 흠뻑 젖어 투명하게 비쳤다고 했다. 대니는 다시는 그곳에 가지 않았다.

"아이였다곤 하지만, 그게 변명이 되진 않지." 대니는 모임에서 그렇게 말했다. "다시 갔어야 했는데."

대니는 열일곱 살이 될 때까지 닉을 만나지 않았다. 폭풍우로 교정시설의 전기가 나간 어느 날, 수감자 여럿이 탈출했다. 닉은 작업복 몇 벌을 훔쳐서 가족과 살던 아기자기하고 아담한 교외 동네로 돌아갔다. 그는 여동생이 왜 자신을 보러 오지 않았는지 의아해했다. 그에게는 가면이 있었다. 칼이 있었다. 때는 핼러윈이었다.

그날 대니는 베이비시터 일을 하고 있었다. 동네를 떠나기 위해 돈을 모으는 중이었다. 그때는 자신이 동성애자라는 걸 이미 알고 있었고 어떻게 해서든 뉴저지를, 동부 전역을 뜨고 싶었다. 공기가 깨끗하고 말들이 자유롭게 뛰어다니고, 어쩌면 사랑하는 사람을 찾을지도 모르는 기회의 땅 서부로 떠나고 싶었다.

닉은 가면을 쓰고 동네를 돌아다니며 대니를 찾았다. 그 길에

---

* 조현병 및 조울증 치료에 쓰이는 신경안정제의 상품명.

네 사람과 두 마리 개를 죽였다. 내가 들은 바로는 닉이 개를 먹으려 했다고도 했다. 그리고 마침내 대니를 찾아냈다. 대니는 밀리지 않고 싸웠고 집을 쑥대밭으로 만든 끝에 닉의 칼로 그를 찔렀다. 막판에 경찰이 나타나 닉을 향해 수없이 총을 쏴댔고 그는 2층 창문에서 뛰어내렸다. 하지만 시신을 찾아내진 못했다.

우리에게 후속편은 피할 수 없는 운명이다. 그게 우리를 해치는 남자들이 보통 사람들과 다른 점이자 괴물인 이유다. 그들은 계속해서 돌아온다. 대니의 오빠는 같은 날 밤에 다시 나타났다.

경찰은 대니를 병원으로 데려가 안정제에 취하게 한 뒤 대니의 병실 문을 지키도록 경찰 한 명을 남겨뒀다. 닉은 신의 징벌처럼 그 모든 보안을 뚫고 들어갔다. 열한 명이 죽었다. 그게 대니가 가장 속상해하는 점이었다. 죽은 자들은 의사, 간호사, 경찰, 구조대원들이었다. 자연재해나 차 사고로부터 달려 도망치는 사람이 아니라 달려들어가는 사람들이었다. 대니의 말에 의하면, 몇몇 사람들은 대니에게 시간을 벌어주기 위해 일부러 닉 앞에 몸을 던졌다고 했다. 그들은 조금도 망설이지 않았다.

병원의 주차장 건물 바깥에서 대니는 닉을 발견했다. 그는 내리막길 하나를 따라 대니에게 다가오고 있었다. 가면 없이, 그저 천사처럼 미소를 지으며 터덜터덜 걸어오고 있었다. 대니는 타이어 지렛대로 닉의 두개골을 내려쳤다. 별다른 방법이 없었다.

닉의 팬들은 추락한 자신들의 신을 두고 사후 숭배 집단을 만들었다. 몇 년에 걸쳐 그들은 가면 속의 살인자는 대니의 오빠가 아니었다는 루머를 퍼뜨렸다.

"그게 사실이라 생각하세요?" 언젠가 캐럴 박사에게 내가 물은 적이 있었다.

"그건 제가 추측할 일이 아니지요." 박사는 그렇게 답했다.

그게 대니의 악몽이었다. 엉뚱한 사람을 죽였다는 것. 그날 밤 교정시설을 탈출한 사람 중 행방이 묘연해진 자가 있었다. 해리 피터 워든이라는 남자로, 닉과 비슷하게 체구가 컸다. 야뇨증을 앓았으며 폭행에 이웃 주민의 반려동물을 해친 전력이 있었다. 만약 이 남자와 닉이 대니가 있는 교외로 놀러왔던 거라면? 닉이 이 남자에게 여동생 얘기를 들려주며, 얼마나 동생이 보고 싶은지 오는 내내 얘기했다면? 확인할 방법은 없었다. 살인범은 가면을 벗지 않았으므로.

닉이 그저 동생을 보러 주차장에서 나오던 것일지도 모른다는 생각이 대니의 머릿속에 박혀버렸다. 아직 혈관에 소라진이 가득해 비틀거리는 닉이 그저 여동생이 자신을 따뜻한 곳으로 데려가 엄마가 그랬듯 컵에 인스턴트 치킨누들수프를 만들어주기를 바랐던 것뿐이라면? 마침내 집으로 돌아와 왜 그간 한 번도 면회를 오지 않았느냐고 묻고 싶었는데, 그런 오빠를 타이어 지렛대로 때려죽인 거라면?

우리에게 그 얘기를 들려주며 대니는 울었다. 대니가 우는 모습을 본 처음이자 마지막이었다.

다른 사람이 이걸 어떻게 안 것일까? 이게 대니의 가장 큰 두려움인 걸 어떻게 알았을까?

그건 대니가 그룹 모임에서 그 얘기를 했기 때문이었다.

그리고 어떤 책에서 그 얘기를 읽었기 때문이었다.

음악소리에 스카이의 방문이 덜컹덜컹거렸다. 성가신 대화가 수차례 오갔고, 마침내 캐럴 박사는 경찰에 가야 한다는 설득에 내가 넘어갔다고 믿었다. 에이드리엔이 죽고 대니가 구금되고 줄리아가 입원하고 헤더가 행방불명된(동시에 방화범으로 몰린) 이 상황에서는 최대한 빨리 경찰과 협력해 수사를 하는 것이 낫다, 경찰이 심문하면 협조해야 한다는 것이었다. 나는 동의했다.

"지쳤어요." 내가 말했다. "오늘 머릿속을 좀 정리할 테니 내일 아침에 바로 가요."

캐럴 박사가 나를 껴안았다.

"리넷, 당신이 위험해질 상황은 절대 없도록 할 거예요. 안전할 거라고 내가 보장해요."

나는 해가 뜰 때까지 여기 있을 생각이 없었다.

잠기지 않은 스카이의 방문이 열리며 시끄러운 음악이 나를 트럭처럼 덮쳤다. 베이스 비트와 오토 튠이 질주하는 고속도로 중간에서 길을 잃은 기분이었다. 소음에 대기가 짓눌리는 듯했다. 나는 스카이의 방으로 들어가 등뒤로 방문을 닫았다.

방은 세제 냄새가 났다. 페브리즈와 카펫 샴푸 냄새. 바닥 여기저기 널린 더러운 옷이 구석마다 탑처럼 쌓여 있고, 지퍼 열린 더플백에서도 한가득 쏟아져나와 침대 위에 잔뜩 쌓여 있었지만 안 씻는 남자아이의 냄새는 나지 않았다. 카펫은 채도 없는 색이었다. 사이잘*이라고 해야 하나? 아니면 해변 색? 모래 색? 스카이는 상의를 벗은 채 등을 내 쪽으로 향하고 책상에 앉아 정신없이

---

* 용설란의 일종으로, 섬유로 만들면 삼베 같은 색을 띤다.

컴퓨터를 하고 있었다. 방은 책상에 있는 할로겐램프 쪽만 빼고는 어둑했다. 이름을 외쳐보지만 음악에 내 목소리가 묻혀버렸다. 사람들은 어쩌면 이렇게 자신을 무방비 상태로 노출할 수 있는 걸까? 나는 컴퓨터에 거울을 붙여 늘 내 뒤쪽이 보이게 해뒀다.

배를 문지르고 있는 듯해서 다가가보니 반바지가 무릎까지 내려가 있었다. 폭력적인 상황은 맞설 수 있지만 이런 상황에서는 입이 마르고 손바닥이 꺼끌꺼끌해진다. 상담사 선생님의 스물여섯 살짜리 아들이 자위하는 걸 보면 일어나는 당연한 반응인 것 같다.

갑자기 지저분한 옷 아래 내 몸이 지나치게 신경쓰였다. 스카이의 어깨를 건드려야 할지 돌아서서 방을 나가야 할지 알 수 없었다. 어떻게 할지 고민하던 찰나 곁눈질로 나를 발견한 그가 펄쩍 의자에서 뛰어오르더니 감전된 사람처럼 파르르 떨었다. 그러고는 몸을 가리려 허둥대며 나에게서 슬금슬금 멀어지다 반바지에 다리가 꼬여 손으로 사타구니를 가린 채 균형을 잃고 팔을 풍차처럼 허우적거리다가 엉덩이를 쫘당, 성기를 대롱대롱 흔들며 나자빠졌다.

"괜찮아!" 나는 아무런 무기가 없다는 걸 보여주려 손바닥을 들어보였다.

음악 때문에 뭐라고 하는지 들리지는 않았지만 입 모양을 보니 "이런 젠장! 당장 꺼져요!"라고 하는 듯했다.

스카이는 주춤주춤 엉덩이 위로 바지를 올리고 파블로 사냥&낚시라고 적힌 지저분한 셔츠를 걸쳤다. 리모컨을 들어 내 이가 떨리지 않을 정도까지 음악 볼륨을 낮췄다.

"엄마에게 말할 거예요." 그가 말했다.

하지만 나를 쫓아낼 생각은 없는 듯했다. 스물여섯 살다운 생각이었다. 낯선 여인에게 자위를 들켰지만 어떤 운좋은 일이 생길지 모른다는 생각에 남김없이 분노를 쏟아붓지 않는 것.

"이런 거 좋아하는 거 엄마도 알아?" 내가 물었다.

그는 이맛살을 찌푸리며 무슨 말을 하는지 모르겠단 표정을 지었다. 내가 턱끝으로 모니터를 가리키자 그는 얼굴이 홍당무처럼 새빨개져 방을 펄쩍 가로질러가더니 노트북을 쾅 내려쳐 닫았다. 미국의 평범한 남성들이 흥분을 느끼는 것들에 놀라지 않는 날이 오긴 올까.

"원하는 게 뭐예요?" 당황한 스카이가 짜증을 냈다.

짜증은 내가 필요한 게 아니었다. 나는 그의 자발적인 도움이 필요했다.

"날 믿어도 돼." 나는 말했다. "더한 것도 봐서. 그에 비하면 네 포르노는 〈탐험가 도라〉* 수준이야."

"제발 부탁인데 '포르노'란 말 좀 하지 말아줄래요?" 스카이가 목소리를 확 낮춰 말했다.

아침 내내 생각했다. 누군가에게 부탁하는 건 좋아하지 않지만, 만약 상대가 캐럴 박사의 아들이고 마침 같은 집에 있다면 물어보지 않는 게 어리석은 일일 터였다. 그를 내 편으로 돌려놓을 필요도 있었다.

"너 컴퓨터 잘하니?" 내가 물었다.

---

* 미국에 거주하는 어린이를 위한 스페인어 · 영어 교육용 애니메이션.

"우리 엄마 일 관련 사이트랑 이메일 계정도 다 내가 만들어준 거예요." 스카이가 말했다.

"나를 우리집으로 태워다줬으면 해. 안에 몰래 들어갈 수 있게. 그리고 누가 내 컴퓨터를 열어봤었는지도 말해주면 좋겠고."

"왜요?"

"차가 없으니까 태워다주면 좋겠고, 경찰이 건물을 감시하고 있을 테니까 안에 몰래 들어갈 수 있게 도와줬으면 좋겠고, 누가 내 친구를 죽이려는지 알아야 하니까 내 컴퓨터를 열어본 사람이 누군지 말해줬으면 좋겠어. 공짜로 해달라곤 안 할게."

"얼마 줄 건데요?" 스카이가 물었다.

"500달러."

"좋아요. 10시에 아래층에서 만나요. 이제 좀 나가요."

스카이는 다시 음악 볼륨을 올렸고, 그 소리에 안구 안쪽까지 진동하는 듯했다.

나는 다른 사람을 신뢰하는 만큼 캐럴 박사를 신뢰했고 거기에는 캐럴 박사의 아이들도 포함되어 있었다. 나는 캐럴 박사가 부엌에서 전화를 받을 때까지 기다렸다가 햇살이 잘 드는 증축 공간으로 돌아가 이럴 때를 대비해 가지고 다니는 옛날 도서관 카드로 서재 문의 잠금장치를 풀었다. 혼자 이메일 계정을 만들지 못할 정도라면 종이 문서를 보관하고 있을 거라는 생각이 들었다. 예상한 대로 L자 모양 책상 아래에 서류함이 있었다.

나는 재빨리 의자 오른편의 첫 서랍을 먼저 살폈다. 거기에 가족 서류를 보관할 듯했고 다행히도 내 추측이 맞았다. 팩스 엘리엇 다음에 스카이 엘리엇이 나왔다. 오늘밤 스카이의 차에 꼼짝

없이 갇혀 있어야 할 테니 어떤 위험이 도사리는지 미리 알고 싶었다.

UC 버클리에 보낸 성적증명서를 보니 징계를 받거나 체포된 적은 없었다. 꽃가루 알레르기로 파타내즈*를 처방받은 것 외에는 처방 기록도 없었다. 어렸을 때 R 발음을 하지 못해 잠시 언어 치료를 받은 것 외에는 정신과 기록도 없었다. 깨끗했다. 남자치고 깨끗하다고 할까. 스카이 정도면 괜찮을 것이다.

나는 잠시 다른 서랍도 살펴보았다. 환자 이름이 성 순서대로 차례차례 있었다. '다이어, 샌드라' '클라인, 데버라' '메이슨, 태머라' '모레인, 바이얼릿' '산체스, 베라'. 전부 여성이었지만 이상하진 않았다. 캐럴 박사는 폭력 피해자들 전문이었고, 폭력 피해는 여성이 지나치게 많이 차지하는 유일한 것이니까. 몇 명의 기록을 살펴보니 전부 괴물을 만났지만 죽이진 않은 여성들이었다. 파이널 걸의 태동 단계랄까.

나는 서랍을 닫고 책상을 살폈다. 책상 위로 각종 학위 수여증과 표창장, 아널드 슈워제네거와 악수하는 사진, 에이드리엔과 줄리아와 함께 나온 〈타임〉 표지가 액자에 걸려 있었다. 나는 당시 이 세 사람처럼 언론 앞에 나서지 않았다. 모두의 시선에 노출된다는 생각만 해도 소름이 돋았다.

컴퓨터 옆에는 서류 선반이 있고 종이 파일이 하나 있었다. 펼쳐보니 안쪽 면에 낯익은 얼굴이 클립으로 고정되어 있었다. 푸가티, 스테퍼니. 그 아이는 다시는 지을 수 없을 미소를 짓고 있

---

* 알레르기 및 비염에 쓰이는 약의 상품명.

었다. 엉뚱하고 경계심 없는 그 미소 어딘가가 질리언의 미소를 생각나게 했다. 나는 질리언을 더는 떠올리지 않으려고 애썼다. 어떻게든 머릿속에서 몰아내려고 노력했다. 질리언을 떠올리면 그애에게 일어난 일이 생각나기 때문이었다. 눈물이 나오기 전에 모든 물건을 그대로 되돌려놓고 서재를 나와 문을 잠갔다.

나는 운동실에 앉아 맞은편 벽을 바라보며 질리언과 질리언을 구해내지 못한 일에 대해 생각하지 않으려 노력했다. 우리집 바닥에 줄리아를 내버려두고 도망친 일 역시 생각하지 않으려 애썼다. 오래도록, 아주 오래도록 생각했다. 어차피 오늘밤이 되기 전까지는 할 수 있는 게 없었다. 아는 사람들을 구해내지 못한 일들을 떠올리니 시간이 훅훅 날아갔다. 팩스가 방문을 차며 저녁을 먹을 건지 물어봤고, 나는 오늘은 일찍 자겠다고 엄마에게 전해달라 했다. 내일은 경찰을 만나는 중요한 날이니까.

우리가 캐럴 박사의 업무란 걸 알고는 있었지만, 그 파일들을 보고 나니 한정판 피규어나 판에 꽂힌 나비처럼 수집품이 된 기분이었다. '푸가티, 스테퍼니' 파일을 제자리에 놓기 전에 한번 훑어보았다. 그 아이는 3년 전, 열세 살일 때 겪은 사건 때문에 레드 레이크에 와 있었다. 학교의 테니스 코치가 라켓 챔피언에 너무 집착한 나머지 선수들에게 독약을 먹이기 시작했던 것이다. '푸가티, 스테퍼니'는 사무실에서 얘기를 나누다가 이를 알아챘다. 코치가 치사량 수준으로 약을 먹이기 직전이었다. 레드 레이크 사건은 그애의 첫 사건이 아니라 후속편이었다. 이제 우리와 같은 처지였다. 불쌍해라. 캐럴 박사의 수집품에 인형이 하나 더

추가된 것이다.

시계가 오후 9시 57분을 가리키자 나는 비상용 가방을 어깨에 매고 허리가방까지 찬 채 살금살금 복도로 나갔다. 캐럴 박사가 집 뒤편에서 아주 분명하고 자신감 있는 목소리로 누군가와 통화하는 소리가 들렸다. 옆문으로 걸어가자 그 목소리가 희미해졌다. 거기에 스카이가 기다리고 있었다.

"준비됐어요?" 스카이가 속삭였다.

나는 발아래를 내려다보았다. 그는 검은색 무거운 밀리터리 부츠를 신고 있었는데 집을 몰래 빠져나가기엔 너무 거추장스럽고 요란한 소리가 날 것 같았다.

"신발 다른 거 신어." 내가 작은 목소리로 말했다.

"이거 언더아머예요." 스카이가 다시 속삭였다. "끝내주는 거라고요."

나는 한심하다는 표정을 지어 보였다. 남자아이와 장난감이란. 스카이가 딸깍 옆문을 열었고 우리 둘 다 귀를 쫑긋 세웠지만 캐럴 박사의 목소리는 여전히 부엌을 울리고 있었다. 좋은 신호로군. 우리는 재빨리 차고로 숨어들었다. 스카이의 부츠가 정확히 내가 예상한 소리를 냈다.

"거기!" 부엌문을 닫으려는데 내 뒤에서 새된 목소리가 들려왔다. "어디 가는 거예요?"

팩스였다. 나는 팩스의 얼굴에 대고 문을 닫으려 했지만 그가 문을 붙잡았다.

"몰래 나가는 거예요? 두 사람 지금 데이트하는 거예요?"

"조용히 해." 내가 속삭였다.

하지만 그 말을 하고 어떻게 해야 할지 알 수 없었다. 때릴까? 묶어서 재갈을 물려? 나는 팩스의 형을 돌아보았다.

"엄마한테 말하지 마." 스카이가 팩스에게 소곤거렸다.

징그러운 꼬마의 눈이 가늘어지며 까맣게 번뜩였다.

"맨입으로?" 팩스가 속삭였다.

적어도 목소리를 낮추긴 했다.

"얘한테 뭐라도 주세요." 스카이가 나에게 말했다.

"뭘 바라는데?" 내가 물었다.

팩스는 콩콩 뛰었다. 고개를 돌려 집안을 확인하고는 다시 나를 바라보며 잭 오 랜턴처럼 웃었다.

"내 책을 사세요." 그가 전날 나에게 들이밀었던 만화책을 흔들었다.

"5달러면 되겠어?" 내가 지갑에 손을 뻗으며 속삭였다.

"100달러는 어때요?" 팩스가 대답했다.

진지한 표정이었다. 스카이를 쳐다보자 어깨를 으쓱할 뿐이었다. 퍽이나 도움이 되는군. 볼모를 잡은 녀석 앞에서 20달러 지폐 다섯 장을 세며 나는 여동생이 있다는 게 어떤 기분이었는지 떠올렸다. 가슴 깊은 곳이 아파왔고 이 한줌만한 녀석이 더욱 싫어졌다. 팩스는 만화책을 떡하니 건넸고 나는 그걸 받아서 가방에 쑤셔넣었다.

"잘 가라, 바보들아!" 그가 웃어댔다.

"쟤 마음 바뀌기 전에 얼른 가요." 스카이가 말했고 우리는 캐럴 박사의 차고를 나와 깊은 밤 속으로 걸어갔다.

슬래셔 영화의 제작

/ / /

비디오 가게로 직행하긴 했지만, 〈팬핸들 정육점 갈고리〉 시리즈는 1988년에 가장 완성도 높은 작품 〈팬핸들 정육점 갈고리 4: 새로운 세대〉를 선보였다. 같은 해에 나온 〈여름의 도살 6: 무한의 악령〉은 〈여름의 도살〉 시리즈 사상 가장 인기 많은 작품이 되었다. 하지만 그다음 해에 등장한 두 영화, 〈죽음의 꿈〉과 〈놈커밍〉이 슬래셔 장르를 망쳐놓는다. 〈죽음의 꿈〉은 시리즈의 세계관에 잘 부합하는 번지르르한 내용에 고스풍 매력남 킬러가 진부한 말을 그럴싸하게 늘어놓는 등 할리우드 공포영화로서 일반 대중들에게 호평을 받았지만, 주류 영화가 되려는 야망이 슬래셔 장르의 예술성을 궁지로 몰아넣었다. 캐나다가 슬래셔 영화 목록에 보탠 〈놈커밍〉은 한심해서 언급하지 않는 편이 낫겠다. 이로부터 4년이 안 되어 나온 〈살인의 종소리〉는 비디오 가게로 직행하는 블록버스터급 데뷔로 이미 관짝에 누운 슬래셔 장르에 흙 한 삽을 보탰다.

조너선 스톡스, 『비명을 지르는 처녀들과 마체테를 든 괴물들: 슬래셔 영화의 제작』, 2008년

파이널 걸 서포트 그룹 7
파이널 걸의 아들

"부탁인데 바닥에 앉지 않았으면 좋겠어요." 스카이가 기어를 바꾸며 말했다. 나는 조수석 바닥에 몸을 욱이고 앉아 있었다. 무릎은 부둥켜안고 등은 차문에 바짝 댄 채 머리는 글러브박스 때문에 숙인 자세다. 바깥에는 나를 찾는 눈들이 있다. 어떤 위험도 감수하지 않을 것이다.

"어쩔 수 없어." 내가 말했다.

스카이는 한숨을 내쉬고 계속 운전을 했다. 맞은편에서 오는 차들의 헤드라이트 빛이 그의 길쭉한 얼굴 오른쪽을 비쳤다가 왼쪽으로 스러졌다. 오른쪽에서 왼쪽으로. 나는 차에 타면 늘 졸음이 와서 머리를 자꾸 떨군다. 눈꺼풀은 무겁고 가슴에 잠의 기운이 들어찬다.

그가 오른손으로 핸들을 돌리자 문손잡이에 등이 배겼다. 지퍼를 살짝 열어놓은 비상용 가방은 좌석에 두었고, 내 손은 그 안에서 22구경 총을 붙들고 있었다.

"그게 어떤 거예요?" 스카이가 질문을 던졌다.

"뭐가?"

"아까 내 방에서 그랬잖아요. 더 심한 것도 봐서 제 건 〈탐험가 도라〉 수준이라면서요. 어떻게 더하단 거예요?"

비정상적인 성적 취향. 경고 신호 중 하나다. 졸음이 싹 사라졌다. 무기를 제대로 쥐었는지 확인했다.

"미안해요. 변태 같았네요."

그는 나를 슬쩍 내려다보며 민망하다는 듯 희미하게 웃었다. 내가 스카이보다 조금 어렸을 때는 입 밖으로 꺼내는 모든 말이 부끄러웠던 게 기억났다. 나는 마음을 누그러뜨렸다.

"케네스 햄프슨이란 남자가 있었지." 내가 말했다. "라레도 외곽의 보이스카우트 캠프에서 일하면서 당시 '사막의 사신'이란 이름을 썼어. 감옥에서는 '사신의 씨앗'이라며 정액을 병에 담아 팔아댔지."

"아, 안 돼! 꺼지라 해요!"

"교도관이 그걸 보온병에 넣어서 빼돌려. 그런 다음 온라인에 파는 거야." 내가 말했다.

"그걸 어떻게 알아요?" 스카이가 물었다.

"세상은 넓어. 이런 사이코들의 일부분을 원하는 작자들이 있지. 살인기념품이라고 해. 피해자 무덤의 흙. 콜린 밴 데우슨이 백색 새틴의 기사에게 머리가 잘릴 때 입고 있던 프롬 드레스. 그 드레스는 8천 달러에 팔렸지."

"사람들이 어떻게 그런 걸 구하죠?"

"콜린의 부모님이 프롬 드레스를 팔았지." 내가 말했다. "가끔은 자존심보다 돈이 더 궁해지는 법이니까."

"그래본 적 있어요?"

물어볼 법한 질문이었지만 화가 났다. 손가락으로 상처를 후비고 있었다. 나는 화를 가라앉히기 위해 다섯을 셌다.

"아니." 거짓말이었다.

"이런 거 좋아하나봐요." 의문문이 아닌 평서문이었다. 그것도 그의 엄마처럼 단정짓는 목소리였다.

차가 커브를 돌았다. 스카이는 도로에 합류하기 전에 어깨 뒤로 고개를 돌려 차가 오는지 살폈다. 차는 속력을 올려 빠르게 달리기 시작했고 나는 목소리가 들리도록 엔진소리보다 크게 외쳐야 했다.

"나라고 이렇게 살고 싶은 것 같아?" 내가 말했다. "이런 인생을 내가 택했을 것 같니? 나는 내 일만 신경쓰며 살았는데 괴물이 문을 열고 들어온 거야. 내가 들어가지 마시오 표지판을 무시하고 낡은 정신병동에 몰래 기어들어간 것도 아니고, 인디언 부족들 고분 위에 집을 세운 것도 아닌데. 내가 '요구한' 게 아니었다고. 나는 당한 거야."

"맞아요." 스카이가 큰 소리로 말했다. "그런데 과거로부터 벗어나지 않잖아요. 우리 엄마가 그랬어요. 아주 오래전에 일어난 일이라고요. 털어낼 수 있잖아요."

허리가 죽을 것처럼 아팠다. 리키 워커가 나를 방문한 이후로 줄곧 상태가 좋지 않았던 왼쪽 콩팥이 앉은 자세 때문에 더욱 눌려 있었다. 조수석으로 올라가고픈 충동을 참았다.

"네 말이 맞아." 내가 말했다. "살면서 겪은 최악의 사건으로 인생 전체를 정의할 필요는 없어. 그렇지만 불행히도 놈들은 돌아와서 우리를 다시 죽이려는 나쁜 습성이 있거든. 그렇게 되면 내 인생이 괴물들 사이에서 벌어지는 사건이 아니라, 인생 자체가 괴물이란 것을 깨닫게 돼."

"그렇다고 해서 인터넷으로 정액을 파는 남자를 찾아볼 필요는 없잖아요." 그가 좌회전을 하면서 말했다. 덕분에 내 불쌍한 콩팥에 가해지던 압력이 줄어들었다. 총을 왼팔로 쥐고 있느라 왼쪽 어깨에 불이 나는 듯했다.

"너 신문 읽니?" 내가 물었다.

"아니요." 스카이가 경멸하는 표정을 지었다.

"인터넷 뉴스는?"

"그건 읽어요."

"왜? 다 너랑 관계있는 일도 아니잖아. 딥워터 호라이즌*에 대해 모르면 하루가 편할 텐데 왜 굳이?"

"왜냐면 세상이 어떻게 돌아가는지 알고 싶으니까요."

"바로 그거야." 내가 말했다.

스카이는 잠시 생각하더니 고개를 흔들었다.

"달라요." 그가 말했다. 내가 정확히 똑같다고 반박하려는데 그가 다시 입을 열었다. "집 앞 길로 들어왔어요."

그가 우회전을 했다. 다시 콩팥이 죄어왔다.

---

* 미국 루이지애나주 앞바다에 있었던 반잠수형 해양굴착시설. 2010년 폭발하면서 시추 파이프를 통해 원유가 대량 유출됐다.

"천천히 지나가. 옆면에 방송국 로고가 붙은 밴이나 안테나 달린 밴이 있는지 찾아봐."

스카이는 느릿느릿 지나가며 지나치게 수상할 정도로 두리번거렸다. 하지만 이 아이가 나의 유일한 파트너니 어쩔 수 없었다. 그가 눈에 띄어 우리 둘 다 수렁에 빠지는 일이 없기만을 바랐다. 죽고 싶지도 않았거니와 자기 아이를 이 난리에 끌어들인 걸 캐럴 박사에게 들키고 싶지도 않았다.

"세 대요. KTTV랑 KTLA 방송국이에요. 나머지 하나는 로고가 없긴 한데 같이 서 있네요."

"알았어. 그럼 이제 두 남자가 아무것도 안 하면서 앉아 있는 세단을 찾아봐. 최신형에 문 네 짝이 달린 것으로."

우리는 거의 블록 끝에 다다랐다.

"저기 있다!" 스카이가 작은 목소리로 외쳤다. "회색 폰티액 보너빌. 두 남자. 흑인 하나, 백인 하나. 레드 불을 마시고 있어요."

"계속 운전해. 블록 끝에서 오른쪽으로 돌아. 속력 올리지도 말고 내리지도 말고. 그냥 슥 지나가."

스카이는 내가 말한 대로 했고, 나는 우리집 건물 뒤편 아파트 주차장으로 가라고 지시했다. 손을 뻗어 문의 잠금장치를 풀고 쑤시는 온몸의 뼈를 차 밖으로 내보냈다. 제일 먼저 한 일은 우리 말고 또 누가 있는지 주차장을 둘러보는 것이었다. 안쪽에서만 열리는 문만 딱 하나 있는 이곳에는 예상대로 사람을 배치하지 않았다. 나는 권총을 허리춤의 가방으로 옮겨 쉽게 잡을 수 있게 했다.

"내 차에 총을 들고 탔어요?" 그가 믿을 수 없다는 표정을 지었다.

"내 가방에 들고 탔지."

"그리고 나를 겨누고 있었고요?"

"아니." 거짓말이었다.

"완전 나를 겨누고 있었잖아요!" 스카이가 말했다.

주황색 가로등 불빛이 비치자 스카이의 얼굴은 호박 같아졌고 눈 주변은 판다처럼 검게 변했다. 나는 차 뒷좌석에 있는 트레이더 조* 가방을 꺼냈다.

"남자답게 좀 굴어." 내가 말했다. "가서 내가 말하는 대로 해 줬으면 해. 차에서 아무거나 꺼내서 이 가방을 채워. 건물을 돌아서 내 집 현관문으로 가. 이게 열쇠야. 한눈팔지 말고, 걸음 멈추지도 말고, 고개 두리번거리지도 마. 여기 사는 사람처럼 따분하다는 듯 건들건들 걸어. 엘리베이터 타고 2층으로 가서 뒷계단으로 내려와 이걸로 방화문을 열어."

나는 주변을 뒤져서 어제 건물 뒤로 던져버렸던 페인트 긁개를 찾아냈다.

"나를 쏘려고 했어요." 스카이가 말했다.

"돈 나머지 다 받고 싶지?" 나는 물었다.

지금까지 200달러만 지불한 상태였다. 그가 고개를 끄덕였다. 나는 한 장 한 장 지폐를 셌다.

"뒷문 열 때 푸시바를 누르지 않도록 조심해. 지금 내가 한 말 다시 해봐."

---

* 미국의 대형 마트.

스카이는 내 말을 반복하고 가방을 탁 옆구리에 끼더니 건물을 돌아 걸어갔다. 그의 등이 주황색으로 변했다가 형체만 보이더니 이내 사라졌다. 만약 스카이가 느슨하게 걸치는 바지 대신 허리 선이 높고 딱 맞는 바지를 입었다면, 머리를 단정하게 정리하는 대신 덥수룩하게 길렀다면 딱 토미를 빼닮았을 것이다.

줄리아에게는 이런 이론이 있었다.

"우리는 고등학교 쿼터백들과 다를 게 없어. 1972년에 자기가 던졌던 터치다운 패스를 영웅담처럼 얘기하는 거지. 고등학교는 모두의 전성기였으니까. 우리 같은 경우에는 고등학교 기억에 트라우마가 섞인 거고. 다른 사람처럼 추억에 젖어들고 싶지만 그 아름다워야 했을 시간 속에 우리를 죽이려 했던 사람들이 있는 거야. 우리에게 추억과 폭력은 떼어놓을 수 없는 관계인 거지."

나는 중환자실에 있을 줄리아를 생각했다. 기계에 의지해 숨을 쉬고 있을 테고 척추는 또다시 으스러졌겠지. 내 잘못이라 생각하지 않으려 노력했다.

문 안쪽에서 뭔가 부스럭거리며 쇠로 쇠를 긁는 소리가 나더니 딸깍 하며 문이 열렸고 주차장으로 빛이 쏟아졌다. 내가 잽싸게 들어가는 사이 나방들이 문틈으로 날아들었다.

"아무도 못 보게 했어?" 내가 물었다.

"아주 태연하게 지나갔어요." 토미가 말했다. 아니, 스카이가. 스카이가 그렇게 말했다.

"가자." 내가 계단을 뛰어오르며 말했다.

"엘리베이터 안 타요?" 스카이가 뒤에서 물었다. 여전히 1층 층계에 서서 내 엉덩이를 올려다보고 있었다.

"장난해? 고작 3층이야."

스카이는 투덜거렸지만 이윽고 신발을 질질 끌며 계단 오르는 소리가 들렸다. 나는 3층에서 스카이가 마저 올라오기를 기다렸다가 조심히 방화문을 열었다. 복도에는 아무도 없었다. 나는 빠르게 걸었다. 누군가 문구멍으로 지켜보다가 나를 알아보는 건 원치 않았다. 스카이는 신경쓰지 않는다는 듯 느릿느릿 걸었다.

문에는 노란색 경찰 테이프가 세 줄로 쳐 있었고, 잠금장치에는 버뱅크 경찰이 붙여놓은 종이스티커가 있었다. 새로 설치한 걸쇠에 자물쇠도 걸려 있었다.

"젠장. 이제 별수 없네요." 스카이가 말했다.

나는 비상용 가방을 뒤져 작은 벨크로 파우치를 꺼냈다. 거기서 갈아냈던 육각렌치를 꺼내 자물쇠 구멍에 넣고 아래로 약간 힘을 준 다음, 자물쇠 따개 크기로 갈아놓은 쇠톱 날을 사용했더니 20초 만에 자물쇠가 열렸다.

"와우." 스카이가 휘파람을 불었다.

"쉿." 내가 뿌듯하게 말했다.

나는 스티커를 가르고 문을 밀고 들어갔다. 철창은 열려 있었다. 대형 해머로 내려친 게 틀림없다. 경첩은 비틀리고 문은 두 동강이 난 듯 구부러져 있었다. 가로등 불빛에 바닥이 온통 주황빛이었다. 커튼은 너덜너덜 바닥에 떨어져 있었다. 바깥에서 한 커플이 걸어가며 얘기하는 소리가 깨진 창문 사이로 들렸다. 주차한 장소에 대한 얘기였고 여자가 웃어댔다. 집에 있던 모든 것이 사라져 있었다. 휑했다.

"탈탈 털렸네요." 스카이가 뒤로 다가와 말했다. "안됐네."

"증거품이니까." 내가 말했다.

나는 스카이가 계속 문 옆에 있는지 확인하며 집안을 둘러보았다. 거실 한가운데 책 하나가 펼쳐져 있고 그 위로 신발 자국이 찍혀 있었다. 바로 옆에 뭔가가 끌려간 갈색 흔적은 줄리아의 피였다. 화장실에는 브래지어 하나가 샤워봉에 덩그러니 걸려 있었다. 금고 네 개 모두 드릴로 구멍이 뚫려 텅 빈 채 활짝 열려 있었다.

거실 구석에서 스카이가 몸을 숙여 뭔가를 보고 있었다.

"화분을 여기다 버렸네요."

나는 당장 스카이를 옆으로 밀쳤다.

파인! 속으로 외쳤다. 무사해서 다행이었다.

돌아오는 건 얼음 같은 침묵뿐이었다. 그는 구석에 쓸쓸히 모로 누워 있는 비틀린 쓰레기였다. 뿌리에는 먼지가 한 무더기 묻어 있었다. 나는 부엌에서 수프 냄비를 꺼내 흙을 최대한 담은 다음 그를 넣었다. 냄비가 너무 컸다. 싱크대에서 물을 주었다.

"그거 때문에 온 거예요?" 부엌 문가에서 스카이가 물었다.

"아니." 내가 답했다. "그렇지만 식물을 죽일 필요는 없지."

도망가서 죽게 내버려둘 필요도 없었을 텐데. 파인이 마음속에서 말을 보냈다.

미안해. 내가 사과했지만 그는 다시 침묵으로 대응했다.

나는 파인을 들고 거실로 갔다. 러닝머신은 그대로 있었고 책상도 그대로였다. 파인을 러닝머신에 올려놓고 책상 앞에 쪼그려 앉았다.

모니터도 없고 키보드와 마우스도 없고 심지어 프린터도 사라져 있었다. 책상 아래 바닥에 있던 CPU를 가져갔지만 전선더미

뒤에 있는 석고 벽의 벽판을 누르자 진짜 CPU가 튀어나왔다. 그들이 가져간 건 가짜였다. 하나는 없는 것이나 마찬가지고, 둘은 하나와 다름없다.

"이걸 살펴보고 싶어." CPU를 벽 속에서 꺼내며 내가 말했다.

"물론이죠. 엄마 집으로 가져가요."

"여기서 할 순 없어?"

"트렁크에 망가진 노트북이 있어요. 그 모니터와 키보드를 대신 쓰면 돼요."

"가서 가져와. 뒤로 나가고 문은 열어봐."

스카이가 간 사이 나는 부엌으로 가서 싱크대 아래 수납장을 열었다. 수납장 바닥의 나무판을 올렸다. 세제 병들을 옆으로 밀고 바닥과 수납장 사이 공간으로 팔을 넣었다. 매끄러운 비닐이 손에 닿았다.

나는 커다란 지퍼백을 꺼냈다. 20달러 지폐를 두툼히 말아놓은 돈 묶음이 셋 있었다. 총 3천 달러였다. 그걸 비상용 가방에 집어넣었다.

20분이 지나자 스카이가 휘파람을 불며 노트북과 케이블을 한 팔에 안고 어슬렁어슬렁 돌아왔다. 젊은 애들은 '허슬'*의 의미가 뭔지 제대로 배워야 한다.

"왜요?" 내가 바라보자 그가 되물었다. "자연스럽게 행동하라면서요."

---

* '허슬(hustle)'은 '서두르다' '열심히 매진하다'라는 뜻의 동사지만, 힙합 가사에서는 주로 '돈을 번다'는 의미로 쓰인다.

스카이가 자기 노트북을 CPU에 연결하기까지 몇 분이 더 걸렸다. 스카이와 바닥에 나란히 앉아 있었다. 가만히 있으려고 무진 애를 써야 했다. 아래층에는 방송국 밴 세 대와 민간인으로 위장한 경찰이 있었다. 누군가 범죄 현장을 확인하러 위층으로 올라오는 건 시간 문제였다. 엘리베이터 문이 열리는 소리와 복도에서 나는 발소리에 나의 모든 감각이 곤두서 있었다. 자물쇠가 사라진 걸 보고 안으로 들어올까봐 걱정됐다. 아니면 거리의 누군가가 천장에 비친 노트북 불빛을 볼까봐. 아니면 스카이와 무릎이 닿을까봐. 나는 서두르라고 말했다.

"뭘 찾는 건지 알면 도움이 될 것 같은데요."

"내가 다운로드했거나 자동으로 설치된 것들. 내가 모르게 컴퓨터에서 파일을 빼갈 수 있었던 경로."

스카이는 1분가량 간단한 코드를 두드려보며 컴퓨터를 가동시키는 문장부호의 바다를 열심히 조사했다.

"여기 있네요." 그가 말했다. "누가 팀뷰어라는 프로그램을 설치했어요."

"그게 뭔데?"

"원격으로 시스템을 조종할 수 있는 프로그램이에요. 설치된 지 꽤 되었는데요. 까맣게 속은 거예요."

내 보안 시스템이 뚫렸다는 게 황당했고 그가 5초 만에 그 사실을 밝혀냈다는 건 더 황당했다. 엉망으로 해온 거다.

"그게 어떻게 거기 있는 건데?" 변명하고 싶은 마음이었다. "나는 안 깔았어."

"다운로드한 뭔가에 있었을 것 같은데요."

"방화벽이 잘 되어 있어. 바이러스 백신도 있고."

"그렇겠죠. 그렇지만 이게 한번 들어오면 뭘 하든 스스로 권한을 부여하거든요. 그래서 시스템이 신경쓰지 않은 거예요."

"맨 처음에 어떻게 들어온 거야, 그럼?" 피부가 당기는 느낌이 들었다. "누가 이 집에 들어온 건가?"

"그랬을 수도 있죠. 그렇게 극단적이지 않았을 수도 있고요. 다운로드한 첨부파일에 숨어 있었을 수도 있잖아요."

"나는 첨부파일 다운로드 안 해." 말은 그렇게 했지만 실은 했다. 유타주 교정국 사이트에서 다운로드한 적이 있다. 아마존에서도 있었다. 다른 파이널 걸들이 보내온 것을 다운로드한 적도 있다. 캐럴 박사가 보낸 것도 받았다.

쓰레기를 씹은 것처럼 입안이 썼다. 안전하다고 아주 자신만만했구나. 워커 형제들을 만나기 전처럼 교만한데다 바보 같았다. 갈수록 정교해지는 세상을 따라잡지 못했다. 내가 현관문을 지키는 동안 놈들은 컴퓨터 윈도를 부수고 들어온 것이다.

"케이블 다 뽑아." 나는 멀티툴을 꺼내들고 퉁명스레 말했다.

스카이는 노트북을 대기 모드로 바꾸고 케이블을 뽑았다. 나는 CPU 뒷면 나사를 풀어 하드드라이브를 꺼내려 했지만 스크루드라이버가 자꾸 조그마한 나사 홈에서 미끄러졌다. 다 풀고 나니 오른손 손가락 마디가 찢어질 듯 아팠다. 나는 파인을 들고 하드드라이브를 가방에 넣은 뒤 CPU를 닫아서 들고 나왔다.

"두고 가요. 쓸모없잖아요."

나는 대답하지 않았다. 자물쇠를 잠그고 돌아섰다. 환한 복도의 빛에 동공이 고통스럽게 커졌다. 나는 범죄 현장 테이프를 다시 붙여 아무도 들어가지 않은 것처럼 보이게 했다. 버뱅크 경찰이 붙여놓은 스티커는 복구할 방법이 없었지만, 윤리를 모르는 극성맞은 기자들이 찢은 것으로 생각하길 바랐다.

우리는 비상계단으로 CPU를 들고 내려갔다. 스카이는 내려가는 내내 이건 바보 같은 짓이라고, 이걸 가져갈 필요는 없다고 웅얼댔지만 한낱 아이인 스카이가 뭘 알겠는가? 언젠가 경찰이 돌아왔을 때 이게 하드드라이브만 빠진 채로 그 자리에 놓여 있으면, 버뱅크 경찰서의 잘난 꼴통들마저 드라이브가 중요해서 찾으러 돌아왔다는 걸 알게 될 것이다. 그럼 누구든 하드드라이브를 찾으려 할 텐데 그게 싫었다.

거기에는 나의 책이 들어 있기 때문이었다.

스카이의 차로 돌아와 CPU를 뒷자석에 싣고 100달러를 셌다.

"여기 있어. 저 고물을 맥도날드나 잭인더박스에 버리는 조건으로 주는 100달러야. 아무튼 패스트푸드점이어야 해. 그런 데는 사설 업체가 오늘밤이나 내일 새벽에 수거해 가니까 다른 데보다 빨라."

"어디 갈 거예요?" 스카이가 물었다.

나는 100달러를 더 꺼내들었다.

"이건 벨 에어까지 나를 데려다주고 너네 엄마에게 말하지 않는 대가로 주는 거야."

"그럴 수 있을지 모르겠어요. 우리집은 서로 꽤 정직하려 노력하거든요."

나는 60달러를 더 얹었다.

"내가 연락할 수 있는 번호 있어요?" 스카이가 돈을 받으며 물었다.

"그건 왜?"

"계속 소식 들려주게요. 우리 엄마한테 들어오는 정보가 있으면 알려줄게요."

"아니. 날 바래다준 이후에는 너희 가족 모두 우리랑 엮이지 말아야 해."

"다들 항상 이렇게 영화처럼 사는 거예요?" 스카이가 물었다.

"아니. 그런 건 아니지만 결코 안전하진 않지. 우리 사건에 끝이란 절대 없으니까."

밖에 서 있으려니 긴장되어 차 바닥으로 들어갔다. 스카이가 운전석에 들어와 차문을 잠갔다. 좋아. 잘 배우고 있군.

"안타까워요." 주차장을 빠져나가면서 스카이가 말했다. "엄마가 늘 당신들 여섯 명에 대해 얘기하거든요. 사는 게 사는 것 같지 않아 보여요. 당신들에게 이런 짓을 한 놈들을 왜 사형시키지 않는 거죠? 그러면 과거를 뒤로하고 나아갈 수 있잖아요."

"그럼 다른 놈이 오겠지." 나는 파인을 좌석에 앉히며 말했다. "적어도 지금으로선 어디서 위험이 올지 아니까."

"그 사람들 진짜 그렇게 무서워요?" 그가 물었다.

"상상 이상으로 무섭지."

스카이가 나를 내려다보았다.

"그러고 있으니까 진짜 바보 같아 보여요. 올라와요. 어차피 깜깜하잖아요."

무슨 연유인지 이 아이 앞에서 바보 같아 보인다는 말이 신경쓰였다. 아이가 아니다. 스물여섯 살이었다. 내가 그 나이일 때 내 인생은 거의 끝나 있었다. 나는 기어를 건드리지 않도록 조심히 좌석으로 올라간 뒤 안전벨트를 맸다.

"한결 낫지 않아요?" 그가 물었다. "이제 거의 정상인 같네요."

그가 씩 웃었다. 매력 있는 아이였다. 나도 가능한 한 활짝 웃어줬지만 별 의미가 없다는 걸 알았다.

우리는 45분 정도 달렸다. 405번 고속도로를 타고 언덕들이 있는 곳으로 향했다. 이렇게 밖에 있는 건 싫지만 적어도 시속 120으로 달리고 있자니 일이 순탄하게 풀릴 것만 같았다. 선셋 주변에 옹기종기 모여 있는 따분한 작은 동네를 벗어난 뒤 UCLA를 지났고, 오래된 촬영 세트장 같은 웨스트 게이트를 지난 뒤 언덕 위로 올라가기 시작했다.

지난 16년 동안 낯선 사람과 이렇게 다녀본 적이 없었다. 마음이 진정됐다. 정상적인 일처럼 느껴졌다. 나는 뒷좌석에 누가 숨어 있지 않은지 확인했다. 그러고 나서 또 한번 확인했다. 나를 감싸고 있던 껍질이 겹겹이 벗겨지며 뒤로 날아가 갓길에 떨어졌다. 나는 스카이를 쳐다보기로 마음먹었다. 영락없이 토미의 옆모습이었다. 삶이 얼마나 다르게 흘러갈 수 있었는지, 내가 얼마나 다른 사람이 될 수 있었는지 떠올랐다. 나는 기어로 손을 뻗어 그의 손 위에 내 손을 포개지 않으려 최선을 다해야 했다.

대화를 나누고 싶기라도 한 건지 긴장되고 떨려왔다. 피부가 갈라지듯 불끈거렸으며 팔꿈치 아래로 이곳저곳이 톡톡 찔리는 기분이 들었다. 나는 참았다. 목적지에서 몇 블록 떨어진 곳에 다다를 때까지 기다렸다가 말했다.

"저 모퉁이에서 내려줘."

스카이는 차를 세우고 주차 모드로 기어를 바꿨다. 우리는 첫 데이트를 끝낸 연인처럼 앞자리에 앉아 있었다. 그 순간에 어떤 의미가 실려 있는 듯했다. 그러자 마음이 편치 않았다. 그의 복숭아 같은 뺨의 솜털이 가로등 불빛에 반사되어 금빛으로 빛났다. 나를 바라보는 그의 시선에 숨이 가빠지면서 가슴이 조여왔다.

스카이에게는 방호복이 없었다. 보호장치도 없었다. 그날 밤 초인종이 울리기 직전의 토미 같았다. 갑자기 그에게 뭔가를 줘야겠다는 생각이 들었다. 그를 안전하게 지켜줄 뭔가, 나를 기억할 수 있는 뭔가. 그만이 지닐 수 있는, 무슨 일이 일어났을 때 결정적인 도움이 될 만한 뭔가, 우리 같은 처지가 되지 않게 막아줄 뭔가를.

나는 몸을 기울였고 스카이는 잠자코 있었다. 그의 가슴이 미동을 멈췄다. 나는 그의 귀에 입을 지긋이 가져다댔다. 그 분홍빛 귓바퀴에 내 더운 숨결이 고였다.

"절대로 언제든 방심해선 안 돼."

대단한 건 아니었지만 그게 내가 가진 전부였다.

나는 차문을 밀치고 나와 걸었다.

by Rusty Squires III

데이비드 포스터 월리스가 아닌 이상, 아무도 기자가 기사에 끼어드는 걸 원치 않을 것이다. 하지만 헤더 델루카의 정신 나간, 뒤죽박죽한 세계를 이해하기 위해선 그녀가 인터뷰 약속도 마치 퍼포먼스 아트를 하듯 어처구니없이 잡았다는 사실부터 시작해야 한다.

페이스북을 통해 연락이 닿자마자 델루카는 마흔여섯 개의 믿기 어려운 메시지를 정신없이 보내왔다. 그 메시지를 통해 ①기존에 알려지지 않았던 자신의 이야기를 자세히 공개하겠다고 약속했고, ②현재 '드림킹' 살인 사건으로 여섯 차례 종신형을 받고 복역중인 루돌프 크링의 판결을 뒤집을 물적 증거가 있다고 장담했고, ③크링의 거주지이자 고문실이었으며 지금은 폐교된 초등학교 앞에서 사진 촬영을 하겠다고 제안했고, ④이 모든 것을 조건으로 4만 7832달러를 요구했다.

대화는 문자메시지와 팩스, 전화 등을 통해 계속됐고, 그 과정에서 델루카는 다음의 단독 인터뷰에 응하기까지 계속 가격을 낮췄다. 최종 가격은 얼마였을까? 450달러.

그러니 독자 여러분들은 그녀의 가미카제 폭격 같은 몰상식, 추잡한 헛소리, 명백한 허위 주장, 천박한 음모론에 짜증이 나고 화가 나거나 기괴함을 느끼더라도 델루카를 4만 7382달러 할인한 가격으로 얻어냈다는 사실을 기억하길 바란다.

그럼에도 여전히 너무 비싸다고 생각할 수 있겠지만 말이다.

14

파이널 걸 서포트 그룹 8
파이널 걸들의 밤

스카이가 전진, 후진, 다시 전진을 해 차를 돌리자 브레이크등의 불빛이 주변 나무들을 훑었다. 그가 언덕을 다시 내려가는 소리가 들릴 때까지 나는 움직이지 않았다. 그런 뒤에 관목 사이로 들어가 잠자코 길을 살피며 그가 돌아오지 않는지, 나를 따라오는 사람은 없는지 확인했다.

하드드라이브가 든 비상용 가방은 무거웠고 내 등을 파고들었다. 무게가 엄청났다. 왜 아니겠는가? 모든 이의 비밀이 들어 있었다.

나는 러셀 손을 원망했다. 그는 CNN 채널에서 대담 패널 한 자리 얻는 걸 커리어의 정점으로 여기는 하이에나 같은 무리 중 하나였다. 그는 우리를 거의 다 인터뷰했는데 그 과정에서 내가 가명으로 로맨스 전자책을 자비 출판해 가욋돈을 벌고 있다는 사실을 알아냈다. 터무니없는 얘기처럼 들린다는 건 안다. 한 번도 진지한 관계를 가져본 적 없는 나 같은 사람이, 억만장자가 고등학교 시절 연인과 다시 만나는 이야기나 무뚝뚝한 목장 주인이 자유로운 영혼의 동물권 운동가를 만나 가슴이 무너지는 이야기를 쓰다니. 말도 안 되긴 하지만 사실 나는 그쪽에 소질이 있었고 생계를 이어가야 했다. 어쩌면 나에게 로맨스란 판타지에 불과하기 때문에 잘 쓸 수 있는 걸지도 몰랐다. 내게는 환상을 깨뜨릴 만한 실제 경험이 없었다.

러셀은 나에게 연락해서 협박의 말을 꺼내지 않고 협박을 하려 했다.

"어떻게 해야 할지 모르겠어요, 리넷." 그가 전화로 말했다. "대형 매체에 이 기사를 팔아서 책을 계약할지도 모르죠."

"그걸 공개하면 나는 더이상 글을 쓸 수 없어요." 대중 앞에서 다시 한번 벌거벗겨질 걸 생각하니, 모든 스토커와 무례한 언론 매체가 리넷 타킹턴은 그저 진정한 사랑을 찾고 싶었던 소녀라고 여길 걸 생각하니 구역질이 났다. 모든 걸 지워야 할 터였다. 몇 년 동안의 작업을. "나는 집세를 내야 해요."

"내 입을 막으려면 상응하는 가치의 뭔가를 제시해야 해요."

"예를 들면요?" 내가 물었다.

"돌 하나로 새 두 마리를 잡는 건 어때요?" 러셀이 방금 떠올랐다는 듯 제안했다. "우리가 공동 저자가 되어 작은 작품을 내는 건요?"

러셀은 우리 둘의 이름이 실린 표지에 파이널 걸의 내밀한 이야기를 담으면 10만 달러 이상의 선인세를 받아올 수 있다고 했다. 하지만 새로운 내용이 담겨야 하며, 나에 대한 이야기 그 이상이어야 한다고 했다. 내 머릿속에 번득 제목이 떠올랐다. 파이널 걸 서포트 그룹. 캐럴 박사는 우리처럼 트라우마가 있는 생존자를 통해 자신의 커리어를 쌓았다. 어쩌면 이제 나도 이걸로 돈을 벌 때가 된 것 아닐까? 나는 러셀에게 일을 진행하며 여러 오퍼를 받아보되 아무도 모르게 하라고 했다. 그는 내가 넘기는 정보로 불후의 문장을 써내려갈 생각이었을 것이다. 하지만 전화를 끊고 나는 깨달았다. 왜 굳이 러셀 손이 필요하지?

나는 직접 책을 쓰기로 결심했고 러셀이 오퍼를 받아오면 그를 건너뛰고 직접 출판사에 연락을 취하기로 했다. 비겁한 방법이었지만 러셀도 비겁한 인간이었다. 그후 나는 집필을 시작했고 마음을 바꿨다.

평소에는 헬리콥터 스키와 재벌 소유의 섬이 나오는 판타지를 쓰다가 이렇게 뼛속까지 민감한 이야기를 쓰다보니 나의 방어선이 무너졌다. 모든 것이 쏟아져나왔다. 대니의 죄책감, 헤더의 중독, 줄리아의 지적 허영, 매릴린의 현실 부정, 미셸의 암, 캐럴 박사의 유명해지고픈 갈망. 나는 흥분 상태로 줄줄이 써내려갔고, 써낸 즉시 뱉어낸 모든 말을 후회했다. 한 문장 한 문장이 배신 그 자체였다. 아무리 돈이 절실해도 출판할 수 없었고, 러셀과의 모든 연락을 끊고 파일을 하드드라이브 깊숙이 파묻어버렸다. 차마 글을 아예 없애버릴 수는 없었고 바보같이 거기 넣어두면 안전하다고 생각했다. 하지만 우리 중 그 누구도 정말로 안전해질 수 없다는 것을 알았어야 했다.

러셀은 나와 연락하려고 혈안이었지만 나는 그냥 그의 번호를 차단하고 이메일 주소는 스팸 필터에 넣어버렸다. 편집자에게 빈

손으로 돌아가야 했던 러셀은 굴욕감을 느낀 게 분명했다. 굴욕감은 남자들을 행동하게 만드는 방아쇠다. 그날 우리집에서 있었던 일은 러셀이 꾸민 걸까? 그럼 방탄조끼를 입고 있었을까? 내가 도망칠 때 죽긴 죽어 있던 걸까? 하드드라이브에서 내 책을 빼냈을까? 그걸 손에 넣고도 줄리아를 기다렸다는 게 말이 안 되긴 한다. 하지만 그 책에 대해 아는 사람이 또 누가 있겠어? 그 책을 쓰지 말았어야 했다.

몇 달에 한 번씩 내가 쓴 글을 읽고 새로운 내용을 추가하기도 했지만, 문서를 드래그해 쓰레기통에 넣어야 옳다는 걸 알고 있었다. 하지만 나는 그럴 시도조차 못했고, 이제 그 글에 손을 댄 누군가가 우리의 삶에 대해 필요 이상으로 알게 되었다. 게다가 캐럴 박사는 나를 경찰에 데려가려 했다. 나는 내가 아는 하나 남은 안전한 장소로 달렸다.

길에 사람이 없었으므로 나는 수프 냄비에 후추 식물을 담고 가볍게 산책 나온 사람처럼 천천히 오르막길을 향했다. 벨 에어를 걷는 사람들은 강아지 목줄을 쥐거나 낙엽 강풍청소기를 등에 매거나 둘 중 하나지만.

나는 모퉁이에 멈춰서 입구를 확인했다. 대문 옆에는 검은색 톰 포드 정장에 앞코가 쇠로 된 군화를 신고 무전기 이어피스를 낀, 미식축구 수비수 같은 사람이 서 있다. 경호원을 추가로 고용했구나. 똑똑한걸. 나는 담을 넘기로 결심했다. 성질을 내는 파인을 덤불에 숨기고 달리기 출발 자세를 했다가 뛰어올랐다. 그러고는 거대한 사생활 보호용 담장을 뒤덮은 넝쿨을 붙잡은 뒤 기어오르기 시작했다.

나뭇잎이 지나치게 바스락거려 소리를 들은 사람이 없는지 확인하려고 담장 꼭대기에서 멈췄다. 아무도 듣지 않았지만 뛰어내리기엔 담장이 너무 높아서 몸을 돌려 손으로 벽에 매달렸다가 반대편 덤불 속으로 몸을 던졌다.

나는 한쪽 덤불에 떨어졌다가 다른 덤불로 굴러 땅바닥에 얼굴을 박았다. 휘청거리며 일어나 착지한 곳에서 가능한 한 빠르게 벗어났다. 대문에 경호원이 있어서 현관문으로 들어가려 했는데 기다란 전용 도로로 다가가보니 발레파킹 서비스를 하고 있었다.

젠장.

매릴린이 파티를 열고 있었다.

헤더와 약을 떼어놓을 수 없고, 대니와 미셸을 갈라놓을 수 없고, 줄리아와 페미니즘이 한몸인 것처럼, 매릴린 토레스와 사교생활은 불가분의 관계였다. 그건 매릴린의 종교였다. 밴을 타고 텍사스의 오지 한가운데로 향하던 그때에도 매릴린은 그저 사교계 데뷔만을 기다리고 있었다. 오스틴 주얼 볼 무도회 여성 심포니 리그에 데뷔하기 위해 몇 달 동안 텍사스 딥*을 연습한 상태였다.

하지만 당시 누군가 무덤을 파헤치고 시체를 욕보인다는 소문이 돌고 있었다. 미라가 된 집안 가장이 비석에 매달린 모습이 신문 1면에 실릴지도 모른다는 생각에 매릴린의 어머니는 매일 밤 한 손에는 밸리움**, 다른 한 손에는 보드카를 들고 잠자리에 들어야 했다. 매릴린의 가족은 텍사스의 누에바에스파냐 부왕령 땅

---

* 텍사스 사교계의 무도회용 인사법. 한 다리를 뒤로 하고 무릎을 구부려 바닥에 엉덩이를 고정한 뒤 고개를 숙인다.

** 불안, 발작장애, 근육경련 등을 치료하는 약.

을 최초로 증여받은 사람들 중 하나였으니 그럴 만도 했다. 지켜야 할 위신이 있었다. 그래서 매릴린과 오빠, 그리고 세 명의 친구들은 토레스 조부의 시신이 여전히 지하에 잘 안치되어 있는지 확인하러 무더운 여름날 길을 떠난 것이다.

그때가 바로 유서 깊은 오스틴의 집안이 또다른 유서 깊은 집안을 마주한 때였다.

편견을 갖지 않으려 해도 핸슨 가문은 말 그대로 근친혼으로 이어져온 레드넥* 집안이었다. 예전에 도살장을 운영했던 이들은 몇 세대에 걸쳐 힘든 시기를 겪었고, 그해에는 가문의 마지막 여인들이 죽으면서 남자들은 번식에 주리고 있었다. 젊은 육체를 가득 실은 밴이 오자 그들은 무제한 뷔페에 간 굶주린 관광객들처럼 달려들었다.

한번 저지르면 되돌릴 수 없는 일이 두 가지 있다. 하나는 사람을 죽이는 것이다. 다른 하나는 사람을 먹는 것이다. 옛날에, 그룹 모임 초반에 매릴린이 자신들에게 벌어졌던 일을 얘기해준 적이 있었다. 이야기의 대부분은 접이식 면도칼과, 사람 가죽으로 만든 옷을 입어야 했던 일, 대형 해머와 정제한 지방을 모아놓은 통에 관한 것이었다. 우리는 그걸 세세히 기억하지 않으려 애썼다.

매릴린은 유일하게 살아남은 사람이었다. 7월부터 8월까지 매릴린은 언론을 피해 방에 틀어박혀 있었다. 그러다 주얼 볼 무도회 2주 전에 나와 춤을 추겠다고 선언했다. 부모님이 경고했고 의사가 경고했고 경찰이 경고했지만 매릴린은 갔다. 그리고 무도

---

* 주로 미국 남부 지역의 교육 수준이 낮은 백인을 비하하는 말.

회 밤에 넘실넘실한 하얀색 퍼프 드레스를 입고 조니 머서가 〈문 리버〉를 부르는 동안 장미처럼 몸을 구부려 완벽한 텍사스 딥을 선보였다. 일부는 이를 두고 경박하다고 했지만 우리는 매릴린이 왜 그랬는지 알았다. 어떤 사람들 눈에는 그날 밤 매릴린이 텍사스 딥을 하는 것으로 보였겠지만, 우리 파이널 걸들의 눈에는 핸슨 일가를 향해 가운뎃손가락을 치켜드는 것으로 보였다.

1년이 지나 매릴린이 지역 뉴스의 앵커가 되기를 꿈꾸며 새벽 디제이로 일하고 있을 때였다. 살아남은 핸슨 집안사람들이 방송국에 나타났다. 매릴린이 텍스 삼촌을 재빨리 처리했고 경찰이 바이퍼를 처리했지만, 버디는 방송국 송신 안테나 위까지 그녀를 쫓아갔다. 매릴린은 메이스 후추 스프레이를 버디의 얼굴에 갈겼고, 버디는 25미터 아래 경찰차로 추락했다.

그런 일이 일어난 후에 고개를 들고 다니긴 어려우므로 매릴린은 댈러스로 이사했고, 그곳에서 첫 결혼이 실패한 후에는 L.A.로 옮겨갔다. 그리고 30개 주 48개 교도소의 8만 5천 대 침대를 소유하고 있다는 민간 기업 아메리카 파트너스 재활치료원 설립자의 아들에게 눈길을 돌렸다. 이제 매릴린은 엄격한 채식주의자이자 정열적인 야심가였고, 말도 안 되는 수준의 부자였다. 오늘 저녁, 그 세 가지 인격이 이 한자리에 수렴된 것이다.

까만 유리의 캐딜락 에스컬레이드가 멈춰 서자 운전기사가 나와 뒷문을 열었다. 복숭아색 드레스를 입은 싱그러운 젊은 여성이 내렸고, 뒤이어 턱시도를 입은 미라 같은 노인이 개의 목줄을 잡듯 젊은 여성의 팔을 붙잡으며 내렸다. 기사는 다시 요트만한 차를 타고 스르륵 빠져나갔고, 미라와 미라의 반짝이는 애완동물이 저택으로 들어가자 파티 소리가 왁자지껄 흘러나왔다.

나는 정말, 정말, 정말이지 매릴린의 성대한 행사를 망치고 싶지 않았지만 더 중요한 일이 벌어지고 있었다. 나는 경호원이 적은 뒤편으로 몰래 들어가 매릴린을 찾아낸 후 신중히 얘기를 나누기로 결심했다. 처음에는 화를 낼 수도 있지만 일단 상황을 알려주고 이곳에 머물게 해달라고 부탁할 생각이었다. 다음에 갈 곳이 정해질 때까지만. 안 된다고는 하지 못할 것이다.

"실례합니다." 어떤 남자가 뒤에서 나에게 말을 걸었다. "뭐 도와드릴까요?"

나는 쳐다보지도 않았다. 안 봐도 경호원의 목소리였다. 나는 왼쪽으로 돌아서 저택의 그늘진 쪽의 잔디밭을 지나 조명과 웃음소리가 넘치는 뒤뜰로 향했다. 꼭 무대 뒤에서 스포트라이트 안으로 걸어나갈 준비를 하는 느낌이었다.

"실례합니다." 그 남자가 이번엔 좀더 가까이 다가와 말했다. 달아나기도 전에 손 하나가 내 어깨에 올라왔다.

"잠깐 멈추……"

나는 그가 말을 마치게 내버려두지 않았다. 몸을 돌려 그 팔을 뿌리치고 고환을 가격하려 달려들었다. 그는 몸을 살짝 틀더니 내 무릎을 허벅지로 받아냈다. 검은색 정장을 입은 덩치가 큰 남자였다. 나는 기겁했다. 허리가방 속의 총에 손을 뻗었다. 처음부터 이걸 꺼냈어야 했다. 내가 지퍼를 젖히기 전에 그는 내 손목을 잡고 팔 안쪽이 위를 향하게 돌려 팔꿈치를 압박했다. 거리를 유지했어야 했다. 남자의 손이 닿으면 끝장이기 때문이다.

왼손으로 가방을 열려고 했지만 남자가 내 오른팔 손목을 움켜쥐더니 손가락을 꺾어 손바닥이 팔목에 맞닿게 접으려 하는 바람에 정신이 그쪽으로 쏠렸다. 아래팔 뼈 두 개가 짓눌려 삐걱거렸다. 그는 나를 무릎 꿇린 뒤 손목을 당겨 허리가 접히게 했다.

정신을 차려보니 그의 발이 내 등허리에 올라와 있었고, 가방은 벗겨져 손이 닿지 않는 곳에 있었다. 그는 이어피스로 상황을 알리고 있었다.

"침입자가 있습니다. 무장했습니다." 남자가 낮은 목소리로 다급히 말했다.

내가 몸을 펴서 발목에 붙여놓은 면도날에 손을 뻗자 그는 다른 발을 이용해 내 손목을 밟았다.

매릴린에 대해 꼭 알아둬야 할 한 가지는 늘 최고 수준의 경호원을 고용한다는 것이다.

손전등 불빛이 얼굴을 비추더니 누군가 내 손목을 모아 케이블타이로 묶었다. 상황이 꼬였다. 나에게 무슨 짓을 하려는 거지? 몸부림을 쳤지만 그들은 손쉽게 나를 제압했다.

"경찰에 전화해. 그때까진 차고에 넣어놓자고." 그들 중 한 명이 말했다.

잠시 정적이 흐르더니 누군가 "부인" "부인" 하며 중얼거리는 소리가 들렸다. 경호원 중 한 명이 나를 바닥에서 일으켜세웠고 나는 손목이 뒤로 묶인 채 앉았다. 내 앞에는 옅은 회색으로 흐느적거리며 흘러내리는 값비싼 뭔가를 입은 매릴린이 서 있었다. 아름다운 골격, 촉촉한 피부, 짙고 풍성한 머리카락의 매릴린은 경호원 놈들 무리의 팔뚝만했다.

"아, 린이구나." 매릴린이 숨을 내쉬었다. 한 손에 와인잔을 들고 있었다. "이렇게 들러주다니 너무 고마워. 하지만 오늘은 여기 있어선 안 돼."

"우리 얘기 좀 해." 내가 말했다.

"자, 아가씨." 건장한 남자 하나가 말했다. "이제 더이상 말하지 마십시오."

나는 비명을 지르기 시작했다. 그러면 누군가 뛰어올 것이다.

나의 울부짖음이 대기를 가르자마자 매릴린의 얼굴이 충격에 휩싸였고, 무뢰한 하나가 무릎 한 쪽을 땅에 대더니 손으로 내 입을 틀어막았다.

"이분을 뒤로 모셔요. 손님용 별채로 모시도록 해요." 매릴린이 말하고는 나를 돌아보았다. "나중에 얘기하자, 자기?"

나는 내 얼굴을 덮은 짭조름하고 물컹한 손바닥을 물어 이를 갈아대며 생살을 잘근거렸다. 경호원은 까딱도 하지 않았다.

"내가 손을 떼어달라고 하면 조용히 해줄래?" 매릴린이 물었다.

내가 고개를 끄덕였다. 경호원이 손을 뗐고 나는 다시 비명을 지르기 시작했다.

"리넷!" 매릴린이 꾸중했다. 나는 비명을 멈췄다. "나 손님이 있어! 네가 무슨 일로 왔든 기다려야 해. 나도 에이드리엔과 줄리아 때문에 마음이 아프니까 이따가 같이 얘기하면 정말 좋을 거야. 하지만 지금은 은퇴한 서커스 동물을 위한 자선 행사 중이란 말이야. 나에게 정말 중요한 일이야. 이해해? 이 사자들은 너무나 오래 고통받아왔어."

"1시간." 내가 말했다.

"좋아." 매릴린이 다시 한숨을 내쉬었다. "다정하게도 여기까지 왔으니까."

매릴린은 나에게 몸을 기울이더니 내 볼에 "쪽" 하는 소리를 내며 립스틱 자국을 남겼다. 담장과 카메라, 경호팀이 있는 이곳에서라면 매릴린은 늘 그렇게 꿈꿔왔던, 제멋대로 구는 사교계 인사가 될 수 있었다.

경호원 놈들은 나를 일으켜 뒤뜰 가장자리를 따라 안내했다.

"손을 풀어줘요." 매릴린이 말했다. "여긴 제리의 교도소가 아니니까요."

"1시간이야." 무뢰한이 손을 풀어주자 내가 다시 한번 말했다.

우리는 조명이 거의 닿지 않는 곳으로 갔다. 내 오른쪽으로는 종이 초롱이 달린 정원이 펼쳐져 있었다. 망루처럼 높다랗게 서 있는 야외용 히터 아래에는 나이 지긋한 돈 많은 남자들이 어린 아내들을 전리품처럼 끼고 서 있었다. 아무도 뒤를 살피거나 출구를 확인하거나 공간을 인식하지 않았다. 내 왼쪽으로는 로스엔젤레스의 야경 불빛이 언덕의 어둠 위로 점점이 흩뿌려져 있었다. 그 어느 때보다 깨끗하고 또렷했다. 이 위에서 보이는 광경만 놓고 보면 세상이 아름다운 곳이라고 착각할 만했다.

"계속 가십시오." 무뢰한 하나가 손으로 내 등허리를 밀었다.

내 앞으로는 빛이 너울거리는 푸른 수영장이 있었고, 그 반대편에는 붉은 타일 지붕을 얹은 2층짜리 지중해식 별채가 있었다. 단출한 가족이 살기에는 충분한 크기였다. 나무에 걸린 종이 초롱의 불빛 아래 경호원 하나가 양손을 등허리에서 맞잡은 열중쉬어 자세로 유리문 옆에 서 있는 것이 보였다.

경호원들은 밀폐된 문을 열고 서늘한 밤공기에서 중앙난방의 건조한 온기 속으로 나를 능숙하게 밀어넣었다. 손님용 별채에는 불이 켜져 있었다. 미션풍 가구*가 가득했고, 바닥에는 무거운 테라코타 타일이 깔려 있었으며, 벽에는 색색의 점과 지그재그 선으로 이뤄진 세련된 멕시코풍 그림들이 걸려 있었다. 구석구석 토끼, 재규어, 앵무새, 뱀 모양으로 깎은 금속 조각품이 자리하고 있었다. 내가 결코 구매할 수 없는 가격의 물건들, 결코 소유할 수 없는 것들로 가득한 별채였다. 좋은 것들. 유서 깊은 것들. 위기가 찾아오는 즉시 황급히 떠날 필요가 없을 때 가질 수 있는 것들이었다. 물건을 지킬 경호원을 고용할 수 있을 때 가질 수 있는 것들이었다.

질투심을 유발하는 이 모든 호화품들 가운데 헤더가 앉아 있었다. 커피 테이블에 발을 올려놓고 TV를 보는, 담배를 피우고 바닥에 재를 떨구는 헤더가.

헤더는 나를 올려다보더니 아무렇지도 않다는 듯 말했다.

"안녕, 린? 파티 정말 구리지 않던?"

---

* 직선미를 강조한 고품질의 수공예 목제 가구.

글록 권총과 AR-15 소총, 파이프 폭탄과 대용량 탄창의 시대이건만, 슬래셔 영화에 등장하는 괴물들의 무기는 어쩐지 고풍스러워 보인다. 〈여름의 도살〉의 테디는 마체테를 들고 캠핑하는 사람들에게 접근하고, 베이비시터 살인자는 정육용 칼을 들며, 〈난도질〉 시리즈의 가면 쓴 킬러들은 사냥용 칼을 사용한다. 반자동 소총으로 수십 명을 쓰러뜨릴 수 있는데 왜 그런 조잡한 도구들로 사망자 수를 하나하나 올려가는 것일까? 최근에 나온 영화들은 왜 파마용 열기구나 스케이트, 메노라, 야외용 그릴처럼 바로크적인 무기들을 사용하는 것일까?

정답은 간단하다. 죽음에 의미가 있어야 하기 때문이다. 살인 하나하나에 고유성이 있어야 하고, 희생자는 킬러를 일대일로 만나야 하며, 살해 과정에 적절한 스크린 타임이 주어져야 하기 때문이다. 실제로 일어나는 폭력, 즉 아이가 학교 매점으로 들어가 무작위로 총기를 난사하는 것은 지나치게 잔인하다. 인간을 한낱 사망자 숫자로 전락시키고 개성을 박탈한다. 죽음은 무의미하며 결국 모든 것을 집어삼킨다는 명제는 우리가 용납할 수 없는 최후의 명제다. 슬래셔 영화에서 폭력이란, 이런 허무주의에 대한 저항, 윤리가 영원히 부재하는 차가운 현실을 막아주는 포근한 담요인 것이다.

파이널 걸 서포트 그룹 9
파이널 걸 대 파이널 걸

너무 놀란 나머지 1분이 다 지나도록 아무 말도 하지 못했지만 그래도 괜찮았다. 헤더가 대신 말을 했으니까.

"헤더, 안녕?" 헤더가 흉내내는 목소리를 냈다. 나를 따라 하는 듯했다. "이렇게 보게 되어 좋다. 살아 있어서 너무 다행이야. 매릴린 집으로 오다니 정말 똑똑한걸. 나는 바보 멍청이처럼 도시를 하루종일 헤집고 다녔잖아."

내 오른편에는 벽을 뚫어 조리대를 설치한 부엌이 있었고 왼편에는 어둑한 복도, 앞에는 유리문 사이로 컴컴한 숲이 보이는 거실이 있었다. 나는 헤더의 다리를 넘어가서 커튼을 획 잡아당겼다.

"열어놓은 게 좋았는데." 헤더가 말했다.

부엌 창문이나 식탁 주변의 바닥부터 천장까지 통유리로 된 창문은 결코 가릴 방법이 없었다. 휑한 냉장고에는 쪼그라든 레몬과 암앤드해머 베이킹소다 한 상자, 페리에 탄산수 묶음만 덩그러니 놓여 있었다. 나는 세번째 서랍에서 스테이크 칼을 찾아냈다. 두 개를 집어들었다.

"내 계획을 망치려는 이유가 있는 거야?" 헤더가 물었다.

나는 복도로 걸어가 건물의 나머지 부분을 살피기 시작했다.

"시간 낭비야. 어차피 넌 여기 못 있을 테니까." 헤더가 뒤에서 외쳤다.

위층의 방 두 개는 모두 비어 있다. 옷장을 확인하고, 침대 밑을 확인하고, 공용 욕실의 샤워 커튼 뒤를 확인하고, 세면대 아래를 확인했다. 지나가는 곳마다 불을 켰다. 그 어떤 어둠도 참을 수 없었다. 누군가 숨을 만한 공간이 조금도 없어야 했다. 다시 아래층으로 내려갔다.

"이 문 잠기는 거야?" 현관문 잠금장치를 찾으며 내가 물었다.

"아니었으면 좋겠네. 총 맞고 바닥에 피 흘리며 죽어가는 나를 놔두고 네가 총알같이 도망칠 때 걸리적거릴 테니까." 헤더가 먼저 피운 담배의 불로 다음 담배에 불을 붙이며 말했다.

줄리아 소식을 들은 듯했다.

나는 부끄러운 마음을 분노로 감추려고 애쓰며 헤더에게 한 걸음 다가갔다. "그건 전시 상황이었어. 바로 결단을 내려야 했다고." 헤더가 내 눈을 바라보았고, 나는 걸음을 멈추고 비굴하게 말을 보탰다. "줄리아가 괜찮은지 확인했어."

"물론 그랬겠지, 겁쟁이." 헤더가 페리에 병에 꽁초를 넣자 푸시시 소리가 났다. "매릴린이 너 여기 있는 거 알기는 해?"

"매릴린이 기다리래." 나는 현관문 옆 벽에 털썩 기대앉았다.

활짝 트인 이곳의 모든 부엌 창문으로부터 유일하게 보이지 않는 자리였다. "50분 뒤에 얘기하자고 했어."

"그래." 헤더가 말했다. "한 명이면 손님이지만, 두 명부터는 불청객이지. 내가 여기 먼저 왔어."

"여기 왜 온 거야?" 내가 물었다.

"빌어먹을 집이 폭발해서 내 모든 게 몽땅 타버렸으니까?" 헤더가 말했다. "그래서 매릴린네 왔지. 돈방석 위에서 주무시니까. 넌 어딜 간 거야? 줄리아 총 맞게 내버려두고 아기처럼 울면서 돌아다녔어? 뭐, 그래도 카사 매릴린에 네 방은 없어."

"매릴린이랑 얘기를 해야 해. 이건 심각한 일이야." 내가 말했다.

"웃기네. 그래, 심각한 일이지." 헤더가 말했다. "너 위층 봤어? 안마탕도 있어. 이 빌어먹을 곳에서 날 내보내려면 질질 끌어내야 할 거야. 난 무슨 일이 있어도 여기 있을 거니까."

"지금 무슨 일이 일어나고 있는지 알기는 해?" 내가 물었다.

"무슨 일이 일어나는지 정확히 알지." 헤더가 답했다. "매릴린은 집이 너무 많아서 어쩔 줄을 모르거든. 제리가 없는 동안 내가 여기 머물러주는 거지. 이 멋들어진 작은 집에서 캠핑하는 거야. 원하는 건 뭐든 들어줄 시종들도 있고. 매릴린이랑 나랑, 이 모든 게 잠잠해질 때까지 숨어 지내는 거야. 너도 여기 있으면서 나를 지켜달라고 할 수도 있겠지만 그럼 내가 제 명에 못 죽을 것 같아서 말이야."

"경찰이 널 찾고 있어." 내가 말했다.

"누가 몰라?" 헤더가 말했다. "시설 뒤편에 있는 숲에서 잤잖아. 그래, 솔직하게 말할게. 기절했다. 그룹 모임 끝나고? 네년들 때문에 그간 참던 거 다 망쳤지. 에이드리엔 죽은 거? 그거 때문에 마셔야 했고. 그래서 현금 좀 구걸해서 스미노프 아이스 작은 거 한 병 사서 숲에서 들이부었지. 일어나니 머리가 빠개질 것 같아서 집으로 가는데 그때 보니까 내가 가진 모든 게 활활 타오르고 경찰이 샅샅이 뒤지고 있잖아. 그래서 택시를 잡아 45달러어치 달린 뒤에 '친구들아 안녕, 냄새 그리울 거야. 하지만 난 이제 벨 에어의 새로운 왕자님*이다' 하게 된 거지."

"누가 우리 모두를 노리고 있어." 내가 말했다.

"수영이나 몇 바퀴 돌아야겠어. 몸 좀 관리해야지. 이 군살을 없애야 해."

헤더는 바지 윗부분의 보이지 않는 지방 덩어리를 붙잡고 흔들었다. 헤더의 몸은 너덜너덜한 청바지에 쑤셔넣은 철사 옷걸이 같았고 온통 멍투성이였지만, 아직도 헤더 자신은 고등학교 때 젖살이 남아 있다고 착각했다.

"전략을 세워야 해." 헤더의 착란을 무시하며 내가 말했다.

"전략?" 헤더가 웃으며 자기 가방을 뒤적였다. 손으로 만 담배를 꺼내 불을 붙였다. 냄새가 그냥 담배는 아니었다. "뭘 할 건데? 배트걸처럼 차려입고 도시를 날아다녀?"

"이자가 네 시설이 어디 있는지 어떻게 안 거야? 에이드리엔이 사는 데를 어떻게 안 거지?" 내가 물었다.

하지만 그 질문을 채 끝맺기도 전에 나는 답을 알았다. 내 컴퓨

---

*〈벨 에어의 새로운 왕자님〉은 미국 동부 출신 남성이 서부 부촌의 친척집에 살면서 벌어지는 일을 그린 시트콤이다.

터. 그 안 어딘가에 주소가 있었던 게 틀림없다.

"시설 애들은 죄다 줄담배를 피워." 헤더가 말했다. "다 태워 먹는 건 일상이야. 영웅인 척 좀 하지 마. 애들은 네가 OCD* 환자라 불쌍하게 여기는 거야. 강박장애 말이야."

"OCD가 뭔지 나도 알아."

"OCD가 뭔지 나도 알아." 헤더가 내 말투를 흉내냈다. "포레스트 검프**야? 신경쇠약 때문에 문 하나 지나가지도 못하면서 누굴 도와줘? 옷 하나 제대로 못 입으면서. 빌어먹을 열두 살 남자애처럼 보이잖아. 문제가 터지면 밤비처럼 혼이 나가 뛰어가는 주제에."

"우리는 서로를 돌봐야 해." 내가 말했다.

"아름답네." 헤더가 말했다. "그렇지만 넌 제정신이 아니야. 지금 이 상황도 그룹을 계속 뭉치게 하려고 네가 꾸민 짓이라 해도 놀랍지 않을 정도야. 우리 중에 네가 빌어먹게 최악이야, 과거에서 못 벗어나기로는."

그때 마치 온 우주가 헤더의 주장을 입증하려는 것처럼 내 과거가 TV에 나왔다.

"소리 올려봐." 내가 말했다.

"네가 올려." 헤더가 말하고선 플라스마 화면으로 몸을 돌렸다. "젠장, 저기 네 남자친구 나오네."

개릿 P. 캐넌이 화면에 나오고 있었다. 나는 얼어붙었다. 어느

---

* Obsessive-compulsive disorder. 강박적 사고 및 행동으로 인한 장애.
** 영화 〈포레스트 검프〉에서 지능이 부족한 포레스트의 고백을 진심으로 받아들이지 않는 여자에게 포레스트는 "사랑이 뭔지 나도 알아"라고 말한다.

덧 볼썽 사납게 늙은 그는 카우보이 모자에 끈 넥타이를 하고, 머리부터 발끝까지 크림색과 옅은 회색으로 입고 있었다. 시든 얼굴에 입체감을 주려고 한 건지 덤불 같은 하얀 콧수염을 길렀다. 목은 주름이 늘어져 있었다. 여전히 치아 미백을 하는지 까맣게 그을린 피부에 비해 이가 너무 하얬다.

화면 하단에 자막이 지나갔다. '고요한 밤 살인 사건'에 대한 충격적인 폭로. 나는 개릿의 축축한 입이 움직이는 것을, 그가 바위 위에서 햇볕을 쬐는 파충류처럼 카메라의 시선을 즐기는 모습을 멍하니 바라보았다. 살면서 다시는 보고 싶지 않은 사람이 하나 있다면, 바로 그였다.

그의 목소리가 쥐처럼 작게 찍찍거렸다. 참을 수 없었다. 리모컨을 찾아 소리를 올렸다.

"……는 이 사건이 어딘가 껍껍한 구석이 있다고 했죠." 그가 느릿느릿 말했다. "끈질기게 조사한 끝에 저는 엄청난 새 정보를 발견했습니다."

"너한테 흥분하는 놈이 있긴 하네." 헤더가 말했다.

"두말할 것 없이 우리는 리넷 타킹턴을 찾아 추가 심문을 할 계획입니다." 개릿이 계속 말을 이었다. "로스앤젤레스 카운티 경찰에게도 전례 없는 협조를 받고 있고요. 지금 이 순간에도 우리는 타킹턴의 소재를 찾고 있습니다. 유타주의 정의는 카우보이 부츠를 신은 사람들이 지키고 있습니다. 우리의 부츠는 언제나 삐 - 걷어찰 준비가 되어 있죠."

카메라가 다시 진지한 얼굴로 렌즈를 뚫어져라 응시하는 앵커의 모습을 비췄다.

"경찰의 영웅인 개릿 P. 캐넌 씨가 '고요한 밤 살인 사건'에 대해 밝힌 엄청난 새 정보 소식이었습니다. 내일 낸시 그레이스와 함께 만나보시죠."

"그게 뭔지 앞에서 나왔어?" 내가 물었다.

"야, 못 들었어?" 헤더가 담배를 길게 들이마시며 말했다. "엄청난 새 정보가 있다잖아. 네가 사람들을 죽였다는 거겠지, 이 사이코야."

방송에서 뭐라고 하든 나는 그들에게 아무 정보도 없다는 것을 알았다. 뭐라도 있었다면 개릿이 입을 다물고 있을 리 없었다. 저렇게 말을 아끼는 건 형편없는 패를 쥐고 있어 카메라를 최대한 오래 붙잡으려는 시도였다. 개릿이 마지막으로 밝혔던 '엄청난 새 정보'는 그가 영화 시리즈 리부트 대본을 썼다는 사실이었다.

"지루해 죽겠네." 헤더가 말했다. "마실 게 필요해. 우리가 안 본 5분 동안 저 망할 냉장고 안에 저절로 뭐가 생기진 않았겠지. 안 그래?"

헤더는 일어나 냉장고를 확인하고 문을 쾅 닫더니 자기 가방을 들고 현관문을 나섰고, 곧바로 검은 옷의 보안 요원들이 몰려왔다.

"아가씨, 안으로 들어가주시길 부탁드립니다." 출입구를 막고 있던 키 작고 몸이 두꺼운 대머리 남자가 말했다.

"아저씨. 가서 혼자 딸딸이나 치시길 부탁드립니다." 헤더가 말했다.

"아가씨……" 그가 말했다. "두 번 부탁하지 않겠습니다."

"내가 지금부터 뭘 할지 말해주지." 헤더가 말했다. "나는 저 파티에 가서 당신들 월급 주는 내 존나 착한 친구 매릴린 블레이크 부인이랑 얘기 좀 나눠야겠어. 막으려고 하면 난 저 풀장에 뛰어들어서 젖꼭지 홀랑 드러내고 이 자선회의 바비들에게 보형물 없는 가슴이 어떤 건지 보여주겠어."

작고 다부진 남자가 헤더의 팔뚝을 잡고 눌렀다.

"제기랄, 망할 인간." 헤더가 으르렁댔다. "소리지를 거야."

"12번 구역 지원 바랍니다." 작고 다부진 남자가 이어피스에 대고 말했다.

나는 소란에서 떨어져 앉아 있었다. 오늘밤에 잘 공간이 필요했다. 대니는 구치소에서 안전하게 있을 테고, 줄리아는 아마 병원에서 경찰의 보호를 받고 있을 것이다. 나는 매릴린, 헤더와 한곳에 모여 있는 건 마음에 안 들지만 적어도 이곳은 안전했다.

작고 다부진 남자 뒤로 일란성 쌍둥이 같은 미식축구 수비수 두 명이 우리 쪽으로 달려오고, 매릴린이 그 뒤를 따라 성큼성큼 걸어왔다. 그들이 문으로 모여 들이닥치며 헤더를 밀어냈다.

"죄송합니다, 블레이크 부인." 쌍둥이 사이로 매릴린이 등장하자 작고 다부진 남자가 말했다.

매릴린의 입이 미소를 짓자 완벽한 치아에 빛이 반짝이고 뺨에는 보조개가 생겼다.

"괜찮아요, 톰." 사근히 말하고는 나를 바라보는 매릴린의 눈빛에는 일점의 생기도 없었다. "내가 여기서 기다리랬잖아."

"린이 배고프다잖아. 얘 말려본 적은 있어? 완전 터미네이터라고." 헤더가 말했다.

"너희 둘 다 내가 올 때까지 여기 있어." 매릴린이 입술을 움직

164

이지 않고 말했다. "타협은 없어."

"우릴 여기 이렇게 죄수처럼 가둘 순 없어." 헤더가 말했다.

"뭐처럼 가둔다고?" 매릴린이 말했다. "다짜고짜 내 집에 와서 내가 대신 택시비도 내주고 잘 곳도 내줬는데 죄수라고?"

"이 인간들이 리넷을 나치처럼 여기 끌고 왔다고." 헤더가 나에게 동참을 요구했다.

"나 끌어들이지 마." 내가 말했다. "난 그저 잠잘 곳이 필요할 뿐이야."

"그뿐이라고?" 매릴린이 날카롭게 나에게 쏘아댔다. "그저 잘 곳이 필요해서 총을 들고 침입자처럼 내 담을 몰래 넘었다고? 내가 경찰을 부르지 않은 유일한 이유는, 너무나 늙고 병든 사자들에게 집이 필요한데 그 집을 지을 돈을 낼 사람들이 소란을 원하지 않아서야."

"매릴린." 내가 말했다. "오늘 하루만 잘 곳이 필요해. 얌전히 있을게."

매릴린이 나에게 몸을 기울였다.

"이 행사만 아니었으면 말이야." 매릴린이 씩 웃었다. "제리의 경호원들한테 널 엉덩이 꽝 부딪히게 던져버리라 하고 난 화이트 와인이나 마시며 옆에서 낄낄대고 있었을 거야."

경호원들의 얼굴이 한층 밝아졌다.

"꺼져." 헤더가 말하고 앞으로 밀고 나갔다.

헤더가 두 걸음도 떼기 전에 경호원들이 일제히 달려들어 헤더의 양팔을 뒤로 비틀어 잡았다.

"두 번 말하지 않을 거야." 매릴린이 자리를 뜨며 말했다. "가만히 있어."

경호원들은 헤더를 소파 위로 내동댕이치더니 그 반동이 멈추기도 전에 문밖으로 나가버렸다.

"네가 무슨 우리 엄마라도 돼? 왜 억지로 방에 들여보내고 난리야!" 헤더가 닫히는 문으로 달려들며 소리쳤다.

문은 잠겼다. 헤더가 5분 동안 고래고래 소리를 지르자 문이 열리고 세 명의 경호원들 사이로 다른 직원이 줄지어 들어왔다. 그들은 조리대 위에 생강잼을 바른 글루텐 프리 빵, 버섯 주먹밥, 야채로 만든 스시롤을 올려놨다. 당연히 모든 음식이 비건 채식이었다. 헤더는 음식을 나르는 사람 한 명 한 명에게 시시콜콜 불평을 늘어놓더니 마지막 웨이터가 샴페인 세 병을 냉장고에 넣자 비로소 조용해졌다.

"안주인께서 보내신 선물입니다." 그는 그렇게 말하고 펑 하는 연기와 함께 사라졌다. 방에는 아무도 없고 문은 잠겼다. 나는 이미 입에 음식을 한가득 집어넣고 있었다. 한입 물기 전까지는 내가 그렇게 배가 고픈 줄 몰랐다.

헤더는 물잔에 샴페인을 가득 따르고 다시 나를 나무라기 시작했다.

"네가 나타나기 전까지 다 잘되고 있었단 말이야." 헤더가 말했다. "그거 알아? 너 완전 나쁜 인간이야, 린. 난 늘 그렇게 생각했어."

나는 계속 먹었다. 뛰어야 할 경우를 대비해 칼로리가 필요했다.

"너무 말이 없으니까 다들 네가 슬프고 머리가 이상해졌다고 생각하지." 헤더가 말했다. "그렇지만 넌 분명 훨씬 더 많은 것을 알고 있어. 말하지 않을 뿐이지."

헤더와 나는 한때 친했지만 헤더가 얼마나 불안정한지를 알고부터 거리를 두었다. 우리 모두가 충분히 나쁜 일을 겪었는데 헤더만 유독 그걸 미화하려 했다. 내가 거리를 두기 시작한 뒤로 헤더는 나를 표적으로 삼았다. 그애의 잘못이 아니었다. 약이 문제였다. 그래도 내가 훨씬 더 많은 것을 알고 있으면서 입 다물고 있다는 헤더의 말에 긴장됐다. 정말 그렇기 때문이다.

불쾌하게 굴긴 했지만 그래도 헤더와 같이 있기로 했다. 곰에게 잡아먹히지 않으려면 친구보다 빠르게 뛰기만 하면 된다고 누군가 말해준 적이 있었다. 같은 원리였다.

쏟아지는 욕설 사이로 샴페인 두 병이 비어갈 즈음 문이 끽 열리더니 한 손에 얼음물 잔을 든 매릴린이 불쑥 밀어닥쳤다. 거대한 목욕 가운이 크고 헐렁하고 푹신한 곡선으로 매릴린의 몸을 감싸고 허리를 조여주고 있었다. 매릴린 뒤로 가정부 한 명이 화분에 든 파인을 들고 나타났다.

"이거 네 거야?" 매릴린이 쏘아붙이듯 물었다. "경호원이 바깥에서 찾았대."

나는 환호성을 터뜨릴 뻔했지만 대신 입을 다물고 양손으로 화분을 받았다.

"고마워." 내가 웅얼거렸다.

"그래서 빌어먹을 사자 돈은 벌었냐?" 헤더가 혀 꼬인 소리를 내며 매릴린을 향해 잔을 흔들었다.

매릴린은 그 잔을 탁 쳤고 잔은 헤더의 손을 벗어나 벽으로 데굴데굴 굴러갔다. 내 얼굴에 샴페인이 흩뿌려졌다.

"젠장, 뭐야?" 헤더가 외쳤다. 일어서려고 했지만 너무 취한 탓에 엉덩이가 무거워 다시 주저앉았다.

"새벽 1시야." 매릴린이 말했다. "이제 집이 비었어. 모금 행사가 1시에 끝났다는 게 무슨 의미인지 알아? 망했단 거야. 어마어마한 돈을 썼는데 망했어. 왜냐면 이 인간이!" 그러더니 매릴린은 나를 향해 돌아섰다. "총이랑 멍청한 화분을 들고 벽을 기어오른 지 1시간 만에 파파라치가 우리집 진입로에 나타났거든."

"쟤가 문제라고 내가 말했잖아." 헤더가 부들대는 손가락으로 나를 가리키며 흐리멍덩한 목소리로 말했다.

"왜 파이널 걸 두 명이 손님용 별채에 숨어들었는지 알고 싶다잖아." 매릴린이 쏘아붙였다. "파파라치가 너네 이름 둘 다 알고 있는 걸 봐선 너희 둘 다의 책임이야."

"우리가 여기 있는 걸 어떻게 알았대?" 내가 물었다.

"널 따라왔겠지. 허술하고 주의깊지 않았으니까." 매릴린이 말했다.

스카이와 나를 따라오는 사람은 분명 아무도 없었다. 내가 놓친 걸까? 방송국 밴 하나가 집 주변에서 우리를 발견하고 여기까지 따라온 건가? 요즘 너무 많은 걸 놓친다. 늙고 느리고 멍청해진 기분이 들었다.

"상황이 좋지 않아." 내가 말했다. "그 기자, 러셀 손이 내 집에서 총을 맞았어. 그다음 나를 쏘려 했고. 줄리아를 쏘고, 헤더의 시설을 불태웠어. 이제 우리가 여기 있다는 것도 알아."

"그들, 그들, 그들!" 매릴린이 말했다. "너 또 약 끊었니?"

"나 약 안 먹는데." 턱 주변이 바짝 긴장됐다.

168

"아, 이제 뭐가 문젠지 알겠네." 매릴린이 말했다.

"누가 우리를 죽이려 해." 내가 말했다. "그 말을 하러 온 거야. 어떻게 대처하든 네가 원하는 대로 해. 난 그저 하룻밤 묵어갈 안전한 곳이 필요할 뿐이야."

코 고는 소리가 방을 울렸다. 헤더가 소파에 기절하듯 잠들어 있었다. 우리 둘은 잠깐 헤더를 바라보았고, 매릴린은 물잔에 든 것을 길게 들이켰다. 물이 아니었다. 보드카였다.

"물론 오늘 여기 있어도 돼." 처음으로 매릴린의 목소리에 피곤함이 묻어났다. "난 정말이지 그 사자들을 도와주고 싶었는데."

침묵 사이로 헤더의 코 고는 소리가 들렸다.

"미셸 얘기 들은 거 있어?" 매릴린이 물었다.

매릴린과 대니가 가까운 사이라는 건 알고 있었다. 두 사람은 그룹이 시작되기 전부터 몇 년간 전화로 연락을 주고받았다. 매릴린은 대니를 늘 특별하게 생각했고 미셸도 마찬가지로 여겼다.

"호스피스에 있어." 내가 말했다.

그 말을 뱉자 갑자기 팔과 가슴까지 냉수가 차오른 기분이 들었다. 그 말은 미셸만 빼고 전부 안전한 장소에 있다는 뜻이었다.

매릴린은 두 손가락으로 콧대를 짚었다.

"생각할 시간이 필요해." 매릴린이 말했다. "내일 아침 전화를 좀 돌려야겠어. 그때 얘기하자. 이 집은 경보장치가 있고 밤새 경호원이 순찰 도니까 여기서 나가지 마."

창문이 이렇게 많은 방에 헤더를 남겨두자니 미안했지만 옮겨주기엔 너무 무거웠다. 나는 불을 끄고 문들을 확인한 뒤 위층으로 올라갔다. 객실 침대의 스프링 매트리스 아래에 하드드라이브를 숨긴 다음 욕조에서 잠을 청했다. 문을 잠그고 불을 켜둔 채로.

나는 욕조에 누워 다음날 아침 다른 사람이 깨기 전에 이곳을 뜨기로 결심했다. 해가 뜨기 전에 떠날 것이다. 미셸을 위해 내가 해줄 수 있는 건 없다고 스스로를 다독였다. 나 하나도 책임지지 못하면서 다른 사람을 책임질 수는 없는 노릇이었다.

파인은 조리대 위 화분 속에 앉아 있었지만 아무 말이 없어서 충격을 받은 건 아닌지 걱정됐다. 하루 사이에 너무 많은 변화가 있었다. 건강에 좋을 리 없었다.

나는 헤더가 문을 두드리는 소리에 잠에서 깼다.

"인간아, 나 지금 써야 한다고." 고래고래 외치는 소리에 나는 허우적거리며 정신을 차렸다. 아드레날린이 솟구쳤다.

"다른 데 써!" 내가 떨리는 목소리로 정신없이 받아쳤다. 해가 벌써 지붕 위에 걸려 있었다. 늦잠을 잤다.

"여길 쓰고 싶다고!" 헤더가 소리를 질렀다.

내가 나갈 때까지 문을 계속 두드릴 기세였다.

"미치광이야." 헤더가 욕조 안의 이불과 베개를 보고 말했다.

나는 창밖을 내다보았다. 새소리를 빼면 조용했다. 햇빛은 금빛으로 출렁이고 수영장 물은 뜨거워져 수면 위로 김이 오르고 있었다. 아무도 모르게 떠나기엔 너무 늦어버렸다.

아래층으로 내려가 신선한 아침 공기 속을 걸어 매릴린의 집으로 갔다. 사암색 부엌의 검은색 대리석 아일랜드 식탁 위에는 과일과 베이글, 크림치즈가 가득 놓여 있었다. 매릴린은 무조건 자신이 파티의 주최자여야 직성이 풀렸다.

170

"무례함은 용납할 수 없어." 계단에 있던 매릴린이 말했다. 거기 매릴린이 있는 걸 눈치도 못 채고 있었다. "접시 하나 가져와. 밖에 커피랑 차도 준비해놨어."

우리는 바깥의 나무 테이블에 앉았다. 집 옆면과 이어진, 투박한 나무 기둥을 세운 정자였다. 투명한 구 모양의 카메라들이 지붕 구석마다 걸려 있었다. 창문은 전부 경보장치가 되어 있었다. 운동복 차림을 한 두 명의 거인이 마당 끝에 서 있었다.

"자, 이제." 매릴린이 운을 뗐다. "커피 두 잔째야. 왜 모두가 우릴 죽이려 한다고 생각하는지 말해줘."

"난 가봐야 해, 매릴린." 내가 말했다. "여기 뒤로 나가는 방법 있어?"

"내가 무슨 제임스 본드인 줄 아니?" 매릴린이 물었다. "설명을 먼저 해봐. 그러면 이따가 앞문으로 나가게 해줄게."

나는 무슨 일이 일어났는지 설명했다. 내 책에 대한 내용만 빼고. 헤더는 얘기 중간에 일어나 부엌으로 휙 사라지더니 담배를 피우며 다시 나타났다. 매릴린은 헤더가 담배를 태울 때까지 멀찍이 떨어져 앉게 했다. 헤더가 다 피운 꽁초를 수영장에 휙 튕겨 던져버리자 매릴린은 얼굴을 찌푸렸다.

"난 가야겠어." 내가 말했다. "너희는 안전하고, 대니는 구금 중이고, 줄리아는 보호받고 있으니까. 하지만 난 가야 해."

매릴린이 미셸을 떠올리지 않길 바랐다.

"아주 잘 빠져나가네. 문제를 발견한 사람이 떠맡는 거지." 헤더가 말했다.

"오늘 아침에 변호사랑 통화를 좀 했어." 매릴린이 말했다.

"그 사람이 보안관 사무실 누군가랑 통화했는데 대니는 안전하대. 기소 절차가 진행되기까진 며칠 걸리겠지만, 판사가 청원을 들어주는 즉시 미셸이랑 집으로 돌아갈 수 있대. 줄리아는 병원에 있고, 병실에 경호원이 배치되어 있고. 너희 둘은 오늘 오전 늦게 영장이 나올 거니까 아침 먹고 짐 싸놔. 내가 차를 불러줄게. 현금은 충분히 있어?"

"빌어먹을, 네가 다 망칠 줄 알았다고!" 헤더가 나에게 울부짖었다.

그러자 더는 견딜 수 없었다. 의무감의 사슬이 나를 잡아당기고 있었다.

"미셸 방에도 경찰 배치 꼭 하라 그래." 내가 말했다.

매릴린이 즉시 말뜻을 알아들었다.

"미셸은 죽어가고 있어." 매릴린이 말했다. "미셸을 죽이는 건 아무 의미 없어."

"죽는 데도 좋은 방법이 있고 나쁜 방법이 있잖아." 나는 또다시 참지 못하고 그렇게 말했다.

"암이 그중 최악의 방법이야." 매릴린이 말했다. "차갑게 굴려는 게 아니야, 린. 하지만 지금 네 정신 상태가 어떻든 나는 거기 휘말릴 여유가 없어. 에이드리엔은 원한을 품은 누군가에게 살해당했고, 대니는 경찰에게 총을 쐈고, 헤더는 집에서 크랙*을 피우다가 시설을 태웠고, 또……"

"나는 시설 뒤 숲에 기절해 있었다니까!" 헤더가 항변했다.

---

* 코카인의 일종. 주사로 투여하지 않고 담배로 들이마신다.

"딱해라, 너무 취해서 기억도 못하잖아." 매릴린이 말하고는 나를 바라보았다. "너랑 줄리아는, 뭐, 무슨 일이 일어났는지 네 얘기밖에 들은 게 없잖아. 내 생각엔 네가 실수로 줄리아를 쏜 거야. 너는 걸핏하면 총을 휘두르고 다니는데다 언제나 통속극을 찍어대는 재능이 있으니까."

"먼저 미셸이 안전한지 확인해야 해." 시간을 벌려고 한 말이었지만 맞는 말이기도 했다. "너도 내 말 인정하잖아. 대니를 위해서라도 미셸이 안전한지 확인해야 한다고."

나는 진심이었다. 정말 그랬다. 하지만 한편으로는 매릴린이 경호용 SUV로 우리를 호스피스에 데려다주기만 하면 빠져나갈 수 있다는 생각도 들었다. 경찰이 나를 연행해서 개릿 P. 캐넌이 엄청나다고 한 새 정보에 대해 묻기 전에 L.A.를 도망칠 수 있었다.

매릴린은 저 아래 보이는 로스앤젤레스를 바라보았다. 운동복을 입은 남자들은 서로를 수영장에 미는 시늉을 하며 장난을 치고 있었다. 매릴린은 이 집을 안전하다고 여겼다. 제리의 돈 덕분에 환상의 나라를 세우고 내 문제가 자기와는 관련이 없다고 믿는 호사를 누릴 수 있었다. 하지만 가끔씩은 상상과 현실을 분별할 줄 알았기에 이렇게 오래 살아남은 것이기도 했다.

마침내 매릴린이 입을 열었다. "내가 가서 미셸을 확인할게. 대니에게 진 빚이 크니까. 너희 둘은 원하면 와도 돼. 하지만 그 후로는 각자의 길을 가는 거야. 우리는 공통점이 없어, 리넷. 계속 과거에 붙잡힐 순 없는 거야."

"집 앞 진입로에 파파라치들이 깔려 있는데 여기를 어떻게 빠져나가?" 내가 말했다. "미셸한테 가는 걸 들켜선 안 돼."

매릴런이 빙긋 웃었다.

"너 정말 우리집에서 나가는 길이 하나라고 생각했니?"

놈커밍 GNOMECOMING

빨간색 뾰족 모자를 쓴 이 자그만 무리는 우리 마당에 서 있다. 하지만 여기 이 놈gnome(린다 데이비스, 〈버드나무〉〈시간 도둑〉 등에 출연)은 파티를 할 준비가 되었다! 500년 전 이 조그마한 악령은 어느 작은 캐나다 마을에 절대 음악을 연주해선 안 된다는 저주를 건다. 이를 어기는 자는 그녀의 노여움을 살 것이다. 하지만 마을의 십대 아이들은 홈커밍 댄스 파티를 열기로 하고…… 홈커밍 댄스 파티 대신 놈커밍 댄스 파티라고 해야 할까? 로큰롤의 비트는 이 작지만 공포스러운 존재를 깨워버리고, 악령은 작아도 무서울 수 있음을 단단히 보여주기로 마음먹는다. 피가 철철 흘러넘치는 분노는 아직 처녀인 무스조 고등학교 여학생만이 멈출 수 있는데…… 최첨단 분장 효과와 마법 같은 컴퓨터 기술. 클럽 누보, 플래티넘 블론드, L.A. 건즈, 파인 영 캐니발즈가 참여한 히트 사운드트랙. 〈놈커밍〉은 피비린내 흥건한 아수라장에서 놈을 능가하는 존재는 없음을 보여줄 것이다!

투자사 CDFC 및 시네픽스 필름 프로퍼티스 제공
고드 라론델 영화 프로덕션 제작
딘 트렘블레이 연출
린다 데이비스 주연 〈놈커밍〉
음악: 헤더 왕
공동제작: 골디 밴 · 랠프 셰퍼
제작 총괄 책임자: 론 맥도날드
원작: 다시 밀리너, 〈크리스틴 머서의 삶〉
총괄 프로듀서: 고드 라론델
프로듀서: 데블린 루안
감독: 딘 트렘블레이

CDFC CINÉPIX FILM PROPERTIES

청소년관람불가
컬러 필름 · 러닝타임 87분

〈놈커밍〉 비디오 케이스 복사본, 1989년

TFGSG X

아무리 호스피스에서 집으로 돌아가는 사람이 없다지만 그렇다 해도 세인트 클레어 호스피스는 장례식장 같았다. 햇빛도 들지 않고, 시계도 없고, 직접조명도 없고, 엄숙히 속삭이는 소리 외에는 아무것도 들리지 않았다. 모든 것이 베이지색 아니면 회색이었다. 방마다 십자가가 걸려 있고, 복도에는 호텔에 걸릴 법한 빛바랜 초원 그림이 걸려 있었다. 간호사들은 고무 밑창 신발을 신고 소리 없이 종종 걸어다녔다. 벽마다 상실감을 받아들이는 방법에 대한 팸플릿이 꽂힌 플라스틱 함이 달려 있었다.

"이건 너무 우울하잖아." 매릴린이 엘리베이터에서 내리며 말했다.

"난 TV 볼게." 헤더는 십대 청소년처럼 말하더니 구부정한 걸음걸이로 라운지를 찾으러 갔다.

헤더를 보내고 우리는 문들이 열려 있는 무색의 복도를 걸어가며 미셸의 병실 번호를 찾았다. 방마다 저마다의 사연이 있었다. 죽어가는 환자의 침대 곁에서 나를 바라보는 가족들, 임종이 가까운 환자 사이를 오가며 우리를 스쳐 지나가는 간호사들, 병실 여기저기서 들려오는 가쁜 숨소리들.

나는 이곳이 싫었다. 우리는 출구도 보이지 않고 모퉁이마다 뭐가 있는지도 알 수 없는 곳으로 점점 더 깊이 들어가고 있었다. 오자고 제안하지 말 걸 그랬다.

마침내 1211호였다. 문가에 경찰이 앉아 있든, 공지가 붙어 있든, 아니면 적어도 미셸이 대니 일로 위험에 처해 있다는 걸 알려주는 어떤 식의 조치가 되어 있을 거라 기대했는데 문은 닫혀 있지도 않았다. 우리는 문을 밀고 들어갔다.

침대 가운데에는 이불에 둘둘 싸인 껍데기 같은 물체가 누워 있었다. 링거도 삽입관도 없고, 심장박동 모니터도 없고, 다른 기계도 없었다. 그런 수준을 넘어선 것이다. 매릴린마저 약간 기가 꺾인 듯했다. 이곳이 미셸이 죽을 방이었다.

"환자분이 저게 불편하려나요?" 간호사가 조용히 물었다.

매릴린과 나는 놀라서 움찔했다. 간호사가 우리를 따라 들어온 줄도 모르고 있었다. 간호사는 미셸의 침대 끝 벽에 걸린 십자가를 의미심장하게 바라보았다.

"신경쓰지 않을 거예요." 매릴린이 속삭였다. 간호사는 자리를 떴고, 우리는 대니가 인생을 걸고 사랑한 사람과 병실에 남았다. 나와 매릴린은 침대로 다가갔다.

"……대니?" 미셸이 신음했다.

미셸의 안색은 누런빛을 띠었으며 입술은 갈라져 있었고 눈빛은 번들한 피부와 대비될 정도로 강렬했다. 매릴린은 미셸의 이마에 손을 올려 희끗한 머리를 뒤로 쓸어넘겼다.

"대니가 얼마나 오고 싶어했는지 몰라." 매릴린이 말했다. "지금 여기 있을 수 있다면 뭐든 했을 거야."

미셸이 입술을 움직여 말을 하려고 애썼다.

"리넷." 매릴린이 말했다. "간호사에게 가서 작은 스펀지랑 물한 잔 달라고 해줘. 얼음 조각 좀 줄까, 미셸?"

미셸이 고개를 끄덕였다.

"얼음 조각도 부탁해."

나는 복도로 나갔지만 이걸 다 어디서 구해야 할지 몰랐다. 데스크로 가자 간호사들이 기다렸다는 듯 우르르 도와주러 나섰다. 진땀이 났다. 창문은 하나도 없는데 문은 너무 많았고 복도도 너무 많았다. 미셸의 병실은 다른 출구가 없었다. 탈출로를 찾아낼수 없었다.

내가 얼음 조각이 든 스티로폼 컵과 바스락거리는 비닐에 담긴 노란 스펀지, 상표가 없는 생수병을 들고 병실로 돌아가는데 간호사가 팔 아래로 십자가를 낀 채 나왔다.

"환자분이 랍비 선생님을 만나보는 게 좋을까요?" 간호사가 소곤거렸다.

"왜요?" 나는 전혀 이해하지 못하고 물어봤다.

"괜찮아요." 매릴린이 병실 안에서 대신 대답했다. "고마워요."

간호사는 재빨리 고개를 끄덕이고 사라졌다. 나는 안으로 들어가 가져온 걸 매릴린에게 죄다 건네준 뒤 침대 발치에서 머뭇거리며 최대한 미셸과 떨어져 있었다. 매릴린은 침대 등받이를 올린 뒤 얼음 조각 컵을 미셸의 입술에 갖다댔다. 그리고 미셸이 얼음을 빨아 마시는 동안 젖은 스펀지로 미셸의 갈라진 입술을 두드렸다. 경이로웠다. 매릴린은 어디서 이런 것들을 다 배운 걸까? 미셸이 매릴린 쪽으로 눈을 돌려 고맙다는 표정을 지었다.

"편하게 쉬어. 힘든 거 알아." 매릴린이 미셸의 머리를 쓰다듬었다.

"고마워……" 미셸이 쉰 목소리로 말했다. "나 안 예쁜 거…… 알아."

매릴린이 미소를 지었다.

"대니도 마찬가지야. 그러니까 둘이 완벽한 짝인 거야."

미셸은 얼굴을 찡그리더니 숨을 들썩였고 나는 그게 웃는 거란 걸 깨달았다. 손 하나가 담요 아래서 나와 필사적으로 허공을 더듬고 움켜쥐었다. 매릴린이 손을 잡아줬다.

"사랑…… 해……" 미셸이 말했다.

"우리도 사랑해." 매릴린이 말했다. "그리고 대니도 너를 너무 너무 사랑해. 넌 대니 인생의 가장 큰 선물이었어."

"대니가…… 집에…… 있게 해준다고…… 그랬는데…… 이런…… 일이…… 생기면……" 미셸이 말을 이었다.

"알아." 매릴린이 말했다.

"……대니가 새로…… 심었어…… 우리는 한 번도…… 충분히……"

미셸이 턱이 나갈 것처럼 크게 하품했다.

"알아." 매릴린이 말했다. "우리 누구도 시간이 충분하지 않지."

"나 금방 돌아올게." 내가 웅얼거렸다.

내가 본 죽음은 전부 신속하고 지저분했다. 토미. 질리언. 엄마. 아빠. 이렇게 천천히 사라지는 모습은 본 적이 없었다. 미셸은 꼭 이렇게 죽어야만 하는 걸까? 그냥 코드를 확 뽑아서 끝내버릴 수 없는 것일까? 자신의 죽음을 지켜보게 하는 미셸에게 화가 났다. 무서웠다. 나는 뭘 해야 할지 알았다.

나는 복도 끝 움푹 들어간 공간에서 의자 두 개를 붙이고 벌렁 누워 있는 헤더를 찾아냈다. 기증된 TV에서 작은 소리로 CNN 뉴스가 나오고 있었다.

"네 남자친구가 방금 기자회견을 했어." 헤더가 말했다.

"미셸을 여기서 데리고 나가야 해." 내가 말했다.

"젠장, 맞는 말이네." 헤더가 말했다. "여긴 그냥 최악이지."

헤더는 목표가 생겨 기쁘고 소란을 피울 생각에 만족스럽다는 듯 벌떡 일어섰다. 나는 돌아가면서 TV를 한번 더 슬쩍 바라보았다. 열여섯 살의 내 사진이 있었다. 여드름투성이에 파마는 엉망인 모습. 덫이 사방에서 나를 옥죄어오는 기분이 들었다. 나가고 싶었다.

"매릴린이 동의한 거지?" 걸어가면서 헤더가 물었다.

"완전히 동의했어." 나는 거짓말을 했다.

우리는 죽음의 덫으로 돌아갔다. 매릴린은 하나뿐인 의자를 침대 맡에 끌어다놓고 앉아 팔꿈치를 매트리스에 올리고 양손으로 미셸의 손을 붙잡고 있었다. 매릴린이 고개를 들었다. 헤더와 나는 어정쩡하게 서 있었다.

"우리끼리 투표를 했어." 내가 말했다. "미셸을 집으로 데려갈 거야."

"우리가 뭘 한다고?" 매릴린이 물었다.

"대니가…… 와?" 미셸이 헐떡이며 물었다.

"아니." 내가 답했다.

"맞아, 와." 매릴린이 미셸에게 말하고는 나를 돌아보았다. "우린 어디도 가지 않아. 미셸과 여기 앉아서 대니가 오기를 기다릴 거야. 이 아가씨를 어디로 옮길 일은 없다고."

"미셸." 나는 몸을 숙였고 악취가 없는 것에 놀랐다. "대니는 오지 않아. 하루나 이틀 더 기다린다고 해도 못 와. 하지만 너를 지금 목장에 데려다줄 순 있어. 네가 원한다면 말이야."

"그렇지만…… 저 사람들이…… 그렇게 해주지……" 숨이 막힌 미셸의 눈동자가 내 얼굴을 왼쪽에서 오른쪽으로 훑었다.

"그건 걱정하지 않아도 돼." 내가 말했다. "대니는 감옥에 있어. 오늘 당장은 내보내주지 않을 거야."

"그건 모르는 거야." 매릴린이 말했다. "어쩌면 지금 오고 있을 수도 있어."

"정말, 매릴린? 정말 그 인간들이 대니를 보내줬다고 생각해?"

"그건……" 매릴린은 말을 멈추고 시선을 떨궈 미셸의 손을 바라보았다.

"내 말이 그거야." 내가 말했다. "미셸, 대니는 여기 못 와. 하지만 우리는 너를 목장으로 데려갈 수 있어. 바로 지금. 집에 갈 수 있어. 그 말 한마디만 해주면 돼."

미셸은 죽어가는 사람만이 지을 수 있는 표정으로 나를 지그시 바라보았다. 오로지 내 눈만을 이글이글 바라보는, 모든 주의력을 기울인 진지한 눈빛이었다.

이윽고 미셸이 고개를 끄덕였다.

"대니의 꽃……" 미셸이 말했다.

"대니의 꽃이 보고 싶지?" 내가 물었다.

미셸은 고개를 끄덕였다. 말을 뱉으려는 입술이 파르르 떨리고 있었다.

"……응……"

"그래, 여긴 개판이야." 헤더가 말했다.

"잠시만요, 뭘 논의하고 계시는 거예요?" 뒤에서 간호사가 물었다. 보통 대화하는 크기의 목소리였지만 당황스러울 정도로 크게 느껴졌다. 우리는 간호사가 들어오는 소리도 듣지 못했다.

우리는 일제히 돌아보았다. 다들 들킨 표정을 하고 있겠지. 간호사는 상황이 파악되지 않는다는 표정이었다.

"걱정할 거 없어요." 내가 말했다. "휠체어 좀 빌릴 수 있을까요?"

"아니요. 죄송하지만 게이트웨이 씨는 이동할 수 없어요. 편안히 모시기 위해 노력하고 있지만 반드시 여기 계셔야 해요." 간호사가 말했다.

"알았어요. 그럼 제가 가져올게요." 내가 말했다.

"저희는 여러분이 어떤 분들인지도 모르는데요." 간호사가 그렇게 말하고 헤더와 매릴린을 훑어보았다.

나는 간호사를 지나 복도로 걸어나왔다. 뒷면에 흰색 스텐실로 큼직하게 43번이라 써놓은 휠체어가 복도 중간에 하나 있었다. 나는 그걸 가지고 병실로 돌아갔다. 매릴린이 간호사와 대화중이었다. 미셸의 발이 담요 아래서 안절부절못하고 꿈지럭거렸다.

혜더는 구석에 바짝 붙어 서 있었다. 어떻게 하면 진통제를 좀 꿍칠 수 있는지 궁리하는 듯했다.

"이러시면 안 됩니다." 내가 휠체어를 침대 머리맡으로 밀고 가자 간호사가 매릴린에게 말했다.

"당신은 투표권이 없어요." 내가 말했다.

간호사는 매릴린부터 나, 휠체어, 미셸을 차례로 바라보고 상황을 가늠하더니 허겁지겁 밖으로 나갔다.

"날 이런 상황에 몰아넣다니, 증오해." 매릴린이 말했다.

"알았어." 내가 말했다. "휠체어로 옮기는 걸 도와줘."

매릴린은 움직이지 않았다. 대신 혜더가 침대 시트를 홱 걷어냈다. 시트 아래를 보는 게 무서웠지만 상상한 것에 비하면 그렇게 심하지 않았다. 남아 있는 육신이 얼마 없었지만 환자복으로 다 가려져 있었다. 용기를 내어 미셸의 몸을 만졌다. 들어올리기 위해 한 팔로 등을 받치고 다른 한 팔을 무릎 아래로 넣었다. 차가웠다. 미셸은 순순히 몸을 내줬다. 몸을 들어올리자 생각한 것보다 가벼웠다. 뼈만 남은 엉덩이를 휠체어 팔걸이 한쪽에 갖다 댔다. 미셸이 얼굴을 찡그렸다.

의자에 앉히자 미셸은 곧바로 몸을 덜덜 떨었다.

"담요를 줘." 내가 혜더에게 말했다.

우리는 하늘색 담요를 미셸의 다리에 둘렀다. 혜더가 옷장에서 담요 하나를 더 찾아냈다. 나는 미셸을 숙이게 한 다음 담요를 등 위로 펼쳐 어깨에 둘러줬다. 미셸이 또다시 고통스러운 표정을 지었다.

"내가 할게." 내 서툰 손길에 화가 났는지 매릴린이 신경질적으로 말하곤 미셸을 담요로 잘 감싸서 뒤로 기대게 했다.

미셸은 떨리는 손으로 매릴린의 팔을 붙잡았다.

"고마……워…… 고마워……"

매릴린이 허리를 펴고 콧대를 짚었다.

"너 이거 책임져야 해." 매릴린이 나에게 말했다.

옳은 일을 하고 있다는 사명감이 느껴졌다. "매릴린이 먼저 나가. 헤더는 뒤를 맡아줘. 2층으로 내려가서 주차장 건물로 간 뒤 차를 타는 거야."

나는 매릴린이 허락의 의미로 고개를 끄덕일 때까지 마냥 바라보았다.

우리는 대열을 이뤄 방을 나섰다. 내가 휠체어를 밀고, 매릴린은 앞에서 걷고, 헤더는 몇 발자국 뒤에서 따라왔다. 나는 줄리아와 파인을 뒤에 남겨두고 떠났었다. 미셸마저 두고 갈 수 없었다. 간호사 데스크에 있던 의사, 간호사, 도우미 무리가 진을 치고 우리가 가는 길을 막고 있었다.

"실례합니다. 부탁해요." 사람들 사이를 뚫고 가면서 매릴린이 말했다. "미안해요. 급해서요."

사람들은 흩어졌다가 다시 모여 우리를 쫓아왔다. "대체 누구십니까?" "어디로 데려가시는 거예요?" 질문이 후렴구처럼 반복되자 헤더가 제 역할을 수행했다.

"꺼져! 그냥 뒤로 꺼지라고!"

딸깍, 플라스틱 손잡이에서 커터 칼날이 나오는 소리가 들렸다. 굳이 뒤돌아보지 않아도 헤더가 사람들을 내쫓으려고 마구 휘두르고 있을 게 뻔했다. 매릴린이 앞장서서 빠르게 걸어갔고,

우리는 각자의 사연에 잠겨 눈시울을 붉히는 가족들이 가득한 병실의 문들을 순식간에 지나갔다.

"실례합니다." 매릴린이 간호사를 지나가며 빠르게 속삭였다. "잠시만요. 미안해요. 괜찮으시면 좀 비켜주시겠어요? 고맙습니다."

엘리베이터 타는 곳이 앞에 있었다. 거의 다 와갈 즈음 반대편 복도에서 두 명의 경비원이 달려오는 게 보였다. 커다란 배에 초록색 야구모자와 초록색 바람막이를 입고 있었으며 둘 다 쉰 살은 족히 넘어 보였다. 지금이 살면서 걷는 가장 빠른 걸음인 듯했다.

그중 한 명이 천천히 걸음을 멈추고 복도를 막으며 거만하게 손을 들어 보였다. 재킷 등 뒤에 보안팀이라 적혔으니 당연히 우리가 멈출 거라 생각하는 듯했다.

"아가씨들. 이제 장난은 그만하시지." 경비원이 말했다.

경비원의 앞에 먼저 다다른 매릴린이 엘리베이터 버튼을 누르며 온갖 달콤하고 따사로운 텍사스 말을 쏟아내는 모습에 나는 심장이 쿵쿵 뛰었다.

"선생님, 저희는 환자분이랑 친한 친구들입니다. 물건을 몇 개 가지러 얼른 집으로 가는 길이에요. 금방 돌아올 예정입니다. 데스크에서도 괜찮다고 해줬어요. 저희가 문제를 일으킨 게 아니겠죠." 매릴린이 말했다.

"여긴 호스피스입니다. 집으로 돌아가는 사람은 없어요." 키가 작은 경비원이 말했다.

"아, 그렇지만 뭐가 필요해서요." 매릴린이 말했다.

"그건 제가 신경쓸 일이 아닙니다." 손을 들어올리고 있던 경비원이 앞으로 한 걸음 나와 엘리베이터 버튼을 가려 매릴린이 더는 누르지 못하게 했다. 두 경비원이 거대한 배를 들이밀며 매릴린을 둘러쌌다. "의사들이 환자를 다시 병실로 데려가게 하세요."

"환자와는 어떻게 아는 사이시죠?" 키가 작은 경비원이 질문했다.

"저희는 북클럽에서 만났어요." 매릴린이 달콤한 미소를 지었다.

엘리베이터가 띵 소리를 내며 덜커덩 문이 열렸다. 검은색 아이라이너를 두껍게 칠한 십대 여자아이가 한 손에 담뱃갑과 라이터를 쥐고 엘리베이터 뒤편에 서 있었다. 매릴린이 두 경비원과 휠체어 사이에 버티고 섰고 헤더도 따라서 나란히 섰다.

"대체 뭐가 문제예요?" 헤더가 물었다. "나가고 싶다잖아요. 이게 빌어먹을 감옥도 아니고."

나는 뒤에 있는 엘리베이터 안으로 휠체어를 밀었다.

"아가씨!" 내가 빠져나가는 것을 본 경비원 한 명이 갑자기 다급하게 소리를 질렀다. "이러면 안 된다고요. 아가씨!"

나는 여자아이 옆에 섰다. 미셸은 엘리베이터 뒤쪽 벽을 바라보고 있었다.

"매릴린, 우리 들어왔어." 내가 말했다.

매릴린과 헤더가 뒷걸음질을 하며 엘리베이터에 올랐고, 헤더는 2층 버튼과 닫힘 버튼을 동시에 두드려댔다. 경비원 하나가 매릴린의 팔을 붙잡는 실수를 저질렀다. 엘리베이터 문이 닫히려다 그의 굵은 팔뚝에 부딪혀 도로 열렸다.

"니들이 이런 짓을 하게 내버려둘 수 없어." 경비원이 말했다.

매릴린이 핸드백에서 작은 검은색 원통을 꺼내더니 그의 사타구니에 갖다댔다. 치지직 소리가 나자 남자는 노새 뒷발에 맞은 것처럼 벌러덩 자빠졌고 바닥에 앉아 울기 시작했다.

"정말 미안해요." 매릴린이 말했다. "저도 마음이 안 좋아요."

엘리베이터 문이 닫혔고 아찔한 1초 후에 엘리베이터가 내려가기 시작했다. 잠시 침묵이 흐르다 십대 여자아이가 믿을 수 없다는 듯 말했다.

"그 남자 거시기를 감전시켰어요."

"젠장." 헤더가 말했다.

"날 이런 상황에 빠뜨린 걸 정말 깊이, 깊이 원망하고 있다는 걸 알아줬으면 해." 매릴린이 나에게 말했다.

엘리베이터 문에서 띵 소리가 났고 우리는 2층에 내렸다.

"좋은 하루 보내렴." 매릴린이 내리면서 여자아이에게 미소를 지었다.

우리는 이중 유리문을 지나 서늘하고 어두운 주차장 건물로 들어섰다. 나는 귀를 기울였다. 경찰차가 오는 소리, 모퉁이를 돌며 타이어가 끼익 울리는 소리, 휠체어에 탄 여성 한 명을 포함해 네 명의 여성을 찾는다며 라디오가 지직거리는 소리가 들리는지. 하지만 주차장은 고요했다. 나는 기름 자국이 묻어 있는 콘크리트 위로 휠체어를 밀어 매릴린의 SUV로 갔다.

"내가 차를 뺄게." 매릴린이 말했다.

"우릴 버리면 가만 안 둘 거야." 헤더가 말했다.

"있잖아." 매릴린이 말했다. "방법을 알았다면 진작에 그랬을 거야."

매릴린은 운전석에 올라타 문을 닫았다. 후미등에 빨간 불빛, 그다음엔 흰 불빛이 들어왔고 차는 후진해서 우리 옆에 섰다. 나는 미셸을 들어올려 뒷좌석에 앉혔다.

"미……안……" 안전벨트를 매어주자 미셸이 숨찬 목소리로 말했다. 벨트를 매긴 맸지만 거의 늘어난 부분이 없었다. 미셸의 몸에 부피라곤 없었다.

"괜찮아, 우리 미셸." 매릴린이 뒷좌석을 향해 몸을 돌리며 말했다. "그렇게 조금만 있어. 순식간에 목장에 도착할 거야."

"아싸, 조수석!" 헤더가 앞좌석에 들어가며 외쳤다. "왜, 불만 있어? 나는 죽은 사람 곁에 안 앉아. 미셸, 네가 싫다는 건 아니니까 오해하지 마."

미셸은 입술을 축이며 말을 꺼내려고 했지만 기력이 없는데다 입은 너무 바짝 말라 있었다. 내가 미셸 옆에 앉았고 우리는 그렇게 빠져나왔다. 출구에는 정산 게이트가 없었다. 사람들을 이곳에서 죽으라고 데려와놓고 그 가족들이 나가는 길에 돈을 뜯는 건 고약한 일이기 때문이겠지. 우리를 기다리는 경찰도 없고, 주차증을 적어주는 직원도 없었다.

차 뒤에서 휠체어가 미끄러지고 쿵쿵 소리를 내는 사이 우리는 천천히 주차 방지턱을 넘고 도로에 접어들어 고속도로로 향했다. 그러고 나서야 미셸의 목장이 어디 있는지조차 모른다는 것을 깨달았다.

"줄리아가 가본 적 있어." 내가 말했다.

"그래, 그런데 줄리아는 지금 여기 없잖아." 매릴린이 말했다. "헤더, 혹시 알아?"

"대니한테 그 망할 크리스마스 카드를 매년 보내는 건 너잖아?" 헤더가 말했다.

"사서함으로 보내는 거야." 매릴린이 쏘아붙였다.

"미셸?" 내가 이름을 불렀다. "미셸?"

미셸은 고개를 창밖으로 돌린 채 눈을 감고 햇볕을 쬐고 있었다.

"미셸, 목장으로 가는 길 좀 알려줘." 내가 말했다.

미셸이 고개를 끄덕이며 눈을 감고 뭐라고 중얼거렸다. 나는 몸을 기울였다.

"10……" 미셸이 희미하게 말했다. "10……번……"

"10번 도로를 타." 내가 매릴린에게 말했다.

우리는 L.A. 시내를 가로질렀고 다들 별다른 말이 없었다. 매릴린은 가벼운 재즈가 나오는 라디오를 틀었다. 나는 사이렌소리가 나는지 집중해서 들었다. 이 일이 순조롭게 마무리되지 않으리란 걸 알았다. 벌써부터 내 손에서 일이 어긋나는 느낌이 들었다. 미셸은 내 옆에서 혼자 중얼거리고 있었다.

"우리 미셸, 10번 다음엔 어디로 가야 해?" 매릴린이 백미러로 눈을 깜빡이며 물었다. "101을 타나? 미셸한테 101을 타야 하는지 물어봐줘."

"미셸." 내가 말했다. "101번 탈까? 내가 핸드폰으로 검색해볼 수 있는 도로 주소가 있어?"

"미셸 가방 가져온 사람 없어?" 매릴린이 물었다.

"십……" 미셸은 그렇게 말하더니 뭔가 다른 말을 뱉었고 나는 몸을 더 기울였다. "미안……" 미셸이 중얼거렸다. 울음을 터뜨릴 듯한 표정이었다.

"괜찮아. 정말 괜찮아." 내가 말했다.

내 말이 들렸는지 알 수 없어서 나는 미셸의 손을 쓰다듬었다. 손이 버석했다.

"미셸한테 가방 없었어." 헤더가 말했다.

"이제 이 계획의 허점이 보이네." 매릴린이 백미러로 나를 바라보며 말했다.

"미셸, 우리 몇 번 출구로 나가야 해?" 내가 다시 물었다.

"대니의 꽃……"

"맞아. 대니의 꽃을 보러 갈 거야. 하지만 어떻게 가는지 알아야 해. 지금 10번 타고 있거든. 어디서 빠져야 할까?"

"가는 거야……" 미셸이 숨을 헐떡였다. "보러?"

"우리 지금 베니스 대로 지나쳤어." 매릴린이 말했다. "이거 다음 출구는 405번밖에 없어."

"그거 아니면 1번 해안 고속도로야." 내가 말했다.

"세상에 맙소사." 매릴린이 말했다.

농후한 썩은 내가 차 안에 진동했다.

"지금 싼 거야?" 헤더가 격렬하게 부채질을 하며 창을 끝까지 내렸다. "젠장, 지독해. 뭘 먹은 거야?"

매릴린이 출구를 향해 핸들을 틀었다.

"뭐하는 거야?" 내가 물었다. 여기서 멈추면 안 되었다. 경찰이 있었다. 괴물들이 있었다. 계속 이동해야 했다.

"이 친구가 그걸 계속 깔고 앉아 있게 할 순 없어." 매릴린은 핸들을 꺾어 출구 경사로를 내려가 일반도로를 타더니 랠프 마트로 가기 시작했다. "이 여자는 대니의 특별한 사람이야. 존엄을 지킬 자격이 있어."

"바지에 똥이 찼는데 무슨 존엄이 있어." 헤더가 지적했다.

매릴린은 주차를 하고 엔진을 끈 뒤 헤더를 비난했다.

"이건 인간에게 자연스러운 과정이야." 매릴린이 날카롭게 말했다. "우리가 미셸과 똑같은 처지가 되었을 때 기대할 만큼의 존중을 보여줘야 해. 미셸을 조심히 밖으로 내리고 차 뒤에 있는 타이어 교체용 매트를 꺼내 와. 거기에 눕혀놓고 있어. 금방 올 테니까."

매릴린은 핸드백을 움켜쥐더니 휙 사라졌다.

"린, 나랑 약속하자." 헤더가 말했다. "나한테 이런 일이 생기면 그냥 배수로에 던지고 가줘."

헤더가 미셸을 만지고 싶어하지 않았으므로 나는 주차장을 살핀 뒤 안전벨트를 풀어 미셸을 들어올렸다. 만지고 싶지 않았지만 헤더처럼 굴고 싶지도 않았다. 우린 뭐가 문제인 걸까? 눈앞에서 가족이 살해당할 때도 나는 소리 하나 내지 않았다. 그런데 친구 아내의 똥을 보고 비위가 상한다고? 대부분의 사람들은 천천히 썩어가는데 왜 우리는 빠르고 극단적인 죽음을 더 편하게 여기는 것일까? 이게 바로 우리가 그렇게 열심히 싸운 이유 아닌가? 지금 이 순간 미셸이 하는 행위의 권리를 쟁취하기 위해?

"매릴린이라면 당연히 타이어 교체할 때 쓸 요가 매트를 갖고 다니시겠지." 헤더가 매트를 차 옆 주차장 바닥에 깔며 투덜거렸다. 나는 그 위에 미셸을 조심히 내려놨지만 그다음에 무엇을 해야 할지 알 수 없었다. 미셸의 눈동자가 하늘을 가로지르는 뭔가를 쫓고 있었다. 나도 하늘을 올려다보았지만 아무것도 없었다.

우리는 너무 노출되어 있었다. 차들 사이로 우리를 쫓아오는 사람은 보이지 않았다.

"미셸 옷 벗겼어?" 매릴린이 쇼핑백을 잔뜩 든 채 돌아오며 물었다.

"아니, 절대 안 해." 헤더가 답했다.

"너네 정말 어린애처럼 구는구나." 매릴린이 말했다. "리넷, 이거 다 네 생각이었잖아. 뭘 기다리는 거야?"

매릴린은 헤더에게 호스피스 담요 하나를 가림막으로 들게 하고, 나에게는 미셸의 허리춤에 있던 다른 담요를 풀고 병원 가운을 들추게 했다.

"미안해." 내가 미셸에게 말했다.

내 말을 들은 것 같지 않았다.

미셸은 기저귀를 차고 있었다. 매릴린이 씩씩하게 기저귀를 내리고 내가 슥 끄집어냈다. 속에 시꺼멓고 끈끈한 것이 가득했다. 매릴린은 기저귀를 접어 빈 쇼핑백에 던졌다. 그러더니 4리터들이 물과 행주를 이용해 미셸의 아래를 닦았다. 나는 우리에게 접근하는 사람이 있는지 주시했다. 사이렌소리가 나는지 귀를 기울였다. 매릴린은 남은 물기를 닦아내더니 나에게 새 성인용 기저귀를 다리에 끼워 올리게 했다.

우리는 아무 저항도 없는 이 여인을 함께 들어 뒷좌석에 앉힌 뒤 다시 벨트를 채워줬다. 미셸은 알아차리지도 못했다.

매릴린은 젖은 매트를 돌돌 말아 쇼핑백 하나에 집어넣었다. 쇼핑백에서 물이 뚝뚝 떨어졌다.

"헤더, 가서 이거 좀 버려줘."

"나 그거 안 만질 거야." 헤더가 말했다. "그냥 거기 둬."

"우리는 쓰레기 투기하는 사람들이 아니야." 매릴린이 매섭게 말했다. "이거 버리지 않으면 얼굴에 주먹을 날리겠어."

헤더는 쇼핑백과 젖은 매트를 가지고 자리를 떴다. 나는 경찰이 있는지 주시했다. 몇 분 뒤 헤더가 돌아왔고 우리는 주차장을 떠나 올림픽 대로로 향했다.

뭔가에 긁히는 느낌이 들어 아래를 내려다보니 미셸이 내 손가락을 멍하니 긁고 있었다. 어떻게 해야 할지 모르겠어서 손바닥을 펼쳤더니 미셸이 내 손에 깍지를 꼈다. 내 손을 꼭 붙잡았다. 나를 바라보지 않고 창밖을 바라보며, 눈은 커다랗게 뜨고 입술을 움직이고 있었다.

"우리가 어디로 가야 하는지 알아?" 내가 다시 한번 물었다.

"대니……를 보러……" 미셸이 말했다. "대니……의 꽃을…… 보러……"

"아무짝에도 쓸모없는 짓이야, 이건." 헤더가 손으로 머리를 움켜쥐었다.

"핸드폰 꺼내봐." 매릴린이 말했다. "캐럴 박사한테 전화해. 대니의 목장이 어디 있는지 알 거야."

"전화하면 기절할 게 뻔해." 헤더가 내 마음까지 대변해 말했다.

"맞아. 좋은 생각 같진 않아." 내가 말했다.

"네 그 좋은 생각이 우릴 이 진창에 빠뜨린 거야." 매릴린이 말했다. "둘 중 하나가 전화 걸지 않으면 너흴 날려버리겠어."

"내 건 배터리가 죽었어." 헤더가 중얼거렸다.

매릴린이 자신의 아이폰을 헤더에게 떠밀었다.

"내 거를 써. 주소록에서 엘리엇으로 찾아."

미셸은 몸이 떨리도록 크게 숨을 들이쉬고 천천히 내뱉었다. 내가 다섯까지 세고 나서야 다음 숨을 들이쉬었다.

"못 찾겠어." 헤더가 핸드폰을 돌려받으려는 매릴린의 손을 탁 쳐냈다.

갑자기 두 사람이 멀리라도 가버린 듯 적막이 밀려왔다.

그때 미셸이 갑자기 아주 깊게 숨을 들이쉬고는 헐떡이기 시작했다.

"상태가 너무 안 좋은 것 같아." 내가 말했다.

매릴린이 재빨리 뒤를 돌아보았다.

"찾았다." 헤더가 말했다.

매릴린이 과격하게 핸들을 왼쪽으로 꺾었다. 내 몸이 미셸 쪽으로 쏠렸다.

"목장에 가지 않을 거야." 매릴린이 핸들을 풀고 직진했다.

"그게 우리의 주요 목적 아니었어?" 헤더가 말했다.

매릴린은 대답하지 않았다.

"미셸은 좀 어때, 리넷?" 매릴린이 물었다.

"좋지 않아."

매릴린은 차를 세우더니 내렸다.

"둘 다 나와봐." 매릴린이 명령했다.

나는 미셸의 깍지 낀 손을 풀고 문밖으로 미끄러지듯 내렸다. 미셸은 알아차리지 못한 듯했다. 우리는 교외의 부유한 동네에 와 있었다. 공원 근처 보도에 주차를 한 상태였다. 커다란 정사각형 잔디밭이 길 두 개로 사등분되어 있었고, 군데군데 나무와 피크닉 테이블이 있었다. 사람은 많지 않았다. 우리는 보도에 나와 섰고 헤더는 구부정히 차에 기댔다.

"이제 어쩌게?" 헤더가 물었다.

"미셸에겐 시간이 별로 남지 않았어." 매릴린이 말했다. "네 결정에 동의하지 않지만 최악의 선택은 아니었다고 생각해. 지금 미셸과 함께 있어줘야 해. 미셸은 이제 눈을 감을 테지만 바깥에서 감을 거야. 대니가 여기 있냐고 물어보면 너희 둘은 그렇다고 해. 목장에 있는 거냐고 물어보면 그때도 그렇다고 해."

"하지만……" 헤더가 입을 뗐다.

"특히 넌 더 조심해." 매릴린이 말을 이었다. "미셸이 차 안에서 죽는 일은 없어야 해."

매릴린이 나를 향해 돌아섰다.

"아, 알았어." 내가 말했다.

내가 문을 열자 미셸은 천천히 숨을 내쉬며 손을 펼치고 있었다. 헤더는 돕는 둥 마는 둥 했지만 우리 셋은 미셸을 휠체어에 앉힌 후 담요를 둘러줬다. 그리고 작은 공원으로 휠체어를 밀고 갔다. 아직 이른 시간이었고 소수의 중국인 아줌마들이 태극권을 하고, 바지를 겨드랑이까지 올려 입은 노인 하나가 지팡이로 두더지가 파놓은 흙 두둑을 찔러대고 있었다.

"여기야." 매릴린이 말했고 우리는 미셸을 한쪽 피크닉 테이블로 밀고 갔다. 나는 바다 방향으로 미셸을 돌렸다. 볼 수는 없었지만 저멀리서 바람을 타고 온 젖은 소금의 내음이 느껴졌다.

햇빛이 내리쬐면서 공원은 초자연적인 녹색으로 변했다.

"대니?" 미셸이 입을 열었다.

"바로 네 옆에 있어." 매릴린이 말했다.

헤더가 나를 보며 입 모양으로 거짓말쟁이라고 했지만 미셸은 미소를 지었다.

"푸르다." 미셸이 말했다.

매릴린이 병원 가운 아래 뼈만 남은 미셸의 어깨를 어루만졌다.

"모두 너와 함께 있어, 미셸." 그녀가 말했다. "우리 모두가 여기 있어."

미셸의 손이 휠체어 팔걸이에서 내 손목께로 살짝 떠오르더니 다시 내려오면서 내 손을 찾았다. 다른 손으로는 매릴린의 손가락을 붙잡고 있었다.

"좋은…… 친구들……" 미셸이 말했다.

나무에 부는 바람 소리 때문에 미셸의 목소리가 거의 들리지 않았다. 미셸은 가쁘게 숨을 쉬며 눈을 가늘게 뜨고 해를 바라보다가 너무 눈이 부셔 눈을 감았다. 숨을 멈췄다가 헐떡였다가 다시 멈추고 가르랑거리는 한숨을 길게 내쉬었다. 나는 어느새 죽은 여인의 손을 잡고 있었다.

도시 반대편 구치소의 대니가 지금 막 일어난 일에 파랗게 질리고 두려운 나머지 정신을 놓고 방황하는 것이 느껴졌다. 두 사람은 영원히 함께였다. 그 누가 어떤 음모를 꾸민 건지는 몰라도, 그 때문에 대니는 자신이 있겠다고 약속한 단 하나의 장소에 있지 못했다. 그 날카로운 잔인함에 내 마음이 베였다. 누가 이런 짓을 벌였든, 어떤 망할 괴물이 인생의 마지막 순간에 대니와 미셸을 떨어뜨려놨든, 나는 그자를 응징할 것이다.

미셸의 손에서 손가락을 빼내기까지 한참이 걸렸다. 잔인한 짓처럼 느껴졌다.

"우리 가야 해." 헤더가 말했다.

"미셸을 다시 차에 실어야 해." 매릴린이 말했다. 자신의 쓸모가 다하자 매릴린은 이제 어떻게 해야 할지 모르는 눈치였다. "호스피스나 어딘가로 데려가야 해."

"미셸을 태우고 다닐 순 없어." 나는 나도 모르게 속삭이고 있었다. "이제 경찰이 우리 전부를 찾아다닐 텐데 네 차는 선팅도 안 되어 있잖아."

"시체 싣고 돌아다니지 말자는 데 한 표 던질게." 헤더가 말했다.

"미셸 혼자 공원에 두고 갈 순 없어." 매릴린이 말했다.

"알았어." 헤더는 그렇게 말하고 걷기 시작했다.

"여기에 두고 가선 안 돼." 매릴린이 말했다. "그건 불법이라고."

"대니가 그걸로 고소하진 않을 거야." 내가 말했다.

"시 정부가 하겠지." 매릴린이 말했다.

"무슨 명목으로?" 내가 물었다.

"모르지." 매릴린이 말했다. "쓰레기 투기?"

나는 다시 초조해지기 시작했다. 우리는 외부에 노출되어 있었고, 우리를 향해 접근해올 수 있는 곳이 너무 많았다. 우리가 한 수 앞서 있지만 이 기회에 추격자들과 거리를 벌려놓아야 한다고 설득해야 했다. 바람에 미셸의 머리카락이 날렸다. 나는 손으로 머리카락을 쓸어주었다.

"돌아버리겠네." 매릴린이 핸드백을 뒤졌다. "내 핸드폰 봤어?"

"아니." 내가 말했다. "있잖아, 우리 계속 움직여야 해. 사람들이 우릴 찾고 있다고."

"맹세코 여기 있었는데." 매릴린이 내 말을 무시했다.

"매릴린?"

"리넷." 매릴린이 핸드폰 찾는 걸 멈추고 말했다. "내가 하고 싶은 말은 말이야."

"알아." 내가 말했다. "내가 마음에 안 든다는 거."

"오늘 우리가 얼마나 좋은 일을 했는지 말하고 싶었어." 매릴린이 말했다. "캐럴 박사에게 전화를 하고 미셸을 목장으로 데려가자. 거기에 묻어주면 될 거야."

"좋아." 내가 말했다. "안전한 장소야. 줄리아를 먼저 데려오고, 그다음 대니를 구치소에서 꺼내서 사건이 잠잠해질 때까지 목장에 숨어 있자."

헤더가 아이에게 얘기하는 듯한 소리가 들려왔다. 쳐다보니 바지를 겨드랑이춤까지 올린 노인을 한 팔로 붙잡고 우리 쪽으로 데려오고 있었다. 노인은 헤더 옆에서 지팡이를 짚으며 무겁게 걸었다. 지나치게 커다란 의료용 선글라스 뒤로 부어오른 예민한 눈이 눈물을 흘리고 있었다.

"얘들아." 헤더가 말했다. "여기는 칼 드울프 주니어라는 분이야."

"만나서 반가워요." 그가 우리가 있을 쪽을 바라보면서 떨리는 목소리로 말했다.

"아, 이런." 매릴린이 탄식했다.

"차가 올 때까지 이분이 미셸과 앉아 계실 거야." 헤더가 말했다.

"위험한 공원이죠." 칼 드울프 주니어가 말했다. "숙녀 분이 혼자 있어선 안 돼요."

"제 말이 그거예요." 헤더가 미셸 휠체어 옆의 벤치에 노인이 앉도록 도와주며 말했다. "그래서 여기 미셸과 앉아서 기다려야 해요. 오래 안 걸려요."

"영광이라오." 칼 드울프 주니어가 미셸의 방향으로 고개를 까딱하며 말했다. "나는 재미있는 대화를 즐기니까요."

"미셸은 말하기보단 듣는 걸 좋아해요." 헤더가 말했다.

그리고 우리를 끌고 갔다.

"이건 저급한 일이야." 매릴린이 으르렁거렸다. "아무리 너 같은 애라고 해도 저급한 일이라고."

"뭐가 문제라는 거야?" 헤더가 물었다.

"문제는 저 사람이 미셸을 건드릴 수 있다는 거야." 매릴린이 말했다.

나는 걸음을 멈추고 뒤를 돌아보았다.

"나는 이번엔 헤더 편이야." 내가 말했다.

두 사람은 멈춰 서서 내 시선을 따라갔다. 칼 드울프 주니어가 미셸의 손을 쓰다듬으며 속삭이고 몸을 숙여 미셸의 어깨에 두른 담요를 더 높이 끌어올렸다.

"어쨌든." 매릴린의 차로 걸어가며 헤더가 말했다. "이미 구급차를 불렀어. 여기로 말이야."

헤더가 매릴린에게 핸드폰을 건넸다.

"뭘 했다고?" 내가 물었지만 헤더는 이미 나와 거리를 두려는 듯 뒤로 물러나고 있었다.

"허락 없이 남의 물건을 가져가면 안 돼." 매릴린이 통화 목록을 내렸다. "누구한테 전화를 건 거야?"

헤더는 뭔가 떳떳하지 못한 미소를 지었고, 나는 그런 헤더를 바라보았다. 그때 지금까지의 모든 시간을 지워버리는 목소리가 들렸다. 어느새 나는 다시 열여섯 살이었다.

"이런, 안녕하신가. 예쁜 아가씨." 느릿한 말투. "널 찾느라 온갖 곳을 헤맸잖아."

개릿 P. 캐넌이 쓰리피스 베이지색 정장을 입고 푹 눌러쓴 카우보이 모자 아래로 눈에 시커먼 그림자를 드리운 채 보도를 걸어오고 있었다. 입을 열 때마다 하얀 콧수염이 꿈틀거렸다.

"도망쳐봐." 그가 웃었다. "짓누르고 싶어 몸이 근질거리니까."

경찰차들이 길 양쪽 끝에 들어섰다. 경찰들이 보도로 몰려들었다. 선명한 녹색 잔디 위를 가로질렀다. 나는 관찰하지 않고 있었다. 뒤를 확인하지도 않았다. 주변을 살피지도 않았다. 경계 태세를 해제했던 것이다.

"무슨 짓을 한 거야, 헤더?" 내가 물었다.

"너 아니면 내가 잡힐 테니까." 헤더가 말했다. "너 아니면 나야."

나는 경찰들을 바라보았다. 내 옆에 주차된 차의 후드를 타고 넘어갈 수 있다. 경찰들의 대열 사이에 틈이 있으니 도로로 빠져 달리면 된다. 나는 바보, 바보, 바보다. 경계를 늦추다니 믿을 수 없었다.

"네가 이런 짓을 했다고?" 매릴린도 지금 벌어지는 일을 믿을 수 없다는 듯 헤더에게 물었다.

경찰이 우리 사이를 가르고 들어와 나를 분리시켰다.

"우리는 생존자야!" 헤더가 뒤로 물러서면서 외쳤다. "넌 늘 그냥 일개 피해자였고."

헤더가 경찰들의 대열 속으로 스르륵 사라졌다. 거래를 한 것이다. 자신을 구하기 위해 나를 거래한 것이다. 내가 나를 구하기 위해 줄리아를 버렸던 것처럼. 용서할 수 없는 짓이다.

나는 몸에 힘을 주고 왼쪽으로 달려나가는 척하며 오른쪽으로 달릴 준비를 했다. 하지만 개릿은 나를 너무나 잘 알았다. 내가 근육에 힘을 주는 그 찰나 개릿은 이 사이로 휘파람을 불었고 경찰이 나에게 달려들었다. 내 손목을 잡은 첫 놈의 엄지와 다른 손가락을 부러뜨렸지만 사람이 더 있었다. 언제나 더 있었다. 그들은 결국 나를 짓누른다.

경찰 사건 보고서

사건 발생 일자: 1990년 12월 23일   사건 발생 시각: 오후 9시 30분경

사건 발생 장소: 프로보 행동치료 정신병원

사건 세부사항:

1990년 12월 23일 밤, 프로보 정신병원 입원 환자 빌리 워커가 출처 미상의 산타클로스 복장을 획득. 오후 9시 출입 통제 후 산타 복장을 착용하고 같은 병실 환자 하이럼 랜돌프를 고살. 이후 문 옆의 버튼을 눌러 간병인을 호출. 간병인 프랭크 맥크래와 샐리 놀런드가 도착하자 날카로운 연필로 맥크래의 눈을 찔러 즉사시키고 놀런드는 의식불명이 될 때까지 구타한 후 놀런드의 열쇠를 이용해 병실을 탈출.

프로보 정신병원 탈출 시도를 위해 접수실로 이동. 당시 접수실은 두 경찰관이 정신질환자 입원 업무 보조 수행중이었음. 경관들이 놀라자 워커는 잭 W. 포러스트 경관의 총기를 빼앗는 과정에서 그를 살해. 추후 사건은 수사중이나 2분 안에 26발을 발사, 션 매키니 경찰관은 부상을 입고 테리사 맬러리 경찰관은 사망. 워커는 포러스트의 차량을 이용해 도주. 212 노스, 1200 이스트 스트리트, 리넷 타킹턴의 거주지로 이동.

보고 담당 경찰: T. 파슨   작성일: 1990년 12월 24일

파이널 걸 서포트 그룹 11
조심하는 게 좋을걸!

심문실이 좋은 건 언제나 문을 바라보고 앉을 수 있어서다. 나쁜 점이라면 언제나 경찰이 바글바글하다는 것이다. 내 앞에 앉은 대머리의 힙스터 형사는 옷깃 안쪽 목에 문신이 보였고, 입고 있는 멘즈웨어하우스 정장은 터질 것 같았다. 그는 깍지 낀 양손을 종이 파일 위에 올리고 있었다. 남색 폴로 셔츠를 입은 여자 경찰은 그 옆에서 팔짱을 낀 채 의자 뒤에 기대어 경멸의 눈빛을 뿜고 있었다. 나머지는 다른 방에서 천장에 달린 카메라를 통해 지켜보고 있었다. 개릿도 거기 있을 거란 생각이 들었다. 아마 팝콘을 먹으면서.

"언제 산타클로스랑 처음으로 섹스를 했습니까?" 멘즈웨어하우스가 질문했다.

너무 놀란 나머지 입을 열고 대답을 할 뻔했다. 이게 개릿이 말한 '충격적인 폭로'인가?

"청력이 안 좋으신 듯하니 한번 더 질문하죠." 멘즈웨어하우스
가 말했다. "산타클로스 킬러와 처음으로 잠자리를 한 날짜를 말
해주겠습니까?"

대체 무슨 말을 하고 있는 건지 알아야 했지만 자고로 경찰한
테 입을 다물어서 후회한 사람은 없었다.

"변호사." 내가 말했다.

"산타클로스 킬러가 당신을 죽이려 하기 전에 섹스를 했습니
까, 아니면 그후에 했습니까?"

"그냥 죽이려 한 게 아니라 두 번 죽이려 했죠." 여자 경찰이
덧붙였다.

"두번째는 산타가 아니었어요." 멘즈웨어하우스가 여자 경찰
의 말을 정정했다. "그 형이었죠."

벽의 색깔이 근사했다. 옅은 노란색 계열이었다. 이렇게 영원
히 바라보고 있을 수만 있다면.

"변호사." 내가 같은 말을 반복했다.

"이 사진 속 남자를 알아보겠습니까?"

멘즈웨어하우스가 8×10인치 크기의 유광 사진을 테이블 위로
슥 내밀었다. 영화배우가 되고 싶어했던 리키의 프로필 사진은
그의 이름이 적힌 파일에 꽂혀 있었다. 테이블 위에 앉은 리키가
교활한 미소를 지으며 45도 각도로 나를 바라보았다. 캐스팅 감
독들은 어쩌면 그가 매력적이고 배짱이 두둑하다고 생각할 수도
있겠지만 내 눈엔 그저 미친 사람으로밖에 보이지 않았다.

"변호사." 내가 반복했다.

나는 멘즈웨어하우스의 목에 있는 문신을 유심히 바라보았다.

여자의 이름인 것 같다. 루실? 샤넬? 자넬?

여자 경찰이 못 참겠다는 듯 이 사이로 바람을 내뿜었다.

"이 남자는 어떻습니까?" 멘즈웨어하우스가 리키의 8×10을 치우고 빌리의 머그샷을 내려놨다.

빌리는 리키처럼 외모를 가꾸지 않았다. 그는 험하게 살았고 미식축구를 하다 코가 깨졌다. 하지만 사진에는 드러나지 않아도 그 역시 드라마 배우 같은 얼굴이었다. 머그샷을 찍기 전에 경찰에게 좀 두들겨 맞은 탓이었다. 안타깝단 생각은 들지 않았다.

"변호사." 내가 반복했다.

"국선 변호사 사무실이 너무 바빠서 말입니다." 여자 경찰이 말했다. "당신 요청은 전달했고 잘하면 오늘 늦게 사람을 보내줄 수 있다고 하네요."

"아니면 내일이나." 멘즈웨어하우스가 말했다.

"기다릴게요." 나는 폐가 쪼그라드는 걸 막으려고 애쓰며 말했다.

멘즈웨어하우스와 여자 경찰은 일어나더니 방을 나가버렸다. 남아 있는 리키 워커와 빌리 워커의 사진이 테이블 위에서 나를 올려다보았다.

카메라가 돌아가고 있으므로 비명을 지를 수도, 울 수도, 테이블에 머리를 찧을 수도, 원하는 그 무엇도 할 수 없었다. 참기 위해 모든 자제력을 동원했다. 이게 나에 대해 사방팔방 퍼지는 소문인가? 리키 워커와 내가 섹스를 했다? 이 문장을 떠올리는 것만으로도 속이 느글거리고 메스꺼웠다.

나는 숨을 깊게 한가득 들이마시는 것에 집중했다. 사진은 바라보지 않았다. 벽에 시선을 고정했다. 한참 후 문이 열리더니 과하게 화려한 카우보이 모자를 쓴 개릿이 얇은 종이 파일을 들고, 그 역겨운 우월감에 찬 미소를 지으며 혼자 들어왔다.

"이제 여긴 우리 둘뿐이야." 그가 종이 파일을 테이블에 내려놨다.

늘 그렇듯 나와 개릿, 그리고 개릿의 향수 냄새가 방을 꽉 채운 듯 비좁게 느껴졌다.

"로스앤걸리스 최고 수사관들과는 별로 말이 없으시던데." 그가 느릿느릿 말했다. 그는 L.A.를 '로스앤걸리스'라고 발음했다. "그래서 내가 우리 둘만의 시간을 달라고 했지. 우리는 오랜 친구니까 정다운 농담은 건너뛰고, 자잘한 수다로 돌아가지 말고, '날씨가 어때요' 같은 건 곱게 보내주고 본론으로 들어가자고. 어떻게 생각해?"

개릿은 나를 바라보았다. 꼭 얼굴에 손전등 불빛을 비추는 것 같았지만 나는 시선을 피하지 않았다.

"나는 거짓말쟁이들을 안 좋아해, 리니. 하지만 네게 크리스천답게 행동하고 고백할 기회를 주고 싶달까."

그가 너무 거만하고 거들먹거리는 나머지 나는 욱했다.

"대체 뭐에 대해서요?" 내가 물었다.

"드디어 입을 여는군!" 그는 과장된 몸짓으로 폴더를 펼치며 내가 그 안의 내용을 보지 못하게 했다. "할렐루야."

개릿이 꺼낸 사진들은 별로 신경쓰이지 않았다. 그때 그곳에서 내 눈으로 직접 보았으니까. 하지만 그가 으스대며 옆 테이블에 내 죽은 가족들의 유광 사진을 늘어놨을 때는 뜨거운 인두로 가슴을 지지는 것 같았다. 나는 변호사가 오지 않으리라는 걸 깨달 았다.

"그래, 나도 늘 그런 느낌이 들어." 개릿은 모자챙 아래로 나를 지켜보며 손끝으로 콧수염을 어루만졌다. 그는 아버지의 시신 사진을 빼더니 제일 위에 올려놨다. "이분을 정말이지 존경했지."

개릿이 테이블 위로 몸을 숙이자 그의 모자챙이 내 이마를 건드렸다. 개릿은 낮은 목소리로 느릿느릿 말했다.

"리키 워커랑 육체적 관계를 얼마나 오래 맺었지?" 그가 물었다.

말도 안 되는 단어를 사용하고 있었다.

"안 했다는 거 알잖아요." 내가 속삭이듯 답했다.

"빌리는 다르게 말하던데." 그가 씩 웃었다. "그애는 예수님을 영접한 뒤로 거짓말을 못해."

"우리 아빠 말로 당신은 누가 도와주지 않으면 불도그스* 경기 때 교통정리도 못한다고 하던데." 내가 개릿의 눈을 바라보며 말했다. "이건 대체 누구 아이디어예요?"

그가 이를 살짝 드러내며 옅은 미소를 지었다.

"그래서 그 살인 사건이 일어나기 전 여섯 달 동안 리키 워커랑 떡을 치지 않았다는 말인가? 부모를 죽여달라고 부탁하지 않았다고 진술하는 거야? 아버지를 증오한다고 말하지 않았다고? 그 불쌍한 사이코 소년에게 가족을 죽여달라고 꼬시지 않았어? 그게 사이코를 대할 때 생기는 문제야, 리니. 꾀어낼 순 있지만 네가 원하는 사람만 죽이진 못하는 거야. 개처럼 날뛸 테니까."

---

* 미국 유타주 프로보시의 풋볼팀 이름.

불현듯 저 종이 파일 안에 또 무슨 내용이 들어 있을지 알 것 같다는 느낌이 왔고, 더는 현실을 붙잡고 있을 수 없었다. 나는 모두가 나의 등장을 기다리는 이 빌어먹을 매직미러 호러 쇼에 휘말리고 있었다.

"사실이 아니에요." 내가 작은 목소리로 말했다.

"아무도 경찰 살인범을 원하지 않아, 리넷." 개릿이 미소를 지었다. "특히 경찰들이 원하지 않지."

"나는 하지 않았……" 내가 말을 하는데 그가 끼어들었다.

"아, 물론 그러시겠지." 그는 나를 부추기고 있었다. 그 시도는 성공적이었다. "너는 그냥 액세서리니까. 이건 비단 빌리만 이렇게 말한 게 아니야. 유죄 판결을 받은 연쇄살인범의 마음속에 예수님을 향한 신앙심이 얼마나 넘치든 그건 중요한 게 아니거든. 대부분의 판사들도 믿지 않지."

눈앞에 모두가 떠올랐다. 엄마, 아빠, 질리언, 토미. 나는 눈을 감았다.

"일이 어떻게 굴러갈 거라고 생각했지?" 그가 물었다. "리키가 널 위해 네 남자친구를 죽이고 부모님까지 죽여줄 거라고?"

토미가 나를 보호하려던 모습이 떠올랐다. 토미는 쓰러지지 않고 리키가 어떤 해를 가하든 계속 일어나고 또 일어났다.

종이 파일을 여는 소리가 났다. 증거 물품 비닐이 바스락거렸다. 개릿이 역겨운 가성으로 읽어나갔다.

"안녕 리키, 반송 주소는 편지에 쓰지 마. 우리 아빠는 경찰서장이야. 네가 편지 보내는 걸 알면 아빠가……"

나는 테이블을 넘어 달려들었다.

사람들이 문밖에서 대기하고 있었다. 멘즈웨어하우스를 필두로 우르르 방으로 들어와 나를 제압했다. 갈비뼈가 테이블 위에 짓눌렸다. 그들은 나에게 수갑을 채우더니 방밖으로 끌고 갔다.

다들 놀고 있지만은 않았던 모양이다. 경찰들이 나를 던져넣은 감방은 벽 한 면이 플렉시글라스*로 되어 있었다. 유리 반대편에는 반짝이는 조명과 온갖 장식을 두른 인공 크리스마스 트리가 나를 위해 진열되어 있었다.

심문실에서 본 여자 경찰이 유리를 두드렸다. 산타클로스 모자에 흰 수염을 달고 있었다.

나는 비명을 내질렀다. 여자는 다른 경찰들과 함께 반대편에 서서 웃고, 또 웃고, 또 웃었다.

내가 죽음을 맞이할 감방은 미셸의 호스피스 병실보다도 작았다. 불빛이 환했고, 그들이 플렉시글라스 유리로 나를 지켜보고 있었다. 나를 죽이는 판을 짜기 전에 내가 먼저 죽을지도 몰라서였다. 플렉시글라스는 깨지지 않는다. 예전에 깨보려 했던 적이 있기 때문에 알고 있었다. 벽은 연분홍색 신더콘크리트 벽돌로 이뤄져 있었고 바닥은 콘크리트였다. 내가 누울 수 있는 판이 벽에 튀어나와 있었다. 판 뒤에는 상단이 세면대인 스테인리스 스틸 구조물이 있고 반대편에는 양철 변기가 있었다. 변기에 앉아 가슴이 무릎에 닿을 때까지 구부리면 약소하나마 프라이버시가 보장됐다. 그들은 두루마리 휴지를 주고 신발 끈은 가져갔다.

---

* 유리처럼 투명한 합성수지로, 가볍고 내구성이 좋아 비행기 유리창 등에 사용된다.

개릿에게 전화를 한 헤더를 증오하지 않는 건, 내 모든 증오가 나 자신을 향하고 있기 때문이었다. 경찰들이 지켜보고 있지만 않았다면 진작에 목숨을 끊었을 것이다. 신발 끈은 없지만 내게는 방법이 많았다. 혀를 깨물어 내 피에 질식할 수도 있다. 피가 다 동나기 전에 저 인간들이 들어오지 않아야 하지만.

추웠다. 나는 튀어나온 판 위에서 잠들었다. 담요도 없었다. 어느 순간 눈을 떴더니 경찰들이 나를 지켜보며 크리스마스 캐럴을 부르고 있었다. 창문에 산타클로스의 얼굴이 보이게 장식을 붙여 놨다. 뻘그죽죽하게 들뜬 얼굴. 다들 나의 반응을 기다리고 있었다. 어쩔 수 없었다. 한 차례 반응해줬다.

매릴린이 변호사와 나타나기를 기다렸다. 줄리아가 국선 변호사와 도착하기를 기다렸다. 대니를, 캐럴 박사를, 나 자신에게서 나를 구해줄 사람을 기다렸다. 그리고 줄리아가 병원에 있다는 사실을 기억해냈다. 대니는 구치소에 있었다. 매릴린과 헤더와 캐럴 박사는 나를 증오하고 있을지도 몰랐다. 우리들이 용서할 수 없는 죄를 내가 저질렀다고 생각할 테니까. 괴물과 잠자리에 드는 죄. 다들 내가 제2의 크리시 머서라고 생각할 것이다.

밖에서도 그런 기운이 느껴졌다. 내가 다시 뉴스에 나오고 있었다. 내가 그들이 생각하는 그런 짓을 했다는 내용이었다. 살인자와 잠을 잔 걸레. 내 고등학생 시절의 사진과 리키의 머그샷이 마치 프롬 파티의 커플처럼 나란히 하나의 이미지가 되어 온갖 케이블 뉴스에 나오고 있었다.

나는 고개를 들어 크리스마스 트리 옆에 서 있는 개릿을 바라보았다. 나와 눈이 마주치자 개릿은 가운뎃손가락을 들어 보였다.

우습게도 그는 내가 사랑한 유일한 남자였다.

1988년 크리스마스이브, 유타주 아메리칸포크. 사방에서 건즈앤로지스의 〈나의 사랑스러운 아가씨Sweet Child O' Mine〉를 틀어대던 때였지만 나는 치어리더였고 언제나 즐거운데다 사랑에 빠져 있었기에 릭 애스틀리의 〈당신을 절대 포기하지 않아요Never Gonna Give You Up〉를 더 좋아했다. 토미 버카트는 조던 나이트*처럼 생겼었고, 엄마는 토미가 나를 공주처럼 대해준다며 우리를 찰스와 다이애나라고 불렀다. 사귄 지 고작 여섯 주밖에 되지 않았지만 11월 중순부터 크리스마스에 걸친 시기였기 때문에 나는 토미가 정말 멋진 크리스마스 선물을 해주리란 걸 알았다.

나의 부모님은 아빠가 남들의 시선을 그렇게 신경쓰지만 않았다면 이혼했을지도 몰랐다. 아빠는 작은 마을의 경찰서장이었는데, 노먼 록웰** 같은 삶에 진심인지라 자신은 종일 사무실에 숨어 지내고 엄마는 모든 것을 늘 완벽하게 가꾸는 행복한 주부 역할을 해야 했다. 그게 우리를 미치게 했다. 부모님은 나름대로 최선을 다했지만 질리언과 나는 어떤 식으로든 결단이 나리라는 걸 알았다.

질리언은 열한 살이었고, 우리는 엄마와 아빠가 이혼하면 어떻게 할지 얘기했다. 우리는 주말은 아빠와, 주중은 엄마와 보내고 헤어지지 않기로 결심했다. 자매는 뭉쳐야 한다. 우리 둘 다 빨리 그 일이 일어나길 빌었다. 당시는 살얼음판을 걷는 것 같았기 때

---

* 1980~90년대 활약한 그룹 '뉴키즈온더블록'의 리드싱어.
** 20세기 미국의 화가. 중산층 가정이란 소재를 통해 미국의 전통적인 가치를 그림에 담았다.

문이다.

크리스마스이브가 다가왔고, 아빠는 시내에 있는 이탈리아 레스토랑의 2인용 저녁 식사권을 받아 왔다. 어떤 잡지에서 부부가 함께 시간을 보내도록 노력해야 한다는 글을 읽고 아빠는 질리언과 나에게 와서 사뭇 심각하게 가호를 빌어달라고 했다. 그 레스토랑은 두 사람이 처음으로 데이트를 한 곳이었는데, 아빠는 너무 긴장한 나머지 손에 땀을 흘리고 있었다. 우리는 당연히 네, 알았어요, 라고 대답했다. 저녁을 먹으러 나갈 때 아빠는 나에게 넥타이가 똑바로 되었는지 봐달라면서 이렇게 말했다. "행운을 빌어다오." 그때 그는 전혀 나의 아빠가 아니었다. 데이트에 나가는 한 남자였다. 나는 마음이 사르르 녹아 정말로 두 사람이 다시 잘되길 침대 옆에 무릎 꿇고 두 손 모아 기도했다.

나는 크리스마스를 정말 좋아했다. 태버내클 합창단의 크리스마스 캐럴이 멈추지 않고 쇼핑몰에 울리는 게 좋았다. 엘프 치과의사와 빨간 코의 사슴 루돌프가 나오는 TV 애니메이션이 좋았다. 엄마가 종일 빵 굽는 일에 열중하느라 온 집에 언제나 뜨거운 설탕과 따뜻한 버터 냄새가 나는 게 좋았다. 선물을 포장하는 게 좋았다. 세계 평화가 가능한 것처럼 느껴졌다. 근사한 저녁이 엄마와 아빠의 결혼 문제를 해결해줄 것 같았다.

토미가 선물을 갖다주겠다고 전화를 했고, 나는 질리언을 위층으로 보냈다.

"엄마 아빠 방에서 TV 봐." 내가 말했다. "아래층에 내려오지 말고."

"데이트하는 거지." 질리언이 말했다. 나는 질리언이 성가시게 구는 게 싫으면서도 아이처럼 구는 게 사랑스러웠다.

토미에게 문을 열어줬다가 잘생긴 그의 외모를 보고 쓰러질 것만 같았다. 내가 모자란 건 아니지만 샤시나 그로테파스가 토미에게 눈독을 들였기 때문에 이렇게 그를 쟁취할 줄 몰랐다. 우리는 껴안고 스킨십을 했고 이윽고 토미가 나에게 선물을 건넸다. 루비와 에메랄드로 장식한 크리스마스 트리 핀이었다.

22년이 지난 지금이야 그게 가짜 보석이라는 걸 알지만, 그때 우리는 지하실의 당구대에 앉아 있었고 토미는 셔츠를 벗은 내 둥근 가슴에 핀을 올렸다. 나의 피부 위에서 금빛이 얼마나 반짝였는지를 기억한다. 다시 말하지만 나는 그 무엇보다 크리스마스를 사랑했다.

엄마와 아빠는 밤 11시가 되어야 돌아올 예정이었고 그때는 겨우 8시였다. 두 사람이 싸우더라도 우리에겐 최소한 두 시간 정도가 있었으므로 나는 그날 끝까지 가보기로 결심했다. 당구대 위로 뜨겁고 끈적한 일들이 펼쳐지고 있었지만 나는 위층 소파로 옮겨갈 계획이었다. 푹신한데다 털실 담요가 잔뜩 있어서 둥지를 틀고 시간을 음미할 수 있을 터였다.

그때 초인종이 울렸다.

"부모님이야?" 토미가 벌떡 일어나 앉으며 말했다.

"열쇠가 있을 텐데." 내가 말했다.

토미의 얼굴을 다시 내 얼굴 가까이 끌어당겼다. 땀이 흥부를 타고 흘러내려 가슴에 고였다. 아빠는 언제나 집안이 더울 정도로 세게 난방을 틀었다. 추위를 싫어했기 때문이다.

다시 한번 초인종이 울렸다.

나는 투덜대며 토미의 몸 아래서 빠져나와 그의 하키 셔츠를
걸치고 나의 크리스마스 브로치를 옷깃에 꽂았다.

"얼른 돌아와." 레깅스를 입고 계단을 오르는 나에게 그가 말
했다.

그게 토미가 나에게 남긴 마지막 말이었다.

나는 열여섯 살이었고, 바보 같은 아이였고, 우리는 아메리칸
포크에 사는 모든 사람을 알고 있었으므로 나는 창밖을 확인하지
도 않고 문을 열었다.

거기에는 아무도 없었다. 밖은 얼어붙을 정도로 추웠지만 나는
잠시 서서 이웃집 굴뚝에서 나는 나무 훈연을 들이마셨다. 지하
실에 남자친구를 들여놓고, 그가 준 선물을 쇄골 언저리에 찬 내
가 굉장히 멋지다고 생각하며, 세상일이 내 마음대로 굴러가리라
생각하며.

그때 산타클로스가 도끼를 들고 모퉁이를 돌아 나타났다.

처음에는 그게 리키 워커라는 걸 알아보지 못했다. 보이는 것
이라고는 산타클로스 복장뿐이었고 하키팀의 누군가가 장난을
치는 줄 알았다. 하나도 재미있지 않았으므로 그의 얼굴에 대고
문을 쾅 닫고 잠갔다.

문을 박살내기까지 도끼질 두 번이면 충분했고, 그는 찬바람과
함께 들어왔다. 그제야 나는 그를 알아보았다.

"리키?" 내가 물었다.

그는 도끼를 들고 다가왔고, 내가 비명을 지르는 순간 토미가
계단을 올라왔다. 토미는 나를 보호하려고 했지만 그가 막아설
때마다 리키는 도끼를 날렸다. 결국 토미의 머리가 정상이 아닌

모습으로 변해갔고 나는 애원했다. "토미! 가만히 있어!"

리키는 토미의 목에 도끼를 박아넣고 나에게로 다가왔다. 나는 그의 얼굴을 할퀴었지만 그는 내 티셔츠를 찢어버리고 나를 번쩍 들어올려 거실로 데려갔다. 아빠는 질리언이 태어나기 전부터 사냥 애호가였고, 여행중에 거대한 뿔 모양이 인상적인 흰꼬리사슴을 성공적으로 잡아 그 머리를 거실 벽에 걸어놨다. 리키는 거기에 나를 메다꽂았다.

처음에는 무엇 때문에 아픈 건지 알지 못했다. 하지만 다음 순간 뿔이 너무 세게 밀려들어와 몸이 반으로 찢어질 것 같았고, 그 다음엔 뿔이 내 몸 안에 있었고, 그다음엔 내 몸 앞으로 비져나오는 게 보였다.

그때 내 몸은 간신히 43킬로그램이 될까 말까 할 정도로 작았는데, 사슴뿔은 내 신장 바로 위를 찌르고 들어와 갈비뼈 바로 아래를 뚫고 나왔다. 나는 쇼크 상태로 열 시간을 거기 매달려 있었다. 뿔과 나의 체중 덕분에 과다출혈은 없었다. 의식이 있다 없다 하는 사이에 질리언이 아래층으로 내려오고, 엄마와 아빠가 돌아오고, 리키가 그들을 처리하는 것을 지켜보았다.

여섯 살 때는 내가 질리언의 엄마라고 생각했다. 질리언에게 젤로*를 만들어줬고, 아침이면 질리언을 준비시키고 심지어 목욕도 시켜줬다. 부모님도 내가 그렇게 하도록 내버려뒀다. 내가 질리언이 쓰는 존슨즈 베이비샴푸에 눈물이 나오지 않아요라고 적힌 것을 발견하기 전까진 그랬다. 아기 질리언의 머리를 감겨줄 때는

---

* 젤라틴 가루를 이용해 직접 만들어 먹는 젤리 식품.

늘 조심하려고 노력했지만, 그 라벨을 보고 나니 냄새도 너무 좋고 걸쭉한 노란색 샴푸가 꿀처럼 보이기도 했다. 나는 '눈물이 나오지 않아요'가 다시는 울지 않게 해주는 마법의 약이라고 생각해서 질리언의 눈에 샴푸 병의 절반을 부어줬다. 질리언이 큰 소리로, 내 고막이 덜덜 떨릴 정도로 울부짖자 엄마가 급히 들어와 질리언을 안아올려 목덜미 한쪽에 기대게 하고 크게 화를 냈다.

"리넷." 엄마가 말했다. "자매를 지켜줘야지."

미안해, 질리언.

그는 질리언의 몸에, 부모님의 몸에 온갖 짓을 했다. 시나리오대로 뼈에서 고기를 발랐다. 리키가 아빠에게 집중하던 순간 나와 엄마의 눈이 마주쳤고, 엄마는 내 얼굴을 타고 흐르는 눈물을 보았다. 리키가 그걸 보고 내가 살아 있다는 것을 알아차릴까봐 엄마는 리키에게 달려들었다. 그의 이목을 끌었다. 리키가 아주 오래도록 자신에게 온전히 집중하게 만들었다. 엄마는 제대로 희생되었다. 아프지 않았길. 엄마가 취해 있었길.

엄마와 아빠의 그때 데이트가 그들의 애정에 다시 불을 붙였는지는 결코 알 수 없을 것이다. 리키가 그 질문에 대한 답을 영원히 앗아갔으니까. 엄마는 찰스와 다이애나에게 무슨 일이 생겼는지 알 만큼 오래 살지 못했다.

해가 떴을 때 리키는 우리 가족으로 만든 피웅덩이에서 코를 골며 자고 있었다. 어디까지가 토미의 몸이고 어디부터가 아빠의 몸인지 알 수 없었다. 질리언은 그래도 알아보기 쉬웠다. 그는 질리언의 머리를 내 맞은편 벽난로 선반에 올려놨다.

잠에서 깨어난 리키는 부엌으로 가더니 싱크대에 오줌을 쌌다.

첫번째 경찰이 거실로 들어왔을 때도 그는 여전히 부엌에 있었다.

"계세요?" 마이크 밀러가 부서진 현관문 사이로 외쳤다. "집에 아무도 없나요? 칼? 캐럴? 들어갈게요."

조심하라고 알려주고 싶었지만 내 목숨을 내놓고 싶진 않았다. 그는 도끼로 가슴이 뚫렸다. 그다음으로 문간에 나타난 경찰은 개릿 P. 캐넌이었다.

"마이크?" 개릿이 이름을 부르며 집으로 들어왔다. "마이크? 서장님 크리스마스 선물을 훔치지 않는 게 좋을 텐데."

리키가 마이크의 흉곽을 도끼로 가르고 있었다. 리키는 몸을 일으키더니 그에게 다가갔다. 나는 개릿이 총을 떨어뜨리고 욕을 뱉은 후 다시 총을 집어들어 다섯 발을 발사하는 소리를 들었다. 잠시 침묵이 이어지더니 리키가 거실을 가로질러 황급히 뛰어들어왔다. 원래부터 피범벅이었기에 그가 총을 맞았는지는 알 수 없었다.

개릿이 떨리는 손으로 총을 재장전하며 쫓아오자 리키는 거실 끝에 있는 미닫이 유리문을 부수고 나갔다. 그가 탄약을 넣고 리키의 등에 발사했다. 리키가 베란다 난간 너머로 고꾸라지며 발이 허공에 떠오르던 모습을 기억한다. 사람들 말로는 너무 심하게 떨어지는 바람에 두개골이 두 동강이 났다고 했다.

개릿은 총의 연기 속에 서서, 나의 가족과 내가 사랑했던 소년의 가죽과 근육, 조각조각 해체된 뼈를 바라보았다. 나는 정신이 혼미했지만 개릿이 돌아볼 때까지 왼쪽 손목을 돌려 작게나마 손을 흔들었다.

"이런, 젠장." 그가 숨을 들이키며 나를 올려다보았다. 그러더니 밖으로 나가 리키의 몸에 남은 탄약을 모두 발사했다. 그는 무전기를 쥐고 크리스마스 아침에 나올 수 있는 모든 지원을 요청했다.

그들은 나에게 먼저 진통제 주사를 놓고 사슴뿔을 잘라낸 뒤 나를 병원으로 데려갔다. 이틀간 나는 의식불명이었다. 개릿은 이틀 내내 내 곁을 지켰다.

나는 등을 대고 누울 수 없는 상태로 깨어났고, 결코 가능하다고 생각지도 못했던 통증을 느꼈다. 엄지발톱까지 아팠다. 개릿은 이런저런 뉴스와 소식을 알려줬고 나에게 꽃을 가져다줬다. 그는 내가 발견 당시 티셔츠를 입고 있었다고 거짓말을 했다. 당시 유타주에서는 미혼의 여자아이가 상의를 벗고 남자아이와 그런 짓을 했다는 사실이 알려지면 동정심을 사기 어려웠다. 개릿은 모든 사람이 나를 순수하고 무구한 희생자로 바라보길 원했다.

개릿은 첫 기자회견 때 내 옆에 앉아 있었다. 그 기자회견에서 나는 테이블에 몸을 숙여 속을 다 게워냈다. 그가 나 대신 얘기했고, 순회 인터뷰에서 나는 미소를 띠며 그의 옆에 앉아 있었다. 기자들이 질문할 때면 나는 그가 '나의 영웅'이라고, '나의 전부'라고, '빛나는 갑옷의 기사'라고 말했다. 그건 사실이었다. 당시 나와 고함을 질러대는 광기 사이에 서 있는 건 개릿 P. 캐넌 한 사람뿐이었다.

내가 사랑에 빠지지 않을 도리가 있었을까?

2년 동안 나는 시키는 대로 하는 행복한 작은 바보였다. 나는 모든 걸 지나간 일로 치부했다. 그때의 사건에 머무르지 않으려고 노력했다.

"왜 과거에 살겠어요?" 나는 용감한 미소를 지으며 가볍게 재잘거렸다.

위탁 가정 부모님은 더할 나위 없는 분들이었다. 다음 크리스마스가 왔을 때 그들은 평소와 다를 게 없다는 걸 보여주려고 애를 썼다. 영화를 빌리고 스케이트를 타러 가고, 집에 머물면서 모노폴리 게임을 끝없이 하고, 음식을 공들여 만들면서 리키 생각이 나지 않도록 뭐든 했다.

그다음 크리스마스에 나는 마이크와 리즈에게 약간의 크리스마스 장식을 하는 것도 괜찮다고 말해줬다. 거실에서 내 이름이 적힌 선물을 보았을 때는 티를 내진 않았지만 기대했던 것보다 더 신이 났다. 모든 게 정상으로 돌아갈 수 있다고 생각했다. 내가 제대로 된 인생을 살 수 있도록 마이크와 리즈가 도와줄 거라고 생각했다. 리키의 남동생 빌리를 계산에 넣지 못한 것이다. 아무도 그러지 못했다.

빌리는 쓰레기통을 내놓는 요일을 두고 옆집 이웃과 다투다 폭행을 해서 정신병원에 갇혀 복역중이었다. 그는 형에게 일어난 일이 내 탓이라고 여겼다. 크리스마스가 다가오자 빌리는 이러한 자신의 감정을 나에게 알려줘야겠다고 마음먹었다. 어디선가 산타 옷을 구한 그는 같은 병실의 환자를 목 졸라 죽인 뒤 접수실에서 총격전을 벌여 두 사람, 그것도 경찰 두 명을 죽였다. 그가 누구의 동생인지 밝혀지자 사람들은 물론 초경계 상태에 들어갔다. 나는 개릿과의 대화가 너무도 필요했지만 그는 심연을 바라보면 심연 또한 나를 바라보기에 자신이 얼마나 조심해야 했는지를 언론에 말하고 다니느라 바빴다.

하지만 내 위탁 가족의 집에 경찰을 배치해줄 정도의 시간은 있는 모양이었다. 네 명의 경찰이 전부 현관문 바깥에 서 있었다. 그리고 빌리는 뒷문으로 들어왔다. 리즈가 먼저 갔고, 그뒤를 마이크가 따랐다.

나는 너무 무서워서 움직일 수도, 도망칠 수도 없었다. 그가 나를 부엌에 가둔 3시간 동안 지난 흉터가 새로 난 상처처럼 욱신욱신 쑤셨다. 처음에 그는 내가 소리를 낼 때마다 때렸다. 그러다 재미로 때리기 시작했다. 그는 리즈가 좋아했던 무쇠 고양이 도어스톱*을 사용했다. 내 뒷머리는 뼈가 곤죽이 된 나머지 금속판을 삽입해야 했다. 그 일 이후로 비행기를 타러 갈 때면 금속탐지기에서 꼭 소리가 났다.

경찰 중 한 명이 때마침 화장실을 쓰려고 초인종을 울리지 않았다면 그는 분명 나를 죽였을 것이다. 빌리는 그 경찰을 쏘고 뒤로 빠져나갔다. 루터교 교회의 예수 탄생 모형 속에 숨어 있던 그를 찾아내기까지 24시간이 걸렸다. 개릿은 비 내리는 크리스마스 아침, 정확히 새벽 3시 14분에 그를 향해 발포했다. 그러고 나서 피를 흘리는 그를 끌고 나와 경찰차 뒤에 던져넣었다. 이번에는 총알 한 세트를 남김없이 다 쏘는 요법은 쓰지 않았다. 그때쯤 개릿은 살인범이 살아 있어야 책 출간 계약 조건이 전혀 달라진다는 것을 배운 상태였다.

수술을 마친 나를 기다리고 있던 사람은 이번에도 개릿이었고,

---

* 벽 아랫부분에 대어 문이 벽에 부딪히지 않게 하는 철물.

그는 목숨을 두 번이나 구해준 공을 인정받을 준비가 되어 있었다. 전에 나는 개릿이 밟고 지나간 땅마저도 숭배했다. 그건 강아지 같은 사랑이었다. 이번에 나는 열여덟 살이었고, 그는 강아지 같은 사랑 이상의 것을 보상으로 받고 싶어했다. 우리의 첫 섹스는 병실에서였다. 그는 나보다 스물세 살이 많았다. 그렇지만 상관없었다.

개릿에게는 부인과 자식이 있었지만 나는 그가 없을 때마다 그의 집에 울며 전화를 걸었다. 와서 나를 보호해달라고 애원했다. 개릿은 아내에게 내가 새끼 오리처럼 그에게 '애착이 형성'된 상태라고 말했다. 개릿은 그녀의 두번째 남편이었다. 첫 남편은 그녀의 오빠를 총으로 쏘는 바람에 감옥에 갔다. 질문을 퍼부을 여자가 아니었다.

두 해 동안 개릿은 나의 전부였다. 그는 나에게 들어오는 언론사들의 요청을 다 처리했고, 계약을 검토하고, 나 대신 회의에 나갔다. 그리고 나는 그가 원하는 것은 뭐든 했다. 돌봄과 보호를 받는다고 느꼈다. 개릿이 거기서 얼마나 많은 이득을 얻고 있는지는 알지 못했다.

당시 나를 L.A.로 데려가 〈살인의 종소리〉 첫 영화를 찍는 건 그에게 중요한 일이었다. 제작자들은 이 저예산 영화에 사람들이 주목하게 할 전략이 필요하다고 했고, 나는 내게도 좋은 일이라는 개릿의 말을 믿을 정도로 많이 멍청했다. 개릿에게 얼마나 받았느냐고 물어볼 생각도 하지 못했다. 마지막 순간에 나는 공황발작을 일으켰고, 그 자리를 벗어나 아메리칸포크까지 차를 몰았다. 계약을 망쳐버린 나에게 개릿은 상관없다고 했지만 그후로 전처럼 나에게 자주 전화하지 않았고 머지않아 내 집에 발길을 뚝 끊어버렸다. 얼마 후 그는 나를 까맣게 잊었고, 나는 아주 오래도록 매일 밤 울다 지쳐 잠들었다.

개릿이 나를 혼자 두고 떠났다고 생각했지만 점차 나는 깨달았다. 나는 언제나 혼자였다. 그들이 하란 대로 모든 것을 했지만 이런 일이 다시 일어났다. 아무도 나를 안전하게 지켜주지 못했다. 아무도 나를 살펴봐주지 않았다. 나를 안전하게 지켜줄 사람은 오직 나 하나뿐이었다. 그래서 나는 스스로를 지키기 시작했다.

때로는 이게 이야기의 전부라고 믿으며 한 해를 흘려보내기도 한다. 하지만 마음속으로는 내가 감옥에 가도 싸다는 걸 알고 있다. 지옥에 떨어져도 싸다는 걸 알고 있다.

이제 저들에게 편지가 있으니 당연히 다른 사람들도 내가 그런 일을 당해 마땅하다고 생각할 것이다.

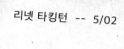

리넷 타킹턴 -- 5/02

이런 사례들은 표준 모형을 따르지 않는다는 걸 경험으로 알고
있지만, 리넷의 대응 기제는 어떻게 봐도 극단적이다. 리넷의 행동은
살아남은 자의 죄책감이라기보다 자기 자신을 단죄하려는 것에
가깝다. 최근 상담에서 리넷은 자신이 안전에 필요한 조치를 충분히
하고 있다고 생각하는지 물었다. 나는 리넷이 행동의 반복과 패턴을
만드는 데 인생을 할애하고 있으며, 지금보다 더 할애하는 건
불가능할 것 같다고 말했다. 리넷은 이 말을 비난으로 받아들이고
이렇게 말했다. "저는 그저 그가 남겨준 삶을 살고 있을 뿐이에요."
여기서 '그'란 빌리 워커다. 나는 아니라고, 리넷은 자신이 누려
마땅하다고 생각하는 삶을 살고 있다고 말해줬다. 그러자 리넷은
입을 꾹 다물고 더 대화하기를 거부했다.

리넷이 뭔가를 숨기고 있거나, 아니면 자신이 차단해버린 커다란
뭔가를 부정하고 있다는 강렬한 느낌이 든다. 그게 무엇이 되었든,
이게 바로 문제의 근원이며 리넷의 생활 방식, 자발적인 광장공포증
및 편집증의 심각성을 설명해준다고 생각한다.

캐럴 엘리엇, 리넷 타킹턴 상담에 대한 비공개 메모, 2002년 5월

파이널 걸 서포트 그룹 12
지옥행

이곳은 추웠다. 중앙냉방 때문에 뼈에 한기가 스몄다. 아무도 나에게 말을 걸지 않았다. 무슨 일이 일어나는지 알려주지 않았다. 그 대신 내 편지를 유리벽에 붙여서 한 줄 한 줄 읽을 수 있게 했다. 복사본이었지만 장미가 구불구불 테두리를 장식한 홀리 하비* 편지지에 문장을 써내려갔던 기억이 선명했다.

그들은 나를 감방 밖으로 두 번 꺼냈다. 한 번은 사진을 찍기 위해서였고, 한 번은 찬물 샤워 때문이었다. 돌아올 때마다 더 많은 편지 복사본이 벽에 붙어 있었다. 나는 최대한 쳐다보지 않으려 했다.

하루에 세 번 문이 열리고 경찰이 테두리가 높은 갈색 쟁반 여러 개를 포개 든 채 들어와 개가 똥을 싸듯 바닥에 하나를 내려놓

---

* 미국의 작가이자 일러스트레이터. 보닛을 쓴 소녀 그림으로 유명하다.

는다. 나는 쟁반을 보며 시간을 가늠했다. 아침 8시부터 5시간마다 하나씩 온다.

바깥 어딘가에선 나와 관련된 서류들이 사법부의 소화기관을 통과하고 있을 것이고, 곧 그들은 문을 열고 들어와 나를 샤워실 대신 법정으로 데려간 후 내가 도저히 낼 수 없는 보석금을 책정할 것이다. 그러면 재판이 있을 때까지 수감자들 틈으로 보내질 것이고, 어떤 구제불능의 미치광이가 명성을 얻기 위해 뾰족하게 간 칫솔로 나를 찔러 죽일 것이다. 어쩌면 파이널 걸을 죽인 칼이라며 인터넷으로 몇 백 달러에 팔 수 있을지도 모른다. 나처럼 완벽하게 파이널 걸이 아닌 사람을 죽인 칼일지라도.

나는 당해도 싸다.

그게 늘 사람들이 나에게 하던 말이었다. 나는 진짜 파이널 걸이 아니라고. 그룹의 다른 사람들은 모두 맞서 싸워 자신들의 괴물을 처치했다. 하지만 난? 나는 그냥 고깃덩이처럼 사슴뿔에 걸려 있었을 뿐이다. 리놀륨 바닥에 누워 두개골이 으깨지도록 당할 뿐이었다. 나는 누구도 구하지 못했다. 개릿 P. 캐넌이 나를 구했다.

어떤 경찰이 들어와 점심 쟁반을 던지고 갔다. 바나나, 사과, 식빵 두 조각, 볼로냐 햄 슬라이스 두 조각, 일회용 마요네즈, 설탕 쿠키 두 개, 과일 주스 하나. 사과를 먹고 있으니 편지의 문장들이 불쑥 눈에 들어왔다.

"……네가 여기 있어서 같이 도망칠 수 있었으면……"

"……연기는 잘되어가? 내가 본 것 중에 네가 출연한……"

"……새로 나온 메탈리카 앨범 들어봤는지……"

고등학교 시절 내내 행복했다고 기억하고 있지만 이 편지는 다른 얘기를 하고 있었다.

"······아빠는 우리를 용의자처럼 대해. 우리가 한 번이라도 실수하기를 호시탐탐 기다리는 것 같아. 그래야 우릴 감옥에 보낼 수 있으니까······"

"······질리언한테 칫솔로 욕실을 문지르게 했어······"

"······아빠보다 힘이 센 사람이 나타나서 맛 좀 보여줬으면 좋겠어······"

"······아빠가 너무 싫어······"

"······이 집은 지옥 같아······"

"······죽어버렸으면 좋겠어······"

"······아빠는 겁이 나서 너한테 아무 말도 못할 거야······"

"······제발 나를 구해줘······"

아빠는 군인 출신이었고 법과 질서에 대해 확고한 믿음이 있었다. 필요 이상으로 엄격했을지 모르지만 이렇게까지 아빠를 싫어했던 기억은 없었다. 하지만 십대들은 갈등을 딛고 자라나는 법이고 나도 예외는 아니었을 것이다. 빌리 워커 이후로 나는 우리의 힘들었던 시간을 문지르고 문질러 아빠와의 기억을 윤이 나게 다듬은 후 과거를 지웠다.

5학년 때 마거릿 선생님은 펜팔 친구를 배정해줬다. 대부분은 리키처럼 위탁 가정에 있는 아이들이었다. 다른 아이들은 몇 달이 지나자 편지를 쓰는 데 시들해졌지만 나는 그렇지 않았다. 리키도 아니었다. 우리는 6년 동안 편지를 주고받았고, 나는 아빠를 죽여달라고 말한 적은 없어도 우리집 주소는 알려줬다. 함께

L.A.로 도망가자고 했다. 아빠는 항상 소리를 질러대고, 엄마는 넋이 나가 있다고 했다. 몇 번은 부모님이 죽어버렸으면 좋겠다고 말하기도 했다.

십대란 원래 이렇게 말하는 것 아닌가? 나중에 돌아보면 추하더라도 말이다. 나는 리키의 머릿속에 피가 끓는 엔진이 들어앉아 누군가 시동을 걸어주기만을 기다리고 있을 줄은 몰랐다. 시동을 걸 열쇠가 열여섯 살 소녀의 모양을 하고 있는지도 몰랐다.

내가 그에게 편지를 쓰지 않았더라면, 우리집 주소를 알려주지 않았더라면, 구해달라고 하지 않았더라면 리키 워커는 다른 사람의 집으로 갔을 것이다. 작은 동네에서 모두의 사랑을 받는 경찰서장을 죽이진 않았을 것이다. 그도 그의 동생도 경찰을 다섯이나 죽이는 일은 없었을 것이다.

이 얼어붙을 것 같은 경찰서에서 나는 나만큼이나 나를 증오해 마지않는 사람들에게 둘러싸여 있었다.

병원에서 깨어났을 때 사람들이 내 편지를 발견했을 거라고 생각했다. 하지만 다들 말이 없었다. 그래서 나도 아무 말 하지 않았다. 누군가가 무슨 말을 꺼내기를 기다렸지만 아무도 얘기하지 않았고 그래서 나도 얘기하지 않았다. 그리고 내가 그런 걸 썼다는 사실조차 잊기 시작했다. 가끔은 편지들이 나타나는 상상을 하곤 했다. 그도 그럴 것이 어딘가에 분명 있어야 했기 때문이었다. 그런 생각이 드는 밤은 유독 힘들었다. 그런 밤에는 구역질이 나올 때까지 운동을 하고, 먼지 한 점 없도록 총을 하염없이 닦고, 해가 떠오를 때까지 온 집안을 문질러 닦으며 스스로를 최대한으로 벌했지만 그 편지들이 공개되는 생각만큼 나를 아프게 하는 것은 없었다.

하지만 편지들은 절대 공개되지 않았다.

"저기요, 식사……" 부드러운 목소리가 들렸다. 내가 손가락을 부러뜨린 경찰이다. 왼손에 초록색 금속 부목을 하고 있었다. 그는 내 식사 쟁반을 주워들었다. "끝난 거예요?"

사과 말고는 먹은 게 없었다. 벽에 붙은 편지들이 내려보는 가운데서 도저히 먹을 수 없었다. 쟁반에는 아직 모든 게 남아 있었다. 나는 고개를 끄덕였다. 나는 끝났다.

편지들이 어떻게 개릿의 손에 들어간 걸까? 개릿은 그의 책과 DVD 판매에 도움이 되기만 한다면 알래스카에 있는 쇼핑몰의 초대에도 번개같이 나타날 사람이었다. 그가 미끼를 무는 건 문제도 아니었다. 하지만 애초에 누군가 미끼를 던져야 했다.

다음날 손이 부러진 젊은 경찰이 점심 쟁반을 들고 왔을 때 나는 그걸 물끄러미 바라보았다. 똑같은 식빵 두 장, 똑같은 일회용 마요네즈, 똑같은 설탕 쿠키, 똑같은 과일 주스. 하지만 볼로냐 햄 대신 이번엔 칠면조였고, 바나나 대신 오렌지가 있었다. 누가 이런 결정을 내린 걸까? 경찰서 어딘가에 식빵을 나누고 칠면조 슬라이스를 세고 냉장고에서 주스 팩을 꺼내는 주방이 있을 터였다. 주문서를 보고, 수감자 명단을 살펴보고, 재고를 확인하는 사람들이.

생각하면 놀라운 물류지원이었다. 내가 유대인이었으면 코셔 메뉴가, 무슬림이었으면 할랄 메뉴가 나왔을 것이다. 그런 걸 다 준비하려면 많은 사람이 필요했다. 팀이 있어야 했다.

나를 경찰의 손에 넘긴 건 헤더지만, 헤더는 TV에서 개릿을 보고 그 아이디어를 떠올렸다. 개릿은 빌리 워커가 편지를 들고 나타났기 때문에 TV에 나왔다. 누군가가 헤더의 시설에 불을 지르고, 해리 피터 워든이 나타나 자신이 대니 사건의 진범이라고 자백한 지 24시간도 안 되어서였다. 그리고 누군가가 줄리아와 러셀 손을 우리집까지 미행해 두 사람을 총으로 쏜 지 24시간도 안 되어서였다. 그리고 그건 크리스토프 볼커가 식료품 저장실에 앉아 에이드리엔이 아래층으로 내려오기를 기다린 날이기도 했다.

현존하는 가장 체계적이고 고도의 지능을 갖춘 소시오패스가 아닌 이상 한 사람이 이런 짓을 할 수는 없었다. 이건 한 명의 괴물이 아니었다. 조약을 맺은 팀이었다.

의아한 점은 이것이었다. 나를 죽여서 제일 큰 이득을 볼 사람이 누구지? 이 모든 게 우연이라고는 믿을 수 없었다. 서로 무관한 사이코패스들이 각자 다른 목적을 추구하면서 지금 이 상황을 이용하고 있다고 보기는 어려웠다. 내가 워커 형제에게 당한 건 패턴을 발견하지 못해서였다. 다시는 그런 실수를 하지 않을 것이다.

누군가 크리스토프 볼커를 레드 레이크 캠프에 데려왔다. 누군가 해리 피터 워든을 설득해서 자백하게 만들었다. 누군가 러셀 손을 정확한 타이밍에 나타나게 했다. 누군가 내 집을 공격했다. 누군가 내 편지를 찾아냈다. 누가 우리를 이렇게 미워하는 걸까? 누가 감옥 안팎의 사람들을 조율할 수 있는 걸까? 누가 우리의 약점을 하나하나 다 알고 있는 걸까?

손이 부러진 부드러운 목소리의 경찰이 다음 쟁반을 가져다주며 말했다. "손님이 왔네요."

경찰들은 좀더 따뜻한 방으로 나를 데려갔다. 중앙에는 기다란 테이블이 놓여 있었고, 방을 가르는 플렉시글라스 창문에 칸막이가 있었다. 각각의 칸막이 유리 양쪽에 전화기가 하나씩 있었다. 그들은 조용한 가운데 나를 부스 중 하나로 데려가 앉혔다. 유리 반대편에는 캐럴 박사가 앉아 있었다.

몹시 피곤해 보였다. 화장도 하지 않은 모습이었다. 앞 책상에 서류 뭉치가 높이 쌓여 있었다. 나는 여전히 손가락이 저린데다 나를 싫어하지 않는 사람을 만난다는 것에 너무 흥분한 나머지 수화기를 떨어뜨렸다.

"박사님." 내가 말했다. "무슨 일이 일어나는 거예요? 사람들이 말해주던가요? 다들 나한테 아무 말도 안 하지만 이제 알 것 같아요."

"그만." 캐럴 박사가 말했다.

몇 발자국 정도 떨어진 거리인데 전화기로는 상태가 안 좋은 장거리 통화처럼 들렸다. 나는 앞으로 몸을 숙이고 목소리를 낮췄다.

"누군가가 이런 짓을 벌이고 있어요." 내가 말했다. "한 명 이상이에요. 그래서 이 모든 게 한꺼번에 터질 수 있었던 거예요. 바깥의 누군가가 우리 그룹을 무너뜨리고 있어요."

캐럴 박사는 내 오른쪽 어깨 너머를 바라보고 있었다. 나는 뒤를 돌아보았지만 거기에는 아무도 없었다.

"방어가 가능한 곳으로 가서 이 일의 면모를 파악해야 해요."

내가 말했다. "해리 피터 워든과 빌리 워커를 면회한 사람을 알아내야 해요. 제 생각에는 면회자 이름이 일치할 거예요. 저는 하루 이틀 정도는 여기서 안전할 테니까, 아직 자유의 몸인 사람들을 모아서 방어가 가능한 장소로 가세요. 여기저기 흩어져 있을수록 쉬운 표적이 돼요."

캐럴 박사는 전혀 이해할 수 없다는 표정이었다. 침착함을 유지하기가 어려웠지만 침착해야 한다는 것을 알았다. 두 번 호흡을 하는데 캐럴 박사가 입을 열었다.

"왜 그랬어요, 리넷?" 캐럴 박사가 물었다. "대체 왜 그랬어요?"

처음에는 편지를 말하는 줄 알았지만 캐럴 박사의 옆에 있는 종이 뭉치의 맨 윗부분이 보였다. 정말이지 시간을 돌려 모든 것을 되돌리고 싶었다. 그게 무엇의 표지인지 알았기 때문이었다.

파이널 걸 서포트 그룹, 리넷 타킹턴 지음

전화를 끊지 않기 위해 나의 모든 힘을 쥐어짜내야 했다.

"그거 내가 쓴 거 아니에요." 나는 반사적으로 말했다.

"어젯밤 메일로 왔어요." 캐럴 박사가 말했다. "다들 받았고요."

플렉시글라스와 책상이 이어진 곳을 계속 내려다보면서 캐럴 박사의 얼굴이 목소리만큼 머나먼 곳에 있다고 상상했다.

"누가 받았어요?" 내가 아주아주 작은 목소리로 물었다.

"매릴린과 헤더가 어떤 기분일지 모르겠어요." 캐럴 박사가 말했다. "하지만 리넷이 나에 대해 그렇게 썼다는 것에 내가 아주 깊이 상처받았다는 건 알겠어요."

"이게 그자가 원하는 거예요." 내가 말했다. "모르겠어요? 우리를 갈라놓으려 한다고요. 우리가 혼란에 빠져 중요한 것을 보지 못하게 하는 거예요."

"나는 여러분을 전리품으로 여긴 적이 없어요." 캐럴 박사가 내 말을 무시하며 말했다. "수집하지도 않고요. 다들 내 환자들이고, 한 사람 한 사람을 개개인으로 진정 아끼고 있어요. 리넷 같은 여자들을 돕기 위해 내 경력 대부분을 바쳤어요. 리넷 같은 여성이 생기지 않는 세상을 만들기 위해 내 인생 대부분을 할애했어요."

"중요한 건 누가 지금 이런 일을 하고 있느냐는 거예요." 내가 말했다. "그 책은 그냥 주의를 돌리려는 거라고요. 누가 내 하드 드라이브에서 빼낸 거예요."

"그런 책을 쓰지 말았어야지!" 귀에 붙은 작은 수화기 구멍에서 캐럴 박사의 고함이 흘러넘쳤다. "크리스마스이브에 모임에 가느라 아이들을 방치했다…… 어떻게 이런 생각을 해요? 그날 그룹 모임을 해야 한다고 우리 중 가장 목소리를 높인 건 리넷이잖아요. 내가 애완동물 다루듯 모임을 대했다고요?"

"그런 말 한 적 없어요." 내가 말했다.

"책에 썼잖아요!" 캐럴 박사가 외쳤다. "어떻게 나를 그렇게 형편없이 여기면서 모임에 앉아 있을 수 있어요? 뒤에서 비웃으면서? 왜 나를 싫어하는 거예요?"

내가 했던 말들이 돌아와 나를 해치고 있었다. 편지들. 책. 내가 적었던 모든 것이 나를 향한 무기가 되었다. 내가 생각했던 모든 것이 나의 피를 바라고 있었다. 대체 누구일까? 이 모든 판을 짠 인간, 우리의 모든 두려움을 알고 심리적인 손상을 가할 줄 아는 인간이?

고개를 드니 흠집이 잔뜩 나 뿌연 플렉시글라스 너머로 캐럴 박사가 나를 바라보고 있었다.

"왜 그런 거죠? 그냥 이유를 알고 싶어요."

"모르겠어요." 내가 답했다.

"빠져 있는 게 좋을 거예요." 캐럴 박사가 말했다. "지금 그룹의 누구도 리넷 이야길 듣고 싶어하지 않으니까. 나도 지금은 리넷 얘기 듣고 싶지 않고요."

그때 느꼈다. 캐럴 박사의 반응이 이상했다. 과한 반응. 마치 실력 없는 배우가 형편없는 연극에서 소리를 지르며 관객들에게 슬픔을 주입하려는 모습이었다. 너무 화가 난 와중에도 내 원고 전체를 굳이 인쇄해서 마치 무대 소품처럼 이곳에 가져왔다. 그건 형편없는 소품이었다. 두께도 내가 적은 2만 5천 단어 분량에 비하면 지나치게 두꺼웠다.

"박사님이야말로 왜 이러는 거예요?" 내가 물었다.

갑자기 너무 많은 사유가 떠올랐다. 경력에 한 방이 필요했다거나, 소시오패스라서 이게 재미있다거나, 우리가 은혜를 모른다고 복수하고 싶다거나, 그냥 우리가 징징대는 것이 이제 지겹다거나.

"필요한 도움을 받을 수 있길 바랄게요." 캐럴 박사가 수화기를 테이블 위에 내려놓자 내 귀로 탁 하는 소리가 들렸다. 박사는 핸드백 쪽으로 몸을 숙였다.

"박사님?" 소리가 들리길 바라며 내가 외쳤다. "박사님!"

내 뒤에서 사람들이 움직이는 낌새가 느껴졌다. 와서 나를 데리고 가려는 것이다. 캐럴 박사는 다시 몸을 세우고 이마를 문지르더니 나에게 들리지 않는 말을 했다.

"전화 들어봐요!" 내가 플렉시글라스를 쾅쾅 두드리며 외쳤다. "받으라고!"

나는 테이블을 흔들며 칸막이 너머까지 목소리가 들리도록 외쳤다.

"캐럴!" 나는 분노에 차서 소리를 질렀다. 이제껏 나 자신에게만 뿜어대던 수준의 분노였다. "네가 누군지 알아! 우린 다 널 믿었어!"

누군가 내 팔꿈치를 붙잡고 내 얼굴을 테이블에 닿게 눌러댔다.

"난 널 믿었어!" 내가 외쳤다. "믿었다고!"

그들은 내 손목에 수갑을 채우고 뼈가 갈릴 정도로 쇠붙이를 눌러댔다. 그리고 내 상체를 들어올린 후 어깨가 빠지는 느낌이 들 때까지 팔을 비틀었다. 면회실에서 급히 빠져나가는 캐럴 박사의 뒷모습이 보였다. 아무리 크게 소리를 질러도 들리지 않을 것이다.

전화기가 필요했다. 모두에게 캐럴 박사가 꾸민 짓이었다고 알려야 했지만 전화기를 쓰게 해달라고 거세게 요구하면 할수록 듣는 시늉도 하지 않았다. 나는 저녁식사 쟁반의 초콜릿 푸딩을 차가운 감방의 창문에 던진 뒤 유리에 대고 문댔다. 변기를 콩과 닭고기 패티로 막히게 했다. 10분 내내 쟁반으로 감방 문을 두드렸다.

기동대 복장을 한 세 명의 경찰이 들어와 나에게 수갑을 채웠다. 나는 심문실로 옮겨졌고, 다시 그들이 나를 감방으로 데려갔을 때 변기는 뚫려 있었고 방안은 호스로 물청소가 되어 있었다. 물이 뚝뚝 떨어질 정도로 여전히 젖어 있었다. 여전히 냉기가 돌았다. 무슨 일이 일어나고 있는지 아무리 설명해도 아무도 나에게 대꾸조차 하지 않았다.

전화기를 구해야 했다. 전화기만 있으면 매릴린과 헤더에게 알려줄 수 있었다.

목이 헐고 피가 날 때까지 애원했다. 유리를 차기 시작하자 기동대를 또 들여보냈다. 이번에는 수갑을 풀고 팔 빼는 구멍이 난 새파란 누빔 통옷에 나를 끼워넣었다. 자살 방지 옷이었다. 그들은 그걸 퍼거*라고 불렀다. 다시 유리를 발로 차려 했지만 뒤로 넘어지며 바닥에 머리를 쾅 찧었다.

그들은 그렇게 한참 나를 방치했다. 바닥에 누워 꼼짝하지 못한 채 플렉시글라스 벽에 붙은 편지만 바라보도록.

다시 볼 날만 기다리고 있어. 편지 속 소녀스러운 필기체의 손글씨는 그렇게 말하고 있었다. 다시 사랑을 나눌 날만 기다리고 있어. 우리 아빠한테 어떻게 하고 싶은지 말해줘.

크리스마스이브에 리키 워커가 우리집에 올 때까지 나는 아무런 성경험이 없었다. 그와 잔 적도 결코 없었다. 어떻게 저런 말을 썼지? 이 편지는 내가 쓴 게 아니었다. 필체도 똑같고 홀리 하비 편지지인 것도 똑같았다. 하지만 이 편지지에 그려진 소녀는 빵을 굽고 있었다. 내가 기억하는 한 내 홀리 하비 편지지에는 전부 들꽃을 따는 소녀가 그려져 있었다. 결론. 이 편지들 중 일부는

---

* 퍼거슨 사에서 만든 자살 방지 옷.

내 것이 아니었다. 위조된 편지들이었다.

경찰이 식사를 들고 왔을 때 나는 말을 걸었다. 누군가와 얘기를 해야겠다고 말했다. 갈가리 찢어진 목구멍에 숨을 불어넣어 갈라진 목소리로 말했지만 그는 듣지 않았다. 아무도 내 말을 듣지 않았다. 나는 더이상 들을 가치도 없는 존재였다.

"미안합니다." 그는 바닥에 쟁반을 내려놓더니 눈도 마주치지 않고 허둥지둥 나가버렸다.

아침식사 때 그는 뉴트럴로프*와 작은 물병 하나를 갖다줬다. 나는 전화기 한 번만 쓰게 해달라고, 딱 한 통만 하게 해달라고, 다른 건 다 필요 없다고 애원했다. 그는 내 쪽을 바라보지도 않았다. 마치 방에 아무도 없는 것처럼 행동했다. 나는 내가 정말 말을 하고 있기는 한 건지 의심하기 시작했다. 말을 한다고 착각중인 건가? 내가 미쳐가고 있는 건가?

나는 몇 분 동안 큰 소리로 말하며 사포처럼 꺼끌꺼끌한 내 목소리가 벽에 울리는 것을 듣지만 그걸로는 아무것도 증명할 수 없었다. 이 역시 나의 상상일지도 몰랐다. 실제로 목구멍을 통해 소리가 나오기는 하는 건지 알 방법이 없었다.

자살 방지 옷은 뻣뻣해서 앉아 있기가 힘들었으므로 나는 등을 대고 누워 천장만 바라보며 가짜 편지에 대해 생각하지 않으려 노력했다. 우리 모두 캐럴 박사를 신뢰한다는 사실을 떠올리

---

* 문제적 행동을 한 재소자에게 제공되는 교도소 음식. 빵, 야채, 고기 등을 갈아 만들며 맛없기로 유명하다.

지 않으려 노력했다. 파이널 걸들은 캐럴 박사에게 문을 활짝 열어주고, 박사가 말하는 건 뭐든 믿으며, 박사가 바라는 곳이 어디든 달려갈 터였다.

나는 캐럴 박사가 갖고 있던 어린 파이널 걸들의 서류를 생각했다. 책상 위에 있던 '푸가티, 스테퍼니' 서류를 생각했다. 그리고 얼마나 오랫동안 캐럴 박사가 우리에 대한 정보를 모았는지 생각하자 자살 방지 옷 아래로 냉기가 내 살점을 뚫고 뼛속까지 스미는 기분이 들었다.

하지만 내가 틀린 거라면? 크리스토프 볼커가 그냥 돌아버린 거라면? 그저 우연히 어떤 스토커가 내 집에서 줄리아를 죽이려고 했던 거라면? 헤더가 스스로 시설에 불을 내고 거짓말을 한 거라면? 해리 피터 워든이 감옥에서 나오려고 얘기를 지어냈고, 빌리 워커가 마침내 편지의 행방을 밝히기로 결심한 거라면? 내가 그 책과 그 편지들을 써놓고서 당해도 싼 형벌로부터 도망치려 하는 거라면?

질리언의 눈에 샴푸를 넣을 때, 나는 눈물이 나오지 않아요라는 라벨을 보고 잘못된 결론에 이른 뒤 행동에 옮겨 사랑하는 사람을 다치게 했다. 만약 그 음모도 내 머릿속에만 존재하는 것이라면?

아니.

캐럴 박사만이 유일하게 말이 되는 결론이었다. 캐럴 박사여야만 했다. 그래야 했다.

아니면 내가 문제인 게 되니까.

점심으로 또 뉴트럴로프가 나왔지만 먹지 않았다. 저녁식사 쟁반을 들고 들어온 경찰은 손이 부러진 그 젊은 경찰이었다.

"뭐 좀 가져왔어요." 그가 말했다.

나는 기괴한 패브릭 통옷 속에서 앉으려고 애쓰면서 상반신을 간신히 벽에 기댔다. 다리가 앞으로 쭉 뻗어 있었다. 그는 어깨 뒤를 힐끗 돌아보고 재빨리 그래놀라 바를 주머니에서 꺼내 쟁반에 올려놨다.

"힘을 내야 하니까요." 그가 미소를 지어 보였다.

파이널 걸들은 캐럴 엘리엇 박사가 하라는 대로 할 것이다. 치료를 마무리할 외딴 장소로 한 명씩 그녀를 따라갈 것이다. 박사는 그들을 산속 휴양지인 세이지파이어로 데려갈 것이다. 틀림없었다. 그곳에 파이널 걸들을 가두고 감시할 것이고, 그들은 박사를 끝까지 신뢰하면서 죽음을 맞을 것이다.

"전화를 해야 해요." 내가 갈라진 목소리로 말했다.

"유감스럽게도 내가 해줄 수 있는 건 그래놀라 바가 전부예요. 그게 다예요." 그 젊은 경찰이 말했다.

나 역시 유감이었다.

자살 방지 옷 때문에 움직이지 못하자 근육이 경직됐다. 다리는 욱신거리고 피가 몰려 저려왔다. 몸을 웅크려 따뜻하게 있고 싶었지만 팔을 좀처럼 구부릴 수 없었다. 손이 부러진 경찰이 돌아와 손대지 않은 그래놀라를 보고 고개를 절레절레 저었다.

그는 새 음식을 침대 판에 올려놓고 쪼그려앉아 나를 바라보았다.

"제발요." 내가 갈라진 입술로 신음했다. "전화 좀 하게 해줘요."

"정말 그를 사랑했어요?" 그가 물었다.

머리가 제대로 돌아가지 않아 처음에는 그가 누구를 말하는 건지도 이해하지 못했다.

"리키 워커요." 젊은 경찰이 말했다. "그를 사랑했어요?"

"아니요." 내가 갈라진 목소리로 답했다. 무슨 대화가 나올지 전혀 알 수 없었다.

"안됐네요." 그가 다가와 커다란 손을 내 입에 갖다댔다.

그는 콧구멍이 짓눌리도록 내 코를 쥐어잡았다. 숨을 쉴 수 없었다. 그의 짜디짠 손바닥만이 느껴졌다. 공기가 전혀 들어오지 않았다. 제대로 앉아보려 했지만 그는 부러진 손으로 나를 쉽게 눌렀다. 그는 뒤를 힐끗 살피고 다시 나를 바라보았다. 자동차에 기름을 넣을 때나 짓는 표정을 하고 있었다. 화가 난 게 아니었다. 그는 미쳐 있었다.

"다들 내가 부러워 죽겠지." 그가 말했다.

경찰은 괴물이 될 수 없다고 누가 그랬는가? 막다른 길이지만 내 몸은 반사적으로 계속 싸우고 있었다. 그의 팔목을 긁어보았지만 퍼기를 입은 채로는 주도권을 잡을 수 없었다. 발로 차보려고 했지만 통옷이 내 다리를 붙잡고 있었다. 머릿속이 새까매지면서 욱신거렸다. 잿빛 구름이 빠른 속도로 몰려와 주변의 시야를 가렸고 모든 소리가 저멀리 희미해졌다.

나는 아무것도 이뤄내지 못했다. 우리집 바닥에 피 흘리는 줄리아를 남겨두고 도망쳤다가 잡혀선 이곳에서 끝을 보고 죽는구나. 내 모든 계획은 쓸모없었고, 내 모든 강점은 위장된 약점일 뿐이었다. 나는 아무도 구하지 못했다. 문제의 편지들을 쓰고, 문제의 책을 썼다. 그게 내가 한 짓의 전부다.

나는 폐에 힘을 풀었다. 시야 전체가 까맣게 보이기 시작했다.

개릿 P. 캐넌의 목소리가 우물 꼭대기에서 내가 있는 아래로 흘러들었다. "드디어." 그가 말했다.

경찰이 뒤를 돌았다. 감방의 문가에 개릿이 서 있었다.

젊은 경찰은 내 입을 놓았고, 나는 거대한 양의 산소를 들이키며 캑캑거렸다. 뇌까지 공기가 들어가지 않는 것 같았다. 여전히 쪼그려앉은 채 그 경찰은 옆구리의 총으로 손을 뻗었다. 개릿은 카우보이 부츠로 그의 턱끝을 차버렸고, 그 경찰은 엉덩방아를 찧고 뒤로 벌러덩 자빠지더니 신더콘크리트 벽돌에 머리를 쿵 박았다.

"개같은 자식." 개릿이 부츠로 그를 걷어차기 시작했다.

나는 의식을 잃었다.

1 칼 하트먼: 그러니까 너랑 소피아가 남자애들이 집으로 들어가는 걸 봤다고?

2

3 매릴린 토레스: 카를로스랑 터그가 그 남자를 따라 들어갔어요. 그리고 한참 동안

4 아무 소리도 못 들었고요. 루이스도 따라서 들어가고 싶어했어요.

5

6 칼 하트먼: 그런데 왜 안 들어갔지?

7

8 매릴린 토레스: 열두 살 애니까요. 우리가 못 가게 했어요.

9

10 칼 하트먼: 그다음에 무슨 일이 일어났는지 말해줄래?

11

12 매릴린 토레스: 다른 남자가 오토바이를 타고 나타났어요. 엄청 평범해 보였고 좋은

13 사람 같았어요. 누군지는 몰랐고요. 와서 말을 걸었고 우린 기분이 좀 나아졌어요.

14

15 부드 엔라이트: 그 남자가 뭐라고 했지?

16

17 매릴린 토레스: 그냥, 음, 좋은 말들이요. 평범한 사람이라면 할 것 같은 말이요.

18

19 칼 하트먼: 그다음에 무슨 일이 일어났니?

20

21 매릴린 토레스: 다른 남자가 엽총을 들고 현관으로 나왔어요.

22

23 부드 엔라이트: 잠깐, 그러니까 음, 어떤 다른 남자를 말하는 거지?

24

25 매릴린 토레스: 본 적이 없는 사람이었어요. 뚱뚱하고 키가 작고 남부연합*기가

26 그려진 티셔츠를 입고 있었어요. 그리고 엽총도 꼭 그 사람처럼 짧고……

27

28 칼 하트먼: 소드오프**였니?

29

30 매릴린 토레스: 네. 그리고 평범하게 보이던 오토바이 남자가 루이스를 붙잡고……

31 그리고 그 사람이, 음, 그 사람이……

32

33 칼 하트먼: 천천히 하렴.

34

35 칼 하트먼: 좀 쉬었다가 하는 게 좋겠니? 물 좀 마실래?

36

37 매릴린 토레스: 그 남자가 루이스를 잡고, 아, 루이스 몸을 구부려서, 그러니까……

38

39 칼 하트먼: 좀 쉬었다 하겠니?

40

41 매릴린 토레스: 루이스를 오토바이 안장에 걸쳤어요.

42

43 부드 엔라이트: 그리고?

44

45 매릴린 토레스: 부츠에서 면도칼을 꺼내 산 채로 두피를 벗겼어요.

파이널 걸 서포트 그룹 13
마지막 제물

일어났더니 퍼기가 사라지고 없었다. 다른 감방이었고 감시 벽에 붙은 편지들도 없었다. 의료보조인이 내 눈에 손전등을 비추고 있었다. 그는 자신의 손가락이 몇 개로 보이냐고 물었다. 나는 아무 숫자나 찍었다.

"세 개?"

경찰들은 샤워실로 나를 데려갔다. 몸을 씻고 나왔더니 화난 듯한 표정의 여자 경정 앞에 놓인 벤치에 내 평상복이 개어져 있었다. 나는 사포처럼 까끌까끌해 수건이라 부르기도 민망한 천 조각으로 몸을 닦고 차갑고 축축한 피부 위로 옷을 걸쳤다. 그러는 동안에도 그 젊은 경찰의 손맛이 입에서 느껴졌다. 나는 내 앞의 경정이 진압봉을 뽑아 내 무릎뼈를 부수고 기도를 짓누르고 젖은 콘크리트 바닥에 나를 쓰러뜨려 피로 질식시키기를 기다렸다.

하지만 그녀는 나에게 수갑을 채우고 한참을 취조실에서 기다리게 둘 뿐이었다.

마침내 문이 열리더니 개릿 P. 캐넌이 예의 그 베이지색 옷과 커다란 흰 모자를 쓰고 나타났다.

"떠날 준비는 됐나?" 그가 물었다. "너랑 나는 유타로 돌아가는 거야. L.A. 경찰이 널 안전하게 감금할 방법이 없다는 걸 깨달으셨다는군. 금방 아메리칸포크로 돌아가서 살인 방조범으로 재판을 받게 될 거야. 너희 어머니, 남자친구, 불쌍한 여동생, 밀러 경관, 너희 아버지까지. 리넷, 나를 믿어도 좋아. 위탁 가족이랑 공무중 사망한 세 명의 경찰까지 해서 몇 년 더 보태줄 테니까. 우린 아주 오랜 시간 함께할 수 있겠어."

그가 나에게 눈을 찡긋했다.

"내 상담사였나요?" 내가 물었다.

"누구?" 개릿의 얼굴에 미소가 사라졌다.

"나를 죽이려 한 그 경찰은 캐럴 박사가 보낸 사람인가요?"

"딘 폴리 경관은 광팬이었다더군." 그가 말했다. "너한테 손을 대기 위해 평생을 기다렸던 모양이야."

"그 사람 혼자 한 게 아니에요." 내가 말했다. "이건 음모라고요. 다른 사람이 또 시도할 거예요."

"하나 알려줄까, 그거 아니, 올리버 스톤*?" 그가 말했다. "그러든 말든 난 관심 없어. 가자고."

---

* 미국의 영화감독. 영화 〈JFK〉에서 케네디 대통령의 암살은 한 개인의 소행이 아니라 거대한 음모의 결과라는 의혹을 제기했다.

경찰이 주차장으로 가는 문을 열자 눈 위로 못을 박듯 햇빛이 내리비쳤다. 얼음장 같던 피부가 게걸스럽게 햇볕을 쬐었다. 이게 내가 L.A.로 이사온 이유였다. 이곳에는 겨울이 없었다. 옷을 일주일 동안 빨지 않아서 흐물흐물하고 번지르르했지만 나는 햇살의 입맞춤에 다시 되살아나는 기분이 들었다. 다용도 세척제 냄새가 나는 공기에서도 해방이었다.

"얼른 움직여." 우락부락하게 생긴 경정이 나의 어깨 왼편에서 말했다.

나는 개릿을 따라 앞으로 느릿느릿 움직였다. 콘크리트에 쇠사슬 끌리는 소리가 울렸다. 캐럴 박사가 또 저격수를 보냈을까봐 이리저리 고개를 돌렸지만 주변의 휘황찬란한 색깔들 때문에 자꾸 신경이 분산됐다.

미니밴, SUV, 트랜스암, 관목과 구름 한 점 없는 푸른 하늘이 나를 압도했다. 바람에 캘리포니아의 냄새가 실려 왔고, 나는 인신 공양을 위해 제단으로 끌려가는 제물이 된 기분이 들었다.

차창마다 반사되는 햇빛에 눈이 적응할 때쯤 개릿의 1976년형 체리색 캐딜락 세빌이 나의 지난 20년을 무색하게 만들며 나타났고 나는 다시 한번 눈을 찌푸려야 했다.

"정말 아름다운 차입니다." 경정이 쪼그려앉아 내 발목의 족쇄를 풀며 말했다.

"내가 처음으로 소유한 차지." 개릿이 말했다. "프로보까지 운전하려면 주유비만 152달러지만 그만한 값어치가 있네."

나는 그의 차에 타고 싶지 않았다. 이 차에서 개릿은 수차례 내 몸을 올라타고 손으로 여기저기 주물렀다. 하지만 개릿이 뒷문을 열고 나를 안에 넣을 때 나는 저항하지 않았다. 개릿은 여느 경찰이 훈련 첫날부터 죽는 날까지 하는 방식대로 내 뒤통수에 손을 올리고 있었다. 저항한들 무슨 소용일까? 내가 할 수 있는 거라고는 순순히 따르는 일뿐이었다.

그는 수갑 한 쪽을 풀어 차문에 나사로 고정된 구속용 막대에 걸어잠갔다.

"편한가?" 그는 대답을 듣지도 않고 문을 쾅 닫았다.

개릿과 경정이 뭐라고 대화를 나누는 동안 나는 온기에 몸을 녹였다. 이 차는 개릿의 자부심이자 즐거움이었는데 이제는 구속용 막대가 달린데다 앞좌석과 뒷좌석 사이에 두꺼운 검은색 철제 그물망이 설치되어 있었다. 나는 문을 열어봤다. 안에서는 열리지 않았다.

"그렇지만 다음에 날 보러 오거든 그때는 기꺼이 돈을 받지." 개릿이 차를 타며 말했다.

그는 문을 쾅 닫고 경정에게 손을 흔들었다. 경정은 핸드폰 카메라로 개릿의 우스꽝스러운 차를 찍고 있었다. 늘어진 목주름을 펴려는 건지 개릿은 적당한 각도로 고개를 고정했다.

"안전벨트 해, 리넷." 개릿이 시동을 켜자 엔진이 우렁찬 소리를 냈다. "아직 본격적으로 시작도 안 했는데 그 예쁜 이를 박살낼 순 없지."

우리는 도로로 들어섰다. 캐딜락이 탱크 같은 소리를 냈다.

"여행을 떠나는 건 맞지만 노란 벽돌길*은 아닐 거야." 개릿이 늦은 오후의 교통 체증을 뚫고 나아가며 말했다. 뒤편의 경찰서는 이제 보이지 않았다. "사형 집행용 주사를 맞는 게 오즈의 마법사를 만나는 느낌이라면 모르겠지만 말이야."

양옆으로 차들이 지나갔다. 개릿의 차는 차체가 낮은 탓에 모두들 뒷좌석을 내려다보며 지나갔다. 누구든 총을 쏘기 쉬운 위치였다.

"그거 아나." 개릿이 말했다. "이 차는 워커 형제 영화가 처음으로 벌어다준 수표로 산 거야. 젠장. 촬영장에 가는 날마다 돈을 받았지. 한 거라곤 경찰 역을 맡은 배우들이 총을 멍청이처럼 쥐지 않는지 확인하는 것뿐이었는데."

나는 수갑 찬 팔만 내놓고 바닥으로 내려갔다. 측면은 여전히 공격할 수 있어도 뒷유리로는 쏘지 못할 것이다. 어떻게 이 지경이 된 걸까? 일주일 전만 해도 나는 자유였다. 이제는 과거에 발목이 잡혀 풀려날 기미가 안 보였다. 캐럴 박사는 혼자서 어떻게 이런 일을 했을까? 도움이 필요했을 것이다. 우리가 예상도 못할 사람, 이를테면…… 헤더라든가. 경찰을 부른 인간, 말을 할 때마다 얘기가 바뀌는 인간, 자기가 머무는 시설을 불태우고도 남을 인간, 내가 매릴린의 집으로 갔을 때 이미 와 있던 인간, 경찰을 부르고 딘 폴리가 나를 죽일 수 있는 곳에 처넣은 인간.

"나를 연기한 배우 말이야, 도무지 나 같지가 않았단 말이야." 개릿이 말했다. "그렇지만 내 분위기를 흉내내는 게 쉬운 일은 아

---

*『오즈의 마법사』의 도로시는 노란 벽돌길을 따라 에메랄드시에 사는 위대한 마법사를 찾아간다.

니겠지. 내 평소 행동이나 상황에 반응하는 방식 같은 거 말이야. 배우가 거기까지 할 순 없으니까. 내가 직접 연기하는 게 낫겠다고 했을 때 감독이 뭐라고 했는지 알아? '캐넌 경관님. 경관님이 스크린에 나오시면 너무 진짜 같아서 나머지 배우들이 다 가짜처럼 보일 겁니다.' 맞는 말이긴 했지."

나는 오른쪽 문에 바짝 붙어서 오른쪽에 지나가는 차로부터 내 몸통과 머리를 보호하려고 했지만 그러자니 왼쪽이 너무 뚫려 있었다. 나는 바닥으로 내려갔다. 왜 애를 쓰고 있는 걸까? 그들은 이미 여기까지 계산해놨을 텐데. 늘 나보다 세 발자국 앞서 있었다. 나는 힘없고 혼자였지만 그들은 강하고 여럿이었다.

"젠장, 리넷." 개릿이 검은색 철망 사이로 외쳤다. "그만 기어다니고 똑바로 앉아. 안 그러면 차 세우고 후추 스프레이를 뿌릴 테니까."

나는 마지못해 좌석으로 올라갔다. 개릿이 칼스 주니어 드라이브스루로 들어가던 참이었다. 뱃속에 파블로프의 개가 있는지 나는 군침을 흘리기 시작했다. 너무 배가 고픈 나머지 나 자신을 보호하는 것도 잊고, 도시에 처음 온 촌뜨기처럼 커다란 메뉴판 속 사진을 넋놓고 바라보았다.

"안녕하십니까." 개릿이 스피커에 대고 말했다. "과카몰리 터키 버거에 치즈 추가하고요, 칠리치즈 프라이 작은 거, 오렌지 셰이크 중간 사이즈로 하나, 그리고 다이어트 콜라 작은 것도 같이 주십시오."

"12.79달러입니다." 로봇 같은 목소리가 말했다.

"체중 관리 좀 해야 해서." 개릿이 앞으로 차를 몰며 말했다.

"아니 이런, 린, 너도 뭐 먹을래?"

내 배가 꼬르륵거리는 소리를 들은 게 분명했다.

"네." 내가 말했다.

"돈은 있고?" 그가 백미러를 바라보았다.

"나중에 갚을게요."

"프로보까지 9시간이야." 그가 말했다. "껌 좀 씹도록 해."

개릿이 철망 사이로 밀어넣은 25센트짜리 빅레드 껌이 바닥에 떨어졌다. 그의 종이봉투에서 풍기는 뜨거운 버터 향에 속이 쓰렸다. 우리는 고속도로로 다시 접어들었고 나는 그에게 감자튀김 하나도 구걸하지 않겠다고 맹세했다. 음료 한 모금도 애원하지 않을 것이다.

"비밀 하나 알려줄까?" 개릿이 빨대로 음료수를 마시다 말고 말했다. "폴리 그 녀석이 너한테 잘해준다는 거 알고 있었어 나는. 네 스토커 한 명 한 명 다 알고 있으니까. 우리가 널 체포할 때도 녀석에게 제일 먼저 움직이라고 일러뒀지. 그때 널 건드리지 않아서 놀라긴 했어. 하지만 좋은 건 기다려야 오는 법이니까."

"그 인간이 날 죽이길 바란 거예요?" 나는 아직도 그가 나를 그토록 증오한다는 것에 몹시 놀랐다. 어쩌면 내가 틀렸을 수도 있다. 우리가 죽기를 바라는 건 캐럴 박사가 아닐 수도 있다.

"L.A. 경찰이 깨닫길 바란 거지. 널 가둬놓기엔 자신들이 부족하단 걸." 그가 말했다. "난 둘이서 오붓한 시간을 좀 갖고 싶었거든, 예전처럼."

허공에 붕 뜬 기분이 들었다. 차는 샌 버나디노 언덕으로 향하고 있었다. 개릿은 버거 포장을 풀어 한입 물고 다시 봉투에 넣었다. 나중을 위해 아끼는 것 같았다. 개릿이야말로 캐럴 박사가 접선하기에 딱 맞는 사람이었다.

"너랑 나는 제법 잘 맞잖아, 린." 개릿이 말했다. 란초 쿠카몽가를 지나 15번을 타고 산 방향으로 들어가자 차들이 뜸해졌다. 온통 바위와 흙뿐인 들판에 생쥐가 트렁크를 들고 있는 그림을 앞에 그려놓은 작은 창고시설들이 있었다. 너무 배가 고파서 뜨거운 버거 냄새만 맡아도 현기증이 났다. "가끔은 직접 나서서 문제를 해결해야 한다는 걸 우리 둘 다 잘 알고 있지."

개릿은 긴장하면 말이 아주 많아진다. 그가 긴장하는 건 하고 싶지 않은 일을 하기 위해 용기를 낼 때뿐이다. 나는 수갑을 흔들어봤다. 수갑이 너무 꽉 죄었다. 땀에 미끌미끌해져도 빼내지 못할 듯했다. 주변에 무기로 쓸 만한 것을 찾아봤다. 아무것도 없었다. 내 이와 손톱, 껌 한 통뿐이었다.

"프로보 검사가 러브레터를 가지고 있다는 말을 처음 들었을 때는 믿지 않았어." 개릿이 말했다. 이제는 백미러로 나를 보고 있지 않았다. "하지만 검사실에 가서 그 편지를 읽었을 때, 끝났다고 생각한 모든 일이 벌레 통조림처럼 우글우글 다시 열리고 있다는 걸 알았지. 작은 벌레들이 온통 꿈틀거리며 전부 엉망으로 만들고 있다는 걸. 나는 벌레를 싫어해, 린. 내가 말한 적 있던가? 그게 낚시를 안 가는 이유야."

어쩌면 안전벨트를 손에 감고 버클로 때릴 수 있을지도 모른다. 청바지 안감에 면도날을 숨길 계획도 세웠던 적 있지만 결국 실행에 옮기지 못했다. 수년 동안 나는 무르고 약해지고 게을러졌다. 그리고 캐럴 박사는 똑똑하고 체계적이며 강인해졌다. 내가 죽지 않는 결말은 존재하지 않았다. 우리 모두가 죽을 것이다.

캐럴 박사는 에이드리엔을 죽게 했고, 대니를 미셸과 떨어뜨려 마음을 산산조각 냈고, 줄리아는 곧 처리할 것이고, 그다음은 매릴린, 헤더, 나를 끝장내고 그리고……

스테퍼니까지 해치울 것이다.

"검사는 빌리 워커에게서 직접 러브레터를 받았다더군." 개릿이 말했다. "형의 무덤 근처에 묻어놨다던데. 왜 전에는 아무 말도 안 했는지 모르겠지만 미친놈이 하는 짓에 멀쩡한 이유가 있겠어? 너도 알다시피 난 너희 아버지를 정말 존경했지. 우리는 늘 의견이 같았어. 성미가 급하시긴 했지만 내가 누군가는 꼭 해야 할 일을 해내고야 마는 사람이란 걸 알고 계셨지. 어려운 결정을 내릴 때면 나를 믿고 의지하셨어."

스테퍼니 푸가티. 나는 캐럴 박사의 책상에 놓여 있던 그애의 파일을 떠올렸다. 교정기를 끼고 바보처럼 희망차게 웃는 십대 아이의 환한 미소. 앞머리 아래로 엿보는 커다란 눈동자. 질리언과 닮은 구석들.

그애는 질리언을 꼭 닮아 있었다.

우리는 십자형 날개가 느리게 돌아가는 쓸쓸한 풍력 단지를 지나 작은 시골 마을을 빠르게 지나갔다. 빨간색과 흰색의 토니스 다이너 간판, 1학년 아이가 그려놓은 듯한 노란색과 검은색의 살룬* 간판, 처진 체인으로 울타리를 만든 낡은 주차장. 그러고 나서 다시 건조한 흙빛 언덕 사이를 외로이 달렸다.

---

* 과거 미국 서부 지역에서 흔히 볼 수 있었던 술집.

"돌아가신 분에 대한 기억을 망치는 인간들이 싫단 말이지."
개릿이 말했다. "너희 아버지의 단점을 온 세상에 떠벌린 그 편지
들을 참을 수가 없어."

나는 캐럴 박사의 서재에 있는 스테퍼니와 어린 파이널 걸들의
서류들을 생각했다. 왜 그걸 가지고 있는 걸까? 면회실에서 그녀
는 이렇게 말했다. "리넷 같은 여성이 생기지 않는 세상을 만들기
위해 내 인생 대부분을 할애했어요."

병보다 약이 나쁘다더니.

개릿은 차의 속도를 줄여 언덕으로 구불구불 이어지는 좁은 2차
선 아스팔트 도로로 방향을 틀었다. 짓다 만 채 버려진 집들을 지
나 그는 어느 집 뒤에 차를 세웠다. 창문이 깨지고 현관 조명이
있어야 할 자리에 전선들이 대롱대롱 매달린 집이었다. 지붕 절
반은 붉은색 점토 기와로 덮였고, 나머지 절반은 타르 종이가 갈
가리 찢겨 바람에 펄럭이고 있었다.

당연히 차를 세우겠지. 개릿이 자기 캐딜락 내부를 더럽힐 리
없었다. 그는 주차 모드로 기어를 바꾸고 시동을 끈 뒤 내렸다.
아주 잠깐 동안 나는 남은 선택지를 떠올려봤다. 많지 않았다. 절
반만 지어진 저 집으로 달려가 선공을 하면 될까?

개릿이 뒷좌석 문을 열자 나의 오른팔이 같이 딸려갔다. 내려
뜨린 왼손은 권총을 쥐고 있었다. 여기서는 길도 보이지 않았다.
나를 집안으로 데리고 갈 필요도 없어 보였다. 드디어 정답을 알
아냈지만 이미 늦은 지 오래였다. 나는 느려도 너무 느렸다. 너무
바보였다. 아무런 쓸모가 없었다.

"얼른 차에서 나와, 리넷." 그가 말했다. "이제 해결할 때가 됐

어."

"개릿." 내가 입을 열었다.

"아니." 그가 말했다. "마음을 정했거든. 돌아서."

나는 차 밖으로 나갔다. 머리가 핑 돌았다. 트렁크를 향해 몸을 돌리고 수갑이 채워진 오른팔을 뒤로 뻗었다. 스테퍼니를 구할 수 있다면 얼마나 좋을까. 내가 땅속에 대충 묻히면 누가 스테퍼니를 구해줄 수 있을까? 누가 그 아이에게 개릿 P. 캐넌과 캐럴 박사의 존재를 알려줄까? 적수가 너무 많았다. 결국 내가 아끼는 사람들을 실망시키고 말았다.

손목에서 딸깍 소리가 나더니 수갑이 풀렸다. 나는 눈을 감았다.

"뭘 기다리는 거야?" 개릿이 물었다. 목소리가 저멀리 있었다. 눈을 떠보니 그가 집으로 들어가고 있었다. "얼른 와."

개릿은 안으로 사라졌다. 도망치려면 지금이었다. 금방 숨어버릴 수 있을 것이다. 하지만 개릿이 무슨 꿍꿍이인지 알아야 했다.

호기심은 고양이를 죽여버리는 얼굴 없는 괴물이었다.

손목에 멍이 든 채 배고픔과 피로로 몸을 덜덜 떨며 돌투성이 앞마당을 가로질렀다. 나는 지저분한 콘크리트 조각을 집어들었다. 이 어두컴컴한 집으로 따라 들어가는데 뭐라도 손에 쥐고 있어야 기분이 나아질 것 같았다.

"그 망할 돌멩이는 대체 뭐야?" 그가 콜트 권총을 든 채 다시 밖으로 나왔다. "문진이라도 만들게?" 그는 내 손에서 콘크리트를 낚아채 마당으로 다시 던져버렸다. "햇볕 있는 곳에서 얘기하는 게 나을 거라 생각했거든. 솔직하게 말하자면 아직 파악이 안 됐단 말이야. 파악도 하기 전에 내 차가 도청될 수도 있으니까.

왜냐면 누군가가 나보다 빨리 이 모든 걸 파악하고 있거든."

나는 그를 바라보며 총을 든 손이 재빨리 올라오길 기다렸다.

"대체 뭐야, 린?" 그가 물었다. "내가 덮치기라도 할 줄 안 거야? 아, 이런. 내가 쏠 거라고 생각한 건가?"

"아니에요?" 내가 물었다.

"장난해?" 그가 웃었다. "시작부터 구린 냄새가 진동했잖아."

모든 게 이상해 보였다. 집, 마당, 개릿. 그가 오랜 친구처럼 나를 향해 미소 지었다.

"뭐라고요?"

판단이 서질 않았다. 바보가 된 기분이었다.

"내가 하나 말해주지, 리넷." 개릿이 말했다. "내가 그간 배운 게 하나 있다면 말이지, 그건 농락당하고 있다는 걸 알아차리는 거야. 20년이나 지나서 갑자기 충격적인 새 정보가 나타난다고? 그런 건 영화에서나 일어나는 거지, 현실에선 아니야. 빌리 워커가 검사들한테 편지 얘기를 꺼낸 건 누군가 널 구속시키고 싶어서였지. 그놈은 빌리 워커 같은 멍청이는 아닌 게 분명하고. 대체 왜일까? 네 외모는 한참 전에 다했어. 게다가 엉덩이는 빈약해서 떡을 칠 수도 없고. 할리우드 지인들에게 연락해봤는데 네 시리즈 영화는 방사능 폐기물급이라던데. 다들 떠올리고 싶어하지도 않는데 리부트 제작은 어림도 없겠지. 그럼 대체 누가 너한테 관심을 가지는 걸까? 난 그자들이 누군가를 보내서 널 프로보로 이송시킬 거라고 생각했지. 너랑 나랑은 그래도 사연이 있는 사이기도 하고. 그래서 내가 가겠다고 자원한 거야."

"안 믿어요." 내가 말했다.

"안 믿는다고?" 그는 화가 난 듯 입술을 핥았다. 그건 진실을 말하고 있다는 신호였다. "그 뻐꾸기 머저리가 움직일 때까지 사흘이나 그 경찰서에 있었다고! 내가 널 여기로 데려온 거야. 네 그 망할 몸뚱아리를 풀어준 게 나라고. 지금 일어나는 이 황당한 일을 내가 처리할 거야. 진심으로 존경했던 사람에 대한 기억이 똥칠되는 걸 볼 수 없으니까. 젠장. 어쩌면 이 일로 새 책을 낼 수 있을지도 모르지. 너랑 나랑 공동으로. 내 출판 에이전트 말이, 공동 집필을 하면 인세가 엄청날 거라던데. 특히 이런 식으로 다시 화제에 오른 사건이라면 더. 실력이 어마어마한 대필 작가를 구해놨지."

더이상 개릿을 쳐다볼 수 없었다. 황무지 한가운데서 나를 죽이지 않은 게 고마워서 바보 같은 짓을 할 것만 같았다. 이를테면 껴안는다거나. 그가 벗은 모습을 상상해봤다. 희끗해진 배털, 축 늘어진 엉덩이. 그 와중에도 카우보이 모자는 여전히 쓰고 있었다. 그 모습을 떠올리자 제정신이 바짝 들었다.

"그래서 누가 이런 짓을 하는 거예요?" 내가 물었다.

"네가 알고 있길 바랐는데." 그가 말했다. "누군가 너와 네 친구들을 조준하고 있지. 대체 누구 심기를 건드린 거야?"

배를 틀어막고 있던 마개가 빠지면서 긴장이 쓸려나가는 듯했다. 누군가가 마침내 내 말을 들어주는구나. 개릿 P. 캐넌뿐일지 모르겠지만 그래도 좋다.

"한 명 이상이에요." 내가 말했다. "그래야 맞아요. 크리스토프 볼커가 에이드리엔을 죽이러 간 후로 모든 일이 너무 순식간에 일어났어요. 미리 계획했다고 밖에는 볼 수 없을 정도로요. 누군가 러셀한테 전화해서 내 책에 대해 알려줬어요."

"책을 쓰고 있었어?" 그가 진심으로 상처받은 듯 물었다.

"출간하려고 쓰는 게 아니에요." 내가 대답했다. "누구한테 보여줄 생각은 전혀 없었어요."

"그럼 왜 쓰는 건데?" 그가 물었다.

"그냥 연습해본 거예요." 내가 말했다. "마음의 평화를 위해."

"히피 같은 소리 하고 있네." 그가 비아냥거렸다.

"근데 그걸 누가 가져갔어요." 내가 말했다. "내 컴퓨터에서요."

"비밀번호란 걸 들어는 봤나?" 그가 물었다.

나는 그의 말을 무시하고 계속 설명했다.

"놈들이 그걸 읽고 러셀 손을 줄리아한테 가게 한 거예요. 줄리아는 내 주소를 아니까 둘이 함께 내 집으로 왔어요. 우리가 거기 모이길 기다렸다가 쏜 거예요, 그게 누구든 간에. 그리고 헤더의 시설에 불을 지르고요. 그다음엔 해리 피터 워든이 대니 사건의 진범이라며 자백했고, 그다음엔 빌리 워커가 검사실에 내 편지의 존재를 알렸고요. 모든 게 너무 순식간에 일어나고 있어요."

"감옥 내부와 외부를 오갈 수 있는 자군." 개릿이 말했다. "그러려면 힘이 꽤나 들 텐데."

"캐럴 박사예요." 내가 말했다. "하나하나 따져보면 그래요. 우리를 이렇게 뒤집어놓을 줄 아는 사람은 그 사람뿐이에요."

"동기는?"

"머리가 어떻게 된 것 같아요." 내가 말했다. "우리를 치료하는 방법은 죽이는 것뿐이라고 생각하나봐요."

"미친 정신과 의사라……" 그가 놀라워하며 말장난을 하려 했다. "의사 선생님이 회진을 돌다가…… 돌아버렸군."

"그거 말고도 다른 동기가 있을지 몰라요." 내가 말했다. "새 책을 쓰고 싶은데 소재가 필요하다거나."

"그렇다면 정말 잔혹하군." 하지만 그의 목소리에는 존경심이 어려 있었다.

"업계가 잔혹하니까요." 내가 말했다. "빌리 워커와 해리 피터 워든의 면회 기록을 보면 둘 다 캐럴 박사의 이름이 있을 거예요."

"그 면회 기록들을 확인할 생각을 하는 사람은 천재일 것 같은 데. 안 그래?" 개릿이 말했다.

"그렇지만도 않아요."

"왜냐면 이 천재님이 이미 확인했거든." 그가 씩 웃었다. "워든은 아직 못 만나봤지. 하지만 빌리 워커의 명단에는 주구장창 면회를 온 사람이 하나 있더군. 그 여자 의사가 아니야. 대신 사람을 보냈겠지. 너희 그 파이널 무리 중 하나야."

그가 말하기도 전에 나는 누군지 알았다.

"크리시 머서야." 그가 말했다.

내가 예상한 건 헤더였다.

"아!" 그렇게 답하긴 했지만 헤더가 다시 내 편으로 돌아온 것만 같아 잠시 안도했다.

"그럼 말이 되지." 그가 말했다. "그 여의사는 파이널 걸을 수집하는 걸 좋아하니까. 얼마나 빠짐없이 모았는지 네게 말해주지 않았을 뿐이지."

안도감은 사라지고 다시 구역질이 올라왔지만 상관없었다. 충분히 가능한 일이었고, 그렇다면 사실인지 확인해야 했다.

"내가 워든과 진지하게 얘기해볼 테니까 넌 그 미치광이 크리시와 얘기를 해보라고." 그가 말했다. "크리시한테 반응을 얻을 수 있을까 해서 네 상반신 누드 사진도 가져왔지."

어련히 그 사진을 간직하고 있겠지.

"프로보는 어떡하고요?" 내가 물었다.

"젠장." 그가 말했다. "널 프로보로 데려갈 생각은 애초부터 없었어, 린. 그랬다간 너희 아버지가 무덤에서 나와 나를 죽이실걸. 자, 가자고."

그는 건축 공사의 잔해물을 가로질러 가더니 트렁크를 열었다. 거기에는 나의 비상용 가방과 허리가방이 있었다. 권총도, 현금도, 핸드폰도 그대로 들어 있었다.

"네 핸드폰 충전하고 이것저것 하느라 500달러 좀 썼지." 그가 말했다. "내게 주는 수고비라 생각해. 청구서는 나중에 보낼 테니까. 넌 사업 경비로 공제하면 돼. 자, 이제 '고맙습니다'라고 말하는 게 적절할 것 같군. 네가 사회생활 눈치가 없긴 하지만."

"그러면 개릿은 어쩔 건데요?" 내가 화제를 바꿨다.

"내가 뭐?" 그가 받아쳤다. "네가 복통을 호소하는 바람에 내가 차를 세웠는데 네가 사람들을 대기시켜뒀다가 나를 덮친 걸로 하지. 두 명, 아니 세 명의 흑인으로 하고, 키는 180에서 190 사이, 몸무게는 90킬로그램으로 하자고. 그중 한 명은 소드오프 엽총을 들고 있었던 거야. 아니다. 한 명은 스킨헤드로 하자고. 그래야 덜 인종차별적이니까."

"스킨헤드 한 명과 흑인 두 명이라고요?" 내가 물었다.

"너는 내 눈을 한 대 치고 여기저기 헝클어놓은 뒤 차에다가 나를 수갑 채우기만 하면 돼." 그가 말했다. "그런 다음 산을 타고 아까 지나온 식당으로 가. 40분 정도 걸으면 돼. 거기서 택시를 불러. 넌 머리가 있잖아, 린. 워든 관련해서 연락할게. 그 의사도 내가 눈여겨보고 있을 테니까 너는 미치광이 크리시를 찾으라고. 지금 너의 그 직감을 쫓아. 우리 책이 베스트셀러가 되려면 증거가 필요해."

"스스로 때리지 그래요?" 내가 물었다.

"예술작품을 내 손으로 훼손할 순 없지." 그가 씩 웃었다. "자, 어서 하라고. 그만 노닥거려." 그는 딸깍 소리를 내며 권총을 총집에 넣었다. "반사신경이 발동해서 널 쏘고 싶진 않거든. 내 오른쪽 눈을 노려. 그 조막만한 손으로 어디 멍들게 할 수 있는지 보자고."

그때 나는 개릿 P. 캐넌이 내 목숨을 세번째로 구해줬다는 사실을 깨달았다.

"흑인 두 명에 스킨헤드 두 명이 더 신빙성 있는 것 같나?" 그가 물었다.

나는 할 수 있는 한 세게 무릎으로 그의 사타구니를 가격했다.

"으어어어억!" 그가 비명을 지르며 옆으로 쓰러져 뒤늦게 손으로 사타구니를 감쌌다.

"그냥 열받은 여자 하나였다고 해요." 내가 말했다.

나는 그의 손에서 열쇠를 빼앗아 캐딜락에 올라탔다. 그가 일어나려고 발버둥을 치는 동안 그의 주변을 크게 한 바퀴 돌았다. 페달을 힘껏 밟고 내 뒤로 흙먼지 구름을 일으키며 아스팔트 도로를 달려 고속도로로 향했다. 에어컨을 세게 틀고 액셀을 밟았다. 미치광이 크리시를 쫓기 전에 급히 들러야 할 곳이 있었다.

차갑게 식긴 했지만 칼스 주니어 버거는 일주일간 입에 넣은 것 중 가장 아름다운 맛이었다.

1991년 저의 고등학생 남자친구와 그의 친구들은 여덟 명의 급우를 살해했습니다. 저를 그들의 역겨운 환상에 나오는 '파이널 걸'로 만들려는 시도였습니다. 그들은 공포영화, 특히 극도로 폭력적인 '슬래셔' 장르를 보면서 잘못된 소망을 길렀습니다.

여러 명의 심리치료사와 가족, 친구들, 그리고 항우울제와 항불안제의 도움으로 저는 고등학교를 졸업하고 윈저대학에 입학했습니다. 저는 어둠을 뒤로하고 제 삶을 이어나갈 수 있을 거라 믿었습니다. 그러나 윈저대학 1학년 1학기 때 레이먼드 칼턴을 알게 됐습니다. 그는 운동도 잘하고 똑똑하고 호기심과 동정심이 많고 재미있고 따뜻하고 친절했습니다. 현실에 존재하기엔 너무 좋은 사람이었습니다.

역시나 그런 사람은 존재하지 않았습니다. 레이는 유명해지고 싶다는 소시오패스적 욕망을 온화함으로 위장하고 있었습니다. 그는 제가 다닌 고등학교에서 일어났던 살인을 재현하기 위해 신입생 동기 다섯 명을 살해했습니다. 제 룸메이트를 죽이는 모습을 목격한 제가 그를 기숙사 3층 창문 바깥으로 던져버린 후에야 그의 살인은 멈췄습니다. 그때 그를 밖으로 던지면서 얻은 부상 때문에 저는 지금까지 불완전마비로 살고 있습니다. 구급대원들이 최선을 다했음에도 제 룸메이트는 사망했습니다.

지금까지도 레이먼드 칼턴은 그의 폭력적인 행위를 옹호하는 팬들에게 답신을 보내고 있습니다. 저는 그가 음험한 환상을 행동으로 옮기게끔 팬들을 부추기고 있다고 생각합니다. 당국이 아무리 노력해도 그의 소통 창구를 전부 차단할 수는 없는 것처럼 보입니다.

이러한 이유로 저는 레이먼드 칼턴의 가석방 신청을 기각해주시길 부탁드리는 편지를 재차 올리게 되었습니다.

줄리아 캠벨 드림
Julia Campbell

줄리아 캠벨, 캘리포니아 교정국 가석방 심사위원회에 보낸 편지, 2009년 2월

파이널 걸 서포트 그룹 14
새로운 피

    단순하게 가기로 했다. 그냥 스테퍼니 푸가티를 납치할 생각이었다.

    언론이 며칠 동안 푸가티 가족의 집에 몰려들었기 때문에 주소를 찾는 건 어렵지 않았다. 산타모니카에 위치한 좋은 동네였다. 나는 가능한 한 천천히 차를 몰아 집 건너편에 주차했다. 침실이 세 개 있는 2층짜리 집으로, 차 두 대가 들어가는 차고에 구석구석 잘 가꾼 정원이 딸려 있다. 스테퍼니가 두 자녀 중 맏이라고 했으니까 차고 위에 있는 큰 방을 쓸 확률이 높았다. 관목을 헤치고 들어가 차고 지붕에 올라간 뒤 밖으로 나오라고 스테퍼니를 설득할 생각이었다. 구체적인 방법은 생각해두지 않았지만 딱 며칠만 그애를 안전한 곳에 데리고 있으면 된다. 우리의 괴물들은 지나치게 흥분한 나머지 일을 오래 끌고 가진 못하는 편이니까.

    요란스럽게 굴 필요도, 호들갑을 떨 필요도 없었다. 나의 계획은 바보도 할 수 있을 만큼 간단했다. 나는 미래로 돌진하는 화살이었다. 올바른 결정을 내렸다는 느낌이었다.

운전석 문을 열고 여전히 한낮의 열기를 내뿜는 아스팔트에 올라섰다. 문을 닫으려는 찰나 한 남자의 목소리가 들렸다. "왜 우리집을 지켜보고 있는지 말해. 아니면 경찰을 부를 테니까."

반바지에 오래된 옥스퍼드 셔츠 차림의 남자가 길 건너 야자수 그늘에 서 있었다. 내가 집을 쳐다보는 동안 나를 관찰한 듯했다. 한 손에는 핸드폰을 쥐고 다른 한 손에는 목줄을 쥐고 있었다. 줄의 끝에서 안짱다리 치와와가 나를 노려보았다.

집에 정신이 팔려서 주변을 확인하는 것을 까먹었구나.

"방송국들이 일주일 내내 집 초인종을 울려댔잖아요." 나는 말을 지어내며 남자가 통화 버튼을 누르고 있는지 그의 손을 확인했다. "동네 사람들이 찾아오고, 전화는 끊임없이 울리고. 정체를 속인 사람들도 이미 여럿 만나보셨겠죠. 그런 사람들이 미래에 따님의 스토커가 되고 극성 팬이 되는 거예요. 왜 화가 나셨는지 이해가 돼요."

그는 핸드폰을 손가락으로 세 번 두드리더니 다시 엄지손가락을 화면 위에 가까이 갖다댔다.

"전화 겁니다. 셋, 둘……"

나는 한 걸음 앞으로 나서며 양손을 허공에 들어올렸다.

"로라 뉴베리 박사예요." 나는 미소를 지었다. "스테퍼니처럼 어린 환자들을 돌보는 심리치료사예요. 제 업무 파트너인 캐럴 엘리엇 박사님 이름을 들어보셨겠죠."

그는 만화 속 인물처럼 입이 떡 벌어지더니 전혀 다른 사람으로 변모했다. 핸드폰을 든 손을 나에게 내밀다가 깜짝 놀라며 허둥지둥 주머니에 핸드폰을 넣고 축축한 손바닥으로 내 손을 붙잡아 힘껏 위아래로 흔들었다.

"저희가 남긴 음성메시지를 들으셨군요." 그는 몹시 안도했다는 표정을 지었다.

"엘리엇 박사님이 시간이 나지 않아서요." 내가 꾸며냈다. "그래서 저를 보내셨어요."

어렵겠지만 이 방법이 나을지도 모르겠다. 푸가티 부부를 설득해서 스테퍼니를 보다 안전한 곳으로 빼내는 것이다. 내가 캐럴 엘리엇 박사의 파트너인 이상 우리를 찾으러 사람을 보내지도 않을 터였다. 그러면 운전도 천천히 할 수 있고 생각도 더 명료해질 거다. 몇 시간을 번 셈이었다.

"딸에게 저들이 무슨 짓을 하는지 짐작도 못하실 겁니다." 그가 말했다.

"음, 짐작이 가요, 사실은."

"켄 푸가티라고 합니다." 그는 여전히 이 모든 것이 놀라운 듯 미소를 짓고 있었다. "제 아내가 안심할 수 있겠어요. 실례가 되지 않는다면 신분증을 좀 봐도 될까요? 만약을 위해서요."

"물론이죠." 나는 캐딜락 문을 닫기 위해 뒤로 물러서면서 그가 내 총을 보지 못하게 허리가방에 손을 뻗었다. 거기에는 다섯 종의 신분증이 있었다. 맞는 걸 찾는 데 몇 초가 걸렸다.

9/11 이후 위조 신분증 단속이 극심해졌기 때문에 나는 중국에서 책 사이에 신분증을 넣어 배송하는 추가 비용까지 지불했다. 오프셋 인쇄, 다이커팅, 뒷면의 마그네틱스트립, 주 정부가

발행한 신분증과 동일한 바코드. 유일하게 다른 게 있다면 앞면 뉴베리 박사의 이름 옆에 레이저로 새겨진 내 사진이었다.

"면허증이 만료됐네요."

"갱신할 생각이었어요."

"2년 전에 만료됐네요."

"바빠서요."

치와와가 눈도 깜빡이지 않고 나를 쳐다보았다.

"엘리엇 박사에게 전화해보셔도 좋아요." 내가 말했다. "번호를 알려드릴게요. 오늘은 팩스 학교의 교사 학부모 간담회에 가 있겠지만요. 팩스는 박사의 아드님이에요. 그렇지만 전화해도 괜찮을 거예요."

치와와는 여전히 눈을 부라리고 있었다. 이 녀석은 대체 왜 이러는 거야?

"들어오시죠." 켄이 말했다. 유명인을 만난 나머지 그는 경각심을 잃고 자신의 집으로 걸어갔다. "기자들은 다 간 것 같지만 누가 알겠습니까. 박사님이 여기 있는 걸 다른 사람이 알면 정말 골치 아파질 겁니다."

"정말 그래요." 내가 켄을 따라 그늘진 길을 걸어가며 말했다.

나는 호흡을 조절하며 침착하려고 노력했다. 유명한 트라우마 전문 의사의 파트너가 걷는 것처럼 자신감 있고 멋지게, 모든 정답을 알고 있는 것처럼 걸어갔다. 머릿속으로는 중얼중얼 주문을 외우며.

나는 뉴베리 박사다. 나는 뉴베리 박사다. 나는 뉴베리 박사다.

"스테퍼니는 평소처럼 행동하고 있어요." 그가 돌아보며 말했다. "하지만 감당하기 어려운 일일 거예요. 열여섯 살이 되기 전에 이런 일을 두 번이나 겪는 게 말이 되나요? 테니스 사건 이후로는 잠도 못 잤어요. 테니스 치는 것도 관뒀고요. 그게 아이 인생의 전부였는데. 몸무게도 줄었고요. 그러다가 레드 레이크에 나가기 시작하더니 펑! 사람이 180도 바뀌었어요. 그런데 이 일까지 생기다뇨? 이젠 아이에게 뭘 해줘야 할지 모르겠어요, 저희는."

현관문으로 들어가는 대신 그는 흰색 대문을 열었고 우리는 집 옆으로 빙 돌아갔다. 창문이 너무 많았다. 스테퍼니를 위해 뭘 해줘야 할지 모르겠다고? 진입 가능 지점을 막는 것부터 시작하세요. 그게 그들이 해야 할 일이었다. 접근하기 어렵게 만드는 것. 실제로 비상사태가 일어나고 있는 것처럼 행동하는 것.

치와와가 나를 계속 쳐다보는 사이 켄은 부엌 쪽 문을 열었고, 나는 그나마 문을 잠가둔다는 것에 안도감이 들었다. 문 가장자리를 빙 둘러가며 문틈막이가 붙어 있었고, 그가 문을 세게 열자 공기를 빨아들이는 소리가 났다. 나는 그를 따라 신선한 레몬 냄새가 나는 고급스러워 보이는 부엌으로 들어갔다.

금발이지만 모발의 뿌리는 희끗한 여인이 싱크대에 기대서서 우리를 바라보고 있었다. 창문으로 우리가 들어오는 것을 지켜본 듯했다. 하나하나 전부 설명해줘야 직성이 풀리는 성격의 여자처럼 보였다.

"셰릴." 켄 푸가티가 말했다. "엄청난 일이 일어났어."

켄이 치와와의 목줄을 푸는 동안 셰릴이 나의 얼굴을 훑었다. 부엌의 가스레인지는 사람 얼굴도 익혀버릴 수 있을 정도로 컸다. 셰릴 옆에 있는 칼꽂이에는 독일제 칼이 가득했고, 아일랜드 식탁 위에 올려진 나무 도마에는 두개골도 부술 것 같은 고기 연육기가 있었다. 셰릴의 손이 닿는 곳에 나를 공격할 수단이 너무 많았다.

"누구예요?" 셰릴이 물었다.

"엘리엇 박사의 파트너셔." 켄이 치와와를 집안으로 들여보내며 대답했다.

우리는 서로를 멀뚱히 바라보았고 나는 그제야 손을 내밀었다.

"뉴베리입니다. 스테퍼니가 이 일을 견뎌낼 수 있도록 캐럴과 제가 최선을 다하겠습니다."

셰릴은 갑자기 나에게 다가와 고개를 옆으로 틀어 머리를 젖혔다. 눈이 벌게지고 있었다. 몸을 나에게 밀착하고 손을 내 견갑골에 올렸다. 머리카락이 나의 시야를 가렸다. 셰릴이 자신의 몸을 바짝 붙여 내 팔을 고정시키고 움직이지 못하게 했지만 나는 수상 좀 해본 심리치료사의 파트너답게 그녀를 껴안았다.

나는 뉴베리 박사다. 나는 뉴베리 박사다. 나는 뉴베리 박사다.

"고맙습니다." 셰릴이 속삭였다. "정말 너무 감사해요."

"거실에서 얘기를 나눌까요?" 켄이 물었다.

나는 창문이 너무나 많은 거대한 하얀색 집을 걸어가면서 현관문의 잠금장치를 확인했고(데드볼트 하나, 체인 하나) 최근 설치한 경보 제어판도 발견했다. 전등이란 전등은 다 켜져 저녁의 어둠이 다가오지 못하게 하고 있었다.

"엘리엇 박사님이 쓴 책은 다 있어요." 셰릴이 바닥부터 천장까지 이어진 책장으로 가며 말했다. 그녀의 손이 책장 선반을 훑으며 올라갔고, 그 끝에 캐럴 박사의 책이 있었다. 제목을 잘 뽑아야 성공한다는 것을 미처 깨닫지 못하고 냈던 첫 책, 『심리치료사의 트라우마 가이드』도 있었다. 그 책을 바라보는 셰릴의 손가락이 뻣뻣하게 굳었다.

"스테퍼니를 위해 빠르게 움직여야 해요." 나는 중요한 말을 꺼내듯 하얀색 소파에 앉아 생명을 구하는 데 최선을 다하는 의사처럼 말했다.

푸가티 부부가 다른 편 소파 옆에 서 있었으므로 나는 빈 거실을 등지고 앉아야 했다. 내 뒤의 텅 빈 공간 때문에 소름이 돋았다.

켄과 셰릴은 나란히 앉았다. 셰릴은 경직된 자세였고 켄은 팔꿈치를 무릎에 괴었다. 우리 사이에 놓인 낮은 스칸디나비안 커피 테이블에는 은으로 만든 학 한 마리와 유리구슬 세트가 놓여 있었는데, 학은 눈을 찌를 만큼 부리가 날카로웠고 유리구슬은 사람 이를 으깰 만큼 무거워 보였다.

"이렇게 오시다니 믿기지가 않아요." 셰릴이 말했다. "엘리엇 박사님은 아니시지만, 박사님이 아무나하고 일하진 않을 테니까요. 책을 내신 적이 있나요? 여기 이렇게 계시다는 게 엘리엇 박사님이 있는 것과 마찬가지 아니겠어요? 엘리엇 박사님도 이따가 오시나요? 물론 엘리엇 박사님과 상관없이 뉴베리 박사님도 훌륭한 치료사이시겠지만요."

"여보. 박사님이 말씀하시게 둬." 켄이 셰릴의 무릎에 손을 얹으며 말했다.

"죄송해요." 셰릴은 이를 드러내며 어색하게 웃었다. "일주일 내내 힘들었어서요."

우리는 셰릴이 휴지를 찾아 눈가를 두드려 닦고 코를 푸는 모습을 잠자코 바라보았다.

"매주 수백 통씩 전화를 받지요." 나는 엄청나게 많은 환자를 엄청 열심히 치료하는 캐럴 박사가 할 법한 말을 했다. "하지만 스테퍼니는 트라우마를 얻은 피해자 중에서도 굉장히 독특한 유형에 속해요. 그게 제가 온 이유이기도 합니다."

"아이가 괜찮을까요?" 셰릴이 작은 목소리로 물었다.

"아니요. 그건 불가능합니다." 다른 사람 흉내를 내고 있긴 하지만 이것만은 거짓말하고 싶지 않았다.

"뭐라고요?" 셰릴의 표정이 무너졌다.

"스테퍼니를 안전하게 지키는 게 저희의 최선이에요." 전혀 캐럴 박사답지 않은 말이었다.

"제 말이 그 말입니다." 켄이 셰릴의 손을 어루만지며 말했다. "일단 아이가 안전해야 다른 본격적인 치료도 시작할 수 있겠죠."

"스테퍼니가 언론에서 소위 말하는 파이널 걸이란 것을 이해하셨으면 합니다." 내가 말했다.

셰릴이 이맛살을 찌푸렸다.

"아니요. 그렇지 않아요."

"부정한다고 스테퍼니를 도울 수 있는 건 아니에요." 내가 말했다.

"아니요." 셰릴이 일어섰다. "엘리엇 박사님의 의견이 듣고 싶네요. 박사님과 얘기할 수 있을까요? 박사님의 생각을 알고 싶어요. 당신이 좋은 치료사라는 건 알겠지만 우리가 부른 건 엘리엇 박사님이에요."

두 사람 때문에 좌절감이 들기 시작했다.

"어머니." 내가 큰 소리로 단호하게 말했다. "어머니가 모르시는 일들이 일어나고 있어요. 스테퍼니의 안전과 직결되는 일이에요."

"뭐라고요?" 켄이 보지도 않고 셰릴의 손을 붙잡았다. 셰릴은 다시 자리에 앉았고 두 사람은 자신도 모르게 서로에게 몸을 기댔다.

"일주일 전, 누군가 로스앤젤레스에 사는 파이널 걸들을 표적으로 삼기 시작했어요." 내가 말했다.

"파이널 걸 중에 여기 사는 사람이 있다고요?" 셰릴이 끼어들었다.

"전부 여기에 살아요." 내가 말했다. "에이드리엔 버틀러라는 이름은 익숙하시겠죠. 그분이 죽은 바로 다음날 누군가가 줄리아 캠벨과 리넷 타킹턴을 공격했어요."

"리넷 타킹턴이 누구예요?" 셰릴이 물었다.

장난하나?

"파이널 걸이요."

"그런 파이널 걸도 있었어?" 셰릴이 켄에게 물었다.

"그건 중요하지 않아요." 그들이 집중하지 않자 짜증이 치밀었다. "중요한 건 스테퍼니가 위험에 처했다는 겁니다."

"경찰이 세 시간마다 순찰을 돌아요." 켄이 말했다. "사설 경호인을 고용할까 생각도 했지만 이웃들이 싫어할 것 같아서요. 안 그래도 불만들이 많은데, 외부인이 자기들 마당을 돌아다닌다면 더 질색할 거예요. 그래도 진행을 하는 게 나을까요?"

"경찰, 경호인, 다 쓸모없어요." 내가 말했다. "괴물이 파이널 걸을 쫓아오기 시작하면 아무것도 막을 수 없어요."

"하지만 크리스토프 볼커는 죽었잖아요." 셰릴이 말했다.

"볼커는 적절한 예가 아니에요." 내가 말했다. "이건 볼커를 넘어선 문제니까요. 위험은 실재하고, 한시라도 빨리 처리해야 해요."

나무 바닥을 뭔가가 탁, 탁, 탁 치는 소리가 울리더니 치와와가 방으로 깡충깡충 뛰어들어왔다.

"이리 와, 고든." 셰릴이 강아지를 들어올렸다. 치와와는 셰릴의 무릎에 앉더니 나를 다시 뚫어져라 쳐다보기 시작했다. 맙소사.

나는 뒤를 돌아보고 싶었다. 이렇게 큰 공간이 내 뒤에 있는 게 싫었다. 쪼끄만 강아지의 눈이 나를 집요하게 바라보는 게 싫었다. 하지만 저명한 치료사의 파트너라면 뒤를 돌아보지 않을 것이다. 저명한 치료사와 그의 파트너는 작은 개를 겁내지 않을 것이다.

"당신이 스테퍼니를 마지막으로 본 게 언제지?" 켄이 묻더니 아내가 대답을 하기도 전에 복도로 가서 계단을 향해 외쳤다. "스테퍼니, 잠깐 여기 내려와볼래? 스테피?"

켄은 우리 쪽으로 돌아서서 어깨를 으쓱해 보였다.

"얼굴을 보면 마음이 더 놓여서요." 그가 말했다.

셰릴과 치와와가 나를 바라보는 사이 위층의 문이 열리더니 스테퍼니가 나와서 구부정한 자세로 난간을 잡고 내려와 소리 없이 거실로 들어섰다.

스테퍼니는 주변을 확인하지도 않았고, 문 뒤를 바라보지도 않았다. 달려야 할 만약의 경우를 위해 신발을 신고 있지도 않았다.

아기처럼 포동한 부드러운 얼굴에 피부는 눈이 부시게 하얬다. 치아교정기는 이제 뗀 상태였고 시커멓게 머리를 염색하고 시커먼 립스틱을 칠했다. 검은색 티셔츠에 검은색 바지. 스테퍼니는 이 깨끗하고 새하얀 현대식 거실 한가운데 있는 작은 검은색 별이었다.

"불렀어요?" 스테퍼니는 그렇게 말하고 바깥에서 아버지가 했던 것과 똑같이 O자 모양으로 입을 떡 벌렸다. "세상에, 그쪽 은······"

스테퍼니의 혀가 윗니 뒤를 치며 L을 발음하려는 것이 보였다. 나는 일어나 방금 스테퍼니의 엄마가 했던 것처럼 아이에게 달려들어 등을 감싸며 와락 껴안고 몸을 바짝 붙였다.

"넌 이제 안전할 거야, 스테퍼니." 내가 말했다. "나는 뉴베리 박사란다. 캐럴 엘리엇 박사와 함께 일해. 네 안전 문제로 부모님과 상의하려고 왔어."

스테퍼니가 뒤로 물러섰다.

"왜요?" 그녀가 물었다. "무슨 일 있어요?"

"아무 일도 없단다, 애야." 켄이 아버지의 듬직한 손을 스테퍼니의 어깨에 올렸다. "넌 여기서 완전히 절대적으로 안전하니까."

"아버지가 널 안심시키려는 거야." 내가 아이의 눈을 마주하며 다른 편 어깨에 손을 올렸다. "현실은 그렇지 않아. 언제든 파이널 걸을 죽이고 다니는 정신 나간 미친놈에게 살해당할 수 있어."

"제가 파이널 걸이라고요?" 스테퍼니의 목소리가 올라갔다.

"넌 파이널 걸이 아니야." 스테퍼니의 엄마가 말했다.

"맞아." 내가 말했다. "넌 파이널 걸이야."

스테퍼니는 내가 앉았던 소파로 천천히 걸어가 털썩 앉았다.

"누가 또 나를 죽이려 하나요?" 스테퍼니가 몸을 움츠렸다. "왜요? 제가 뭘 했는데요?"

아이의 어머니와 아버지는 그 말을 즉시 되받아쳤다. 위로의 말과 안심시키는 말이 방을 가득 채웠다. 딸의 경계심을 풀어주려고 사실이 아닌 말들을 해댔다. 나는 스테퍼니의 옆에 앉았다. 아이의 눈을 바라보았다. 그리고 그애에게만 말을 걸었다.

"이게 지금 네 인생인 거야." 내가 말했다. "이게 너인 거야. 이유가 있는 것도, 네가 자처한 것도 아니고 당해도 싼 일도 아니야. 하지만 이걸 해결 못하면 넌 죽게 될 거야."

"보세요." 셰릴의 목소리를 뚫고 켄이 끼어들었다. "우리 딸에게 이렇게 트라우마를 안기는 게 마음에 들지 않는군요. 이건 생산적인 방법이 아니에요."

"뭐가 생산적이지 않은지 아세요?" 나는 스테퍼니에게 눈을 떼지 않고 말했다. "세계 최고의 트라우마 전문가가 여기 이렇게 앉아 경고해주는데도 위험을 심각하게 받아들이지 않아 딸아이를 죽게 놔두는 거예요."

"엘리엇 박사님 전화번호가 뭡니까?" 켄이 물었다.

"우린 지금 스테퍼니에게 집중해야 해요." 내가 말했다. "저랑 가게 보내주시면 앞으로 사흘 동안 안전하게 지켜줄 수 있어요. 살아남을 거라고 장담해요."

셰릴이 치와와를 양손으로 껴안았다.

"어디로 데려갈 건데요?" 켄이 물었다.

"말해줄 수 없어요." 내가 당당하게 말했다. "하지만……"

초인종이 울렸다.

"이따 얘기하시죠." 켄이 말하며 나를 지나 복도로 갔다.

현관문이 열리더니 목소리가 들렸다.

"이렇게 늦은 시간에 죄송합니다. 저는 캐럴 엘리엇 박사고요, 따님이 제 환자 한 명 때문에 위험한 상황에 빠질까봐 걱정이 됩니다만."

"여보?" 복도에서 켄이 부르자 셰릴은 치와와를 뒤에 두고 순식간에 나를 스쳐 달려갔다.

"스테퍼니." 내가 아이의 눈을 바라보며 말했다.

"리넷 타킹턴 맞죠." 스테퍼니는 거의 넋이 나가 있었다.

"나를 믿어야 해." 내가 다급하게 말했다. "바깥의 저 여자가 널 죽이려 해. 널 안전하게 지켜주고 싶어."

"뭐라고요?"

복도에서 이런저런 대화가 빠르게 오가는 소리가 들렸다. 무슨 내용인지는 알 수 없지만 금방 거실로 돌아올 듯했다.

"너랑 나는 파이널 걸이야." 내가 말했다. "우리는 서로를 이해해. 사흘 후에도 살아남고 싶다면 당장 나랑 같이 와."

나는 일어나 집 뒤로 이어지는 복도로 걸어갔다. 스테퍼니가 뒤에서 발을 맞춰 걷는 기척이 느껴지자 내 마음은 꽃처럼 만개했다.

"리넷?" 캐럴 박사가 뒤에서 외치는 소리가 들렸다.

나는 왔던 길을 돌아가 캐럴 박사에게 빠르게 달려들면서 내 허리가방의 지퍼를 열고, 박사의 머리에 총을 겨누고, 방아쇠를 세 번 당기는 상상을 했다. 하지만 그러면 나는 감옥에 갈 것이다. 캐럴 박사가 혼자서 이 일을 벌였을 리 없으니 그 일행이 움직이면 스테퍼니를 지키지 못하게 된다.

"이봐!" 켄이 외쳤다.

"멈춰!" 캐럴 박사가 소리를 질렀다.

"스테퍼니!" 셰릴이 갈라진 목소리로 날카롭게 외쳤다.

나는 뒤로 손을 뻗어 스테퍼니의 손목을 붙잡고 휙 내 쪽으로 잡아당겼다. 우리는 부엌을 지나 공기를 빨아들이는 소리가 나는 옆문을 나와 집을 뼁 돌았다. 그들은 앞마당으로 가 막아서는 대신 바보처럼 우리를 따라왔다. 스테퍼니의 맨발이 길을 달리며 쩍쩍 날고기를 내려치는 소리를 냈다. 그 소리는 풀밭을 가로지르며 잦아들었다가 다시 개릿의 캐딜락을 향해 아스팔트 위를 달려가면서 커졌다.

나는 운전석 문을 열어 스테퍼니를 벤치 좌석* 저편으로 쑤셔 넣은 뒤 뒤따라 기어들어가 시동장치에 열쇠를 꽂고 비틀었다. 엔진이 우렁차게 울리는 순간 캐럴 박사가 앞마당을 가로지르며 달려왔다. 흰색 블라우스를 입고 있었다. 오는 길에 머리와 화장까지 했다. 그만큼 자신 있다는 얘기였다. 내가 먼저 스테퍼니에게 접근할 거라고 예상하지 못한 것이다.

"저 사람은 누구예요?" 스테퍼니가 의아해하는 동안 나는 힘껏 액셀을 밟았고 커다란 차가 앞으로 미끄러지며 나아갔다.

나는 캐럴 박사 옆에서 급격히 방향을 틀었다.

---

* 1960~70년대 구형 자동차는 운전석과 조수석 사이에 간격이 없고 벤치 형태로 이어진 경우가 많았다.

"우릴 죽이려는 여자야." 내가 말했다. "저 사람 말고도 더 있어. 훨씬 많아. 바닥에 앉아서 사람들 눈을 피해. 나는 전략을 짜야 하니까. L.A.를 빠져나가면 무슨 일이 일어나고 있는 건지 얘기해줄게."

스테퍼니는 아무런 이의 없이 바닥으로 내려가 입을 다물었다. 착한 소녀. 똑똑한 소녀. 최후의 소녀, 파이널 걸.

체스팅 일동
밥, 넌 우리의 스타였어. 네가 없는 체스 클럽은
절대 예전 같지 않을 거야. 우리의 킹이
'체크메이트' 됐으니까.
　　　　　- 너의 친구 맥스, 에버렛, 루크, 진

왜 최고로 멋진
우리 언니를 데려갔는지
모르겠어요.
집으로 돌아와, 린다.

♡ 줄리

괴물 자식, 왜 우리의
유일무이한 친구를 데려간 거야?
우리 강아지는 죽었지만
예수님 곁으로 갔어.
올리비아, 언제나 네가 보고
싶을 거야. 방에 늘 널 위한
따뜻한 침대를 마련해놓을게.

XXX 사랑을 담아,
　　OOO 스칼로티 가족 모두가.
　　　　(특히 질이.)

로버트에게 ─────
　아들아, 우린 네가 사랑스럽구나.
　영원히 네가 그리울 거야.
　　　　　- 엄마랑 아빠가

우리 아기 린다,

너희 엄마와 나는 네 웃음이,
우리가 함께했던 행복한 시간이 너무나 그립구나.
그렇지만 우리 천사, 이제 아프지 않고
하느님 품에서 안전하겠지. 너를 너무나 사랑한다.
언젠가 다시 만나자.

　　　　　　　　사랑해.
　　　　　　　　엄마와 아빠가.

시프먼 가족 새끼들
당장 짐 싸서
동네에서 꺼져라.
이곳 아무도
너희를 좋아하지 않으니까.
애새끼들이 전부
살인범이 됐다면 부모도
거울 좀 볼 때가 됐지.

이 동네 경찰들은 언제쯤
길거리 범죄의 위험성을
진지하게 받아들일 건가?
나태한 경찰들이
세금만 축내니까
이런 일이 생기는 거다.

　　　　-걱정스러운 시민

파이널 걸 서포트 그룹 15
꿈의 전사들

우리는 10번 고속도로를 타고 405번 방향으로 달렸다. 고속도로를 막을 확률은 일반 도로보다 낮지만, 그래도 우리를 저지할 방법은 많았다. 아이 유괴 경보, 고속도로 경찰, 교통 카메라, GPS 추적, 라디오 방송 등. 개릿의 캐딜락은 한번 보면 누구나 기억하는 차였다. 네온사인을 운전하는 셈이었다.

스테퍼니의 핸드폰에서 팝송이 울렸다.

"엄마예요." 스테퍼니가 조수석 바닥에서 화면을 보여줬다.

이 차로 지금 차선에서 속도를 내려니 어마어마한 힘이 들었다. 나는 계속 앞만 바라보았다.

"네게 아무 일 없다고 해. 경찰에 연락하지 말라고. 널 유괴하는 게 아니고 안전하게 지켜주는 거니까." 내가 말했다.

"저한테 그런 말을 하게 시켰다고 생각할걸요." 멈추지 않는 팝송이 내 신경을 긁어댔다. "총을 갖고 있다고 생각할 거예요."

"갖고 있어." 나는 그렇게 말하고 생각을 바꿨다. "갖고 있다고 말하지 마."

"엄마." 스테퍼니가 핸드폰을 얼굴 옆에 갖다대며 말했다. "전……"

내가 북부 405번을 탈 때까지 스테퍼니는 말 한마디 못하고 잠자코 듣기만 했다.

"이 사람은 나를 보호해줄 수 있어요." 스테퍼니는 마침내 그렇게 응수하고는 다시 또 침묵했다. "네, 그러니까 저는, 이 사람이 누군지 정확히 알고 있어요." 침묵. "미친 사람 아니에요. 이 사람 의사가 뭐라든 저는 신경 안 써요. 엄마?" 침묵. "엄마?" 침묵. "엄마!"

내가 손을 뻗자 스테퍼니는 바로 핸드폰을 넘겨줬다. 벌써 우리 사이에 라포르가 형성된 것이다. 캐딜락의 소음을 뚫고 공황에 빠진 셰릴이 빽빽대는 소리가 들렸다. 나는 핸드폰을 얼굴 옆에 갖다댔다.

"셰릴!" 나는 한번 더 크게 외쳤다. "셰릴!"

"당장 차를 세우고 내 딸을 보내주는 게 좋을 거야!" 셰릴이 소리를 질렀다.

"딱 사흘간 스테퍼니를 안전하게 지켜줄게요!" 내가 말했다. "다치지 않게 할 거라고요!"

셰릴은 듣지 않았다. 차선을 유지하느라 바쁜데다 엔진소리가 으르렁대고 스피커가 지지직거리는 바람에 몇몇 단어만 겨우 들렸다. '미치광이'가 들렸다. '감옥'이 들렸다. '사이코'가 들렸다. 그 말은 가슴이 아팠다. 그러고는 잠잠했다. 하지만 이어진 다른 목소리가 어수선한 내 머릿속을 파고들었다.

"리넷, 아직 늦지 않았어요." 캐럴 박사였다. "차를 세우고 아이를 내보내요."

"이 모든 게 끝날 때까지 스테퍼니는 나랑 있을 거야." 내가 말했다. "스테퍼니를 지켜줄 거야."

"지켜준다니, 당신으로부터 말인가요?" 캐럴 박사가 물었다.

"우리 둘 다 누구로부터 지키는 건지 잘 알 텐데." 내가 말했다.

"지금 내가 아는 거라곤 리넷이 어린 소녀의 생명을 위험에 빠뜨리고 있다는 것뿐이에요." 캐럴 박사가 목소리를 높여 스테퍼니의 부모가 듣게끔 말했다. 나는 내 실수를 알아차렸다.

캐럴 박사가 진실을 말하는 사람, 모든 것이 정신 나간 환자 탓이라고 설명하는 사람 역할을 하게 내버려둔 것이었다. 그녀가 모든 면에서 좋아 보이게 만들었다.

"스피커를 켜." 내가 말했다.

"리넷, 나는……"

"스피커 켜지 않으면 당장 전화를 꺼버리겠어!"

손가락으로 누르는 소리가 들렸다. 이윽고 전화기 저편에서 소리가 울렸다.

"켄? 셰릴? 거기 있어요?" 내가 물었다.

"우리 아가……" 셰릴이 흐느끼며 알 수 없는 소리를 냈다.

"내 말 똑똑히 들어요." 나는 핸드폰에 대고 외쳤다. 캐럴 박사를 거치지 않고 내 입에서 직접 나온 말이 그들의 뇌에 박히길 바랐다.

"나한테 총 있는 거 알고 있겠죠. 빨간색 캐딜락을 찾는 전단을 돌리거나, 스테퍼니 실종 신고를 하거나, 경찰이 이 차를 세우게 하거나, 우리 발목을 잡는 그 어떤 행위라도 하면 스테퍼니를 죽일 거예요." 스테퍼니가 흠칫 얼어붙는 게 느껴졌다. "경찰이 캐딜락을 세우는 순간 아이 머리에 총알을 박아줄게요. 스테퍼니가 아이폰을 쓰니까 아이 유괴 경보가 울리는지 알 수 있어요. 경보를 발령하지 않는 게 좋을 거예요."

나는 그들이 이해할 시간을 주기 위해 잠시 말을 멈췄다.

"스테퍼니가 5시간마다 전화해서 살아 있다는 걸 알려줄 거예요. 그사이엔 핸드폰을 꺼놓을 거고. 그러니 추적할 생각 마요. 그게 이 거래의 조건이에요. 닥치고 가만히 앉아 있으면 5시간마다 딸이 연락할 거고, 사흘 후에는 다시 만나게 해주겠어요."

그러고 나는 전화를 끊고 스테퍼니에게 건넸다. 하지만 스테퍼니는 받지 않았다.

"그래도 경찰을 부르겠지." 내가 말했다. "그래도 두어 시간 정도는 서로 토론을 할 테니까. 그게 내가 노린 거야."

스테퍼니는 여전히 핸드폰을 받지 않고 있었다.

"죽이지 않을 거야." 내가 말했다. "나는 널 구하려는 거야. 엄마랑 아빠에게 문자를 보내. 5시간마다 전화하겠다고. 그럼 필요한 시간을 벌 수 있을 테니까."

스테퍼니는 핸드폰을 받더니 부지런히 손을 움직였고, 나는 그 사이 웨스트사이드 폐차장에 도착했다. 영업을 끝내고 정리하는 중이었지만 나는 영업시간을 연장하도록 설득했다. 꽤 많은 돈이 들었다. 스테퍼니가 나에게 다가왔지만 꼭 총으로 위협받는 사람처럼 멍하니 천천히 걸었다. 내가 꼭 그애를 인질로 잡고 있는 것 같았다.

나는 쉐보레 중고 휠과 타이어 네 개를 구매하고 현금을 지불했다. 그리고 스테퍼니와 함께 바퀴를 굴리고 퉁기며 캐딜락으로 옮겼다. 두 개는 트렁크에, 두 개는 뒷좌석에 실었다. 버뱅크로 향하는 내내 차 안에서는 바퀴의 고무 타는 냄새가 났다.

나는 버뱅크 주차장에 들어가 3층으로 차를 몰았고 스테퍼니는 궁금한 게 많은 표정이었지만 침묵을 지켰다. 착한 아이였다. 시간을 물어보니 답해줬다. 50분이 지나 있었다. 그들이 우리를 따라잡기까지 40분이 남아 있었다.

타이어 네 개가 다 펑크 난 나의 쉐보레 루미나 옆으로 공간이 비어 있었다. 그곳에 주차하고 엔진을 껐다. 캐딜락이 똑딱거리는 소리를 내는 동안 나는 주변을 살폈다. 스테퍼니는 내가 뭘 보는지 보려고 좌석에서 목을 길게 뻗었다. 아무도 없었다. 이게 무슨 음모이든 그들은 한계에 다다랐다. 지난주에 폐쇄한 탈출로를 감시할 인력을 남겨둘 여력은 없을 것이다.

나는 트렁크에서 잭*을 꺼냈고 스테퍼니는 내가 루미나를 들어 올려 타이어 중심부를 푸는 모습을 지켜보았다.

"여기 있는 게 싫어요." 스테퍼니가 말했다.

"타이어를 빨리 교체할수록 여길 빨리 뜰 수 있어." 작업을 하면서 내가 말했다. "뒤쪽 타이어는 네가 갈아. 난 전화를 해야 하니까."

"타이어 갈아본 적이 한 번도 없어요." 그녀가 말했다.

---

* 타이어를 지면에서 들어올리는 도구.

"방금 내가 두 개 가는 거 봤잖아." 내가 말했다. "하면서 배워."

스테퍼니는 다음 타이어를 교체하기 시작했고, 나는 몇 걸음 떨어져 비상용 가방에서 일회용 핸드폰을 꺼내 전원을 켰다. 썩 유쾌하지는 않을 통화를 몇 통 해야 했다.

"나를 좀 내버려둬!" 매릴린이 너무나 크게 소리를 지르는 바람에 귀에서 핸드폰을 떼야 했다.

나는 매릴린의 집 가정부에게 캐럴 박사라고 거짓말을 했고, 가정부는 나를 매릴린의 침실 전화로 연결해줬다. 나인 걸 알자 좋아하지 않았다. 갑자기 쿵 하는 소리와 요란한 소리가 나서 누군가가 매릴린을 공격하는 게 아닌가 걱정됐지만 이내 씩씩이는 목소리가 가까이 들렸다.

"아버지로부터 '안 돼'라는 말을 들어본 적이라고는 없는 텍사스 사교계 여성." 매릴린은 계속해서 읽어나갔다. "시리즈 영화를 리부트할 당시 매릴린 토레스는 깊은 알코올중독에 빠져 굉장히 안타까웠다. 알코올중독이라고?!"

"그건 나 혼자 보려고 쓴 거야. 누군가 그걸 훔쳐서 내 신용을 떨어뜨리려 한 거라고." 내가 설명했다.

"떨어지고말고." 매릴린이 말했다.

나는 다음 말을 어떻게 꺼내야 할지 고민했다.

"날 싫어하는 거 이해해. 하지만 너도 조심해야 해." 내가 말했다. "집을 떠나선 안 돼. 아무도 방문하게 하지 마. 그곳에서는 안전하니까."

"나한테 이래라 저래라 하지 마." 매릴린이 말했다. "다른 사람이면 몰라도 너는 나한테 뭘 해야 할지 말도 꺼내지 마."

"아무도 믿어선 안 돼. 캐럴 박사도." 내가 말했다.

"누굴 믿어야 하는지 말하지 마." 매릴린이 한층 굵은 저음으로 단어를 하나하나 길게 발음했다. "내가 믿지 않는 건 너니까."

"줄리아랑 헤더는 어떻게 하고 있어?" 내가 물었다.

"끊을게." 매릴린이 말했다. "다시 전화하거나 얼쩡대지 마. 얼굴을 마주하면 침을 뱉을 것 같으니까."

"내 말을 들어야 해." 나는 왜 그래야 하는지 1분을 꼬박 설명한 후에야 전화가 끊어져 있다는 걸 깨달았다.

다시 전화를 걸었을 땐 관리인이 연결해주지 않았다.

대니가 전화를 받지 않을 걸 알면서도 나는 만일을 대비해 음성메시지를 남기려 했다.

"뭐야?" 대니가 응답했다.

"구치소에서 나왔구나." 나는 정말로 놀랐다.

"보석금 냈지." 대니가 말했다. "재판 앞두고 있어. 가택 연금이야."

"집에 있어. 꼭꼭 잠그고. 아무도 네 땅에 들이지 마." 내가 말했다.

기나긴 침묵 후에 대니는 침착하고 감정 없는 목소리로 말했다.

"공원에서 아내 시신을 찾았다더군. 너희가 버리고 간 곳에서."

"집에 데려다주려고 했는데 미셸이 길을 몰랐어." 내가 설명했다.

"원하는 게 뭐야, 리넷?" 대니가 물었다.

"아무도 믿어선 안 돼." 내가 말했다. "캐럴 박사도 안 돼. 경찰도 안 돼. 아무도 믿어선 안 돼."

"그렇게 말할 거라고 하더라고." 대니가 말했다. "그럼 이만."

"잠깐만!" 내가 외쳤다. "누가 그렇게 말했는데?"

하지만 대니는 전화를 끊어버렸다. 다시 걸었을 땐 음성사서함이 설정되어 있지 않다는 녹음만 들려왔다.

줄리아에게 전화를 걸어봤지만 응답이 없었다. 헤더의 AT&T* 번호는 더이상 존재하지 않았다. 긴장이 되며 피부가 당겼다. 상황을 알려줘야 하는데 알려줄 기회조차 주지 않았다. 스테퍼니에게 돌아가보니 캐딜락 번호판을 떼 쓰레기통에 버리고 있었다. 주도적인 모습을 보이는 것이 기뻤다.

우리는 그곳을 떴다. 탱크 같은 개릿의 차를 몰고 나니 루미나는 음료수 캔처럼 가볍게 느껴졌다. 고속도로로 들어섰다. 시속 130킬로미터 이하로 속도를 유지하기가 힘들었고 폐차장에서 주워온 타이어 때문에 부드럽게 달릴 수 없었다. 길에 너무 집중한 나머지 무심코 스테퍼니를 바라보았다가 불빛 아래 반짝이는 젖은 뺨을 보고 진심으로 놀라버렸다.

"정말 널 쏠 생각은 없어." 내가 말했다.

"알아요." 스테퍼니가 덤덤히 말했다.

"그러니까 울지 마." 내가 말했다. "언제 내가 울던?"

"무슨 일이 일어나는지조차 모르겠어요." 스테퍼니의 목소리가 울컥했다.

그래서 말해줬다. 얘기가 끝나갈 즈음에는 어느새 데스밸리 반대편에 있었다. 나는 시계를 보았다. 새벽 2시였다. 개릿 P. 캐넌

---

* 미국의 대표적인 통신사.

의 사타구니를 걷어차고 차를 훔쳤다는 얘기까지 마저 들려주고 나니 한참 동안 기나긴 정적이 흘렀다.

스테퍼니가 갑자기 숨을 헐떡이며 몸을 떨었다. 위로가 무색하게도 다시 눈물이 터져나오는 모양이라고 생각하자 가슴이 뜨거워졌다. 하지만 스테퍼니는 웃고 있었다. 너무나 심하게 웃는 나머지 히스테리에 가까워 보였다. 고음의 웃음을 토하다가 딸꾹질을 하며 발뒤꿈치로 대시보드를 쾅쾅 찼다. 나는 건드리지 않고 내버려뒀다.

스테퍼니는 친구들의 죽음을 목도했다. 이제 누군가가 자신을 죽이려 하고 있었다. 비현실적으로 느껴질 수밖에 없다. 나도 그런 과정을 겪은 기억이 났다. 울어야 할 때 웃음이 나오고, 웃어야 할 때 울음이 나오고, 어떤 순간에는 감정이 너무 뒤섞여 어떻게 행동해야 할지 기억나지 않았다.

"이게 다 사실이에요?" 스테퍼니는 웃음을 잠재우려 애쓰며 숨을 헐떡이는 가운데 간신히 질문했다.

"내가 왜 거짓말을 해?" 나는 답했다.

일이 더 진행되기 전에 머릿속을 내내 근질이던 질문을 해야 했다.

"어떻게 그처럼 빠르게 나를 따라가겠다는 결심을 한 거야?" 내가 물었다. "날 알지도 못하잖아."

짧은 침묵이 이어졌다.

"저는 누군지 알아요." 스테퍼니는 이제 진지했다. "저에게 일어난 일이 리넷에게도 일어났다는 걸 알아요. 리넷을 믿어요."

"전혀 납득이 되지 않는걸." 내가 말했다.

헤드라이트 불빛 너머로 펼쳐진 사막은 깜깜했다. 오른쪽으로는 철조망이 죽 서 있었다.

"리넷을 보면 알라나 생각이 나요." 스테퍼니가 어둠 속에서 말했다. "정말 닮았거든요. 캠프에서 저랑 제일 친한 친구였어요. 어른이 될 수 있었다면 리넷과 똑같았을 거예요. 알라나는 언제나 진심을 담아 말했어요. 제 머릿속에서 리넷이 알라나라고 생각하고 있나봐요."

그쯤 하기로 했다. 가끔은 직관을 따라야 하니까. 우리는 그렇게 살아남았다.

"핸드폰으로 인터넷 할 수 있어?" 내가 질문을 하며 화제를 바꿨다.

"뭐가 필요한데요?" 스테퍼니가 물었다.

"누굴 좀 만나야 하는데, 나인 걸 알면 만나주지 않을 거야."

"그럼 어떻게 해야 해요?"

"맨크래프팅 닷컴 ManCrafting.com 으로 가봐." 차 한 대가 헤드라이트로 우리를 비추며 지나갔다.

사이트가 스테퍼니한테 너무 과하지 않길 바랐다.

"아." 스테퍼니는 바늘에 엄지를 찔린 것처럼 탄성을 내더니 옆에서 잠자코 침묵했다. "이게 뭔가요?"

"내가 만나야 할 사람이 운영하는 사이트야." 내가 답했다. "여기저기 눈길 주지 말고 다른 페이지도 눌러보지 마. 바로 연락처 페이지로 가봐."

"이거 너무 소름 끼치는 걸요." 그애가 말했다. "이게 뭐예요?"

"살인기념품이란 거야. 연락처 페이지엔 그런 거 없어. 당장 연락처 메뉴를 눌러." 내가 말했다.

"이메일 양식이에요." 스테퍼니가 말했다.

"내가 말하는 대로 입력해줘."

우리는 주거니 받거니 대화를 나눴고, 나는 수차례 맞는 철자를 불러줘야 했다. ("아니, 폴 할 때 P야."라는 말을 오백 번은 반복한 것 같다.) 그래도 토노파에 도착할 즈음에는 이런 메일을 완성할 수 있었다.

긴급 연락. 구입한 미니 록커 속에 담긴 물품을 대량으로 처분하고 싶습니다. 제 남자친구 말이 이 사이트라면 가능할 거라더군요. 관심 있으실 분들의 사진 여러 장이랑 그분들이 입었던 옷가지가 몇 개 있습니다. 그럼, 피스. (이건 스테퍼니가 덧붙인 거였다.) 마르시아.

스테퍼니가 전송 버튼을 눌렀다. 이제 모든 건 크리시에게 달려 있었다.

백미러로 보니 경찰차 한 대가 18륜 트레일러 옆으로 빼꼼 나타나 뒤에서 다가오고 있었다.

"그 사람이 캠프에 오기 전에는요." 스테퍼니가 뜬금없이 얘기를 꺼냈다. "뭘 입어야 할지, 내가 충분히 날씬한지, 머리는 어떻게 할지, 뭘 먹으면 좋을지, 정말 코딩을 배우고 싶은지, 테니스를 다시 치는 게 좋을지, 그런 것들을 고민했어요."

경찰차가 차 뒤에서 기웃대더니 바짝 따라 붙었다.

"하지만 그 이후로는 그저 살아남는 것만 생각하게 됐죠." 스테퍼니가 말했다. "모든 게 극도로 분명해졌어요. 이제 쓸데없는 생각은 하지도 않아요."

내가 할 줄 아는 게 딱 하나 있다면 파이널 걸의 말에 귀를 기울이는 것이었다.

"그 인간이 누굴 죽일 때마다 그에겐 사람이 물풍선 그 이상도 이하도 아니란 걸 알게 됐어요. 하나하나 차례로 터뜨리고 있었죠. 하지만 내가 그 인간을 죽일 때는 제 시간에 할 수 없었어요. 그 인간이 다락에서 나를 등지고 있었고 알라나가 살려달라고 소리를 질렀는데 나는 그냥 얼어붙었어요. 좀더 빨리 그놈을 밀어버릴 수 있었는데 나는 강인하지 못했어요. 그 인간이 나를 잡으러 올 때까진 꼼짝도 못했어요. 나 말고는 아무도 구하지 못한 거예요."

"그것밖에 할 수 없을 때가 있지." 내가 말했다.

출구가 가까워지고 있었다. 나는 방향등을 켰다.

"다른 사람처럼 죽고 싶지 않아요." 스테퍼니가 말했다.

출구로 방향을 틀었지만 경찰차는 계속 가던 길을 갔다. 나는 길가에 차를 세우고 잠시 앉아 있었다. 시야에서 검은색 점들이 이리저리 헤엄쳤다. 내 번호판을 조회한 건가? 번호를 적어갔나? 경찰서로 돌아가서도 짙은 빨강 쉐보레 루미나를 기억할까? 여러 정황을 모아 맞춰볼 생각인가?

"그 인간이 망치로 알라나의 머리를 내려쳤어요." 스테퍼니가 말했다. "내려치고 또 내려쳤어요. 왜 그랬을까요?"

아무도 나에게 이렇게 의지한 적이 없었다. 파인을 빼고. 마스터 베드룸에서 홀로 술에 취해 잠들 매릴린을 떠올렸다. 한쪽 다리 뒤에 커터 칼을 숨겨놓고 바닥에 책상다리를 하고 앉아 중얼중얼 독백을 쏟아낼 헤더를 생각했다. 부엌 테이블에 앉아 울고 있을 대니와 잠긴 수납장 속 대니의 총들을 생각했다. 병원에서 의식이 없는 상태로 아무 경호도 받지 못하고 있을 줄리아를 떠올렸다. 누가 뒤에서 다가오는지도 모른 채 엄마의 집에서 키보드를 두드리고 있을 스카이를 떠올렸다. 살면서 이렇게나 많은 사람들을 걱정해본 적이 없었다. 나는 안전해야 한다. 나는 현명해야 한다. 저 경찰이 나를 멈춰 세웠다면 모든 게 끝났을 터였다.

"넌 죽지 않아." 그건 스테퍼니에게, 그리고 나 자신에게 하는 말이었다. "그 누구도 죽지 않아. 내가 약속할게."

```
1   크리스틴 머서: 매티가 막아서려고 했지만 그가 매티를 도끼로 내려쳤어요.
2
3   존 스트라이처: 그다음에 무슨 일이 일어났는지 봤니?
4
5   크리스틴 머서: 죄송해요, 죄송해요, 도망치고 있어서 몰라요. 도망쳤어요.
6   정말 죄송해요.
7
8   도널드 톰프슨: 천천히 말해도 돼.
9
10  존 스트라이처: 알렉산드라 캐스카트에겐 무슨 일이 일어났는지 말해줄 수 있니?
11
12  크리스틴 머서: 알렉스도 다쳤나요?
13
14  도널드 톰프슨: 어떤 상태인지는 알려줄 수 없단다.
15
16  크리스틴 머서: 죽었어요? 무슨 일인데요? 말해주셔야 해요.
17  무슨 일이 생긴 거예요?
18
19  도널드 톰프슨: 지금 확실히 아는 건 없어.
20
21  존 스트라이처: 그다음에 무슨 일이 일어났는지 말해줬으면 하는데. 머서 양?
22
23  도널드 톰프슨: 머서 양? 시간을 좀 줄까?
24
25  존 스트라이처: 머서 양, 내 말이 들리니? 그 뒤에 어떤 일이 일어났는지
26  말해줄래?
27
28  크리스틴 머서: 언제나 일어나는 그런 일이 일어났죠. 괴물이 와서
29  다 집어삼켰어요.
```

파이널 걸 서포트 그룹 16
파이널 걸들의 계절

크리시는 30분 일찍 나타나 우리가 만나기로 한 스타벅스를 살펴보았다. 그래도 괜찮았다. 우리는 간밤 차에서 자고 해가 뜨자마자 일어났다. 크리시가 차를 끌고 쇼핑 단지에 나타날 때까지 종일 이곳을 관찰하고 있었다. 스테퍼니는 내내 라디오를 들었다. 5시간마다 부모님에게 전화하기는 했지만 점차 배우는 게 있었다. 통화할 때마다 덜 말하고 덜 울었다. 그때 외에는 핸드폰을 꺼두게 했더니 짜증이 많아진다.

"저 아주머니, 부지런히 좀 움직이지." 스테퍼니가 투덜거렸다.

"인내심이 있어야 살아남는 거란다." 내가 말했다.

"기다리다 죽는 게 먼저겠어요."

나는 크리시가 자기 고향 주변에서 살고 있을 거라 생각했고, 운전을 하면서 스테퍼니의 핸드폰으로 이메일을 주고받으며 캐나다 앨버타 남부로 향했다. 크리시가 사건을 겪었던 장소 인근이었다. 그곳까지는 하루하고 반나절이 걸렸다. 이제 막 아이다 호주에 들어섰을 때, 크리시가 자신은 앨버타를 떠나 국경 아래 몬태나주 동부에 살고 있다고 알려왔다. 만약 이사한 장소가 L.A.였다면 스테퍼니가 나를 형편없게 여겼을 것이다.

크리시는 나보다 조심성이 많았다. 나는 껄끄러운 존경심이 들었다. 크리시에게 그런 감정을 느끼게 될 거란 생각은 한 번도 해보지 못했다. 우리에게 크리시는 남의 불행을 팔아대는 밑바닥 인생이었고, 그 누구도 크리시의 이름조차 꺼내지 않았다. 크리시는 배신자, 마조히스트, 변절자, 거짓말쟁이였다. 스톡홀름증후군*까지 있었다. 우리 모두는 크리시가 안됐다고 생각하면서 경멸했다. 하지만 적어도 크리시는 조심성이 있었다. 결국 우리 무리 중 하나라는 말이었다.

"들어가서 뭘 하는지만이라도 보면 안 될까요? 그 사람은 내 얼굴을 본 적 없잖아요." 스테퍼니가 물었다.

"크리시는 다중살인을 다 캐고 다녀. 캐나다 사람들이 하키에 집착하는 거랑 똑같달까." 내가 말했다. "널 알 거야. 걔를 얕보다가 지금 이 기회를 날릴 순 없어. 이게 우리가 살아남는 방법이야. 돌다리도 두드리는 거야."

차 안은 더웠지만 오후의 그림자가 늘어지면서 점차 서늘해졌다. 아까 화장실에 가기 위해 잠바 주스에 들른 것을 빼면 한 번도 차를 나가지 않았다. 아무리 얼굴을 자주 씻어도 차에서 22시간을 보내고 나니 얼굴에 방수 기름막이 생겼다. 이 일이 끝나면

---

* 목숨을 위협받는 상황에서 피해자가 가해자에게 공감이나 연민을 느끼는 증세.

우리 두 사람은 빌링스로 갈 거고, 어쩌면 호텔방을 잡아 몇 시간 머물며 샤워를 할 수 있을지도 모른다. 그 생각을 하니 피부가 간질간질했다.

"다시 나오고 있어요." 스테퍼니가 말했다. 겨우 일주일 전에 미치광이가 눈앞에서 친구들을 살해했지만 이제 스테퍼니는 임무를 수행하고 있었다. 다른 건 몰라도 파이널 걸들의 적응력만은 알아줘야 한다. "저기, 갈색 크라이슬러요."

미국산 고철덩어리가 덜그럭덜그럭거리며 스타벅스를 두번째로 지나가면서 길 위에 푸른 배기가스 구름을 잔뜩 뿜어냈다. 그러고는 우리가 앉은 곳에서 두 줄 떨어진 열에 차 머리를 들이밀었다. 크리시와는 수없이 이메일을 주고받았다. 구슬리고 거래 조건을 제시하고 또 확정하느라 비명을 지르고 싶었다. 나는 액수를 말하는 대신 크리시가 정보에 입각해 가격을 제안할 수 있도록 물품을 직접 보여주겠다고 제안했다. 나는 단순하고 어리숙하게 굴며 그저 중고품 매장과 작은 창고를 뒤져 물건을 싸게 산 후 조금 덜 싸게 팔아 생계를 유지하려 애쓰는 여성인 척을 했다.

나는 물건을 얻어낸 장소나 사람 이름을 언급하지 않으려고 노력했지만 무엇을 갖고 있는지는 말할 수밖에 없었다. 전송 버튼을 누르고 나니 기분이 더러워졌다.

아래는 전 주인이 비닐봉지에 넣은 뒤 라벨을 붙여놓은 물건들입니다.

—로디 토레스가 신은 운동화(왼쪽 신발 앞코에 어두운색 물질

이 묻어 있음)

　-레드 레이크 캠프에서 사용한 구명조끼, 피 묻은 것(왼쪽 가슴에 캠프 로고가 보임)

　-코트 옷걸이, 공 모양으로 꼬여 있고 끝에 어두운 얼룩이 묻어 있음(대니엘 시프먼이 사용했음을 증명하는 매도증서 포함)

　-유령 1이 착용한 마스크(진품임을 증명하는 매도증서 포함)

　-헤더 델루카가 서명한 『드림킹과 그의 살인 왕국』 초판본, 서명은 '엿이나 잔뜩 드셔, 헤더'라고 적혀 있음

　-리넷 타킹턴이 사인한 〈살인의 종소리〉의 배우 바브 코드의 상반신 탈의 얼굴 사진 네 장

　숨어 있던 크리시를 끌어낸 것은 마지막 사진들이었다. 스테퍼니가 핸드폰으로 찍은 얼굴 사진 한 장을 전송했다. 가장 희귀한 물건이었다. L.A.에 처음으로 갔을 때 개릿은 영화에서 나를 연기할 배우가 상반신을 탈의한 사진에 서명을 하게 했다. 나는 파이널 걸 그룹에 들어간 이후 기념품에 사인하는 일을 그만뒀기 때문에 이건 극성 수집가라면 환장할 물품이었다. 장당 500달러는 족히 받을 수 있을 것이다. 내가 진짜 파이널 걸이었다면 800달러까지 받을 수도 있었다.

"정말 그 사진을 줄 생각이에요?" 스테퍼니가 물었다.

"아니." 나는 대답했다. "하지만 그 사진을 갖고 싶어할 거야. 간절히."

네바다주를 다 지났을 무렵에야 나는 스테퍼니의 꼬질한 발을 보았다. 그애는 단 한 번도 불평하지 않았다. 나는 스테퍼니에게 40달러를 쥐여주고 월마트에 보냈다. 그때쯤 내 얼굴은 지명수배 되었을 게 분명하기도 했고, 스테퍼니가 도망갈지 보고 싶기도 했다.

손에 땀을 쥐며 40분을 기다리자 마침내 스테퍼니가 나타났다. 짝퉁 검은색 척 테일러 운동화를 신고, 손에는 사워 브라이트 크롤러* 패밀리 사이즈를 한 봉지 든 채였다.

"아침 먹을래요?" 스테퍼니가 나에게 젤리 지렁이 몇 마리를 건넸다.

"그거보다 영양가 있는 걸 먹어야지."

"아이고, 삐졌어요?" 스테퍼니가 젤리 하나를 내 얼굴 앞에 흔들었다. "영양소를 안 줘서 삐졌어요?"

나는 잽싸게 앞으로 몸을 기울여 그애의 손가락에서 젤리를 빼앗아 물었다. 스테퍼니는 아이처럼 웃어댔다. 꼭 질리언 같았다.

스테퍼니는 나에 대해 이것저것 물어봤다. 내가 어떻게 살아왔는지 알고 싶어했다. 처음에는 경계심이 들었지만 얘기를 들려주면 진심으로 탄식하고 흉터들을 보여주면 진심으로 화를 내는 듯해서 나도 모르게 누그러졌다. 사실 나는 조수석에 누군가가 있

---

* 신맛이 나는 지렁이 모양 젤리.

는 걸 좋아했던 것이다.

내가 잠들면 스테퍼니가 운전했고, 스테퍼니가 잘 때는 내가 운전했다. 스테퍼니는 여전히 기력이 바닥난 상태였으므로 대부분은 스테퍼니가 잠을 잤다. 그래서 나는 눈알이 떨리는 민감한 상태로 늘 잠의 냄새를 맡고 있었다. 입안은 사워 브라이트 크롤러의 설탕으로 범벅이었다. 나는 무턱대고 손을 뻗었지만 봉지는 비어 있었다. 스테퍼니는 잠을 잘 때마다 움찔거리며 낑낑거렸다.

몬태나로 향하는 동안 조금씩 스테퍼니의 얘기를 들을 수 있었다. 그날 크리스토프는 캠프 멀리 떨어진 곳에 차를 세우고 해가 질 때까지 그 안에서 기다렸던 모양이다. 해가 진 후, 캠프를 둘러싼 보안 카메라의 사각지대를 찾아낸 그는 살금살금 주변으로 잠입했다. 그런 다음 쇠스랑으로 사람들의 가슴을 찌르고, 쇠막대로 몸을 관통시키고, 목에 화살을 꽂고 눈에 작살총을 쐈다. 목공소 집게로는 스테퍼니 남자친구의 두개골을 으깨버렸다. 3주 동안 만난 남자친구였다.

"우리는 사귄 지 6주 되었을 때였지." 내가 말했다.

"누구요?" 스테퍼니가 조수석 좌석에 발을 올려 무릎을 끌어안고 그 위에 턱을 괴었다.

"토미." 그룹 바깥의 사람한테 그의 이름을 언급한 건 10년도 더 된 일이었다. "나는 치어리더였어. 그는 풋볼 선수였고."

"정말 잭과 다이앤*이었네요." 스테퍼니가 말했다. "사랑했어

---

* 존 멜런캠프가 1982년 발표한 〈잭 & 다이앤〉은 십대의 풋풋한 사랑을 다룬 노래로 유명하다.

요?"

나 역시 종종 생각해본 문제였다.

"그걸 알 만큼 오래 만나지 않았으니까." 내가 말했다. "사랑했다고 생각하지만 솔직히 말하자면 확인할 기회가 없었지. 끝까지 가보려고 하던 참에 리키 워커가 초인종을 울린 거야."

"폴이랑 만날 때 저는 처녀였어요." 스테퍼니가 말했다. "저는 사랑하진 않았지만 폴은 저를 사랑했던 것 같아요. 그 뒤로 누굴 더 사귀었나요?"

"딱히." 내가 답했다.

스테퍼니는 뭔가를 깨달은 눈빛이었다.

"잠깐? 토미랑 사귈 때 처녀였고 그 뒤로 누구하고도 안 사귀었다면 혹시……?"

스테퍼니의 눈과 입이 경악으로 둥그레졌다.

"남자친구가 있었어." 내가 말했다. "일종의 남자친구. 그 뒤에 만났어."

"일종의 남자친구요?" 스테퍼니가 물었다.

"개릿 P. 캐넌." 내가 말했다. "나 처녀 아니야."

나는 토미와 내가 한 번도 자지 않았다는 사실을 생각했다. 부모님이 크리스마스이브의 데이트 덕분에 사이가 다시 좋아졌는지 평생 알 수 없다는 것에 대해 생각했다. 질리언이 그렇게 말을 좋아했는데 한 번도 태워주지 못한 것을 생각했다. 내 여동생을 보호하지 못한 것에 대해 생각했다. 스테퍼니를 보호하는 일에 대해 생각했다.

이제 크리시는 차에서 나와 주차장을 가로질러 스타벅스로 걸어가고 있었다. 10년이 넘도록 만나지 못했지만 그 건방진 걸음 걸이를 어디서든 알아볼 수 있었다. 크리시는 늘 세상 여유를 다 가진 사람처럼 당당하게 걸었다. 안전한 곳을 찾아 허겁지겁 옮겨 다니며 공격이 들어올 만한 각도를 가늠하고 포식자들에게 발견 되기 전에 먼저 그들을 발견하려 애쓰는 나와는 달랐다.

"저 여자예요?" 스테퍼니가 물었다.

"들키지 마." 내가 말했다.

크리시는 하이 웨이스트 청바지에 데님 재킷을 입고 있었다. 어깨에 커다랗고 무거운 핸드백을 걸친 채 15분 일찍 도착해 스 타벅스를 향해 걸어갔고 이내 모습을 감췄다.

"이제 기다려." 내가 말했다.

"젊어 보이네요." 스테퍼니가 말했다.

스테퍼니는 빈 사워 브라이트 크롤러 봉지를 집어들었다. 그 리고 축축한 손가락 끝으로 봉지 구석에 남은 설탕을 모으며 대 시보드에 무릎을 대고 스타벅스 입구를 주시했다. 무릎에 올라와 있는 핸드폰이 진동하는 소리가 들렸다.

"그 사람 전화예요." 스테퍼니가 말했다.

나는 손을 뻗어 스테퍼니의 손목을 잡았다. 나도 모르게 스테 퍼니를 만질 핑계를 만들며 이런 행동을 자주 하고 있었다.

"받지 마." 내가 말했다.

우리는 뜨거운 차에 앉아 있었다. 스테퍼니가 부지런한 개미 처럼 설탕 알갱이를 하나하나 꺼내는 동안 핸드폰은 계속 진동했 다. 스테퍼니는 이메일이 오는 대로 나에게 보여줬다. 이메일들 은 바람맞는 과정을 단계별로 하나씩 보여주고 있었다. 질문(내가 있는 이 스타벅스가 맞아요?), 애원(제발 언제 올 건지 알려주세요!), 분노(다시는 연락하지 마, 모든 구매자에게 네가 거짓말쟁이라는 걸 알려주고 말겠어!). 크리시는 스타벅스 문을 박차고 나와 차로 돌아갔다.

"거의 45분이 걸렸네." 내가 말했다.

"그래서요?" 스테퍼니가 물었다.

"내가 서명한 사진들이 생각했던 것보다 값지단 뜻이야."

크리시의 갈색 똥차가 우리 앞을 지나가며 푸른 배기가스 구름을 띄웠다. 나는 크리시가 길 저편에 이를 때까지 기다렸다가 시동을 걸고 따라가기 시작했다. 스테퍼니와 누가 운전을 할 것인지를 두고 한참 실랑이를 했지만 내가 이겼다. 무엇보다 내가 언니니까.

처음에는 뉴타운과 아울렛들이 연이어 나타났지만 곧이어 프랜차이즈 가게들은 1달러 매장과 교회로 바뀌었다. 유리 앞면에 걸린 현수막이 햇볕에 노랗게 바랜 것으로 보건대 폐업을 한 게 분명한 카펫 매장들도 여럿 지나쳤다. 임대 표시만 늘어선 쇼핑단지도 지나갔다. 나는 크리시의 배기가스를 쫓으며 따라가는 동시에 스테퍼니가 핸드폰으로 지도를 잘 보고 있는지 확인하며 차네 대 이상의 간격을 유지하는 데 신경을 썼다.

"2번 도로로 들어가고 있어요." 스테퍼니가 말했고 나는 그 말대로 따라갔다.

도로에 진입해 진출 차로와 진입 차로, 공사 우회로 타기를 반복하다보니 어느새 해가 지고 있었다. 고속도로를 나와 2차선 아스팔트 도로에 들어섰다. 크리시가 국경을 넘지 않기만을 바랐다. 뉴베리 박사 신분증이 국토안보부 눈에 걸리지 않고 통과할 수 있을지 알 수 없었다. 우리는 트로이 그룹이란 곳을 지나고 너른 땅 위에 드문드문 들어선 수십 개의 주차장과 창고들을 지났다. 그리고 도로와 맞닿아 있는, 벽체가 플라스틱으로 된 집들을 지나갔다. 집 앞에는 빛바랜 성조기가 축 늘어져 있고, 옆 마당의 발 달린 욕조에는 죽은 식물들이 한가득했다.

언덕으로 올라갈수록 길은 굽이굽이 휘었고, 어느 모퉁이를 돌자 갑자기 크리시가 사라지고 없었다. 하지만 곧 벽돌로 지은 네모난 교회 앞에 크리시의 차가 서 있는 게 보였다. 우리는 그 교회를 빠르게 지나서 약 400미터 떨어진 곳의 옆길에 숨었다.

"고개 숙여요." 스테퍼니가 말했다.

"알고 있어." 내가 말했다.

나에게는 유효한 면허증도 없고, 전부 즉흥적으로 상황을 판단하고 있는데다 자신감 말고는 내세울 것도 없었지만, 그럼에도 권위를 잃고 싶지 않았다. 내가 상황을 통제하고 있다는 것을 스테퍼니에게 보여줘야 했다. 안전하다고 느끼게 해야 했다.

초조히 10분을 기다리니 크리시의 차가 우리 차를 쌩하며 지나갔다. 우리도 차를 빼고 따라잡기 시작했다. 울창한 나무숲을 지나자 건물이 옹기종기 모인 시골의 교차로가 나타났고, 우리는 새로 닦은 도로를 벗어나 낡은 아스팔트 길로 접어들었다. 산길 양옆으로 나무만 줄줄이 늘어선 길이었다. 우리는 나뭇잎으로 된 협곡 속에 있었고, 주황색 햇빛은 잎에 차단되어 어둠이 성큼 다가오는 듯했다.

길은 구불구불 휘더니 내려갔다 올라갔다 다시 내리막으로 이어졌고 점차 목적지에 가까워진다는 인상을 받았다. 나는 저 앞을 달리는 크리시가 시야에서 벗어나지 않도록 집중했고 스테퍼니도 내 주의를 흩뜨리지 않으려 애썼다. 지금 크리시를 놓치면 지난 이틀이 허사라는 것을 우리 둘 다 잘 알고 있었다. 스테퍼니는 손톱을 물어뜯었다. 젤리보다는 건강에 좋을지도.

길에는 다른 차가 한 대도 없었으므로 나는 간격을 넓혔다. 이따금 무성한 잡초에 묻힌 트레일러가 보였고, 못으로 박은 토끼고기 10달러, 남성 여성 헤어컷 같은 문구가 적힌 2×4 사이즈의 나무 간판도 보였다. 이런 게 필요한 사람들은 오래전에 이사를 가버렸을 것 같았다. 크리시를 앞에 달리게 하면서 나는 낚싯대 릴을 가까이 감았다가 다시 풀어주기를 반복했다. 점점 산 깊숙이 들어가고 있었다.

커브길을 돌자 갑자기 크리시의 차가 코앞으로 다가왔고, 크리시는 천천히 도로에서 갈라진 흙길로 빠져나갔다. 나는 다른 차선을 이용해 빠르게 크리시의 차를 지나쳤고, 차를 세워도 안전하다고 느껴질 때까지 계속 달렸다. 그러고 나서 핸들을 여러 번 꺾어 차를 돌린 뒤 천천히 전신주에 기대어 있는 썩은 나무 간판 옆에 차를 붙였다. 주황색 스프레이로 장작이라고 써놓은 간판이었다. 그 자리에서 흙길의 초입이 보였다. 크리시는 이미 숲길 저 멀리 달려가고 있었다. 5초만 늦었어도 완전히 놓칠 뻔했다.

"뭘 기다리는 거예요?" 스테퍼니가 물었다.

"지금 상황에서 저 길로 들어가고 싶지 않아." 내가 말했다. "우리가 지나가길 기다리고 있다가 몇 분 뒤에 다시 여기로 빠져나올 수 있어. 저 길이 함정일지도 몰라. 어두워지기를 기다려야 해."

"더 기다린다고요?" 스테퍼니가 차 뒤로 몸을 풀썩 기대며 물었다.

"더 기다려야 해." 내가 확답해줬다.

숲은 고요했고 어스름한 주변은 점차 푸른색에서 회색으로 변하더니 이윽고 길 위에 남아 있던 마지막 빛마저 사라졌다. 사방의 차창에 어둠이 내렸다. 크리시는 흙길에서 나올 기미가 안 보였고, 나는 그저 이 길이 산을 넘어가는 아스팔트 도로로 이어지는 지름길이 아니기만을 빌었다. 크리시가 그곳에 숨어 있길 바라야 했다.

스테퍼니는 사워 브라이트 크롤러 봉지를 접고 또 접어 아주 작은 사각형으로 만든 다음 도로 펴서 평평하게 만들고 다시 접기를 반복했다. 나는 사각지대를 확인하고 흙길 끝을 살피고 숲을 살폈다. 더는 기다릴 수 없었다.

나는 허리가방을 열어 작은 22구경 총을 꺼내 총알이 장전되어 있는지 확인했다.

"저도 무기 필요해요." 스테퍼니가 말했다.

"나 혼자 가서 크리시와 대화해볼 거야." 내가 말했다. "1시간 안에 돌아올게. 그 안에 돌아오지 않으면 그때 나를 찾으러 와."

"아무 무기도 없이요?" 스테퍼니가 물었다.

"내가 1시간 안에 안 돌아오거나 네 핸드폰으로 전화하지 않으면, 숲으로 몰래 들어와서 나를 찾아."

"좋은 생각이에요." 스테퍼니가 말했다. "입으로 공격하면 되는 거예요?"

나는 가방에서 후추 스프레이 캔을 꺼내 건네주고 다시 지퍼를 단단히 잠갔다. 내가 차문을 열자 밤중에 차의 경보음이 요란하게 울려퍼졌다.

"이걸로는 할 수 있는 게 없잖아요!" 스테퍼니가 내 뒤에서 소리를 질렀다.

나는 차문을 빠르게 닫아 불을 <u>끄</u>고 어둠 속에서 시야를 확보했다. 나무마다 귀뚜라미 우는 소리가 진동을 했다. 나는 갓길을 달리다가 흙길이 끝나는 방향을 향해 숲을 가로질렀다. 낙엽을 바스락바스락 밟으며 어둠 속으로 들어갔다. 타락한 파이널 걸, 크리시를 만나기 위해.

집에 살아 있는 생명체를 들였다는
사실이 기쁘지만 내가 그만한 책임을
짊어질 수 있는지는 아직 모르겠다.
하지만! 이미 이름을 지어버렸다.
파이널 식물. 그러니 이제 돌이킬 수 없다.
심지어 그의 목소리도 들린다. 하루에 한 시간
암막 커튼을 살짝 열어 해를 쬐게 해준다.
그는 나처럼 〈아메리카 퍼니스트 홈 비디오〉를
좋아하고 로맨틱 코미디를 좋아한다.
〈프렌즈〉는 이해를 못하는 것 같다.
거기선 아무도 문을 잠그지 않고
늘 서로의 집을 들락날락하니까.
나는 앉아서 하염없이 그를 바라본다.
가끔은 한밤중에 가슴이 콱 막혀
공황발작을 일으키며 잠에서 깬다.
파인이 죽으면 어쩌지, 파인만 남겨두고
탈출하는 상황이 오면 어떡하지,
하는 생각 때문이다.
내 손에 다른 생명을 맡길 순 없고,
나는 다른 이의 목숨을 책임질 수 없다.
불가능하다, 불가능하다, 불가능하다.
하지만 쓰레기통에 그를 내놓는 생각만 해도
몸이 실제로 아파온다.
★추가★

파인이 굉장히 흥미로운 말을 했다. (뒷장에 계속 ➡)

파이널 걸 서포트 그룹 17
파이널 걸의 신부

손에 총을 쥔 채 숲으로 깊이 들어갔다. 여기 뭐가 있을지, 크리시가 나를 보고 무슨 생각을 할지, 상황이 얼마나 나빠질지 그 누가 알까. 어둠 속으로 깊숙이 들어갈수록 나무들은 한데 뭉쳐 대기의 달빛을 빨아들이고 있었다. 그때 나뭇가지에 매달린 시체가 보였다. 나는 무릎 한쪽을 대고 주저앉았다. 속이 울렁거렸다.

시체는 제자리에서 천천히 돌아가고 있었다. 아이, 어쩌면 아기였다. 나는 몸을 일으켜 발을 만져봤다. 축축하니, 썩어 있는, 인형. 올가미에 매달린 핑크 팬더였다. 나무 반대편에는 다른 올가미가 있었고 거기에는 아기 인형이, 옷도 없이 딱딱한 플라스틱 머리와 축축한 헝겊 몸통을 내보이며 목을 매달고 있었다. 고개를 드니 과수원의 썩은 과일들처럼 더 많은 것들이 주렁주렁 달려 있었다. 머리채를 매단 바비 인형 여섯이 한 가지에 달려 있었고, 비를 맞아 썩은 동물 인형 여럿에 디즈니 캐릭터 인형을 줄줄이 못박아놓은 고사목도 있었다. 목에 못이 박힌 플루토, 장갑을 낀 양손이 나무에 못박힌 미니 마우스, 이마에 가시가 박힌 미키 마우스가 여전히 미소를 짓고 있었다. 나무옹이마다 온통 만화 캐릭터가 붙어 있었다.

나는 멈추지 않고 이 장난감 공동묘지를 더 천천히 걸어나갔다. 누군가가 드나드는 숲, 그 사람에게는 익숙한 숲이었다. 어둠속에서 하얗게 빛나는 세탁기가 보였다. 나는 스크루드라이버를 매달아 만든 풍경에 머리를 부딪혔다. 드라이버끼리 부딪히며 요란한 소리를 냈다. 주변에는 버려진 가전제품이 반쯤 묻혀 있었고 페인트칠이 된 녹슨 고철들이 땅 여기저기 솟아 있었다.

누군가의 미친 짓에 발을 담가버렸다. 크리시는 미치광이였다.

길 앞으로 나무들이 점차 뜸해지더니 공터에 지붕 뼈대가 무너지고 구부러져 주저앉은 목장용 주택 한 채가 보였다. 안에는 불이 켜져 있었다. 집 주변을 이끼가 낀 별채들이 둘러싸고 있었다. 한쪽 벽에는 헛간을 만들어놨고, 반대편에는 자투리 목재가 가득한 개집이 보였다. 좀더 뒤편에는 나무에 거의 파묻힌 간이 차고가 있었고, 파란색 방수포 아래 직사각형으로 보이는 물체가 잔뜩 쌓여 있었다. 집 뒤로 거대한 그림자가 보였다. 엄청나게 큰 조립식 헛간이 우뚝 솟아 자기 앞에 고꾸라져 있는 50년대식 주택의 지붕을 굽어보며 위협적인 존재감을 드러내고 있었다.

나는 뒤로 물러서다가 뜨끈한 나무에 몸을 부딪혔다. 나무가 움직였다. 사람이었다. 거대하고 단단한 몸이 내 위로 높이 솟아 있었다. 본능적인 반응은 도망치는 것이었지만 나는 훈련을 받았다. 팔꿈치로 복부를 가격하고 몸을 쪼그려 발을 걸어찼다. 팔꿈치가 으스러지는 느낌이 나더니 내 정강이가 그의 부츠에 부딪힌 순간 다리를 타고 통증이 치솟았다. 무릎으로 사타구니를 가격했지만 마치 벽에 무릎뼈가 부서지는 듯했다.

그의 눈은 작고, 머리는 울퉁불퉁한 테니스공 같았다. 검은색 운동복 상의에 군용 바지를 부츠 안으로 넣어 입었다. 그는 내 양 손목을 잡아 뼈를 으스러뜨릴 듯 꽉 움켜쥐었고 나는 총을 떨어뜨렸다. 그의 손을 물었지만 눈 하나 깜빡하지 않았다. 정강이를 차고 발가락을 밟아대며 그 더러운 피부에 이를 박았지만 그는 잠자코 버텼다. 지독한 냄새가 났다. 체취에 질식할 것 같았다.

그는 내 머리채를 잡고 내 무릎 사이에 머리를 힘껏 박았다. 나는 균형을 잃고 비틀거렸고, 그가 내 두피를 움켜잡고 잡아올리자 이마가 불타오르는 듯했다. 몸이 허공으로 떠올랐고 나는 두피가 벗겨지지 않도록 그의 손목을 양손으로 붙들어야 했다. 통증 때문에 속이 메스꺼웠다. 내 몸무게가 그에게는 아무것도 아닌 모양이었다.

스테퍼니가 이걸 보았으면 나에 대한 모든 신뢰를 잃었을 것이다.

그는 숲에서 벗어나 마당을 가로질러 빛이 있는 곳으로 나를 끌고 간 후 벽돌 계단을 세 걸음 올라 방충망 문을 걷어찼다. 나는 앞주머니에서 커터 칼을 꺼내 머리카락을 단숨에 잘랐고 그 과정에서 피부 일부가 떨어져나갔다. 그가 손을 놓자 나는 10센티미터 정도 낙하해 유리처럼 부서진 듯한 발목을 비틀거리며 무릎 한쪽을 바닥에 찧었다.

집안은 지나치게 따뜻했고 어제 만든 요리 냄새가 남아 있었다. 고개를 들어보니 그가 부엌으로 들어가고 있었다. 나는 덧문을 박차고 튀어나가 그가 나를 잡았던 곳으로 향했다. 썩은 잎사귀 사이로 총을 찾은 뒤 문으로 쏜살같이 달려갔다. 그는 칼을 들고 부엌에서 나오고 있었다. 나는 자동적으로 팔을 들어올려 위버 자세*를 취한 뒤 방아쇠에 손가락을 올리고 양손으로 총을 감쌌다.

"멈춰!" 한 여자가 외쳤다.

이미 방아쇠를 당기고 있는데 크리시가 나타나 우리 사이에 섰다. 나는 막판에 방향을 틀었고 탕, 공기가 갈라지며 석고 벽에 구멍이 났다. 총의 연기가 자욱이 피어올랐다.

"둘 다 멈춰!" 크리시가 소리를 지르며 손바닥을 들어 보였다.

나는 움직이지 않았고 저 가학성애자도 아무런 움직임이 없었다. 그는 여전히 칼을 쥔 채, 거친 숨소리 한번 내지 않고 나를 뚫어져라 보고 있었다.

"너인 걸 진작에 눈치챘어야 했어, 리넷." 크리시가 말했다. "너 그 사진들 갖고 있지도 않지?"

"저놈한테 칼을 내려놓으라고 말해." 나는 총을 내려놓지 않고 말했다.

"넌 우리집에 침입했어." 크리시가 말했다.

나는 22구경으로 계속 그의 움푹 패인 이마를 겨눴다. 면도한 머리통 곳곳에 상처 자국이 있었다. 나는 그의 오른쪽 관자놀이를 덮고 있는 검은색 딱지를 정면으로 주시했다.

---

* 권총 사격 자세 중 하나로, 팔 하나는 펴고 다른 팔은 구부려 총을 쥔다.

"옛날 친구야, 키스." 크리시가 말하며 그의 이두박근을 살며시 어루만졌다. 그는 말에게서나 날 법한 악취가 났다. 어떻게 저렇게 참고 만질 수 있는 걸까? "우리가 얘기를 나누는 동안 작업실에 가 있으면 어때?"

그는 몸을 돌려 부엌으로 다시 들어갔다. 칼을 보관하는 서랍이 열리고 쾅 닫히며 쇠붙이들이 서로 부딪히는 소리가 들렸다. 이어 뒷문이 활짝 열렸다가 탁 닫혔다. 집에 정적이 흘렀다.

"너 때문에 오후를 전부 날렸잖아." 크리시가 말했다. "어떻게 보상할 건데?"

"너한테 경고하고 싶었어." 나는 거짓말을 했다. "누군가 우리를 죽이려 하고 있어."

크리시가 나를 잠시 뜯어보더니 미소를 지었다.

"뭘 해줄 수 있는지 알았다. 가기 전에 책 몇 권에 사인하고 가. 부엌으로 와."

크리시는 내가 신경쓰이지도 않는 듯 방을 나갔고 냉장고 문이 열리는 소리가 들렸다. 나는 총을 내렸다.

크리시가 위험하다는 건 항상 알고 있었다. 우리가 산산조각이 난 삶을 다시 이어붙이고 괴물들을 잊으려고 애쓰는 동안 크리시는 그들을 끌어안았다. 크리시는 괴물들의 가장 야단스러운 옹호자이자 가장 목소리가 큰 변호인이 되었다. 모든 음모론을 파헤쳤고, 자신이 홈커밍 파티의 비극으로 받게 된 보상금을 괴물들이 유죄 판결에 항소하도록 지원하는 데 사용했다.

캐럴 박사의 이론은 이러했다. 검찰이 크리시의 목격 증언에 의존한데다 그 괴물이 크리시의 대부였기 때문에, 크리시는 뿌리

깊은 죄책감을 느끼고 괴물에게 용서를 구하려 했다는 것이다. 나는 그보다 간단한 이론이 있었다. 크리시는 대단히 미친년이라는. 미친 인간들은 위험한 인간이기도 했다.

하지만 혼자서 거실에 서 있으려고 여기까지 온 건 아니었기 때문에 나는 용기를 내서 무기를 내려놓고 크리시를 따라 부엌으로 들어갔다.

크리시의 집은 한 번도 완공된 적이 없거나 산산이 박살나고 있거나 둘 중 하나였다. 거실은 페인트칠도 하지 않은 석고판을 벽에 못질로 박아놨고, 부엌은 마감도 안 된 2×4 크기의 나무판으로 만든 문틀에, 여기저기 주황색 연장 케이블이 늘어져 있었다. 테이블 위에는 전기주전자가 놓여 있고 그 옆에는 믹서기가 있었다. 조리대에는 쇼핑백과 쿠키 단지, 파이용 접시가 한가득이었다.

"향긋한 차 한잔 마실까?" 크리시가 말했다.

크리시는 조리대 아래 활짝 열려 있는 식기세척기 옆에 서서 생수통의 물을 주전자에 채우고 있었다.

"아무데나 앉아."

나는 삐걱대는 나무 의자에서 우편물을 치우고 창과 문을 볼 수 있도록 의자를 벽에 붙인 후 앉았다. 22구경을 테이블 내 앞에 올려놨다. 그립 부분이 땀으로 번들거렸다. 나는 청바지를 입은 다리에 손을 문질렀다. 테이블은 온갖 약병과 광고 우편물, 노란 고무장갑이 가득 든 비닐봉지, 가격표도 떼지 않은 행주에 뒤덮여 있었다.

"우리 부모님이 처음 살았던 집이야." 크리시가 물이 넘쳐흐르는 싱크대 옆에 생수통을 내려놓으며 말했다. "60년대에 구매했는데 그때보다 집값이 떨어졌어. 장난 아니지? 적어도 땅값은 좀 나갈 거라고 보통 생각하겠지만."

"유감이야." 내가 말했다.

크리시는 전기주전자의 코드를 꽂고 찬장에서 차를 찾았다. 부엌 찬장은 죄다 문이 떨어져 있었다.

"여기가 탄광 지역인데 더이상 석탄이 안 난단 말이야." 크리시가 말했다. "석탄 불순물을 씻어내는 화학물질이 지하수를 오염시켰어. 마셔도 안전하다고 하는데 아기들 입안에 종기가 생기고 사람들 잇몸에서 피가 나. 그 화학 회사랑 8년째 소송중이야."

크리시는 냉장고 옆 찬장에 팔을 깊숙이 넣어 립톤 티백 하나를 꺼냈다. 그리고 싱크대의 더러운 접시더미에 말라붙은 티백을 하나 더 찾아내 뜯어낸 후 머그잔 두 개를 헹궜다.

"왜 돌아온 거야?" 내가 물었다.

"키스가 여기가 좋대." 크리시가 말했다.

크리시에게서 광기가 향수처럼 뿜어져나왔다.

"누가 에이드리엔을 죽였어." 내가 말했다. "그 얘기 들었어?"

크리시가 미소를 지었다. 나는 몹시 열이 받았다. 주전자에서 소리가 울리자 크리시가 차에 물을 따랐다.

"자, 여기." 크리시는 내 총을 건드리지 않고 내 앞에 머그잔을 내려놨다. 나는 한 모금을 들이켰다. 너무 뜨겁고 썼다. 크리시는 의자 위에 있던 쇼핑백 두 개를 바닥에 턱 내려놓고 자리에 앉았다. "우리는 언제나 우리가 겪은 일의 의미를 다르게 해석하니까."

"사이코 형제가 나를 죽이려 했어." 내가 말했다. "우리 전부 본질적으로 같은 일을 겪었어. 다르게 해석할 게 뭐 있어?"

"이거나 저거나 결국 다 같은 의미야. 나는 그걸 주술 의식이라 부르는 것뿐이고. 시련을 통해 우리를 내면으로 인도하고, 영성을 발견하고, 궁극적인 통합과 평화의 경지에 이르게 하는 거야."

"바로 그거야. 우리는 해석이 달라. 하지만 결국 누군가 파이널 걸을 노리고 있다는 사실은 다를 게 없어. 그놈들이 에이드리엔을 죽이고 나를 죽이려고 별짓을 다했어. 줄리아를 병원에 입원시키고 헤더의 시설을 불태웠지. 우린 힘을 뭉쳐야 해. 걔들이 넌 가만히 둘 것 같아?"

"이게 바로 너의 가장 큰 결점이었지." 크리시가 말했다. "언제나 잘못된 관점에서 바라보잖아. 네가 그렇게 구는 한 계속 두려움 속에서 살게 될 거야."

"그래서 도와주지 않겠단 거야?" 내가 물었다.

"뭘 도와줘?" 크리시가 웃었다. "파이널 걸 정예군 같은 거엔 합류할 생각이 없어."

"너 빌리 워커랑 해리 피터 워든이랑 아직도 연락하지?" 내가 말했다. "그놈들과 주기적으로 연락하잖아. 맞지?"

"그런 대우를 받아선 안 되는 사람들이야." 크리시가 말했다.

"넌 걔들의 그걸⋯⋯ 팔기도 하잖아." 나는 단어를 고르기가 어려웠다. "걔들의 작품."

"거기에 대해선 노 코멘트 할게." 크리시가 말했다.

"모르는 척 하지 마." 내가 말했다. "빌리의 방문자 명단에 네 이름이 잔뜩 있는 걸 찾아냈다고. 워든의 명단도 마찬가지겠지. 넌 이용당하는 거야. 누군가 널 자기들 전용 메신저로 만든 거라고."

그때 나는 크리시가 자리에 앉은 이후로 눈을 한 번도 깜빡이지 않았다는 것을 깨달았다. 중간책이라고 생각한 크리시가 만약이 계획의 통솔자였다면? 캐럴 박사가 크리시에게 도움을 요청한 적이 전혀 없다면? 캐럴 박사에게서 멀어질수록 위험에서 달아나고 있다고 생각했는데 오히려 위험의 한가운데로 자진해서 들어온 거라면?

"캐럴 박사한테 연락은 와?" 총을 너무나 집어들고 싶은 나머지 손에 경련이 일었다.

"그 여자가 그 바느질 모임을 아직도 운영하고 있어?" 크리시가 빙긋 웃었다. 아직도 눈을 깜빡이지 않고 있었다.

"누가 너한테 워든이나 워커에게 연락해달라고 부탁하지 않았어?" 내가 물었다. "어차피 신경 안 쓰지만 그래도 알아야 해서."

"신경을 엄청 쓰시겠지." 크리시가 웃었다. "안 그랬다면 이렇게 오랫동안 나랑 소송하고 있지 않겠지."

"그건 매릴린이 한 거야." 내가 말했다. "그리고 결국 취하했어. 이젠 아무도 네가 그놈들을 돕겠답시고 이 따위 쓰레기를 팔아서 교도소 계좌에 돈 넣어주는 거 신경 안 쓴다고. 내 말은, 그건 역겹고 윤리적으로 옳지 못한 일이지만 지금 우리한텐 더 중요한 문제가 있다는 거야. 우리는 배후에 있는 누군가가 너를 연락책으로 이용하고 있다고 생각해."

크리시는 나를 뚫어져라 쳐다보았다.

"배후에 있는 누군가가 어쨌다고?" 크리시가 물었다. "넌 내가 널 죽이려는 수수께끼의 인물들로 구성된 정체불명 단체의 꼭두

각시라 생각하는 거야? 그리고 그 존재도 확실하지 않은 음모에 복수하기 위해 나더러 이 예술가들의 믿음을 저버리라고?"

"복수가 아니야." 내가 말했다. "자기방어라고 하는 거야."

"자연을 거스르는 일이지." 그녀가 말했다.

나는 허리가방에 손을 뻗어 반듯하게 접어놓은 8×10 크기의 광택이 나는 사진을 꺼내 테이블에 펼쳤다. 바브 코드의 사진 중 하나였다. 크리시가 자세를 고쳐 앉았다.

"희귀품이잖아." 크리시가 작게 씩씩거렸다. "보관을 제대로 해야 할 거 아냐."

"세 장 더 있어." 나는 거짓말을 했다. "사인도 하고 날짜도 써줄게. 시장에 딱 네 장밖에 없어. 가치가 있을 거야."

크리시는 가소롭다는 듯한 미소를 지었다.

"필요한 돈은 충분히 있어. 지금은 새로운 물건을 구입하는 것보다 수집품 큐레이팅을 잘하는 게 중요해."

"그럼 내가 온라인에 내놓은 물건을 왜 그렇게 사려고 한 건데?" 내가 물었다. "나란 것도 몰랐잖아."

"아, 리넷." 크리시가 거들먹거리며 말했다. "너 정말 내가 너인 거 몰랐을 것 같아?"

나는 저 잘난척하는 얼굴의 잘난척하는 미소를 손바닥으로 날려버리고 싶었다. 총을 들고 무릎뼈처럼 중요하지 않은 곳을 쏴버릴 수도 있었다. 제대로 아픔을 느낄 만한 어딘가를. 크리시는 나를 갖고 놀지 않았다. 알면서 그런 게 아니었다. 나는 그렇게 멍청하지 않았다. 함정에 제 발로 걸어들어온 건 아니었다.

"로스앤젤레스에서 일어나는 일들을 흥미롭게 지켜보고 있었지." 크리시가 말했다. "이런 일이 일어날 줄 너희 누구보다 먼저 알았고. 난 언제나 널 좋아했어, 리넷. 여기 누군가 와서 제대로 된 질문을 던진다면 그건 너일 거라 생각했어."

부엌 창문은 어둠을 윤기 어린 사각형으로 담아내고 있었다. 집안에는 어떤 움직이는 소리도 들리지 않았다.

"이 일을 벌인 게 누군지 알고 있어?" 내가 물었다.

"거의 2년 전에 그 숫자들을 알아차렸지." 크리시가 말했다. "그게 뭔지 의아했어. 내가 아는 걸 알고 싶지 않아?"

"무슨 숫자?" 내가 물었다.

"이메일에 있는 숫자 말야." 크리시가 말했다.

"무슨 숫자? 무슨 이메일? 누구랑 연락했는데?"

"넌 진짜 파이널 걸이라기보단 늘 미완성의 피해자였지." 크리시가 말했다. "하지만 지금 네가 여기 있는 건 하나의 계시야. 마침내 너의 위기가 도래했다는."

크리시의 눈이 반짝였고, 나는 우리가 인간 문명에서 아주 멀리, 너무나 멀리 떨어져 있다는 것을 깨달았다.

"넌 정말 운이 좋아." 크리시가 숨을 내쉬었다. "이제 진정한 파이널 걸이 되려는 것 같네."

기나긴 침묵이 흘렀다. 크리시가 누군가가 몰래 들어오도록 시간을 벌어주고 있다는 생각에 문가를 확인했지만 부엌에는 아무도 없었다.

"방금 퍼즐이 맞춰졌어." 크리시가 말했다. "아. 너무나 아름다워. 마침내 너의 시간이 온 거야. 이제 내가 네 다음 단계인 거야."

크리시는 가슴에 손을 올리고 더없이 기쁘다는 듯 눈을 감았다.

"영광이다. 이리 와. 내 컴퓨터는 박물관에 있어."

크리시가 의자를 뒤로 밀며 일어났고 나도 따라서 몸을 일으켰다. 크리시를 따라 세탁기와 건조기를 지나 집 뒤로 이어진 짧은 복도를 걸어갔다.

"인터넷에 접속할 때마다 박물관을 지나가야 하거든." 크리시가 다용도실 문고리를 잡으며 말했다. "우리 각자가 겪은 여정을 매일 상기시켜줘. 이제 너도 그 여정을 떠나겠지. 마음의 준비를 해둬, 리넷. 이게 어떤 건지 너도 알게 되어 너무 기쁘다."

크리시가 문을 열자 냉장고라도 연 것처럼 차가운 공기가 밀려들었다. 크리시가 문틀 주변으로 손을 뻗어 불을 켰다. 형광등이 깜빡이는 소리를 내며 집 뒤편에 붙어 있는 거대한 조립식 헛간의 위아래를 비췄다. 하지만 우리 앞에 있는 것이라고는 검은색 커튼이 달린 작은 옷장뿐이었다. 그 위로는 30센티미터 정도 되는 칼이 걸려 있었고 칼날에는 시커멓고 끈적한 것이 묻어 있었다. 그 칼은 머리카락이 엉켜붙은 타이어 지렛대와 열십자로 교차되어 있었다.

"저건 대니 거야." 크리시가 말했다. "구하기 정말 어려웠지. 그렇지만 덕분에 늘 대니와 가까워진 기분이 들어. 대니의 오빠가 대니의 친구들을 변신시켜준 무기랑 대니가 오빠를 죽일 때 쓴 지렛대야. 음과 양이랄까. 저 아래를 지나갈 때마다 성찰을 하게 돼."

살짝 속이 매스꺼워졌다. 크리시는 앞으로 걸어가더니 커튼 옆 선반에서 손전등을 꺼내들고 양손으로 커튼을 젖혔다. 커튼 뒤는 어둑어둑했고 어쩐지 불길한 기분이 들었다.

"이리 와, 린." 크리시가 말했다. "경이로운 것들을 보여줄게."

"이메일도." 나는 크리시에게 현실을 상기시켰다.

"이메일도." 크리시가 말했다. "박물관을 다 보고도 여전히 궁금하다면."

나는 청바지에 손을 문지르고 22구경의 안전장치가 해제되어 있는지 확인했다. 그리고 크리시를 따라 살인기념품 박물관으로 들어갔다.

모든 괴물은 똑같다. 그들은 남성이다. 늑대 인간, 뱀파이어, 트롤, 오우거, 밤에 돌아다니며 무례한 아이들의 가죽을 벗기는 러시아의 악령 반니크, 어린 신부를 죽이는 푸른 수염.
블러드 캠프의 테디 볼커 이야기는 미노타우로스의 이야기와 닮아 있지 않은가? 도망칠 수 없는 머나먼 곳으로 보내진 젊은이들이 제물이 되어 괴물에게 쫓기고 죽임을 당한다는 점에서 말이다.
우리의 괴물들은 야밤에 불쑥 나타나고, 아이들을 납치하고, 사람들을 놀래키고, 아기를 잡아먹는 자들이다. 그들은 아이들을 잡아먹는 남성이다. 이것은 가장 유구하며 고유한 서사다. 신의 신성한 두 가지 행위를 모방하려는 인간의 도전이다. 창조와 파괴. 탄생과 죽음. 여자는 출산을 하므로 남성들은 죽음에 만족해야 한다. 그렇게 그들은 죽음의 전문가가 되었다.

『비교 민속학 연구』 2009년 11~12월호에 최초 게재된 크리스틴 머서의
「괴물, 우리의 조물주: 최초의 홍수부터 파이널 걸까지」에서

파이널 걸 서포트 그룹 18
파이널 걸의 저주

크리시의 집은 난파선처럼 난잡하고, 정신머리 없이 어수선했지만 박물관은 모든 것이 정리되어 선반에 진열되어 있었다. 보관함에 담아 태그를 붙여놨고, 종류별로 분류해 목록까지 만들어뒀다. 컴컴하고 고요한 첫번째 방에 들어서자 크리시의 호흡이 느려지고 움직임은 나긋해졌다.

할머니가 쓸 법한 앤티크 램프가 방을 밝히고 있었고, 바닥에는 나이 지긋한 이모의 응접실에서 꺼내온 듯 요란한 무늬의 카펫이 깔려 있었다. 피가 뚝뚝 흐르는 장기처럼 만개한 루비색의 장미가 그려져 있고, 테두리에는 창자처럼 보이는 꼬불꼬불한 덩굴과 꽃줄기를 두른 카펫이었다.

"아마추어 같아서 미안하네." 크리시가 말했다. "그렇지만 아직도 얼마나 수요가 많은지 알면 놀랄 거야."

방안에는 선반이 줄지어 있었다. 선반은 크리시가 철망으로 덮어놓은 가벽의 꼭대기까지 이어졌다. 그 위는 어두워서 잘 안 보였지만 이내 조립식 지붕을 받치고 있는 철제 대들보가 보였다. 선반 위에 있는 것들은 대부분의 사람들 눈에 특이해 보이지 않을 것들이었다. 못, 흙이 담긴 유리병, 실리콘건, 둥글게 말린 가죽 신, 어린아이의 광대 인형, 링바인더 파일과 스크랩북, 손톱갈이와 머리카락 한 움큼이 묻은 빗을 담은 깨끗한 비닐백 모음, 세월이 흘러 녹슨 이발 가위, 손잡이에 지문 채취용 가루가 하얗게 남아 있는 앤티크 다리미, 홀로 덩그러니 놓인 벽돌 등.

하지만 나는 이 물건들이 뭔지 알았다.

H. H. 홈스가 시카고에 지은 살인의 집에서 나온 못, 보니와 클라이드가 총을 맞은 곳에 있던 자갈, 로버트 버델라가 피해자의 귀를 막을 때 사용한 실리콘건, 앨버트 피시가 신었던 신발, 찰스 맨슨의 머리카락, 존 웨인 게이시의 광대 장난감, 테드 번디의 크리스마스 카드, 샤론 테이트의 집에 있던 벽돌.

이것들은 어떤 특정 집단의 사람들에겐 벤츠 S 클래스나 뉴욕 햄프턴스의 주택보다 더 강력한 신분의 상징이었다. 지옥에 중고품 매장이 있다면 이렇지 않을까 싶을 정도로 방은 오래된 피와 마른 땀 냄새로 진동했다. 살기 위해 도망쳤던 사람들이 공포에 젖어 흘린 시큼한 땀과 망치를 내려친 사람들이 살육에 주려 흘린 머스크 냄새의 땀.

"이것들은 전망이 없어." 크리시가 말했다. "자, 얼른. 여기서 꾸물거리고 싶지 않아. 무기력함이 옮는단 말이야."

방 반대편의 검은 커튼 너머로 크리시를 따라가고 싶지 않았다. 하지만 끝장을 봐야 했다. 나는 핸드폰을 확인했다. 신호는 한 칸밖에 잡히지 않았다. 여기 있은 지 벌써 30분째였다. 스테퍼니에게 문자로 소식을 알려주고 싶었지만 스테퍼니는 나의 비장의 무기였다. 그애를 넘겨줄 수 없었다.

"오고 있는 거야?" 크리시가 어둠 속에서 채근했다.

이 기이한 집의 나머지 부분에 뭐가 있는지 나는 알았다. 수집 애호가들을 위한 희귀 와인들. 가격은 아무 문제가 아닌 남자들. 소비가 그 사람의 수준을 말해준다는 말이 맞다면, 1978년 임신한 치어리더를 보트창고의 벽에 꽂아버린 작살에 6143달러를 지불하는 인간은 대체 어떤 존재일까?

하지만 여기서 멈추지 않을 것이다. 끝을 보고 말겠다. 나는 문턱을 넘어 어둠 속으로 들어갔다. 크리시는 가벽을 옮겨 헛간을 관통하는 미로를 만들어놨다. 우리는 꽉 닫힌 문과 어두운 출입구가 늘어선 기다란 복도에 서 있었다.

"내가 이렇게 제대로 하는 데 얼마나 걸렸는지 알아?" 크리시가 말했다. "6년이야. 예술은 시간이 걸리는 법이지. 예술이 아닌 것에 누가 6년이나 들이겠어?"

"냄새가 나." 내가 말했다.

"그들의 머스크 향이야." 크리시가 말했다. "그리고 우리 자매들의 향수 냄새도 있고. 그거 알아, 린? 나는 언제나 네가 가여웠어."

"고맙다고 해주길 원해?"

"아니, 정말 진지해." 크리시가 말했다. "내가 너였다면 얼마나 힘들지 늘 생각했어. 나는 처음부터 내 소명을 알았지만 너에겐 너무 혼란스러웠을 테니까. 파이널 걸로 쳐주긴 하지만 넌 피를 묻힌 적도 없고 입문식을 거치지도 못했으니까."

"이런 이상한 말을 언제까지 들어야 하는 거야, 크리시?" 내가
물었다. "되도록 건너뛰어주면 고맙겠어."

"너 정말 웃기다." 크리시가 말했다. "위대한 뭔가의 문턱에
서 있으면서 이해도 못하고 있어."

크리시는 앞으로 걸어가며 나를 어둠으로 이끌었다. 거미줄처
럼 가벼운 뭔가가 얼굴에 스쳤고, 나는 그게 입술에 닿지 않도록
몸을 움츠렸다. 지저분한 레이스 숄이었다. 여기 온 건 실수였다.
크리시의 정신 나간 얘기를 듣는 것만으로도 모두를 배신하는 셈
이었다. 숲속에서 너무 오래 곪은 나머지 누군가 나타나면 자신
의 정신병을 게워내려고 벼르고 있었던 게 틀림없었다. 나는 입
안을 세게 깨물어 통증을 느끼며 정신을 차렸다. 이메일에 대해
알아내야 한다.

"우리 모두에게 어떤 일이 일어났지?" 크리시가 물었다. "한
번이라도 곰곰이 생각해본 적 있어?"

"'왜 하필 나한테 이런 일이?' 같은 의문을 말하는 거야?" 내가
물었다.

"아니." 크리시가 말했다. "'왜 이런 일이?' '왜 이 모든 살인이
일어난 것일까?' 같은 의문."

우리는 박물관 안으로 더 깊숙이 들어갔다. 어두컴컴한 진열장
을 지나고 줄줄이 이어진 스티로폼 머리 모형들을 지나갔다. 나
는 가발이라고 생각했던 것이 실은 인간의 두피임을 깨달았다.
크리시는 어두운 출입구 앞에서 내가 따라오기를 기다렸다.

"살인은 여성에게서 탄생을 빼앗으려는 남자들의 시도야." 크

리시가 말했다. "우리는 아이를 낳고 그들은 죽이지. 우리는 생명을 창조하고 그들은 죽음을 창조하고. 늘 언제나 그래왔던 거야."

"그게 우리 괴물들과 무슨 상관인데?" 내가 물었다. 괴물들. 괴물이라는 단어가 너무 거창하고 신비스럽고 극적으로 들려서 목에 걸리는 경우가 종종 있었다. 하지만 지금은 참으로 적절했다.

"모르겠어?" 크리시가 물었다. "이건 주술 의식인 거야. 자기 창조의 행위라고. 괴물들은 사람을 죽이는 게 아니라 자신의 일부를 죽이는 거야. 그들은 창녀, 괴짜, 약쟁이, 운동선수, 치어리더를 죽이지. 그건 전부 자기 인격의 또다른 면인 거야."

"대니가 들으면 좋아하겠다. 자기 친구들을 오빠의 또다른 인격으로 본다는 말을 들으면." 내가 말했다.

"말 그대로 그렇다는 게 아니야." 크리시가 말했다. "넌 의미론에 집착해서 내가 말하는 것을 거부하고 있어. 나는 그들이 왜 그런 행위를 하는지 알려주는 거야."

"사이코패스니까." 내가 말했다.

"그건 너무 단편적인 말이야." 크리시가 말했다. "그들을 진단하고 서랍 안에 파일로 넣어두면 네가 더 우월해지는 것 같아? 그들은 그보다 복잡해. 이게 그냥 단순한 심리적 문제라면 치료법도 찾을 수 있겠지. 하지만 이건 형이상학적 문제야."

"이건 사법 정의의 문제야." 내가 말했다.

"그들 인격의 일부가 문제시되는 건 그들이 약한 존재라서야." 크리시가 내 말을 무시하며 말했다. "괴물들은 강해지고 싶어해. 위험한 존재가 되고 단단한 존재가 되고 싶어해. 그래서 자신의 나약한 부분을 죽이는 거야. 하지만 그 여정은 언제나 같은 곳에서 끝나. 괴물과 파이널 걸 말고는 아무도 남지 않지. 자기 인격의 다른 부분을 아무리 죽여대도 자신의 본질적인 여성성을 파괴하지 못해. 아무리 파괴라도 창조를 없앨 순 없으니까. 그 원초적인 여성성의 충동, 그 출산의 충동은 없앨 수 없어. 모든 것을 최대한으로 다 끓이고 끓여서 마지막에 남게 되는 것이 그거야. 창조와 파괴, 여성과 남성, 삶과 죽음, 탄생과 살해."

크리시는 나를 방으로 안내했다. 방은 새까맸다. 크리시가 오른쪽으로 몸을 기울여 스위치를 켜자 갤러리용 저전력 조명 수십 개에 불이 들어왔고, 우리는 순식간에 1978년의 레드 레이크 캠프에 도착해 있었다. 얼룩이 묻은 카운슬러의 운동복 티셔츠가 내 머리 위로 십자가처럼 걸려 있었고, 캠프의 삼각기가 벽 상단을 두르고 있었다. 반으로 자르고 깎은 통나무가 끈에 매달려 있으며, 통나무의 흰 단면에는 레드 레이크 캠프 쿠거스라고 새겨져 있었다. 레드 레이크 캠프 프리스비*는 프랭클린 민트**의 소장용 접시들처럼 늘어서 있고, 그 옆으로는 미식축구 공과 캠프 21호실의 모든 소녀들이 서명한 카누의 노가 있었다.

"캠프 내 상점을 운영하던 사람이 이베이에서 남은 걸 정리하길래. 조금 과하게 사버렸어." 크리시가 말했다.

운동복 티셔츠 위에는 아홉 장의 사진이 나란히 액자에 걸려 있었다. 저마다 다른 십대 아이가 미소를 짓고 있었다. 그중 에이드리엔의 가장 친한 친구인 밸러리 베이츠는 알아볼 수 있었다.

---

* 서로 던지고 받으면서 노는 플라스틱 원반.
** 다양한 종류의 동전, 메달, 접시 등을 판매하는 기업으로, 품질 좋은 한정판 수집품을 만드는 것으로 유명하다.

에이드리엔이 강연을 할 때 그녀 얘기를 자주 했었다. 즐거운 여름의 기념품들 사이로 암울한 기념품들이 드문드문 보였다. 활과 화살, 찌그러지고 구부러진 화살촉. 고무줄이 갈라진 작살총. 마체테.

방은 살짝 소나무 향이 났다. 크리시가 나무 냄새를 내기 위해 방향제를 뿌린 게 분명했다.

"레드 레이크 캠프." 크리시가 말했다. "그게 모노 인디언들이 살던 곳 위에 지어졌다는 걸 알았어?" "그 인디언들은 걸어다니는 해골인 니니티카티를 믿었어. 자기 살점을 다 먹어치우고도 영원히 굶주리는 해골이래. 여자들을 쫓아가 먹어치우고 그 아이들도 먹었다지. 한번 사냥을 시작하면 절대 멈추지 않았기 때문에 사람들은 니니티카티를 죽이는 것 외엔 선택의 여지가 없었어. 그렇지만 니니티카티는 절대 죽지 않았어. 무슨 짓을 해도 다시 스스로를 조립할 수 있었어. 그 정신이 숲에 남아 있는 거야. 육신을 찾아다니는 혼령처럼. 브루스 볼커는 그 사건 전엔 정신병력이 없었어. 그를 아는 이들은 전부 그가 피만 봐도 못 견뎌하는 사람이었다고 했어."

"넌 사람의 생명을 두고 너무 신비주의적으로 접근하고 있어." 내가 말했다. "정신 같은 추상적인 건 없어. 실제 사람이 있을 뿐이야."

"하지만 누가 신경을 쓰지?" 크리시가 물었다. "사람들이 죽었다고 누가 신경을 쓰는데? 아홉 명의 여자아이들과 브루스 볼커가 레드 레이크 캠프에서 죽었어. 그게 어쨌는데? 지금까지 죽은 우리의 친구들과 가족을 모두 합쳐도 쉰 명이 안 돼. 매년 5천만

명의 사람이 죽어. 그런데 왜 우리한테 신경을 쓰겠어? 그렇다면 사람들은 왜 우리에게 관심을 가지는 걸까? 우린 왜 전부 그렇게 유명해진 걸까? 왜 우리는 사람들의 머릿속에 오래도록 남게 됐을까? 여기도 봐봐. 시먼스 화이트라는 사람은 팔 하나가 없으면 안정적인 장애 수당을 받을 수 있다는 걸 깨달았어. 그래서 이웃 집에 가서 전기톱을 빌려 팔을 자르려고 했어. 그의 딸이 말리자 그는 딸을 조각내고 아내에게도 똑같이 해주기로 마음먹었지. 내가 저 전기톱을 얼마에 살 수 있었는지 알아? 대략 80달러야. 그렇지만 한센 가족이 쓴 대형 해머 있지? 매릴린의 남자친구를 죽인 그 대형 해머? 그건 5년 전에 1만 4천 달러에 팔렸어. 차이가 뭘까?"

"이제 지친다, 크리시." 내가 말했다.

"아니." 크리시가 말했다. "넌 이걸 이해해야 해. 우리와 얽혀 있는 죽음에는 더 많은 의미가 있어. 더 크고, 더 상징적인 의미가. 그 의미에는 울림이 있어. 한번이라도 하던 일을 멈추고 그 이유를 자문해봤어?"

크리시는 다시 방을 슥 나가더니 나를 이끌고 음울한 복도를 가로질렀다. 벽마다 검은 구멍이 뚫려 있고 복도는 구불구불 이리 돌고 저리 돌았다. 머리 위에서는 양철 지붕에 하루종일 쌓였던 열기가 빠져나가며 금속이 딱딱이는 소리가 났다.

크리시와 또다른 컴컴한 골방으로 들어가자 갑자기 탁 하는 소리와 함께 눈앞에 한 여자가 공중에 대롱대롱 매달려 있었다. 나는 소스라치게 놀라 뒤로 주춤할 뻔했지만 자세히 들여다보니 공중에 떠 있는 거대한 흰색 드레스였다.

"매릴린 거야." 크리시가 말했다. "주얼 볼 드레스. 1978년에 입은 거야."

수십 개의 단섬유 낚싯줄이 드레스를 당기며 몸의 형태를 만들어내고 있었다. 꼭 보이지 않는 매릴린이 안에 들어 있는 듯했다.

"매릴린 부모님의 걸프 휴양지에 있던 걸 복구한 거야." 크리시가 말했다. "특집 방송에서 보고 꼭 가져야겠다고 결심했지. 이걸 내달라고 가정부에게 거의 800달러를 줬어. 종종 여기 와서 매릴린과 대화를 나눠."

벽에는 꽃 장식과 립스틱 자국이 희미하게 남은 샴페인 잔이 잔뜩 진열되어 있었다. 그해에 데뷔한 사교계 여성들 전원의 사진이 액자에 걸려 있었고 그 한가운데 매릴린이, 두 달 전 친구들의 죽음을 목격하지 않았다는 듯 너무나 애를 쓰며 활짝 웃고 있었다. 벽 한참 위, 명예의 전당에는 지저분한 대형 해머가 걸려 있었다.

"저건⋯⋯" 내가 입을 열었다.

"이 방의 그 무엇도 팔 생각 없어." 크리시가 내 말을 잘랐다. "그러니 출처는 말하고 싶지 않아."

"너 정말 섬뜩하다, 크리시." 내가 말했다.

"섬뜩한 크리시." 크리시가 말했다. "다들 고등학교 때 나를 그렇게 불렀지. 홈커밍 전에는 그랬어. 홈커밍 이후엔 영웅, 생존자, 피해자라고 불렀고. 홈커밍 이후에 나는 그들이 필요로 하는 존재이자 두려워하는 존재, 모든 게 한데 섞인 존재가 됐어."

"크리시." 내가 말했다. "그 이메일을 보고 싶어."

"그렇게 될 거야." 크리시가 말을 이어갔다. "하지만 리넷, 파이닐 걸과 괴물 둘만 남겨졌을 때 무슨 일이 일어나는지 알아? 파이널 걸은 괴물을 진정시켜. 처녀와 유니콘이 그러는 것처럼. 유니콘은 사납고 흉폭하지만 처녀 아가씨를 보면 무릎에 머리를 기대고 유순해지지. 파이널 걸과 괴물은 한 사람의 양면 같은 거야. 생각해봐. 한쪽은 빠르게 달려가며 비명을 지르고, 기지를 발휘해서 친구들을 위해 싸워. 또다른 한쪽은 느리고 완고하며 말이 없는, 사람을 죽이는 외톨이지."

"엿이나 먹으라 그래." 내가 말했다. "괴물은 감옥에 가거나 살해당해. 여성의 승리지. 멋지네."

"아니." 크리시가 말했다. "그런 일은 일어나지 않아. 네 얘기에서도 그렇잖아? 괴물은 돌아와. 그리고 마침내 여자는 괴물을 죽여. 그게 그 괴물이 완성되는 순간이야. 여자가 괴물을 해방하고. 그 행위를 통해 자기 자신도 해방되는 거야. 괴물이 양이면 여자는 음인 거야. 모르겠어?"

크리시는 불을 껐다. 나는 둥둥 떠 있는 흰색 드레스와 남겨지고 싶지 않았으므로 크리시를 따라 복도로 갔다. 우리는 어두운 미로 속으로 점점 더 깊숙이 들어갔다. 크리시는 벽에 부딪히지 않도록 손전등을 켰다.

"이걸 잠깐이나마 보여주고 싶어서." 크리시가 말했다. "안에 오래 머물기는 너한테 힘들 거야. 그렇지만 아주 인상적이겠지."

크리시는 철망 문을 열고 조명을 켰다. 우리 둘은 문간에 서 있었고 나는 공포의 현장을 바라보고 있었다. 울음이 터질 것만 같았다.

"헤더의 방이야." 크리시가 빙긋 웃었다. "드림킹을 여기로 초

대해서 직접 짓게 했어. 그 비용을 대느라 내가 소장했던 살인기념품을 전부 팔아야 했지. 그렇지만 그럴 가치가 있었다고 생각해."

나의 뇌는 지금 바라보는 광경을 전혀 받아들이지 못했다.

"어떻게⋯⋯?" 내가 입을 열었다.

"드림킹은 자유의 몸이니까." 크리시가 말했다. "감옥에 복역 중인 남자가 실제 사건과 아무런 연관도 없다는 걸 언젠간 다들 알게 되겠지. 하지만 그 남자는 드림킹의 하수인이니까 절대 말하지 않을 거야. 이제 드림킹은 극도로 조심해서 일을 처리해. 정말 놀랍지?"

나의 정신은 그 방에서 울부짖는 광기를 감당하기 위해 애를 쓰고 있었다. 헤더가 지금 이곳에 있다면 나를 배신한 것을 용서해줄 정도였다. 모두를 배신했더라도 용서할 것이다. 헤더가 직접 말해준 것보다 더욱 처참했다.

"너무 빠져들지 마." 크리시가 말했다. "아직 갈 길이 머니까."

크리시는 불을 끄고 철망 문을 닫았고 나는 애써 발길을 돌렸다.

"강해져야 해, 린." 크리시가 말했다.

손 하나를 내 팔꿈치에 올린 채 크리시는 모퉁이를 돌아 나를 다른 방으로 안내했다. 강한 형광등 불빛이 눈을 쪼아댔다.

"이게 네 방이야." 크리시가 감격에 젖어 말했다. "난 언제나 네 생각을 해."

방은 완전히 비어 있었다. 조립식 가벽과 문 위에 쳐진 검은색 커튼이 전부였다. 바닥은 마감하지 않은 콘크리트였고 천장 중앙에 매달려 조금씩 깜박이는 형광등에 눈동자가 아려왔다.

"네 여정은 아직 끝나지 않았어." 크리시가 말했다. "하지만 엄청난 잠재력이 도사리고 있지. 이 방을 함께 채울 날이 너무나 기대돼."

크리시는 탁 불을 끄더니 다른 방으로 나를 데려갔다. 불을 켜고 보니 벽은 저멀리 있었고 나는 사람들에 둘러싸여 있었다. 나는 몸을 돌려 사람들을 쳐다보았고 사람들도 몸을 돌려 나를 쳐다보았다. 그들은 뒷걸음질을 하며 22구경을 꺼내들었다.

"여기는 줄리아의 특별 공간이야." 크리시가 말했다. "전부 거울로 되어 있어."

나는 호흡을 가다듬고 벽을 살펴보았다. 벽은 전부 거울로 덮여 있었고, 거울의 프레임은 알루미늄 호일로 감거나 은색으로 칠해서 보이지 않았다. 한쪽 벽에는 허리 높이의 유리 선반이 있었고 거기에 유령의 머리가 여럿 있었다. 두 개는 서로의 얼굴을 바라보며 하품하듯 입을 벌리고 있었다.

"더 낡은 게 실은 복제품이야." 크리시가 말했다. "두번째 머리는 돈이 제법 들었어. 페이스북 개발자 중 한 명이 진품을 갖고 있어."

"여기에 대체 얼마나 돈을 쓴 거야, 크리시?"

줄리아의 척추 엑스레이 사진이 붙어 있는 라이트박스와 물리치료사의 보고서 사본도 있었다. 진열장에는 여기저기 얼룩이 묻고 부식된 사냥용 칼이 세 자루 들어 있었다. 나는 줄리아를 떠올리며 슬픔과 경이 속에서 그것들을 바라보았다.

"투자할 만한 가치가 있었어." 크리시가 말했다.

"그래?" 내가 물었다. "네가 이런 신비주의를 좋아하는 건 알지만, 이게 다 무슨 소용인데?"

"그러지 마." 크리시가 말했다. "이메일을 보여줄게."

크리시는 복도로 나가더니 또다른 컴컴한 복도로 걸어갔다.

"네가 너무 자랑스러워." 크리시는 뒤를 힐끗 돌아보며 말했다. "대니는 운동광이잖아. 헤더는 약쟁이고. 줄리아는 괴짜고. 매릴린은 창녀지. 미안한 표현이지만 결혼을 두 번 했잖아. 에이드리엔은 치어리더야. 너희를 늘 응원하니까. 괴물은 한 명 한 명 차례로 찾아갈 거고 너를 가장 마지막에 남겨둘 거야. 너는 파이널 걸 중의 파이널 걸이 되는 거지."

"넌 어쩌고?" 내가 물었다.

"나는 네게 길을 안내하는 미천한 시종이지." 크리시가 빙긋 웃었다.

우리는 헛간의 맨 끝에 자리한 넓고 탁 트인 사무 공간에 이르렀다. 컴퓨터 책상 위에는 램프가 켜져 있었고 아이맥 주변으로 택배 용품들이 쌓여 있었다. 크리시는 몸을 숙여 컴퓨터를 켰다.

"괴물들의 목적이 뭔지 모르겠어?" 크리시가 물었다. "괴물은 언제나 보물을 지켜. 하지만 그게 말 그대로 보물일 필요는 없어. 지식일 수도 있고 어떤 초월적인 것일 수도 있어. 미노타우로스의 미궁 한가운데에는 소중한 것이 자리하잖아. 어마어마한 사실이. 우리는 각각 상대해야 할 괴물이 있어. 그건 우리의 개인적인 약점을 시험하기 위해 고안된 괴물이야. 결국 그 괴물들은 우리에게 죽음을 선사해. 진짜 죽음이 아니라, 한 시기가 끝에 다다르고 새로운 시기가 시작된다는 의미의 죽음이야. 죽음은 새로운 삶으로 나아가는 변혁의 조짐이지. 아니, 이런 젠장. 난 10.6 버전으로 업그레이드하고 싶지 않아."

크리시가 쾅 키보드를 내려쳤다.

"죽음에 대한 두려움은 변화에 대한 거부일 뿐이야." 크리시가 말했다. "이제 됐다."

스크린에 여러 개의 창이 떴다. 크리시는 인체공학 의자에 앉아 이메일을 훑으며 스크롤을 내렸다.

"무슨 일이 일어나는지 깨닫고 그 이메일을 다 폴더에 따로 모아뒀어." 크리시가 딸깍딸깍 클릭을 했다. "자, 여기."

오르코메노스orchomenus라는 아이디의 핫메일 주소로 보내온 이메일이었다. 내가 아는 사람 중에 핫메일을 쓰는 사람은 없었다.

안녕하세요.

비범한 물건과 비범한 인물을 모으는 수집가입니다. '고요한 밤 살인 사건'의 빌리 워커가 만드는 작은 작품 하나를 구매하고 싶습니다. 가급적이면 크리스마스와 관련된 것이 좋겠습니다. 구매가 가능하면 가격을 제시해주길 바랍니다. 그리고 빌리에게 아래 부탁의 글 전문을 전달해주면 고맙겠습니다.

빌리 씨,

저는 당신의 작품을 존경하는 사람이자 당신이 그 범죄들과 관련해 누명을 쓰고 있다고 생각하는 사람입니다. 당신의 형은 위대한 영웅이며 영원히 살아 있을 것입니다. 특정 크기의 작품을 의뢰하고 싶습니다. 북극의 한 장면을 컬러로, 가지고 있는 가장

큰 종이에 그려주십시오. 저는 엘프와 산타가 나오는 이야기를
좋아합니다. 당신의 아이디어를 주시면 감사하겠습니다.

80-4 38-18 121-24 163-22 28-13 215-15 247-6 247-14
63-1.

열렬한 팬 드림

"이걸 전달했어?" 내가 물었다.

"물론이지." 크리시가 답했다. "난 석 달에 한 번씩 빌리를 방
문하거든. 갈 때마다 작품 의뢰를 전달하거나 그의 변호에 도움
이 될 정보를 가져가. 책도 자주 가져다주고. 너도 빌리를 알게
되면 좋아할 거야."

내 이마 중앙, 정확히 눈 사이로 못이 쑤욱 들어오는 것만 같았
다. 이 사실을 듣는 게 이렇게 어려울 줄은 몰랐다.

"아름다운 이야기네." 내가 말했다.

크리시는 덜컹, 서류 서랍장을 당겨 종이가 잔뜩 든 파일을 꺼
냈다.

"그래서 이걸 출력해서 빌리에게 갖다줬지." 크리시가 말했다.
"그랬더니 2주 뒤에 빌리가 전화해서 정확하게 받아 적으라고 했
어. 이렇게."

의뢰 수락. $325. 교도소 계좌로 전송.
$25씩 13회 이체.

얼음 구멍 옆에서 순록을 타는 산타의 엘프들.

클로스 부인이 보고 있음. 큰 가슴.

134-29 35-3 190-3 190-9 254-2 36-22

"빌리는 숫자를 세 번이나 다시 불러보게 했어." 크리시가 말했다. "그리고 이건 시작에 불과했지."

크리시는 파일에서 더 많은 종이를 꺼냈다. 이메일 출력물과 전화 통화나 방문중에 받아 적은 메모들이었다. 전부 숫자로 끝맺고 있었다. 반복되기도, 반복되지 않기도 했지만 분명히 패턴이 있었다.

"빌리한테 작품 의뢰를 몇 번 한 거야?" 내가 물었다. 빌리가 정말 갤러리에 전시를 하고 바이어와 가격을 협상하는 평범한 예술가라도 되는 것처럼 얘기를 나누는 게 가슴 아팠다.

"8개월 동안 여섯 번." 크리시가 말했다. "325달러짜리 작품은 다신 못했어. 안됐지. 빌리의 특기는 큰 그림인데."

"연락은 몇 번 했어?" 나는 두꺼운 파일을 손으로 훑으며 물었다.

"거의 백 번." 크리시가 대답했다.

"이건 암호야."

"당연하지."

나는 서류들을 내려놨다. 헛간은 너무나 크고 어두웠고, 조그마한 빛 속에 옹송그리며 붙어 있는 우리 둘은 너무나 왜소했다.

"넌 벌써 알아냈구나, 그렇지?" 내가 말했다.

그건 질문이 아니었다.

"두번째 의뢰에 알아냈지." 크리시가 미소를 지었다. "책 암호야. 『레드 드래곤』에서 하는 것처럼. 한니발 렉터*가 등장하는 첫 번째 책, 알지? 숫자는 책의 쪽수랑 행수를 가리키는 거야. 첫 글자만 가리킬 수도 있고 매 행의 첫 단어를 가리킬 수도 있어."

"무슨 책인데?" 내가 물었다. "그 책이 빌리 감방에 있다는 걸 오르코메노스가 알고 있어야 하잖아."

"『안네의 일기』." 크리시가 말했다. "모든 교도소에 있는 책이야."

두 변태가 도서관에 있는 닳고 닳은 『안네의 일기』를 손으로 훑는 모습을 떠올려봤다. '그럼에도 불구하고, 저는 사람들의 마음은 선하다고 믿어요'라는 문장이 적힌 책장을 넘기며 서로의 역겨운 짓에 공모하는 모습을 떠올렸다.

"무슨 내용이었어?" 내가 물었다.

"오르코메노스가 빌리에게 그 편지들에 대해 알려줬지. 네가 빌리의 형에게 쓴 편지들 말이야." 크리시가 미소를 지었다. "경찰에 가서 편지에 대해 말하고, 그 편지를 오르코메노스가 숨겨둔 위치에 묻어놨다고 거짓말을 하도록 값을 지불했어. 그러니까 적절한 때가 되면 말이야. 오르코메노스는 너에 대해 아주 잘 알아. 얼마나 잘 아냐면 네가 공모했다는 게 잘 드러나도록 여분의

_____

* 미국의 범죄 스릴러 소설가 토머스 해리스가 쓴 한니발 시리즈의 악역.

편지지에 네 필체를 위조할 정도야."

순간 심장이 철렁했다. 다리에 힘이 빠져 몸을 지탱하기 어려웠지만 의자도 없었고 기절하는 모습을 크리시에게 보일 수도 없는 노릇이었다.

"그게 누군데?" 내가 물었다.

"정말 모르는 거야?" 크리시가 물었다. "어떻게 되었건, 넌 빌리의 파이널 걸이 아니야."

"그럼 누구의 파이널 걸인데?"

"점차 알게 되겠지." 크리시가 말했다. "네가 우리 중 가장 똑똑하진 않아도 가장 고집이 세니까. 넌 오르코메노스의 파이널 걸이야."

크리시가 의기양양하게 잘난 척하며 나에게 미소를 짓는 순간, 나는 이 집 주변에 숲은 너무나 많고 사람은 거의 없다는 사실이 떠올랐다.

"그게 누군데?" 내가 물었다. "핫메일을 쓰는 오르코메노스. 너 알고 있는 거 다 알아."

"오르코메노스가 뭔지는 알고 있어?" 크리시는 파일을 도로 서류 서랍장에 집어넣었다. "고대 그리스의 도시야. 1년에 한 번 디오니소스를 위한 축제를 열었어. 사제가 시퍼런 칼날을 휘두르면서 캄캄한 밤의 어둠 속으로 도망치는 여성들을 쫓아다녀. 그중 하나라도 잡으면 베어 죽여도 처벌받지 않았어. 이런 풍습은 네가 생각한 것보다 훨씬 역사가 길어."

"난 그게 누군지 네가 실토하게 만들 수 있어." 나는 권총에 손짓을 해 보였다.

"뻔하다고 생각했어." 크리시가 말했다. "오르코메노스는 캐럴 박사야."

어떤 증거가 나오든 마음의 준비가 되어 있을 거라 생각했지만 이런 배신에는 그 어떤 대비도 불가능했다. 나의 주장이 입증됐고 동시에 나는 폐허가 되었다. 어마어마한 사실이 서서히 그러나 무겁게 나를 짓눌렀다. 이제는 크리시에게 총을 겨눌 수도 없었다. 내 목숨은 크리시가 알고 있는 것들에 달려 있었다.

"오래전에 작은 창고 경매에서 그 편지들을 샀어." 크리시가 말했다. "워커 형제가 자란 위탁시설 원장의 물건이라는 걸 알아서 눈여겨보고 있었거든. 편지들을 바로 국선 변호사한테 가져갔어. 6개월 지나고 돌려주더라. 그 사람들 말이, '전문가'가 검토한 결과, 무의미한 자료라는 거야. 사춘기 여자아이가 흔히 쓰는 편지라고. 언급할 가치도 없댔어. 오르코메노스가 내게 연락해서 사겠다고 할 때까지 편지들은 내 손에 있었지. 나는 그한테 진짜 이메일 계정을 요구했어. 인증이 가능한 이메일 말이야. 그리고 1200달러도. 사람은 돈을 지불해야만 그 가치를 아니까. 슬픈 일이야, 정말로."

나는 폐가 쪼그라드는 것을 느끼고는 공황발작을 막아보려 심호흡을 했지만 되려 경련이 일어나며 딸꾹질이 나왔다. 허리를 숙여 웅크리고 앉았다. 캐럴 박사는 우리의 비밀을 얼마나 많이 알고 있는 걸까? 왜 자신의 집에서 나를 죽이지 않았을까? 우리 목숨을 갖고 무슨 게임을 하는 것일까?

크리시가 서랍장을 뒤지는 소리가 들렸고 나는 가슴의 통증을 느꼈다. 누가. 제발 누가 도와줘. 하지만 나의 괴물은 캐럴 박사이고, 나를 도와줄 수 있는 이는 아무도 없었다.

스테퍼니를 제외하고.

스테퍼니가 올 것이다. 후추 스프레이를 손에 쥐고 올 것이다. 그러면 키스가 숲에서 그 아이를 기다리고 있겠지. 곡괭이나 드릴, 정육 칼 같은 걸 들고. 스테퍼니에게는 달랑 스프레이 하나만 있는데. 그 아이 말이 맞았다. 스프레이 따위로는 할 수 있는 게 없었다.

"나중에야 알았어. 국선 변호사가 말한 '전문가'가 바로 캐럴 박사였다는 걸 말이야. 2004년에 그런 편지는 아무런 가치가 없다고 말하고선 2009년에 내게서 사갔어." 크리시가 계속 말을 이었다. "5년 사이에 다른 견해를 갖게 된 거지. 네가 나가는 그 그룹은 캐럴이 궁극의 희생양을 위해 만든 살인의 장인 거야. 거기서 마지막 괴물인 자신과 최후의 파이널 걸인 네가 함께 초월을 향해가는 거지. 너는 진실을 마주할 수 없어서 미노타우로스의 미궁 중심으로 인도해줄 내가 필요한 거야. 그래서 이 미치광이 크리시에게 온 거지. 신화 속에서 신탁을 전하던 뛰어난 사제들은 모두 미치광이였던 거 알아?"

캐럴 박사는 그 편지들에 대해 알고 있었다. 무려 6년 전부터 알고 있었으면서 나에게 한마디 말도 하지 않았다. 대체 얼마나 오랫동안 이걸 계획해온 걸까? 심지어 편지를 새로 쓰기까지 했다. 박사가 서재에서 문을 잠그고 홀리 하비 편지지 앞에 몸을 숙인 채 나와 리키 워커 사이의 섹스를 지어내는 모습이 눈에 선했다. 이 정도로 캐럴 박사가 우리를 증오하고 있었다.

바닥이 위험할 정도로 기울어졌다. 벽이 회전하고 있었다. 아이맥에서 딩동 하는 소리가 나면서 스크린에 작은 창이 떴다.

"아, 이것 봐." 크리시가 말했다. "키스가 문자를 보냈네. 숲에서 뭔가를 발견했대."

나는 어리석었다. 나는 멍청이였다. 캐럴 박사가 실제로 얼마나 미치광이인지 과소평가했다. 내 앞에 서 있는 크리시의 발이 보였다. 고개를 들어보려, 총을 들어보려 했지만 온몸이 굳어 움직이지 않았다.

오른쪽 어깨가 따끔하더니 아무 감각이 들지 않았고 다리도 움직이지 않았다. 다음 순간 나는 천장을 바라보고 있었다. 허리께를 누르는 느낌이 들어서 보니 크리시가 내 가방을 풀어내고 있었다. 크리시는 오른손에 내 권총을, 왼손에 전기충격기를 들고 일어섰다. 내 오른쪽 팔은 부러진 듯했다.

"거실로 가서 네 작은 친구를 어떻게 처리해야 할지 키스의 의견을 들어보자구." 크리시가 빙긋 웃었다. "가끔은 그의 목줄을 풀어줘야 해서."

스테퍼니, 미안해.

나랑 있어선 결코 안전하지 못한 거였어.

37쪽에서 계속

얼마나 많은 창조 신화가 살인에서부터 시작됐는지 생각해보라. 크로노스는 자신의 아버지 우라노스를 거세하고 죽였고, 자신의 자식들을 삼키다가 제우스에 의해 거세당하고 죽었다. 북유럽 신화에서는 오딘, 빌리, 베가 그들의 조부인 거인 이미르를 죽인다. 이미르의 몸에서 흘러넘친 피로 온 세상에 홍수가 일어나며 대양이 형성됐다. 그의 살점은 대지가 되었다. 그를 죽인 신들은 이미르의 뼈로 산을 만들고, 이미르의 두개골을 네 기둥으로 받쳐 하늘로 만들었다. 그의 시신을 먹고 자란 구더기들이 인간이 되었다.

세상은 그 시초부터 선조를 죽이고 태어난 식인종들에 의해 만들어졌다. 모르스 야누아 비테 Mors janua vitae. 생명으로 향하는 문에는 죽음이 있다.

『비교 민속학 연구』 2009년 11~12월호에 최초 게재된 크리스틴 머서의
「괴물, 우리의 조물주: 최초의 홍수부터 파이널 걸까지」에서

파이널 걸 서포트 그룹 19
파이널 걸의 복수

"뭘 찾은 거야, 키스?" 우리 둘이 거실에 이르자 크리시가 외쳤다. "거기 뭐가 있는데?"

키스가 엉덩이로 덧문을 밀고 들어오며 깡마른 형체를 질질 끌어당겼다. 축 늘어진 몸 하나가 겨드랑이가 붙들린 채 끌려오고 있었다. 키스의 눈이 충혈되어 붉었다. 스테퍼니가 후추 스프레이를 쐈지만 할 수 있는 게 없었구나, 하는 생각에 나는 가슴이 철렁 내려앉았다.

"죽었어." 내가 말했다.

"섣불리 판단하는 건 어리석은 일이야." 크리시가 내 팔에 손을 올리며 말했다. "그런 방향으로 갈 거라면 키스가 우리에게 알려줄 거야."

스테퍼니의 종아리 뒤쪽으로 덧문이 닫히며 드르륵 긁히는 소리가 났다. 키스가 스테퍼니를 안쪽으로 홱 잡아당기는 바람에 스테퍼니의 가짜 척테일러 한 짝이 벗겨졌다. 그는 더러운 옷이 수북이 쌓여 있는 푹 꺼진 안락의자 한편에 스테퍼니를 반은 내동댕이치듯 내려놨다.

"누가 주변에 어슬렁거리는 걸 발견했구나, 그렇지?" 크리시는 강아지에게 말하는 듯한 어투로 물었다.

그는 아무렇지도 않게 커피 테이블에 쌓여 있는 맥도날드 종이 봉투들 위에 메이스 스프레이를 툭 던졌다.

"여자아이." 키스가 중얼거렸다.

키스는 아래팔 바깥쪽으로 청바지 가랑이를 눌러댔다. 발기한 것 같았다.

"스테퍼니." 나는 아이에게로 걸어갔다.

스테퍼니의 얼굴은 창백하고 이마에 검게 파인 곳에서 피가 흐르고 있었다. 후드티에는 나뭇잎이 붙어 있었다. 눈은 뜨고 있었지만 나를 보고 있는 건지 알 수 없었다.

"하지 마." 크리시가 내 벨트를 잡고 나를 잡아당겼다. "키스한테 너무 가까이 다가가는 건 좋지 않아."

크리시는 내 눈을 똑바로 쳐다보며 내가 고개를 끄덕일 때까지 시선을 옮기지 않았다. 그런 다음 우리 둘은 키스를 바라보았다. 그는 발꿈치를 들고 쪼그려앉아 무릎에 팔꿈치를 기대고 양손을 스테퍼니의 다리에 올린 채 거대한 다람쥐처럼 그녀를 바라보고 있었다.

"걔를 어떡할 생각이야, 키스?" 크리시가 유치원 선생님 같은 목소리를 냈다.

"스테퍼니야." 내가 말했다. 피해자가 될지도 모르는 이의 이름을 계속 상기시키면 동정심을 유발할 수 있다. 키스한테는 아무 효과가 없을 것 같지만 몇 초라도 망설이게 만든다면 모든 게 달라질지도 몰랐다. "레드 레이크 캠프의 스테퍼니."

"누군지 우리도 알아." 크리시가 말했다.

크리시는 키스를 내려다보고, 키스는 스테퍼니를 올려다보고, 스테퍼니의 눈동자는 방안을 훑다가 내게서 멈췄다.

"리넷?" 잠긴 목소리였다. "나 여기 왔어요."

내가 지켜줄 거라고 계속 믿게 해야 했다. 마지막까지. 설령 내가 지켜줄 수 없을지라도. 겁에 질린 채 죽어서는 안 되었다.

"우린 가야겠어." 내가 크리시에게 말했다. 크리시가 박물관에서 했던 말이 떠올랐다. 가끔은 그의 목줄을 풀어줘야 해서. "우리는 이제 가야 해. 더이상 귀찮게 하지 않을게."

"너 정말 귀엽다." 크리시가 큭큭 웃었다.

키스는 고개를 아래로 숙이고는 기쁨에 겨워 거의 몸부림을 쳤다. 방안은 긴장감으로 차올랐다. 누구든 이다음 행동을 개시한다면 더이상 걷잡을 수 없게 될 것이다.

"지금 나가고 싶어요." 스테퍼니가 말했다. "네? 제발 가도 돼요?"

질리언도 크리스마스이브에 저런 목소리를 냈다. 리키 워커가 뒤돌아 자신을 바라보는데도 무슨 일이 일어나고 있는지 이해하지 못한 채 거실로 들어서던 질리언의 목소리였다.

"리넷 언니." 리키가 점점 다가오자 질리언은 말했다. "이제 자러 가고 싶어. 아무에게도 산타를 봤다고 말하지 않을게. 내가 말하지 않을 거라고 산타에게 말해줘. 제발 부탁이야, 언니?"

나는 벽에 걸린 채 죽은 척을 했다. 죽일 사람이 부족해지면 나를 자세히 살펴볼까봐 너무나 무서웠고 죽고 싶지 않았기 때문이었다.

"리넷?" 질리언이 나를 다시 부르는 순간 리키는 질리언을 잡아올렸고 질리언은 비명을 지르기 시작했다. 이제는 스테퍼니가 나를 부르고 있었고, 우리는 크리시의 쓰레기장 거실에 있었다. 여기서 나가야만 했다.

키스가 크리시를 뚫어져라 바라보았다.

"왜 그래?" 크리시가 물었다.

"하고 싶다." 키스가 요구했다.

크리시는 나를 쳐다보고 그다음 스테퍼니를, 다시 나를 쳐다보며 머릿속으로 모종의 계산을 하고 득실을 따지더니 이내 빙긋 웃었다. 내가 지금까지 터득한 바에 따르면 좋을 게 하나도 없는 미소였다.

"예술가는 연습을 하지 않으면 그 날카로움을 잃는 법이니까." 크리시가 말했다. "키스가 무뎌지는 걸 원하지 않아."

"머리가 아파요." 스테퍼니가 말했다.

"넌 지금 이해를 못하고 있어." 내가 말했다. 영감이 떠오르자 나는 용감해졌다. "이 아이는 파이널 걸이야. 키스는 이 아이에게 손끝도 댈 수 없어. 키스의 상대는 너니까. 이 아이에겐 이 아이의 괴물이 있단 말이야."

크리시가 고개를 저으며 웃었다.

"이건 종교가 아니야. 키스가 금욕을 여긴다고 지옥에 가고 그런 게 아니야." 크리시는 키스에게 돌아서서 말했다. "살려는 뒤야 해, 자기."

키스는 고개를 끄덕이며 두 손가락을 들어 보였다.

"이틀." 그가 말했다.

"이웃집이 다 이사가서 다행이지 뭐야." 크리시가 말했다. "비명을 지르는 타입 같은데 말이야."

"이럴 순 없어!" 내가 외쳤다. "이 아이는 파이널 걸이야."

"리넷, 넌 가야 해." 크리시가 말했다. "키스는 한번 시작하면 멈추기 어려워. 나는 아무런 위험에 처해 있지 않지만 넌 이뤄내야 할 운명이 있어."

어떤 수를 써도 그들은 변함이 없었다.

"스테퍼니랑 해야 해." 내가 말했다. "저 아이는 나랑 가야 해. 약속할게, 크리시. 나랑 가게 해줘. 저 아이는 파이널 걸이야."

키스가 일어서더니 바닥에 쌓여 있는 쓰레기더미를 뒤지기 시작했다. 이윽고 그는 카펫에 가슴을 붙이고 엉덩이를 치켜든 채 소파 아래를 헤집었다.

크리시는 안락의자로 다가가 스테퍼니의 무릎 위에 앉더니 그녀의 앞머리로 장난을 쳤다. 스테퍼니가 고개를 돌리자 크리시는 손가락으로 턱을 잡아 머리를 고정시켰다.

"이 아이는 파이널 걸이 아니야." 크리시가 말했다. "작은 괴물이지. 키스는 이런 애 손보는 걸 좋아해."

키스는 소파 아래서 몸을 일으키더니 얼룩이 묻은 찌그러진 야구방망이를 꺼내들었다.

"리넷?" 방망이를 본 스테퍼니가 내 이름을 불렀다. 내가 현관문으로 슬금슬금 움직이는 걸 발견한 스테퍼니의 눈이 커다래지며 눈물을 글썽이는 것이 크리시의 어깨 너머로 보였다.

"그는 육체의 가치가 사랑이라는 것을 보여준 다정한 백정."
크리시는 스테퍼니의 턱을 잡고 눈동자를 바라보며 대사를 읊조
렸다. "토끼 가죽을 벗겨라, 그가 말한다! 내 옷이 모두 벗겨진
다."*

키스는 연습 삼아 야구 방망이를 휘둘렀다. 슈욱, 하는 소리가
났다.

크리시가 돌아서더니 나를 향해 눈썹을 치켜뜨고 말했다.

"도망가는 게 좋을 거야."

키스가 다시 한번 방망이를 휘둘렀다. 이번에는 벽에 구멍이
뚫렸다.

나는 뛰었다.

보폭을 넓혀 두 걸음 만에 문으로 내달렸다. 곁눈질로 보니 내
움직임을 알아차린 키스가 나를 향해 한 걸음 다가오고 있었다.
나는 방충망 문을 열지도 않고 그냥 뚫고 나갔다. 문 중앙의 투명
한 플라스틱이 반으로 갈라지면서 그 뒷면이 낡은 집의 외벽에
쾅 부딪혔다. 그 소리에 스테퍼니의 비명소리가 거의 묻힐 지경
이었다.

"리넷!" 스테퍼니가 계속해서 악을 썼다.

심지어 밖에서도 크리시의 웃음소리가 들렸다.

1초 만에 계단을 내려간 나는 진입로의 자갈에 발이 미끄러졌
지만 힘껏 팔을 앞뒤로 휘젓고 발을 흙바닥에 깊이 내지르며 내

---

* 앤절라 카터의 『피로 물든 방』에 실린 단편소설 「마왕」 속 문장.

가 낼 수 있는 최고의 속도로 달려 크리시의 집과 스테퍼니의 비명으로부터 벗어났다. 나에겐 단 몇 초밖에 없었다.

그전에도 키스를 상대해보려 했지만 나무에 주먹을 지르는 격이었다. 자갈이 바드득거리는 소리를 들으며 양옆으로 그늘이 드리운 시커먼 도로를 허겁지겁 뛰었고 더 빨리 달리라고 스스로를 채찍질했다. 더 빠르게 달려야 했다.

자매를 지켜야 해.

쉐보레에 도착하자마자 안으로 미끄러지듯 기어들어갔다. 시동을 걸자 엔진이 부릉 살아났고 나는 핸들을 왼쪽으로 꺾어 크리시 집 방향의 흙길을 달렸다. 액셀을 연이어 밟으며 시속 40, 50, 55를 차례로 넘겼다. 길이 너무 울퉁불퉁한 나머지 타이어가 바닥에 붙어 있질 않았다. 움푹 패인 곳과 바퀴 자국이 난 곳을 쾅쾅 천장에 머리를 부딪히며 달렸다. 차는 번쩍 떠올랐다가 착지하기를 반복했다. 잘못했다간 미끄러져 나무를 박고 죽을 수도 있었다. 시속은 65를 지나 70을 넘어갔다. 헤드라이트를 켜자 크리시의 하얀 집이 코앞에 보였다. 철판과 플라스틱 벽체로 이뤄진 집, 크리시의 부모님이 집을 샀을 60년대에는 2만 4천 달러 정도였을 그 집은 딱 물에 젖은 상자만큼이나 구조가 튼실해 보이지 않았다.

나는 줄리아를 남기고 도망쳤다. 파인을 남기고 도망쳤다. 스테퍼니까지 남기고 도망칠 수는 없었다.

차창 밖 세상이 미친듯이 위아래로 흔들리고 있었다. 나는 핸들에 매달렸다. 시속이 80을 지나 90에 다다랐다. 자갈밭 진입로를 벗어나자 차의 타이어에선 아무 소리도 들리지 않았다.

그리고 95의 시속으로 크리시의 집을 들이받았다.

벽이 차의 헤드라이트를 삼키고 그다음엔 차의 유리창을 삼키더니 이내 펑 터지면서 차 위로 무너져내렸고, 세상이 반으로 쪼개지는 듯한 소리가 났다. 에어백이 내 얼굴에 터지며 코와 목에 흰 가루가 들어찼고, 누군가에게 맞아 코가 부러진 듯한 느낌이 났다.

차가 더이상 움직이지 않는다는 것을 알아차리는 데 1분 정도가 걸렸다. 들리는 소리라고는 멍하니 액셀을 누르고 있느라 엔진이 회전하는 소리뿐이었다. 사방이 돌무더기였다. 기어를 후진에 넣자 타이어가 헛바퀴를 돌다가 이내 움직였다. 루미나가 후진하며 집에서 빠져나가자 석고 벽이 차 지붕에서 떨어지면서 앞유리와 후드 위로 쏟아졌다. 후드 바로 아래서 쉭쉭거리는 기괴한 소리가 났고 헤드라이트 한쪽의 불빛이 나갔다. 박살난 집이 눈에 들어왔다. 집의 측면 전체가 움푹 일그러졌고, 차와 충돌한 부분은 석고 벽이 바스러져 쌓여 있었다. 지켜보는 사이에 또 지붕이 옆으로 서서히 기울더니 부엌의 천장이 쿵 주저앉으며 뽀얀 먼지가 자욱이 일어났다.

시동을 끄지도 않고 차에서 내렸지만 차는 바로 멈췄다. 밤이 너무나 고요해서 놀라웠다. 귀에는 귀뚜라미 소리만이 들려왔다. 나는 집이 땅에 토해낸 잔해들 사이로 걸었다. 원래는 스테퍼니가 앉아 있던 구석에서 더 멀리 있는 현관문에 차를 박으려 했는데 들이박을 즈음엔 통제할 수 없었다. 나는 루미나를 박아 만든 구멍의 가장자리를 붙잡고 안으로 들어갔다. 커다란 석고 벽 조각이 발에 채였다. 하얀 먼지가 자욱했다. 충격의 여파가 반대편 벽까지 이어졌지만 왼쪽에 있는 방은 멀끔했다. 스테퍼니는 충격 속에 얼어붙어 무릎을 가슴팍까지 끌어올리고 양손으로 머리를 감싸고 있었다. 크리시는 차가 들이받은 충격에 날아오른 TV가 가슴 중앙에 박힌 채 시트락* 석고 벽 사이에 파묻혀 있었다. 그 아래로 청바지를 입은 다리가 보였다. 키스는 어디에도 보이지 않았다.

나는 고개를 돌렸다. 크리시의 시체를 보고 싶지 않았다. 마음속으로 사각지대를 만들어 그쪽은 다시는 보지 않기로 맹세했다.

"스테퍼니, 나 여기 있어." 잔해를 헤치고 스테퍼니에게로 다가가느라 골반이 비틀어지는 듯했다. "괜찮아?"

"집에 차를 박았잖아요." 스테퍼니가 멍하니 말했다.

"내가 돌아왔어." 나는 말했다. "돌아왔어."

스테퍼니가 안락의자에서 일어나도록 도와주는데 뭔가가 내 발목을 붙잡았다. 나는 놀라서 펄쩍 뛰었다. 너무 소스라친 나머지 아래를 내려다보기도 전에 비명을 먼저 질렀다. 키스의 피 묻은 하얀 팔이 석고 벽 무더기 아래서 삐져나와 내 다리를 손으로 단단히 붙잡고 있었다.

"안 돼, 안 돼, 안 돼, 안 돼!" 그 손을 본 스테퍼니가 내 팔에서 벗어나 뒤로 주춤주춤 물러나며 고개를 흔들어댔다.

"스테퍼니! 진정해." 내가 말했다.

키스의 손에 더욱 힘이 들어가며 발목 뼈를 짓눌렀다. 나는 다른 발로 그의 손가락을 쾅쾅 내려치듯 세게 밟았다. 그 통에 키스

---
* 석고 보드 상품명.

보다 내가 더 아팠다. 그가 꿈틀대며 나오려 하자 잔해 더미가 움직였다. 나는 바닥에 무릎을 꿇고 뾰족한 나뭇조각을 집어들어 그의 손에 몇 번이고 구멍을 냈고 나무는 그의 피로 끈적해졌다. 마침내 키스가 부르르 떨며 손을 놓았고 나는 발을 획 치워버렸다.

잔해가 솟아나면서 키스가 말없이 꿋꿋하게 일어섰다. 척추가 비뚤어져 한쪽으로 지나치게 기울어진 것처럼 보였다. 나는 스테퍼니를 품에 안고 불과 몇 발자국 떨어진 곳에서 얼어붙은 채 서 있었다. 키스는 한 발자국 앞으로 나오려 했지만 다리가 말을 듣지 않았다. 바닥에 손과 무릎을 대고 쓰러진 키스는 붉게 충혈된 강아지 같은 눈으로 나를 바라보았다.

"아프다." 그가 말했다.

그가 다시 일어서자 척추가 우두둑 하는 소리가 들렸고 나는 정신이 번쩍 들었다. 절뚝대고 비틀대고 미끄러지고 넘어지면서 스테퍼니를 구멍 바깥으로 질질 끌고 나갔다. 차로 데려가 조수석에 구겨넣었다. 스테퍼니가 내 어깨 너머에서 눈을 떼지 않았으므로 나도 뒤를 돌아보았다. 우리 뒤로 키스가 한 손에 야구방망이를 지팡이처럼 짚고 구부정히 꿈틀꿈틀 움직이며 무너진 집 벽면에서 몸을 끌고 나오고 있었다. 나는 얼른 차문을 닫고 되도록 키스에게서 멀어지도록 차 뒤를 돌아 운전석으로 달렸다.

차를 타고 문을 잠갔다. 키스가 계속 다가오고 있었다. 차키를 돌렸지만 아무 일도 일어나지 않았다. 키스가 다시 한 걸음 내디뎠다. 다시 키를 돌렸고 시동 걸리는 소리는 났지만 엔진이 작동하지 않았다. 파이널 걸들은 다른 사람들이 당연하게 받아들이는 것들에 의존하지 않는 법을 오래전에 터득했다. 엘리베이터와 전화기는 필요할 때 절대 작동하지 않는다는 것을 알았다. 차도 마찬가지였다. 차는 더했다.

키스는 벽에서 손을 떼더니 차의 헤드라이트를 향해 빠르게 세 걸음을 내디뎠다. 앞유리 너머 나를 발견하고 노려보며 다가오기 시작했다.

나는 다시 차키를 돌렸다. 으르렁 시동이 걸리는 소리가 나면서 웡웡 엔진이 살아나자 눈물이 차올랐다. 액셀을 밟아 앞 범퍼와 집 사이에 키스를 깔아뭉개 그의 입에서 시커먼 피가 쏟아지게 할까 잠시 고민했지만 TV 아래 튀어나와 있던 크리시의 다리가 떠올라 위산이 역류했다.

나는 후진으로 기어를 바꾸고 그곳을 부리나케 빠져나왔다.

쉐보레는 운전하는 내내 비명을 질러대고 엔진은 알 수 없는 이유로 계속 지나치게 회전했다. 그래도 고속도로에 있는 응급진료소로 가서 550달러를 내고 스테퍼니의 두피를 여섯 바늘 꿰매고 데메롤*을 받을 수 있었다. 나는 고속도로를 130킬로미터 정도 달려 모텔 식스를 찾아 스테퍼니를 침대로 끌고 갔다. 신발을 벗기고 물을 마시게 했다. 데메롤을 먹고 입이 마른 채로 깨는 건 끔찍한 일이기 때문이다. 그런 뒤 잠금장치에 체인을 채우고 의자로 문을 막아놓은 후 욕조에 주저앉아 울었다.

나는 살인자였다. 크리시를 죽였다. 한 인간의 생명을 앗았다. 크리시도 나처럼 공포에 떨었다. 나처럼 스토킹을 당했다. 나처럼 친구들의 죽음을 눈앞에서 지켜보았다. 그랬던 크리시를 내가

---

* 단기적으로 통증을 완화해주는 아편성 진통제.

죽였다. 나는 스테퍼니가 듣지 못하도록 흐느끼며 수건으로 입을
틀어막았다. 다른 파이널 걸들은 모두 손에 피를 묻혀본 경험이
있었다. 살기 위해 자신의 괴물을 죽여야 했다. 하지만 나는 아니
었다. 나는 자는 척하며 빠져나갔다. 살인은 워커 형제가 나에게
저지른 짓이지 내가 다른 사람에게 한 짓이 아니었다. 크리시가
말한 것처럼, 나는 창조할 뿐 파괴하지는 않았다.

물론 내가 창조한 것이라곤 없었다. 나 스스로를 감금하는 텅
빈 요새와, 친구라고는 내 머릿속에서만 살아 있는 화분뿐인 삶
을 빼고. 책 원고와 편지를 빼고.

내가 만들어낸 것들은 전부 쓰레기였다.

무겁고 절대적이며 돌이킬 수 없고 최종적인 상념이 들었다.
나는 누군가를 살해했다. 영화에서 영웅이 악당을 죽이지 않겠다
며 "그러면 똑같은 인간이 될 뿐"이라고 할 때마다 나는 죽여본
거라곤 마지막 남은 화장실 두루마리 휴지 하나가 전부인 대머리
할리우드 각본가들이 도덕적인 억지를 부린다고 일축했었다. 하
지만 거기에는 일말의 보편적인 진리가 있었다. 나는 이제 새로
운 세상에 던져졌고, 그곳에서 나는 살인자였다.

되돌릴 수도 없고 고칠 수도 없고 개선할 수도 없지만 할 수 있
는 일이 하나 있었다.

다시는 하지 않으리라. 어렸을 때부터 해왔던 그 어느 맹세보
다 더 굳세게 나는 맹세했다. 다시는 사람을 죽이지 않겠다. 그게
얼마나 많은 생명을 구할 수 있는 일이든. 그게 내 삶을 얼마나 위
험하게 만드는 일이든. 뭐든 상관없었다. 더이상의 살인은 없다.

어느 순간 잠이 들었는지 눈을 떠보니 춥고 머리가 아프고 목

이 뻐근했다. 자리에서 일어나 몸을 펴자 척추뼈가 하나하나 우두둑 소리를 냈다. 커튼을 제대로 여미지 않아서 창으로부터 가느다란 햇살이 쏟아져들고 있었다. 스테퍼니는 내가 누운 자리에 고스란히 쓰러져 있었다. 긴장하며 살펴보니 가슴이 부드럽게 오르내리는 것이 보였다. 마음이 놓였다. 더 죽은 사람은 없구나.

크리시의 집에 가방을 놓고 왔기 때문에 경찰이 뉴베리 박사 신분증을 발견하고 캐럴 박사에게 연락해 내 정보를 듣고 내 이름과 마지막 위치를 아는 건 시간 문제였다. 경찰이 나를 쫓는 동안 캐럴 박사는 모두를 어딘가로 격리시킬 것이다. 아마 L.A. 외곽의 고급 웰빙 휴양지인 세이지파이어로 데려갈 것이다. 사람들에게 경고를 해줘야 했다.

나는 침대 옆 테이블에 놓인 스테퍼니의 핸드폰을 들고 밖으로 나갔다. 스테퍼니가 비밀번호(1223) 누르는 것을 수없이 봐서 외울 정도였다. 나는 홈 화면을 잠금 해제했지만 열여덟 개의 문자 메시지는 보지 않았다. 스테퍼니의 사생활을 존중하기 때문이었다. 대니에게 전화를 걸었지만 신호음만 흐를 뿐이었다. 매릴린도 마찬가지였고, 헤더의 핸드폰은 여전히 먹통이었다. 그 외에 전화할 사람은 없었다. 줄리아는 여전히 의식 없이 병원에 누워 있을 터였다. 그러다 번뜩 생각이 스쳤다. 스카이. 그가 전화번호를 적어준 종잇조각을 꺼내 전화를 걸었다.

"이게 대체 무슨―" 그가 신호음이 울리자마자 전화를 받아들었다.

"스카이?" 내가 말을 하자 기나긴 침묵이 흘렀다. "리넷 타킹턴이야."

"알고 있었어요." 스카이가 속삭였다. "아니면 누가 아침 6시 45분에 모르는 번호로 전화를 걸겠어요. 세상에, 대체 무슨 짓을 한 거예요?"

"사람들이 나에 대해 하는 말은 전부 사실이 아니야." 나는 경고를 해줬다.

"사람들이 그러는데 여자아이를 납치했다면서요." 그가 속삭였다. "은퇴한 경찰의 차를 훔치고 그를 때린 뒤 길에 놔두고 도망쳤다고요. 구치소에서 도망쳤다고, 수사를 위해 수배중이래요."

"뭐, 좋아." 내가 인정했다. "그 말들은 사실이지만 나머지는 전부 거짓말이야."

"우리 엄마가 엄청 열받았어요." 그가 말했다.

"친구 집에라도 가 있어." 내가 말했다. "동생 데리고 다른 데로 가. 너희 집에 있으면 안 돼."

"불가능해요." 그가 말했다. "엄마가 전부 데리고 로드 트립을 간댔어요."

"안 돼." 내가 말했다. "그건 정말 나쁜 생각이야."

"엄마가 꽤 적극적이에요." 그가 말했다. "팩스랑 저랑 다른 사람들을 세이지파이어에 데리고 간대요. 팩스가 거기를 진짜 좋아해요."

"무슨 사람들?" 내가 물었다. "누가 가는데?"

"저기요." 그가 말했다. "전화 끊어야 해요. 그쪽이 전화한 걸 알면 엄마가 절 죽일 거예요."

스카이는 전화를 끊어버렸고 다시 걸었을 땐 음성사서함으로 연결됐다.

L.A.는 너무 멀었다. 세이지파이어는 L.A.에서 한 시간 반이면 도착했다. 거기까지 시간 맞춰 갈 수 없었다. 캐럴 박사가 매릴린을 태우고 대니와 헤더를 차에 싣고 병원으로 가 줄리아까지 태우는 모습을 상상했다. 모두를 데리고 휴양지로 떠나는 모습을 떠올려봤다. 너무 끔찍했다.

줄리아에게 전화를 걸었다. 음성사서함으로 연결될지라도 누군가의 목소리가 듣고 싶었다.

"누구야?"

우렁차고 분명한 목소리였다.

"줄리아?" 내가 말했다.

"어머나 세상에." 줄리아가 말했다. "리넷?"

"너 괜찮아?" 내가 물었다.

"아니." 줄리아가 답했다. "안 괜찮아. 다리에 총을 세 방이나 맞았다고. 너 애를 납치했다며? 미친 거 아니야?"

줄리아의 상태가 어떤지 파악해야 했다.

"많이 아파?" 내가 물었다.

"다리에 총 맞은 거?" 줄리아가 답했다. "뭐야, 내가 하반신 마비라서 묻는 거야? 그러면 안 아플 것 같아? 이렇게 해보면 어때, 리넷. 너도 네가 사용하지 않는 부위에 총을 맞아보는 거야. 이를테면 머리라든가. 그런 다음에 알려줘, 알았어? 맙소사. 캐럴 박사가 너 신경쇠약이래."

"캐럴 박사를 만났어?" 내가 물어봤다.

"이따가 데리러 온대." 줄리아가 말했다. "오늘 아침에 퇴원 수속을 해줬어. 이것 하나는 네 말이 맞았어. 우리가 위험에 빠졌다는 거. 너라는 위험. 네가 구속될 때까지 캐럴 박사가 우릴 안전한 곳에 데려다놓을 거야."

"세이지파이어지." 내가 말했다.

"뭐, 네가 이미 알고 있으니 그 계획도 물 건너갔네." 줄리아가 말했다. "책을 쓴 게 헤더라고 생각하고 너한테 가다니 믿기지가 않네. 책을 쓴 건 너였는데. 이제 아이까지 납치했고. 나는 널 잘 안다고 생각했어."

"스테퍼니 푸가티야." 내가 말했다. "레드 레이크 캠프 살인 사건의 소녀. 내가 걔를 안전하게 데리고 있어. 잘 들어봐, 내가 크리시를 만나서……"

"애를 안전하게 데리고 있다면서 걔를 데리고 미치광이 크리시를 보러 갔다고?" 줄리아의 목소리가 올라갔다. "너 정말 정신이 나갔구나."

"줄리아." 내가 말했다. "넌 날 알잖아. 그러니까 제발 1분만 들어줘. 크리스토프 볼커가 어떻게 에이드리엔의 주소를 알아냈을까? 레드 레이크 캠프에 몰래 들어가는 방법을 어떻게 알았을까? 해리 피터 워든과 빌리 워커 두 사람은 왜 동시에 대니와 내가 범죄에 연루되어 있다고 했을까? 누군가 너를 쏘고 누군가가 감옥에 있는 나를 죽이려 했어. 누군가 이 모든 걸 지휘하고 있고 크리시는 그게 누군지 알고 있었어."

"그래서?" 줄리아가 말했다.

"캐럴 박사야." 내가 말했다. "내 눈으로 증거를 봤어."

"미치광이 크리시가 보여주는 증거?" 줄리아가 말했다.

"나를 믿어줘." 내가 말했다.

"믿지 못하게 만든 건 너야." 줄리아가 말했다.

"그럼 최소한 안전하게라도 있어줘." 내가 말했다. "누구도 믿지 마. 제발 부탁할게. 매릴린에게 전화해서 경호원을 보내 널 데려가라고 해. 그런 다음 매릴린과 대니, 헤더를 데리고 어디로 48시간만 떠나 있어. 그게 내가 부탁하는 전부야. 어디 간다고 나한테도 말하지 말고. 캐럴 박사에게도 알려주지 말고. 그냥 떠나. 우리가 지금까지 살아남은 건 우리가 똑똑해서야. 다른 사람들처럼 제 발로 함정에 빠지지 않아서, 열면 안 되는 문을 열지 않아서 살아남은 거야. 제발."

기나긴 침묵이 이어졌다.

"듣고 있어?" 내가 물었다.

"네 말을 들을지 말지 알려주지 않을 거야." 줄리아가 말했다.

"그럼, 당연하지, 좋아." 그렇게 말을 하는데 팩스와 스카이 생각이 났다. "잠깐. 끊기 전에 말이야. 캐럴 박사한테 애들이 둘 있거든. 걔들도 같이 데려갈 수 있는지 봐봐. 캐럴 박사 애들이긴 하지만, 그래도 지금 박사 주변에 누가 있어선 안 될 것 같아. 그러니까 언제까지냐면, 내가……" 사실 나는 뭘 해야 할지 알 수 없었다. "내가 캐럴 박사랑 얘기해보기 전까지는 말이야."

"안녕, 리넷." 줄리아가 말했다. "네 책은 최악이었어."

나는 진이 다 빠졌다. 방으로 돌아가 스테퍼니의 머리맡에 핸드폰을 내려놓고 방안에 구비된 맛없는 차를 한 잔 마시는데 스테퍼니의 시선이 느껴졌다. 스테퍼니는 꿰맨 곳을 손으로 만져봤다.

"저 괜찮은 거예요?" 스테퍼니가 물었다.

커튼 사이로 들어오는 한 줄기 햇빛이 너무나 밝고 강렬해 스테퍼니의 배를 가르는 햇빛 속으로 먼지가 나풀거리는 게 보였다.

"뇌진탕은 아니래." 내가 말했다. "물 좀 마셔."

스테퍼니는 몸을 일으켜 앉아 물병을 집어들고 꿀꺽꿀꺽 물을 마셨다.

"저를 구해주셨네요." 스테퍼니가 믿기지 않는다는 듯 말했다. "저를 구해줬어요. 그 남자가 방망이로 저를 때려죽이려 했는데 갑자기 모든 게 폭발하더니 TV가 그 여자를 깔아뭉갰어요."

"그 얘긴 하고 싶지 않아." 내가 말했다.

"당해도 쌌어요." 스테퍼니가 말했다.

"나는 사람 죽이는 사람이 아니야." 내가 말했다. 그러므로 캐럴 박사를 상대하는 일은 한결 어려워질 것이다.

"그건 좋지 못한 생존 본능이에요." 스테퍼니가 말했다.

너무나 손쉽게 얘기하는 스테퍼니에게 발끈 화가 났지만 나는 싸우고 싶지 않았다. 비상용 가방을 열어 남은 것들을 테이블 위에 진열했다. 레더맨 멀티툴, 작은 맥라이트 손전등, 접이식 칼, GPS, 8미터짜리 나일론 밧줄, 플라스틱 수갑 네 개, 현금 860달러.

"으윽, 저한테서 악취가 나요." 스테퍼니는 침대에서 나와 뻣뻣한 다리로 화장실로 걸어가더니 수도꼭지에서 물을 받아 마시고 다시 병에 물을 채워 꿀꺽 삼켰다.

"나 아니면 그놈들, 어느 한쪽이 죽어야 하는 상황이라면 죽는 건 언제나 그놈들이에요. 아주 단순하죠. 받아들여야 할걸요." 스테퍼니가 턱을 훔치며 말했다.

"나는 사람 죽이는 일에 익숙해지고 싶지 않아." 내가 말했다.

"이렇게 동정심이 많은 사람인 줄 몰랐어요." 스테퍼니는 침대에 다시 털썩 누우며 뒤쪽의 베개를 몸에 맞췄다.

마지막으로 가방에서 꺼낸 물건은 22구경이었다. 나는 그걸 테이블에 올려놨다.

"가는 길에 강이 나오면 바로 던져버릴 거야." 내가 말했다.

"무슨, 절대 안 돼요." 스테퍼니가 일어나 방을 가로질렀다. "다신 다른 놈들 손에 휘둘리지 않을 거예요. 리넷은 이상주의자가 됐는지 몰라도 저는 아직 놈들을 저지할 힘이 필요해요."

스테퍼니는 영화에서 본 것처럼 22구경을 한 손에 들고 문을 겨눴다.

"더는 아무도 죽이고 싶지 않아." 내가 말했다.

"그럼 저한테 맡겨요." 지나치게 강경하고 자신감 넘치는 목소리였다.

이 아이는 살인이 실제로 어떤 것인지 몰랐다. 하지만 나는 스테퍼니가 총을 갖도록 내버려뒀다. 점차 그게 얼마나 쓸모없는지 알게 될 터였다.

비상용 가방 맨 아래에는 팩스 엘리엇이 손으로 만든 만화책 『전쟁 유령』이 있었다.

팩스가 나에게 100달러를 뜯어낸 게 7일 전이 아니라 두 달도 더 전인 것 같았다. 줄리아가 꼭 내 부탁대로 해주길. 세이지파이어로 캐럴 박사를 만나러 갈 때 두 아이를 마주치고 싶지 않았다.

"우리는 L.A.로 갈 거야." 내가 말했다. "가는 길에 네 처방약도 다시 받고."

나는 만화책을 스르륵 넘겼다. 딱 기대한 수준이었다. 아마추어의 엉망진창인 그림. 뭘 그린 건지도 알아보기 어려웠다.

"저 차로는 못 갈 것 같은데요." 스테퍼니가 말했다. "다른 차를 렌트해야 할 것 같아요. 신용카드 있나요?"

나는 만화책 한 면을 바라보느라 대답하지 못했다. 입을 커다랗게 벌리고 뾰족뾰족한 이에 눈에는 X자가 그려진 덩치가 커다란 인물이 맹금류 발톱 같은 손으로 사자의 머리를 뜯어내고 있다. 여기저기 빨간색으로 휘갈긴 글씨가 있었다. 커다랗게 벌린 입은 성적 학대의 징후다. 맹금류 발톱이 난 손은 잠재적 폭력을 뜻했다. 옆에 있는 자그마한 아이보다 지나치게 거대한 몸도 마찬가지 의미였다. 동일한 색의 과도한 사용은 정서적 불균형의 징후일 수 있었다. 눈에 그려진 X자와 송곳니도 마찬가지였다. 하지만 무엇보다 괴물의 가슴에 쓰인 글자에 나는 숨이 멎어버렸다.

스카이.

"신용카드 있으면 차를 빌릴 거죠? 맞죠?" 스테퍼니가 똑같은 질문을 다시 던졌다.

스카이 맨은 너무나 앙칼해서 고양이 머리를 뜯는다. 나는 만화의 지문을 읽어내려갔다. 큰 고양이, 작은 고양이, 우리집 고양이, 옆집 고양이. 스카이 맨은 고양이를 싫어한다.

나는 손이 얼어붙었다.

"내 말 듣고 있어요?" 스테퍼니가 물었다. "급하다면서요. 얼른 L.A.로 돌아가요. 그러려면 차를 렌트해야 해요."

나는 덜덜 손을 떨며 앞 페이지를 들춰 처음부터 읽기 시작했다. 페이지마다 무시무시한 스카이 맨이 작은 로봇 PX-1에게 위협적인 그림자를 드리우는 모습이 그려져 있었다. PX-1은 스카이 맨이 무서워 오들오들 떨고 있었다.

만화 지문은 이러했다. 스카이 맨은 총을 아주 빨리 쏠 수 있다. "나는 길 건너에 있는 건물도 뚫어버릴 수 있다!" 조준경이 달린 라이플을 든 스카이 맨이 말풍선 대사로 으스대고 있었다. "라스트 레이디를 다 죽여버리겠다!"

스카이 맨이 건물을 불태우고 있었다.

"이걸 받아라, 드림킹!" 스카이 맨이 외쳤다.

스카이 맨은 못된 여자들을 죽일 것이다라고 쓰인 지문 아래로 스카이 맨이 여섯 여자의 목을 베는 그림이 있었다. 한 명은 휠체어를 타고 있었다. 여자들의 목에서 크레파스로 그린 피가 분수처럼 뿜어져나왔다. 목이 여섯 개였다. 여섯 사람들의 목. 여섯 파이널 걸의 목이었다.

"정신이 완전 나간 거예요?" 스테퍼니가 물었다. "저기요?"

스카이 맨은 말한다. 모든 게 끝나면 세상에는 우리만 남고 적들은 전부 죽는다. 스카이 맨이 적을 모두 죽일 것이다! 그러면 엄마가 집에 다시 올 것이다!

스카이 맨. 스카이 엘리엇.

크리시가 캐럴 박사 계정으로 받았다던 이메일이 떠올랐다.

스카이의 방에서 들었던 말이 떠올랐다. 우리 엄마 일 관련 이메일 계정도 다 내가 만들어준 거예요.

캐럴 박사의 아들이었다. 캐럴 박사의 자택 서재. 캐럴 박사의 컴퓨터. 그게 내 책을 손에 넣은 방법이었다. 캐럴 박사의 메모를 보는 방법이었다. 우리 모두에 대해 알아낸 방법이었다. 그가 원하는 대로 우리가 움직이게 하는 방법이었다. 괴물은 내부에서 나타났다.

나는 가방에 만화책을 던져넣었다.

"가야 해." 나는 스테퍼니를 향해 말했다. "핸드폰이랑 짐 챙겨. L.A.로 가야 하니까. 가면서 줄리아에게 전화할 거야."

나는 캘리포니아에 도착할 때까지 열네 번을 전화했다. 줄리아는 한 번도 받지 않았다.

1	주디 힉스: 아프면 말해. 그러면 잠시 멈췄다 할게.
2	
3	줄리아 캠벨: 정말 잡은 게 확실해요?
4	
5	드와이트 라일리: 네가 잡았잖니. 창문 밖으로 던져버렸지.
6	
7	줄리아 캠벨: 아, 물론 그랬죠. 잘했어, 줄리아. 저번에는 두 명이었어요.
8	
9	주디 힉스: 살인 사건이 일어난 밤 얘기를 해주겠니?
10	
11	줄리아 캠벨: 그러니까 우리 방으로 갔더니 그 사람이 있었어요.
12	생각할 겨를이 없었어요. 그냥 몸이 움직였어요.
13	
14	드와이트 라일리: 음, 지금 많이 아프니?
15	
16	줄리아 캠벨: 죄송해요. 숨이 안 쉬어져서.
17	
18	드와이트 라일리: 의사를 부를까?
19	
20	줄리아 캠벨: 통증은 없어요. 통증이 느껴지지 않아요. 다리가 부러졌다면
21	죽을 듯 아프겠죠.
22	
23	주디 힉스: 레이먼드 칼턴을 마주쳤던 밤 얘기를 해줄래?
24	
25	줄리아 캠벨: 저한테 진통제를 얼마나 놓은 거죠?
26	
27	드와이트 라일리: 의사를 부를까?
28	
29	주디 힉스: 의사를 불러야겠……
30	
31	줄리아 캠벨: 다리를 이렇게 꼬집는데 왜 아무것도 안 느껴지죠?
32	
33	드와이트 라일리: 잠시만.
34	
35	줄리아 캠벨: 제발, 제발. 제 말 못 듣는 척하지 마세요.
36	왜 아무런 감각이 없죠?

샌디에이고 경찰 소속 드와이트 라일리 및 주디 힉스 순경의
다중살인 생존자 줄리아 캠벨 대상 탐문수사 녹취록. 1992년 10월 23일

파이널 걸 서포트 그룹 20
파이널 챕터

우리는 거의 날아가듯 평원을 내달렸다.

쉐보레를 정비소에 가져가 나에게 남은 마지막 800달러를 지불하고 범퍼와 유리를 갈았다. 쉐보레를 고치는 동안 쓸 수 있도록 차를 빌려달라고 부탁했다.

"시속 100 이하로 달리고 고속도로는 가지 마세요." 그가 말했다.

"당연하죠." 내가 말했다.

그러고는 줄곧 시속 140으로 고속도로를 달렸다.

줄리아는 전화를 받지 않았다. 대니도 받지 않았고 헤더의 전화는 여전히 먹통이었다. 매릴린은 스테퍼니의 번호를 차단해버렸다. 다들 나에게 등을 돌렸다. 내가 괴물과 잤다고 생각해서, 내가 쓴 책을 읽어서, 내가 미쳤다고 생각해서였다. 내 유일한 증거라고는 크리시와 꼬마가 그린 엉터리 만화책뿐이었다. 나를 절대 믿어주지 않을 것이다.

나는 액셀을 밟았다. 차체가 불길하게 흔들렸다. 스테퍼니는 운전하는 내내 횡설수설 말을 늘어놓았다.

"다들 산에선 늑대들이 위험하다고 생각하죠." 옐로스톤공원 표지를 본 스테퍼니가 말했다. "하지만 사람을 공격하는 건 백이면 백 들소예요."

스테퍼니는 자신이 살아 있다는 사실을 되새기기 위해 말을 하는 것 같았다. 생각보다 크리시의 집에서 충격을 많이 받은 듯했다. 광고판이 보이면 큰 소리로 읽었다. 다른 차의 운전자들을 보며 이리저리 평가했다. 나는 대답하지 않았다. 캘리포니아로 가야만 했다.

솔트레이크시티를 우회하기 위해 30번 도로를 타고 80번 도로의 웰스로 향했다. 아무리 더 빠른 길이라 한들 내가 아메리칸포크 근처를 지나는 일은 없을 것이다.

도시에선 차를 세우지 않았다. 도시에는 사람이 너무 많았다. 우리는 휴게소가 늘어선 미국의 전형적인 4차선 고속도로를 달렸다. 도시는 진출로와 진입로 표시가 반반인 표지판 덩어리일 뿐이었다.

스테퍼니의 팔과 얼굴에는 멍과 긁힌 자국이 가득했다. 언제쯤 머리의 실밥을 뽑아도 될지 궁금했다. 스테퍼니는 부모님에게 더 이상 전화하지 않았다. 나는 그걸 10시간이 지나고 나서야 깨달았다.

"전화 안 하는 거야?" 내가 물었다.

"엄마 아빠가 무슨 말을 하겠어요?" 스테퍼니가 말했다. "경찰은 이미 우리를 쫓고 있는데. 제 말은, 우리 둘 다 감옥에 갈 거잖아요. 이 상황에 우린 어디로 가는 거예요?"

피부 속에서부터 온몸이 떨렸다. 다들 캐럴 박사와 있을까? 아니면 줄리아가 내 말을 듣고 어딘가 안전한 곳으로 데려갔을까? 스카이를 데려갔을까? 세이지파이어에 있나? 나도 우리가 어디로 가는지 알 수 없었다.

때때로 사람은 뭔가를 왜 하는지도 모른 채, 선택의 여지가 없다는 걸 알면서도 무작정 움직이곤 한다.

"멈춰야 해요." 스테퍼니가 말했다.

"멈출 수 없어." 내가 말했다.

"화장실에 가야 한다고요." 스테퍼니가 말했다.

"컵에다 해." 내가 말했다. 뒷좌석은 빈 커피 컵으로 가득했다. 카페인을 너무 들이부은 나머지 두개골 안에서 눈알이 진동하는 게 느껴졌다.

"컵에다 안 해요." 스테퍼니가 말했다. "리넷이나 컵에 해요."

"필요하면 할 거야." 내가 말했다. "그땐 네가 운전해."

"우엑." 스테퍼니는 팔짱을 끼고 조수석 창밖을 바라보았다.

렌터카의 히터 날개가 움직이질 않아서 운전하는 내내 우리 둘의 얼굴 위로 뜨거운 바람이 뿜어져나왔다.

"브로일 오븐*에 구워지는 것 같아요." 스테퍼니가 말했다. 동의하지 않을 수 없었다. 발이 뜨겁고 땀이 났다. "산 채로 조리되고 있어요."

---

* 상단의 코일을 통해 음식에 열을 가하는 오븐.

우리는 새까만 밤을 뚫고 나아갔다. 헤드라이트를 끄면 꼭 지구가 사라질 것만 같았다.

뒷좌석에는 패스트푸드 포장지가 한가득 쌓여갔다. 3, 4백 킬로미터 전만 해도 쓰레기봉투가 있었지만 어느 순간 뒷좌석 전체가 쓰레기통이 되었다.

나는 스테퍼니에게 스카이 얘기를 들려줬다. 살인을 계획한 사람이 스카이라고 알려줬다. 그를 막아야 하지만 방법을 모르겠다고 얘기했다. 그를 처치할 수 없는 상황인데 아무도 내가 무슨 말을 하든 믿어주지 않을 것이다. 더이상 뾰족한 수가 떠오르지 않았다. 내 계획은 한계에 다다랐다. 그저 몸만 움직일 뿐이었다.

"전화해봐요." 스테퍼니가 말했다.

"안 돼. 우리의 이점이 사라지잖아." 내가 말했다.

"무슨 이점이요?" 스테퍼니가 물었다. "그가 모두를 죽일 거라고 생각한다면 전화해요."

80번 도로를 타고 리노를 지난 참이었다. 이제 해변을 향해 쭉 달린 뒤 남쪽으로 향하기만 하면 됐다. 나는 스테퍼니의 핸드폰으로 스카이에게 전화를 걸었다. 번호를 제대로 누르기가 어려웠다. 머뭇거리다가 핸드폰을 귀에 갖다댔다.

신호음이 울리더니 사서함으로 넘어갔다.

"스카이." 내가 말했다. "리넷이야. 나는…… 우리…… 그러니까 어디…… 나한테 전화해줄래?"

그러고 끊었다.

"정말 말씀 잘하셨네요." 스테퍼니가 말했다. "저라면 당연히 전화를 걸 거예요. 꼭 무슨 데이트 신청하는 것 같잖아요."

탈진한데다 엔진소리에 잠이 와서 고개가 자꾸만 뒤로 휙 꺾였다.

"이게 어떻게 끝나야 하는지 알아요?" 스테퍼니가 조수석에서 말을 꺼냈다. "이 짓을 하는 게 그 남자라면 우리가 가서 죽이는 거예요."

"다른 방법이 있을 거야." 내가 말했다. "걔랑 얘기해본다든 가. 아니면 각자 갈 길을 가서 서로 건드리지 않고 사는 거지. 아무도 죽을 필요 없어. 여기서 해피엔딩을 맞을 수 있어."

내가 아무 소리나 지껄이고 있다는 걸 알았다. 입에서 나오는 말마다 점점 설득력이 없어졌다. 스테퍼니가 목표물을 조준하고 있는 유도미사일이라면 나는 구술시험을 말아먹고 있는 철학과 학생이었다.

"어디로 갈지 생각해요." 타코 타임과 텐더 그린스 사이를 지나갈 때 스테퍼니가 얘기했다. "그게 우리가 해야 할 일의 전부예요."

"대체 어떻게?" 내가 방황하고 있다는 걸 스테퍼니가 알면 안 된다는 생각이 확 들었다. 내가 점점 겁에 질려가고 있다는 걸 알아선 안 됐다. "아무도 나에게 말을 안 하잖아! 누구한테 전화를 거냐고!"

새크라멘토의 불빛이 지평선을 노랗게 물들일 즈음 나는 망설임 끝에 전화를 걸기로 했다.

"누구한테 거는 거예요?" 옆에서 스테퍼니가 물었다.

"개릿."

"젠장, 대체 뭐하는 거예요?" 스테퍼니가 외쳤다. 나는 핸드폰을 내려다보며 통화 버튼을 눌렀다. 타이어의 방향이 홱 틀어졌다. "제기랄!" 스테퍼니가 비명을 내질렀다.

나는 핸드폰을 내려놓고 다시 방향을 유지했다. 히터 바람이 내 얼굴을 연신 때려댔다. 땀을 너무 많이 흘린 나머지 티셔츠가 회색빛으로 젖어 있었다. 차 안은 뒤에 싣고 온 쓰레기로 냄새가 진동했다. 나는 가랑이 사이에 떨어진 스테퍼니의 핸드폰을 주워 들었다.

"잘 생각해봐요." 스테퍼니가 말했다. "왜 그자한테 전화하려는 거예요?"

"나를 도와줄 테니까." 내가 말했다.

뱀처럼 빠르게 스테퍼니는 자기 핸드폰을 낚아채려 들었다. 나는 반사적으로 핸드폰을 붙잡았다. 아침이라 차들이 모여들고 있어 도로에서 눈을 뗄 수 없었으므로 스테퍼니가 더 유리했다.

"손 떼요." 스테퍼니가 으르렁거렸다. "내가 도와주는 거라고요. 이 번호로 전화하는 순간 그 남자가 체포하러 올 거예요."

"개릿은 믿어도 돼." 내가 말했다.

"그 사람 차를 훔쳤잖아요." 스테퍼니가 말했다. "그자를 길 한가운데 버렸고요. 경찰 전부가 당신이 도주했다고 생각해요. 나를 납치했고요."

"감수해야지." 내가 말했다.

"이 차에서 나랑 있을 땐 안 돼요." 스테퍼니가 말했다. "그 경찰이 나를 집에 데려다주면 부모님은 나를 가둬버릴 거고 그럼 무방비 상태가 된다고요. 그 남자애가 리넷을 죽이러 온다는 건 나도 죽이러 온다는 거예요. 그는…… 우리 가족을 다 그렇게 하고 말 거예요."

스테퍼니는 목이 멘 듯했다. 너무나 끔찍한 나머지 차마 "우리 가족을 죽일 거예요"라고 말하지 못했다. 나는 심호흡을 했다. 누군가가 지금 나에게 의지하고 있었다. 스테퍼니의 처지를 생각해야 했다.

"알았어." 내가 말했다. "전화하지 않을게."

"그 남자가 뭐라 반응하겠어요?" 스테퍼니가 물었다. "어떤 꼬마가 그린 만화책을 보고 심리치료사의 아들이 연쇄살인범이라는 걸 알았다고 하면? 그게 어떻게 들리는지 알긴 해요?"

샌프란시스코 방향 표지판이 가던 길에서 벗어나 서쪽으로 오라고 유혹하고 있었다.

"나는 그런 걸 알아볼 수 있단 말이야." 내가 말했다. "폭력적인 형상, 뾰족한 이빨. 대사도 아이가 생각해낼 수 있는 게 아니었어. 지나치게 구체적이야. 너도 책 봤잖아."

"애가 그릴 법한 그림들은 잔뜩 봤죠." 스테퍼니가 말했다.

"분명 그애일 거야." 그렇게 말하는 내 목소리는 캐럴 박사가 범인일 거라 생각했던 때와 똑같았다.

이게 끝나기는 할까? 작은 소년을 괴물로 만드는 누군가가 언제고 있을까? 우리는 언제나 파이널 걸일까? 우리를 죽이는 괴물은 언제나 존재할까? 이 악순환을 어떻게 끝낼 수 있을까?

스테퍼니는 창밖을 바라보았다.

"저기 휴게소가 보이네요." 스테퍼니가 말했다.

"L.A.까지 4시간밖에 안 남았어." 내가 말했다.

"그래서요?" 스테퍼니는 소리를 지르다시피 했다. 우리는 서로의 신경을 긁어대고 있었다. 제대로 잠을 자지도 못하고 차에서 15시간 내내 있었다. 나는 내 얼굴을 뜯어내고 싶었다. "아무도 말을 들어주지 않을 거고 전화도 받지 않을 거라면서요. 그런데 대체 어디로 가는 거냐고요."

"나도 몰라!" 내가 소리쳤다. 모르겠다고 인정한 건 이번이 처음이었다. 이왕 인정해버린 거, 나는 쐐기를 박았다. "모른다고! 그렇지만 뭐라도 해야 하잖아! 어디론가 가야 해! 그놈이 우릴 죽이게 놔둘 수 없어! 다신 안 돼! 이렇게는 안 된다고! 이번엔 진짜로 모두를 구할 수 있는데."

스테퍼니가 대시보드에 두 발을 쾅쾅 굴렀다.

"이 차에서 나가야겠어요. 저기 휴게소에 세워요."

"왜?" 내가 너무 윽박을 질렀나 싶어 조바심이 났다.

"오줌이 마려운데 저 망할 컵엔 안 쌀 거니까!" 스테퍼니가 고함을 질렀다.

나는 주차할 곳을 찾았고 우리 둘은 차에서 내려 서로 반대 방향으로 걸어갔다. 나는 담배꽁초가 널린 누런 잔디밭 가운데 섰다. 이중에서 히치하이커를 찾아 서성댄 남자들이 피운 담배는 몇 개일까? 이중에서 운전자를 잘못 만나 인생 마지막 여행길에 오르게 된 가출 청소년이 피운 담배는 몇 개일까? 나는 평정심을 되찾을 때까지 배기가스와 오래된 기름 냄새를 들이마신 다음 차로 돌아와 뒷좌석을 치우기 시작했다.

고개를 힐끗 들어보니 스테퍼니는 핸드폰으로 통화를 하며 나에게 걸어오고 있었다. 뒷좌석은 얼음이 질척이는 종이컵과 굳어버린 감자튀김, 기름이 묻은 샌드위치 포장지, 스테퍼니가 좋아하는 스바로 피자의 삼각형 모양 상자가 가득했다.

"알았어." 스테퍼니가 말했다. "나도 사랑해."

스테퍼니는 전화를 끊고 나를 몇 초간 내려다보더니 미소를 지으며 사근한 목소리로 말했다.

"여기 주세요. 그 컵들은 제가 버릴게요."

우리는 카펫이 보일 때까지 함께 뒷좌석을 파헤쳤다. 얼룩지고 차갑게 식은 기름 냄새가 났지만 적어도 더이상 굴러다니는 쓰레기장은 아니었다.

"부모님이랑 통화했어요." 스테퍼니가 말했다. "집으로 가고 있다고 얘기했어요. 금방 만나자고. 많이 진정하신 것 같네요. 제 생각에는요."

"집에 가고 싶어?" 내가 물었다.

스테퍼니는 고개를 흔들었다.

"언제쯤 원래의 나로 돌아간 기분이 들까요?" 스테퍼니가 불쑥 물었다. "얼마나 걸릴까요?"

개릿이 생각났고, 그룹의 모든 여성이 생각났고, 또 그들 모두가 나를 미친 사람으로 취급하는 것도 생각이 났다. 어쩌면 그들 말이 맞을지도 몰랐다.

어쩌다 이런 삶에 갇히게 된 걸까? 어디서부터 잘못된 걸까? 열여섯 살 때 워커 형제를 필두로 그 이후의 모든 일이 나를 지금에 이르게 했다. 버림받고, 망가지고, 겁에 질리는 일과 살아남는 일 외에는 모든 일에 쓸모없는 존재가 되었다.

"나도 몰라." 내가 말했다. "그런 기분이 든다면 알려줄게."

"아."

갑자기 스테퍼니가 의기소침하고 쓸쓸하고 여려 보였다. 나는 일어나 깊이 숨을 들이마시고 스테퍼니를 안아줬다. 벽돌 두 개를 문지르는 듯 어색한 포옹이었다. 스테퍼니의 머리에서 더러운 냄새가 났다. 서로 몸을 기대지도, 상대를 품지도 않는, 부드럽지 못한 포옹이었다. 포옹을 마치자 올바른 일을 했다는 기분이 차올랐다. 이게 삶을 구성하는 것일까? 자신과 엮인 사람에게 느끼는 책임감과 의무감? 어쩌면 그게 나에게 부족한 것 아닐까?

"조금만 더 가면 L.A.예요." 스테퍼니가 말했다. "작전이 뭐예요?"

나는 미치광이에 바보였지만 이런 나에게 이 소녀가 의지하고 있었다. 스테퍼니는 아이일 뿐이다. 이 아이를 집으로 돌려보내야 했다. 나는 나만의 길을 떠나 차를 몰고 어쩌면 캐나다까지 가서 거기서 돌아오지 않고 그룹을 해체해야 했다. 하지만 그럴 수 없었다. 그들이 나를 미워하더라도 나는 내 의무를 저버릴 수 없었다. 내 삶이라는 이 영화의 결말을 내야 했다. 언제까지 이렇게 이어질 수는 없었다. 스카이가 죽게 놔두지 않을 것이다. 이 일이 점점 더 많은 사람들을 해치도록 놔두지 않을 것이다. 엉망인 부모들이 괴물을 키우게 놔두지 않을 것이고, 남자아이들이 더 많은 파이널 걸을 양산하도록 놔두지 않을 것이다. 그건 심오한 고대 의식도 뭣도 아니었다. 그냥 인생의 낭비였다.

"모르겠어." 내가 말했다. "다들 어디 있는지도 모르겠어. 줄리아랑 있는지, 캐럴 박사랑 있는지, 세이지파이어로 갔는지, 스카이랑 있는지. 아무것도 몰라, 스테퍼니."

"대니의 집으로 가면 어때요?" 스테퍼니가 말했다.

"대니?" 내가 물었다.

"사람들이 전부 어디 있는지 대니는 알 거 아니에요." 스테퍼니가 말했다. "그리고 사람들이 어디에 있든 대니는 목장에 있을 게 거의 확실하고요. 고집이 세고 죽음도 상관 않는다고 했죠, 맞아요? 대니를 찾아서 얘기하고 사람들이 어디 있는지 알아내는 거예요. 어쩌면 스카이가 어떤 인간인지 확인하러 같이 올 수도 있고요. 그러면 다른 사람들도 말을 들어줄 거예요. 다들 대니를 존중하니까요."

스테퍼니는 마치 우리를 안다는 듯 얘기했고, 나는 그게 아는 척이 아니라 실제로 아는 것임을 깨달았다. 우리는 이제 모두 파이널 걸이었다.

"그러게." 나는 그렇게 말하고 실토했다. "사실 대니 목장이 어딘지 몰라."

"내가 찾을게요." 스테퍼니가 말했다. "학대받은 조랑말들을 돌보는 말 보호소를 운영한다고 했죠? 핸드폰으로 찾을 수 있어요. 빅 스카이 헤이븐 목장이에요."

"이름을 알아?" 내가 물었다.

스테퍼니는 자신의 운동화 끝을 바라보았다.

"제가 엄청난 팬이었거든요." 스테퍼니가 말했다. "대니의 팬이었어요. 리넷 팬이 아니라. 미안해요."

당연한 말이었다. 모든 게 이치에 맞았다. 대니는 언제나 뭘 해야 할지 알았다. 대니를 우리 편으로 만들면 모든 일이 잘 풀릴 것이다.

"네가 방향을 알려줘." 내가 말했다. "운전은 내가 할 테니."

"그럴게요. 리넷이 대장이니까." 스테퍼니가 말했다.

끝낼 시간이 왔다. 스테퍼니 이후로 파이널 걸은 더이상 존재하지 않을 것이다.

드림킹 음모론

　1989년 프로듀서 애비 풀로스가 뉴라인 프로덕션의 고예산 영화인 〈죽음의 꿈〉에서 그녀의 사건을 다루기 전까진 아무도 헤더 델루카에 대해 알지 못했다. (뉴라인의 기준대로라면) 고예산인 이 영화는 스크리밍 매드 조지와 릭 베이커의 특수효과 덕분에 할리우드다운 때깔을 갖추고 돈을 쓸어담았다. 하지만 팬들은 인공적인 로맨스와 고스적인 분위기, 그 깊이 없는 화려함에서 진정성을 느끼지 못했다. 〈죽음의 꿈〉은 슬래셔 영화의 라스베이거스라 할 수 있다.

　기자들이 실제 범죄 사건의 진상을 수사해보니, 이는 어느 학교 관리인의 소아성애 혐의 피소, 서로 무관하게 발생한 연쇄 자살, 그리고 세 건의 사고사가 지리적으로 인접한 곳에서 발생했다는 이유만으로 한데 엮었던 이야기인 것으로 드러났다. 헤더 델루카는 어땠을까? 그녀는 파이널 걸이라기보다는 정당방어를 명분으로 폭행 혐의를 피한 사람에 가까웠다. 영화 속 범죄는 홍보팀이 전적으로 지어낸 이야기로 보이며, 팬들은 기만당한 기분을 느껴야 했다.

리블레이즈 설리번, '드림킹 음모론', 〈팬고리아〉, 2003년 3월

파이널 걸 서포트 그룹 21
파이널 챕터 2

문제가 생겼다는 첫번째 낌새는 안내판이었다. 대니의 목장은 엘리자베스 호수 인근, L.A.에서 30킬로미터 남짓 떨어진 곳으로 늘 물청소가 필요해 보이는 평평한 작은 언덕 사이에 자리잡고 있었다. 지저분한 언덕의 골마다 흙먼지를 뒤집어쓴 나무가 모여 있었다. 연갈색 천지인 관목 지대였다.

길을 제대로 찾기까지 1시간이 걸렸고, 대니 목장의 도로까지 이어지는 작은 흙길을 찾는 데 또 30분이 걸렸다. 이런 시골은 아무도 도로명이나 번지를 붙여놓을 생각을 하지 않는다. 길을 물어보는 사람은 외지인뿐이다. 나는 시골이 싫다.

시속 25킬로미터로 달리고 있을 때 목장 대문이 보였다.

"그냥 열면 되는 거예요?" 핸드폰 지도를 보던 스테퍼니가 고개를 들고 물었다.

양옆이 배수로였다.

"대문 옆으로 돌아갈 순 없겠어." 내가 말했다.

엔진을 켜둔 채 차를 세웠다. 나는 대문을 자세히 살펴보았다. 문이 잠겨 있도록 체인으로 대여섯 번 기둥을 감아났다. 이런 곳이 바로 차에서 내리면 배수로에 숨어 있던 괴물이 나와 흙에서 손을 번쩍 쳐올리며 사람 발목을 붙잡는 곳이다.

스테퍼니가 조심스레 차에서 내렸다. 나는 안에서 문을 잠갔다. 배수로를 살피고 흙길을 보고 백미러와 사이드미러를 확인했다. 스테퍼니는 대문 기둥까지 가서 멈추더니 차를 향해 돌아섰다. 그러고는 땅을 가리켰다. 나는 무언극을 하듯 앞유리를 통해 어깨를 으쓱해 보였다. 스테퍼니는 몸을 숙이더니 칠이 되지 않은 판자 끝을 들어올렸다. 누가 글씨를 새기고 흰색 페인트를 입힌 낡은 간판이었다.

빅 스카이 헤이븐 구조 목장

이제 보니 간판이 박혀 있던 기둥도 보였다. 최근에 뜯어낸 듯 노란색의 나무 속살이 못에 남아 있었다. 대니가 결코 하지 않을 짓이었다. 대니는 헤더의 커피 컵들을 정리해서 버리는 사람이다. 대니는 플란넬 셔츠의 보풀을 제거하는 사람이다. 트럭으로 걸어가는 길에 주차장의 낙엽을 주워서 화단에 도로 돌려놓는 사람이다.

스테퍼니는 안내판을 내려놓고 체인을 풀어 대문을 밀어젖혔다. "차에 타." 내가 창밖으로 외쳤다. "대니 집으로 가야 하니까."

서스펜션에 금이 갈까봐 시속 25 이상으로 움직일 수 없었다.

대문은 빼꼼 열린 채로 두고 기어가듯 천천히 도로 위를 지났다. 그때 연기가 보였다.

"사람들이 낙엽을 태우나봐요?" 스테퍼니가 물었다.

검은색의 연기 기둥이 우리 앞에 있는 유칼립투스 나무 사이로 솟아오르고 있었다. 속도를 확 늦췄다. 옆구리로 땀이 줄줄 흐르고 축축한 피부 사이로 섬뜩함이 느껴졌다.

나무들 사이를 지나 대니의 집에 이르렀다. 공터에 자리한 깔끔하고 조촐한 목장 주택은 횡목 울타리로 둘러싸여 있었다. 앞에는 널찍한 원형 주차장이 있고 그 가운데에 물 펌프가 있었다. 펌프 주변에는 무성한 야생화가 하늘거리고 있었다. 꽃 아래 흙은 방금 물을 준 듯 짙은 검은색으로 축축히 젖어 있었다. 미셸이 죽기 전에 보고 싶어했던 꽃이었다. 사방의 갈색 먼지 속에서 꽃들만이 화려한 불꽃처럼 빛나고 있었다.

집은 원형 도로의 11시 방향에 자리해 있었다. 오른쪽 3시 방향에는 마구간으로 가는 길이 있었다. 대니의 트럭이 도로에 주차되어 있었고 집의 현관문은 열려 있었다.

우리 둘 다 주차장 한가운데서 타오르는 화톳불에서 눈을 뗄 수 없었다. 부엌의 나무 의자들이 쌓여 있고, 주황색 화염이 햇빛을 받으며 잔잔히 의자 다리를 감싸고 있었다. 그 아래는 불에 탄 책들이 연기를 내뿜고 있었고 검게 그을린 잡지 몇 권이 흙바닥에 날리고 있었다.

너무 늦게 왔다.

"스카이 차가 보여?" 내가 물었다.

"스카이 차가 어떻게 생겼는지 몰라요." 스테퍼니는 22구경을 꺼내며 말했다.

스테퍼니는 꼭 프로처럼 약실을 확인했다. 나도 다시 무기를 마련해놨어야 했다.

"그놈이 아직도 여기 있을 것 같진 않지만." 내가 말했다. "그래도 확인하자."

우리는 뜨거운 공기 속으로 발을 디뎠다. 나는 트렁크 안을 살폈다. 끈적한 종이상자 속에 알루미늄을 압착해서 만든 싸구려 칼이 하나 있었다. 없는 것보단 나았다. 나는 오른손에 그 칼을 들고 우리 둘은 본능적으로 각자 다른 방향을 맡아 천천히 집을 향해 다가갔다.

안에서 인기척이 느껴졌고 나는 꼿꼿이 자리에 섰다. 스테퍼니는 재빨리 현관문에 시선을 돌리며 양손에 쥔 22구경을 들어올렸다. 잘한다. 누군가 거대한 카펫을 말아 들고 나오고 있었다. 그는 카펫을 공룡의 꼬리처럼 끌고 마당을 가로질러 성큼성큼 걸어갔다. 각진 어깨, 다부지고 굴곡 없는 몸을 나는 바로 알아볼 수 있었다. 대니는 화톳불 방향으로 제대로 걸어가고 있는지 확인하러 고개를 들었다가 우리를 발견했고, 얼굴의 땀을 닦더니 다시 고개를 숙이고 불 쪽으로 성큼성큼 걷기 시작했다.

"대니?" 내가 불렀다.

대니는 둘둘 만 카펫을 화톳불 옆 바닥에 떨구고 숨을 골랐다. 10미터 밖에서도 얼굴에 열기가 느껴졌다.

"대니?" 내가 다시 이름을 불렀다.

대니는 몸을 숙여 카펫 가운데를 잡더니 단숨에 들어올려 내다꽂았다. 카펫이 불에 타는 의자 탑을 가격하면서 의자들이 내 앞

바닥에 굴러떨어졌다. 햇빛 아래 희미하게 타오르던 화염이 몇 덩이 떨어져나왔다. 내 손등에도 불꽃 한 점이 튀었다.

"대니." 내가 말했다. "이게 무슨 일이야?"

대니는 집으로 돌아가는 길의 중간에서 걸음을 멈췄다. 반대편에서 스테퍼니가 나오는 것을 보고 허벅지에 차고 있던 글록 권총에 손을 뻗었다.

"스테퍼니야." 내가 말했다. "레드 레이크 캠프의 아이. 크리스토프 볼커를 본 유일한 사람이야."

대니는 시야에 우리 둘이 들어오도록 뒤로 물러섰다.

"원하는 게 뭐야." 대니가 물었다.

"누가 목장 간판을 떼어버렸어." 내가 말했다.

"어차피 다 없앨 거야." 대니가 답했다.

대니는 긴장을 풀고 권총에서 손을 뗀 뒤 현관문으로 발걸음을 재촉했다. 스테퍼니는 총을 든 손을 내리고 의아한 표정을 지었고, 나는 어깨를 으쓱해 보였다. 현관문으로 걸어가던 대니는 갑자기 방향을 틀어 몸 양옆으로 주먹을 틀어쥔 채 나에게 돌진했다.

복부에 주먹을 맞기 전에 나는 "왜……"라는 짧은 외마디만을 간신히 뱉었다.

몸이 반으로 접혔다. 나는 무릎에 손을 얹고 신발에 구토를 했고, 들고 있던 칼이 툭 하며 바닥에 떨어졌다. 내가 신물을 토하는 동안 대니는 꼼짝도 하지 않고 내 앞에 서 있었다. 내가 겨우 몸을 일으키자 이번에는 따귀를 날렸다. 머리통이 목에서 분리되는 것만 같았다. 대니는 다시 한번 배에 주먹을 질렀고, 나는 내

토사물 위로 무릎을 꿇으며 고꾸라졌다.

"스테퍼니, 안 돼!" 스테퍼니가 대니에게 달려들자 나는 손을 들어올렸다.

아무 소용이 없었다. 나를 보호해야 한다고 생각하는 듯했다.

"이봐." 스테퍼니가 갈라지는 목소리로 말했다. "손 떼."

대니는 고개 한 번 돌리지 않고 팔을 뻗어 스테퍼니의 가슴을 밀쳤고 스테퍼니는 팔을 허우적거리며 뒤로 휘청거렸다. 22구경이 커다란 호를 그리며 날아갔고, 스테퍼니는 바닥에 엉덩방아를 찧었다.

나는 일어서려 했지만 대니가 한쪽 다리를 들어올리더니 부츠 발끝으로 내 배를 힘껏 걷어찼다. 나는 그냥 드러누웠다.

"네가 그 책을 썼지." 대니가 선 채로 나를 바라보며 말했다. "그 망할 책. 그런 쓰레기 같은 책을 쓰다니 대체 무슨 정신으로 사는 거야? 내가 미셸과 불건전한 종속 관계라고? 내 전부인 미셸과? 내가 그룹에서 벗어나기 위해 미셸을 이용했다고? 그렇게 생각했다는 거지?"

대니는 다시 나를 걷어찼다. 나는 맞서지 않았다. 부어오른 뺨을 바닥에 댔다. 이래도 싸다. 대니가 내 멱살을 잡더니 나를 벌떡 일으켰다. 셔츠가 찢어지는 소리가 들렸다. 대니의 회색 눈동자가 보였다. 동공이 한 점 크기로 작아져 있었다.

"친오빠를 죽인 죄책감이 산 채로 나를 집어삼켰다고?" 대니가 악을 쓰며 내 따귀를 날렸다. "그것 때문에 '정치적으로 비뚤어진' 사람이 되었다고?" 또다시 따귀가 날아왔다. "미셸을 내 그늘에 가려진 채 살게 했다고?"

손이 또 한번 날아왔다. 입안에서 피맛이 났다.

"미안해." 나는 부어오른 입술 사이로 말했다. 액체가 턱을 타고 주르륵 흘러내렸다. "아무한테도 보여줄 생각 없었어. 그리고 나는 미셸이 이곳에서 눈감을 수 있도록 최선을 다했어."

"미셸 이름 입에 담지 마." 대니가 으르렁거리며 거친 얼굴을 나에게 갖다댔다. "넌 그 이름을 말해선 안 돼."

대니는 다시 뺨을 갈기는데 그 옆에서 뭔가 움직였다. 스테퍼니가 22구경을 든 팔을 뻗은 채 뒤에서 나타났다. 대니는 쓰레기봉투 던지듯 나를 바닥에 던지고 스테퍼니의 손목을 잡아 꺾은 뒤 발을 아래서 걸어찼다. 그러고는 글록 권총을 꺼내 스테퍼니의 목덜미를 겨눴다. 이 상황을 멈춰야 했다. 당장. 나는 바닥에서 대니에게 손을 들어 보였다.

"그건 그냥 일기고 나만 보는 거였어. 누군가 내 컴퓨터에서 그걸 훔친 거야." 내가 말했다. "우리를 전부 조종하고 있는 남자가 있어. 그놈이 볼커를 시켜 스테퍼니를 공격하고 에이드리엔을 죽였어. 헤더가 사는 시설을 불태우고 줄리아를 쐈어. 해리 피터 워든에게 돈을 주고 닉이 아니라 자기가 살인범이었다고 경찰에 자백하게 만들었고. 그 남자가 네가 아무런 이유 없이 친오빠를 살해했다고 생각하게 만든 사람이야, 대니. 내가 크리시를 만나서 모든 걸 들었어. 그 남자가 워커랑 암호로 대화하고 있었어. 공개적으로 우리 모두의 신용을 깎은 뒤 한 명 한 명 처치하려는 거야."

대니는 내 가설을 곰곰이 따져보는 듯 고개를 한쪽으로 기울였다. 스테퍼니가 다시 한번 바닥에서 일어나 대니에게 덤비려 하고 있었다. 두 사람의 시선이 맞부딪쳤다. 대니가 글록을 고쳐 잡았다.

"알게 뭐야?" 대니가 시선을 거두고 뒤꿈치를 휙 돌리더니 집으로 성큼성큼 걸어가며 권총을 집어넣었다. 스테퍼니와 나만이 흙바닥에 덩그러니 남아 있었다.

"리넷이 머리가 아픈 사람이라고 생각했어요." 스테퍼니가 말했다. "그런데 저 여자는 진짜 제대로 미친 사람이군요."

카펫 더미에서 연기가 피어오르며 까맣고 찐득한 그을음을 내뿜었다. 화학약품 냄새가 났다.

"바이킹 장례식이네." 나는 일어나 앉으며 말했다.

입에서 피를 한가득 뱉어냈다. 멍이 들긴 했지만 대니가 치명적인 상처를 입히진 않은 듯했다.

"저 여자, 정신 좀 차리라고 해요." 스테퍼니가 분통을 터뜨렸다. "지금 여자친구보다 더 심각한 문제가 있는데."

"대니한테는 그렇지 않아." 내가 말했다.

대니가 이번에는 매트리스를 끌고 비틀거리며 현관문을 나섰다. 늘어진 거대한 매트리스가 출입구에 꼈다. 대니는 주먹을 지르고 발로 차며 매트리스를 꺼내 먼지를 뭉게뭉게 일으키며 우리에게 다가왔다. 연기가 피어오르는 불가에 이르러 매트리스를 털썩 떨구자 재가 구름처럼 솟구치며 즉시 불길을 덮어버렸다. 식어버린 연기가 푸른 하늘로 퍼졌다.

"젠장." 대니는 홀치기염색으로 무늬를 넣은 반다나로 더러워진 이마를 닦았다.

"대니, 얘기 좀 할래?" 내가 일어나 물었다. 몸이 완전히 펴지지는 않았다. "지금 무슨 일이 일어나고 있는지 네가 아는지는 모르겠지만 상황이 정말 나빠. 줄리아가 사람들을 어디로 데려갔는지 알아야 해."

대니는 내가 누구든 신경쓰지 않는다는 눈길로 나를 바라보았다.

"미셸 물잔의 물이 사라졌어." 대니가 말했다. "침대 옆에 두던 물잔. 그게 미셸 입술이 닿은 마지막 물건인데. 미셸이 절반을 마시고 떠난 이후 매일매일 물이 조금씩 줄어들었지. 결국 어떻게 될지 알았지만 그래도 조금이라도 물이 남아 있는 한 외면할 수 있었어. 그런데 어제 보니까 전부 말라 있더군. 미셸이 마시던 물이었는데 이제 그냥 텅 빈 유리잔이 된 거야. 이젠 남은 게 없어, 리넷. 다 사라졌어."

대니의 얼굴에 힘이 풀리며 눈에 초점이 사라졌다. 나는 대니처럼 누군가를 생각해본 적이 없었다.

"미셸 없는 곳에 더이상 있고 싶지 않아." 대니가 말했다. "다시 혼자가 될 순 없어. 안 돼."

대니는 스테퍼니와 나를 길에 덩그러니 남겨두고 방향을 돌려 헛간으로 걸어갔다.

"말 좀 들어보라고 할 수 없어요?" 스테퍼니가 나에게 물었다.

대니는 노란색과 빨간색으로 된 기름통을 허벅지께에 들고 나왔다. 꺼진 화톳불 옆에 자리를 잡고 뚜껑을 연 후 매트리스에 휘발유를 뿌리고 마지막 방울까지 탈탈 털었다. 그러고는 가스통을 던지고 가슴 주머니에서 성냥갑을 꺼내 전부 불을 붙이고는 매트리스로 휙 날려버렸다.

퍼벙, 펑!

거대한 폭발이 일어나며 휘발유가 뜨겁게 타오르는 악취가 얼굴을 덮쳤다. 코털이 타들어가는 게 느껴졌다. 스테퍼니와 나는 주춤주춤 뒤로 물러섰지만 대니는 꼼짝도 하지 않았다. 용광로 같은 열기에 대니의 얼굴이 선홍색으로 빛났다.

나는 스테퍼니에게 가만히 있으라는 신호를 보내고 자신의 파괴 행위에 넋을 놓고 있는 대니에게 슬며시 다가갔다.

"네게 상처줄 생각이 아니었어." 내가 말했다. "그 누구에게도 상처주고 싶지 않았다고."

"사람들이 미셸 시신을 찾았을 때 어떤 늙은 부랑자가 키스를 하려던 참이었다더군." 대니가 말했다.

"아마 칼 드울프 주니어란 사람일 거야."

"하." 대니가 조소하고는 오랜 침묵이 이어졌다. "그래도 바깥에 있었지. 실내에서 죽고 싶지 않아했는데. 하지만 나를 제일 필요로 할 때 내가 거기 있어주지 못했어."

"스카이 때문이야." 내가 말했다. "캐럴 박사의 아들이야. 걔가 이 모든 판을 짰어. 미치광이야. 우리 모두를 갖고 놀고 있어."

"그저 미셸 옆을 지키기만을 바랐는데." 대니가 처참하다는 듯 말했다. "그게 내가 바란 전부였어."

대니는 내 말을 듣고 있지 않았다. 우리 둘은 그곳에 서서 가구들이 불타오르는 것을 지켜보았다. 스테퍼니가 화톳불 반대편에서 이지러지는 열기 사이로 우리를 지켜보고 있었다.

"캐럴 박사의 아들이 무슨 짓을 할지 몰라." 내가 말했다. "내 말을 믿어야 해. 그애가 이제 줄리아, 매릴린, 헤더와 함께 있어.

어디에 있는지 모르지만. 우리가 찾아내야 해."

"다들 레드 레이크에 있어." 대니가 말했다.

당연한 말이었다.

에이드리엔이 레드 레이크 캠프를 사들인 건 살아남은 사람들의 문제점을 알고 있기 때문이었다. 생존자들은 자신을 사람들과 단절시키고 안으로 움츠러든다. 안정된 것처럼 보이기 위해 실제 치료보다는 반복되는 일상에 매달린다. 그들은 무감각해진다.

내가 그 아이러니를 인지하지 못하는 게 아니다.

고초를 겪은 여성으로서, 우리는 죽음을 택하는 경향이 있다. 때로는 자살과 약물 남용이라는 명백한 방법을 고른다. 때로는 덜 직접적인 길을 고른다. 주먹 쓰기를 좋아하는 남자와 결혼을 한다든가, 술을 지나치게 마시고 운이 바닥날 때까지 운전을 한다.

에이드리엔은 그러한 문제를 발견하고 해결책을 내놓았다. 영화로 번 돈을 들여 레드 레이크 캠프를 다시 열고 우리 모두를 구하려 애썼다. 심리치료사들이 캠프 이용자들을 여러 팀으로 나눈 뒤 그들이 머무는 내내 곁에 붙어 있었고, 그들은 다 함께 치료를 받고 서로를 책임지고 또 걸머졌다. 팀원 전부가 결승선을 통과할 때까지 누구도 레이스를 완주하거나 게임을 이기지 못했다. 공식적으로 그들은 팀과 팀원이었다. 하지만 그들은 서로를 가족이라 불렀다. '시스터'라고 불렀다.

에이드리엔이 시행한 추적 조사에 의하면, 이런 가족들은 60퍼센트 이상 지속된다고 했다. 시스터들은 수년간 서로 연락을 유지하고, 서로 더 가까워지기 위해 이사하고, 서로의 삶에 머무른다. 서로를 구원하는 것이다. 처음으로 탄생한 가족은 1991년에 레드 레이크를 떠났다. 그 여성들은 이제 서른여섯 살 정도 되었을 것이다. 그중 두 명은 결혼했다. 여섯 명은 레드 레이크에 근무했다. 모두들 살아남았다. 아무도 죽지 않았다. 에이드리엔이 그들의 인생을 구한 것이다.

"같이 갈래?" 내가 대니에게 물었다. "제발 같이 가줄래?"

내가 스테퍼니를 데리고 떠나면 무슨 일이 일어날지 나는 알았다. 태울 물건이 다 떨어지면 불 옆에 무릎을 꿇고 산을 바라보며 글록을 꺼내 미셸을 따라갈 것이다. 나는 누구라도 구해야 했다.

대니는 계속 불을 응시했다.

"매릴린이랑 헤더랑 줄리아가 위험해." 내가 말했다. "넌 언제나 우리를 안전하게 지켜줬지. 우리는 지금 네가 필요해. 마지막으로 한 번만."

이윽고 입을 연 대니의 목소리는 너무나 작았다.

"난 끝났어."

대니의 등이 구부정해지고 어깨는 축 처지고 눈꺼풀엔 힘이 빠지고 입매는 아래로 늘어졌다. 땀을 흘리고 있는 건지 울고 있는 건지 아니면 둘 다인지 알 수 없었다.

"대니, 부탁이야." 내가 말했다.

우리가 떠나면 저 총구를 입에 넣을 것이다. 내가 가는 곳마다 파이널 걸들이 죽고 있었다. 신물이 났다.

대니가 고개를 저었다.

"혼자선 할 수 없어." 내가 말했다. "평생을 그렇게 해왔는데 잘 안 됐어. 네가 필요해, 대니. 하나는 없는 것이나 마찬가지고, 둘은 하나와 다름없어. 그게 네가 나에게 가르쳐준 거잖아?"

406

잠시 후 대니는 고개 젓기를 멈추고 나를 바라보았다.

"처리하고 올 게 있어." 대니가 말했다.

대니는 헛간으로 걸어갔고 나는 스테퍼니에게 돌아갔다.

"대니가 같이 갈 거야." 내가 말했다. "문만 잠그고 온대."

"좋네요." 스테퍼니가 말했다. "음, 근데 뭘 하는 거죠?"

대니는 헛간으로 걸어가면서 글록 권총을 꺼내며 그늘 속으로 사라졌다. 몇 분 후 말 여섯 마리가 기수도 없고 안장도 없이 오후의 햇살을 받으며 윤기 나는 모습으로 뛰쳐나왔다. 말들은 타는 냄새를 맡고 불을 피해 조심스럽게 빙빙 자리를 돌며 헛간으로 돌아가려 했다. 대니가 글록을 들어올려 길을 막았다. 대니가 말들의 말발굽 사이를 겨누고 땅에다 총을 쏘자 탁 하는 건조한 소리가 울렸다.

나는 놀라서 속이 울렁였다. 대니가 바닥으로, 또 허공으로 총을 쏠 때마다 심장이 쿵쾅거렸다. 말들은 화들짝 놀라고 공포에 질려 눈을 커다랗게 뜨고 입에 거품을 문 채 질주했다.

"자기들끼리 더 나은 삶을 살 수 있을 거야." 대니가 말했다. 대니가 이곳에 돌아올 생각이 없다는 것을 그 순간 알 수 있었다.

렌트카의 기름이 거의 바닥났으므로 우리는 대니의 트럭에 올라탔다. 좌석이 네 개였다. 나는 조수석에 앉았다. 스테퍼니는 대니 뒤에 앉았다.

"레드 레이크 가는 길 알아?" 내가 물었다.

"1991년부터 알았지." 대니가 답했다.

엔진에서 부르릉 소리가 나자 대니는 트럭의 기어를 바꿨다. 우리는 목장을 뒤로한 채 도로를 힘차게 달려나갔다. 뒤를 돌아보니 스테퍼니가 걱정스러운 표정을 짓고 있는 게 보였다. 스테퍼니의 뒤로 말들이 산으로 달려가며 일으킨 흙먼지 바람과 푸르고 맑은 하늘로 피어오르는 화톳불의 연기가 보였다.

P. 데커: 준비가 되어야 말을 하고픈 마음은 이해한다만 너희 부모님은 벌써 자식을 하나 잃으셨잖니. 네가 말을 하면 부모님 마음이 한결 나아질 거야.

D. 시프먼: 그러지 않을 거예요.

P. 데커: 왜 그렇게 생각하니?

D. 시프먼: 저는 괴물이니까요.

P. 데커: 내 눈엔 아주 용감한 일을 해낸 아가씨가 보이는데.

D. 시프먼: 저는 오빠를 죽였어요.

P. 데커: 두 아이의 목숨을 구하기 위해서였지.

D. 시프먼: 아무도 이제 예전처럼 저를 보지 않을 거예요.

**필립 데커 박사의 다중살인 생존자 대니엘 시프먼 대상
탐문수사 녹취록, 1980년 11월 8일**

파이널 걸 서포트 그룹 22
마지막 악몽

운전하는 3시간 동안 대니는 별다른 말이 없었지만 나는 대니로부터 어찌어찌 얘기를 들을 수 있었다. 줄리아가 어제 대니에게 전화를 걸어 매릴린의 경호 SUV를 타고 헤더와 레드 레이크로 간다고 했다. 대니를 데리러 오거나 레드 레이크에서 만날 수 있다면서. 대니는 자신을 기다리지 말라고 했다.

"스카이는 어떻게 했대?" 내가 물었다.

"그룹 애들이 애 엄마랑 대판 싸웠다더군." 대니는 천천히 달리는 스바루 차를 앞지르기 위해 차선을 변경하며 말했다. "캐럴 박사에게 그랬대. 안전한 장소가 있지만 어딘지 말해줄 수 없다고. 아이들은 와도 되지만 캐럴 박사는 올 수 없다고. 왜 사람들을 분산시키는지 얘기를 지어냈다던데. 캐럴 박사는 자신의 동행 없이 아이들을 어디로든 보낼 수 없다고 했고. 그런데 큰애가 가는 건 못 막았대. 작은애는 엄마랑 같이 있고."

"놀라운걸." 내가 말했다.

다른 차들이 우리를 추월하고 있었다. 내가 운전했다면 최대한 으로 밟아서 사람들을 구하기 위해 날아가고 있었겠지만 대니는 마치 건초를 사러 가는 것처럼 운전하고 있었다. 나는 줄리아와 매릴린, 헤더의 번호를 적어서 스테퍼니에게 넘겨줬다. 목장을 떠난 이후로 줄곧 전화를 하는 중이었다.

"잘돼가?" 내가 뒤를 바라보며 물었다.

스테퍼니는 몸을 웅크리고 문자메시지를 보내고 있었다.

"계속 음성사서함으로 넘어가요." 스테퍼니가 말했다. "문자 도 보내는데 아무도 읽음 표시가 뜨지 않아요. 전달 확인 알림까 지 켜놨는데 전달되는 것 같지 않아요."

"캠핑장에 유선전화가 있을까?" 내가 물었다.

"검색해서 그쪽에도 전화해봤는데 또 음성사서함이에요." 스 테퍼니가 말했다.

대니가 속력을 올려주길 진심으로 바랐다. 아직 밝긴 하지만 스카이가 이미 시작했을지도 몰랐다. 대부분의 괴물은 어두워지 기를 기다리지만.

"계획을 짜야 해." 내가 말했다. "그래야 '바보 삼총사'*처럼 서 로 밟고 넘어지지 않지. 같이 머리를 모아볼래?"

"아니." 대니가 답했다.

그리고 그게 다였다. 액셀 위 대니의 발을 꾸욱 밟고 싶었지만 일이 제대로 흘러가려면 대니에게 맞춰줘야 했다. 그래서 잠자코

---

* The Three Stooges. 1920~70년 사이에 미국에서 활동한 코미디팀.

기다리기로 했다.

30킬로미터 남짓 달렸을 때 대니가 중요한 질문을 던졌다.

"캐럴 박사 아들을 어쩔 생각이야?"

"나도 몰라." 내가 말했다. "다치게 하고 싶진 않아. 누구도 다치지 않았으면 좋겠어. 사람들이 죽는 걸 이제 견딜 수 없어."

"내일 해가 뜨기 전에 누군가는 죽을 거야." 대니가 말했다. "그건 확실해."

너무나 카우보이 같은 말에 나는 웃음이 나올 뻔했지만 웃지 않았다. 대니의 말이 맞다는 것을 직감으로 알기 때문이었다. 대니의 말은 언제나 옳았다.

베이커스필드에 이르자 교통량이 늘어났고, 산으로 접어들 즈음에는 이미 늦은 오후였다. 장시간 운전으로 다들 졸음이 쏟아졌고, 트럭이 구불구불한 길을 통과하는 동안 나는 아드레날린이 혈관에서 서서히 빠져나가는 것을 느꼈다. 지칠 대로 지친 기분이었다.

"저기다." 스테퍼니가 말했다. "저거 맞죠?"

앞쪽에서 레드 레이크 캠프 간판이 보이자 대니는 속도를 늦췄다. 에이드리엔이 바랐던 대로 간판은 작고 눈에 잘 띄지 않았다. 그저 짙은 빨간색 바탕에 노란색으로 레드 레이크 캠프라고 쓰여 있을 뿐이었다. 대니가 운전대를 돌리자 트럭이 도로를 벗어나 레드 레이크 호수가 있는 언덕 방향의 아스팔트 길을 미끄러지듯 나아갔다. 이 길은 시의 관할이 아닌 레드 레이크의 관할이었고, 매끄러운 검은색 아스팔트를 새로 깔아 반짝거렸다.

산 중턱에 이르자 그림자가 길게 늘어졌다. 레드 레이크 호수가 눈앞에 보일 즈음 대니가 갑자기 방향을 틀었다.

"뭐하는 거예요?" 스테퍼니가 물었다.

"화장실." 대니가 말했다. "도착하기 전에 가는 게 낫지. 뒤에서 총도 꺼내야 하고." 대니는 산 아래가 내려다보이는 길 옆에 차를 세웠다. 빈 다이어트 콜라 캔이 놓인 피크닉 테이블이 하나 있었고 경관 좋은 곳임을 알리는 표지판 하나, 숲으로 이어지는 조깅로가 보였다. 새하얀 자갈이 깔린 길이었다.

"여기서 기다려." 대니가 말했다.

대니는 차에서 내리더니 차를 빙 돌아 다이어트 콜라 캔을 가져다 버리고 우리로부터 10미터가량 떨어진 관목 사이로 걸어들어갔다. 나는 스테퍼니가 뒷자리에서 자기 가방을 뒤지는 걸 보았다.

"우리 정말 계획을 짜야 해." 내가 뒤를 돌아보며 말을 꺼냈다.

그때 대형 망치가 내 뒤통수를 가격했다. 안구가 짓눌리며 눈앞이 캄캄해졌다. 눈이 다시 보일 때쯤엔 머리가 절반쯤 차 밖으로 나가 있었고 햇빛에 눈이 쓰렸다. 머리가 비치볼 크기로 부어오른 것 같았다. 트럭 뒤를 바라보려 고개를 들고 싶었지만 산산이 금이 간 안전유리가 목 위로 비 오듯 쏟아져 셔츠 안으로 들어갔다. 스테퍼니는 앞좌석으로 기어넘어와 운전석에 앉았다. 내 22구경을 쥐고 있었다. 나는 아무런 냄새도 맡을 수 없었다. 얼굴이 움직이지 않았다. 몸이 말을 듣지 않았다.

스테퍼니가 나를 바라보더니 내 어깨로 손을 뻗었다. 나는 팔을 들려고 했지만 온통 따끔거렸다. 스테퍼니가 문고리를 확 당기자 문이 턱 열리면서 나는 돌바닥으로 떠밀렸다. 좌석벨트가 몸을 잡아줬지만 이내 벨트가 풀리면서 바닥에 나뒹굴었다.

저멀리 대니가 덤불에서 나와 청바지 단추를 채우는 게 보였다. 나는 필사적으로 소리를 지르며 경고하고 싶었지만 그럴 수 없었다. 차문이 내 한참 위에서 쾅 닫혔고 시동 걸리는 소리가 들렸다. 트럭이 내 다리 위로 굴러갔지만 머리 아픈 거에 비하면 아무것도 아니었다. 타이어가 자갈 위를 구르더니 쩍 하며 유리 깨지는 소리와 함께 대니를 들이받았고, 대니의 몸은 뒤로 획 날아갔다. 나무줄기 가운데에 세게 부딪힌 대니의 몸은 그래서는 안되는 방향으로 꺾였고, 이내 주차장 가장자리에 얼굴을 박고 나뒹굴었다.

스테퍼니는 내가 누워 있는 곳으로 후진하더니 트럭의 시동을 껐다. 그리고 차에서 나왔다. 어디로 가는지 보고 싶었지만 고개를 돌릴 수 없었다. 차문이 열렸다 닫히는 소리가 들렸고 잠시 멍했다가 정신을 차려보니 자갈을 으드득 밟으며 나에게 다가오는 발소리가 들렸다.

"이 멍청한 호구 년." 스테퍼니가 내 옆에 쪼그려앉으며 말했다.

대니가 우리를 공격할 거라고 생각한 걸까? 아니면 믿기엔 너무 위험한 인물이라고 여긴 걸까? 내가 스테퍼니를 공격할 거라고 오해하게 만든 걸까? 질문이 무엇이든 나는 진짜 답을 알았다. 스테퍼니는 우리 무리가 아니었다. 파이널 걸이었던 적도 없었다. 크리시의 말이 맞았다. 스테퍼니는 '괴물'이었다.

"이건 계집애들 권총이지만 중요한 건 마음이지." 스테퍼니가 내 자그마한 권총을 쥐고 말했다. "멍청한 애들이나 마체테랑 무술을 쓰는 거야. 성인 시체로 살인 점수를 따려면 스미스앤드웨

415

슨 정도는 필요해."

몸이 마비되고 짜부라져 텅 비어버린 듯했다. 할 수 있는 거라고는 바닥에 누워 죽는 것뿐이었다. 나는 고개를 들어 스테퍼니의 기다란 팔을 따라 시선을 옮겼다. 해를 등지고 증오와 경멸을 뿜어내는 얼굴이 보였다.

"넌 네가 대단하다고 생각하지." 스테퍼니가 말했다. "네가 얼마나 한심한 머저리인지 알아? 한 사람 또 한 사람, 차례로 너를 무너뜨리는 걸 지켜봤어. 내 차례가 되었을 땐 생각한 것보다 훨씬 쉬웠지. 넌 평생 다른 사람의 도움을 받아왔으니까. 심지어 넌 진짜 파이널 걸도 아니야."

스테퍼니는 몸을 숙여 내 코 아래 손가락을 갖다댔다.

"젠장. 아직도 숨을 쉬네. 좋아. 좀더 무거운 게 필요하겠어. 여기 가만히 있으라고."

스테퍼니가 자그락자그락 트럭으로 걸어갔고 딩, 딩, 딩 하면서 트렁크 문이 열리는 알림음이 들렸다. 총기 상자의 지퍼 열리는 소리가 났다. 엽총을 장전하는 소리도 들렸다. 그다음 운동화가 다시 자갈 밟는 소리를 냈고, 스테퍼니가 내 시야에 다시 한번 나타났다.

이제껏 속았구나. 나는 머저리였다. 스테퍼니를 여기 레드 레이크 호수 한복판까지 데려왔다. 스카이가 아니었다. 전부 잘못 짚었다. 이제 나는 죽을 것이다.

죽음은 오히려 명료함을 안겨줬고, 그 찰나 나는 스테퍼니의 말이 맞다는 것을 깨달았다. 나는 평생 다른 사람의 도움을 필요로 했다. 늘 거리를 두고 있다고 생각했지만 주위에는 항상 다른 사람들이 있었다. 내 힘으로 할 수 있는 유일한 건 죽음과 마주하는 일이었다.

머리가 부어오르고 감각이 없어져 눈을 깜빡이기만 해도 머리가 욱신거리는 통증이 느껴졌다. 나는 눈 깜빡이는 것도 멈추고 대신 나를 굽어보는 스테퍼니를 바라보았다. 스테퍼니는 높이 높이 솟아 있었고 대니의 엽총을 내 얼굴에 겨누고 있었다. 그애가 총신을 단단히 붙들고 있었다. 총구가 내 이마 바로 위에 있었다. 머리는 몸에게 도망치라고, 움직여서 여기를 빠져나가라고 명령을 내렸지만 근육들이 전부 파업을 하고 있었다.

"네가 현관에 나타났을 땐 정말 뒤지게 놀랐지." 스테퍼니가 말했다. "정말 뭔가를 알아낸 줄 알았는데 그냥 영혼을 나눈 자매들의 단합 여행에 데려가더라고? 몇 년간 그 지긋지긋한 삶에서 누군가 널 꺼내주길 바라왔잖아? 그러니까 긴장 풀어, 이 자살 성향자야. 나는 마지막 파이널 걸이야. 네 시간은 지났어. 대체 뭐 때문에 웃는 거야?"

눈을 오른쪽으로 움직이다가 나도 모르게 입꼬리가 살짝 올라갔기 때문에 스테퍼니는 막판에 억박을 질렀다. 내 시선을 따라간 스테퍼니의 얼굴이 어두워졌다.

"젠장." 스테퍼니가 한숨을 내뱉었다.

대니가 사라졌다.

지금 대니가 레드 레이크로 달려가고 있길 바랐다. 가서 모두에게 위험을 알리고 사람들의 도움을 구해 이 괴물에 맞설 대비를 하길 바랐다. 내가 희생해 시간을 벌면 대니가 사람들에게 갈 수 있을 테고, 그들은 분노의 신이 되어 스테퍼니에게 달려올 것

417

이다.

스테퍼니는 단신 엽총을 어깨에 걸치고 총신을 45도 각도로 기울였다. 대니를 발견하는 즉시 총구를 올려 몸에 구멍을 뚫을 셈이었다. 준비를 마치고 덤불 속으로 걸어들어가던 스테퍼니가 잠시 멈춰 나를 뒤돌아보고 어느 방향으로 갈지 고민했다.

나는 대니, 달려! 어서 가!라고 외치고 싶었지만 머리통이 깨져 곤죽이 되었고, 집중하면 오른쪽 뺨을 실룩이는 정도는 할 수 있을 것 같지만 그게 한계였다. 머리통 절반이 없어진 내 모습은 어떨지 생각해봤다.

내가 살짝 움직였는지 스테퍼니가 내 방향으로 고개를 틀다가 포기하고 덤불로 몸을 돌렸다. 하지만 이미 때는 늦었다. 나를 죽일 준비는 되었을지 몰라도 대니를 죽일 준비는 되지 않았던 것이다. 키 180센티미터에 목장에서 단련한 근육으로 무장한 대니가 덤불에서 불쑥 일어나 엽총의 총신을 잡아 방향을 날쌔게 돌리고는 스테퍼니의 목에 주먹을 가격했다.

그 한 방에 스테퍼니의 턱이 가슴에 부딪히며 총이 발사됐다. 대니는 몸속 어딘가가 부서진 듯 고통 속에서 몸을 구부리고 서 있었지만 엽총의 총신을 놓지 않고 총구를 멀찍이 유지하며 스테퍼니의 옆머리를 주먹으로 치고 또 쳤다. 그런 다음 총을 비틀어 스테퍼니의 손아귀에서 빼낸 뒤 개머리판으로 스테퍼니의 굽은 등허리를 내려쳤다.

스테퍼니는 얼굴을 땅에 박으며 쓰러졌다. 대니는 절뚝거리며 스테퍼니에게서 떨어져 나에게 다가왔다. 얼굴은 창백하고 입술은 소리 없이 움직이고 있었고 이에는 피가 말라붙어 있었다. 대니는 무릎을 털썩 꿇으며 엽총을 내려놨고, 나는 대니가 울고 있다는 걸 깨달았다. 너무 아파서 흐르는 눈물일 게 분명했다.

"린." 목이 멘 소리를 내며 대니는 상처투성이 손을 내밀어 내 얼굴을 만졌다.

그때 스테퍼니가 대니의 뒤에서 획 나타났다.

대니는 뭔가 잘못됐다는 것을 느끼고 몸을 돌렸지만 개머리판이 대니의 이마를 찍어내렸다. 나는 소리라도 질러 경고를 해주고 싶었지만 얼굴이 움직이지 않았다. 내 생각엔 뇌가 이미 자갈밭으로 스며든 것 같았다. 엽총 개머리판이 다시 대니의 얼굴 정중앙을 가격했다. 뭔가 굵은 것이 부러지는 소리가 들렸다. 스테퍼니가 미소 짓는 것도 잠시, 대니가 스테퍼니의 발목을 잡아당겨 바닥에 내동댕이치고는 벌떡 일어나 절뚝절뚝 빠르게 달렸고, 걸음마다 커다란 핏방울을 떨어뜨리며 덤불 너머로 사라졌다. 스테퍼니는 자리에서 일어나 엽총을 조준하고 방아쇠를 당겼다. 총에서 화염이 뿜어져나왔다.

스테퍼니는 대니가 사라진 곳으로 달리며 연이어 총알을 채우고 방아쇠를 당기고 또 당겼다. 그러다가 멈추고 대니가 보이는지 주변을 훑고 또 총을 쏴댔다. 이 천둥소리가 도저히 멈출 것 같지 않았다. 하지만 마침내 적막이 찾아왔다. 새소리가 들렸다.

스테퍼니가 다시 나를 살피고 있었다. 나는 예의 그 속임수를 써야 한다는 걸 깨달았다. 리키 워커 때 썼던 속임수였다. 나는 죽은 척했다. 스테퍼니가 몸을 숙여 내 숨결을 확인했지만 나는 숨을 참았다. 희미하게 스테퍼니가 내 오른쪽 귓불을 잡아당기는 느낌이 들었다. 꼬집어보는 모양이었지만 어차피 내 머리는 나무

토막이나 다름없었다. 나는 움직이지 않았다. 스테퍼니가 부릅뜬 나의 눈에 침을 뱉었다. 나는 가만히 있었다. 그러자 그애는 웃음을 터뜨렸다.

"이건 점수로 치기도 그렇네." 스테퍼니가 말했다. "스스로 죽은 거나 마찬가지야."

스테퍼니는 트럭으로 걸어가 조수석에 엽총을 던졌다. 엽총 위의 엽총이네* 하고 나는 바보 같은 생각을 했다. 스테퍼니는 시동을 걸었다. 트럭이 1분 동안 제자리에 있기에 나는 스테퍼니가 생각을 바꾼 줄 알았다. 하지만 나를 바라보고 있는 걸 알았으므로 고개를 돌릴 수 없었다.

마침내 스테퍼니가 허공에 하얀 구름을 일으키며 자리를 뜨자 약을 투여한 것처럼 안도감이 온몸을 휩쌌다. 나는 1분가량 더 누워 있었다. 뇌가 꾸역꾸역 바닥에 흘러내렸다. 나는 생각했다. 누가 레드 레이크로 가서 사람들에게 경고해줄까. 대니가 모두에게 상황을 알리러 이미 도착했을까. 아니면 스테퍼니가 먼저 도착해 총알로 모두를 뚫어버릴까. 나는 그 자리에 누워 누가 이 상황을 구해낼까 생각했다. 머리에서 빠져나온 피가 웅덩이처럼 고였고 나는 그렇게 생을 마감했다.

---

* 영어 'shotgun'에는 '엽총' 외에도 '조수석'이란 뜻이 있다.

저는 두려움도 재미가 될 수 있다는 것을 압니다. 개인적으로 롤러코스터 타는 것을 정말이지 좋아합니다. 안전 바가 내려올 때 느껴지는 그 작은 설렘. 커다란 커브를 돌 때 이번에는 정말로 레일을 벗어날 것만 같다는 그 짜릿함. 안전하게 출발 지점에 도착했을 때 온몸을 타고 흐르는 그 안도감. 하지만 우리가 소비하는 오락 매체의 상당수가 여성을 죽이는 내용이라는 사실은 무엇을 시사합니까? 거기에 대해 생각해봤으면 좋겠습니다.

어떻게 여성을 살해하는 게 재미있을 수 있습니까?

〔잠시 멈춤〕

최신 스릴러 영화를 보러 가서 팝콘을 맛보고, 또 저녁을 먹으며 친구들과 줄거리 속 반전에 대해 얘기를 나누는 것은 평범한 저녁 외출의 모습입니다. 하지만 영화 속 그 여성은 아무도 집에 안전하게 데려다주지 않습니다. 사람들이 저마다의 삶을 영위하는 동안 그 여성은 스크린 속에 그대로 남아 있습니다. 그게 무슨 의미인지 생각해봅시다. 우리의 무엇이 잘못됐는지 되돌아봅시다.

파이널 걸 서포트 그룹 23
부활

    나의 분노 앞에서 덤불들이 스러진다. 나는 나무에 몸을 던지며 전진한다. 발볼을 힘껏 내디뎌 성큼성큼 산을 올랐고, 붓고 깨진 머리만큼이나 종아리가 아파왔다.

    "멍청하긴." 나는 혼잣말을 한다.

    하지만 소리 내어 말하진 않는다. 소리를 내면 으스러진 두개골이 너무나 아프기 때문이다. 한 발 또 한 발, 내 정신은 온통 산을 타는 데 팔려 있었다. 근육마다 비명을 내지르고 가슴은 타들어갈 것 같았지만 멈추지 않았다. 죽은 뒤에나 멈출 것이다. 생각보다 그 순간이 빠르게 올 것 같긴 하지만.

    "멍청한 년." 나는 중얼거렸다.

    또 한 발을 내디뎠다.

    세상이 빙글빙글 돌았다.

    "멍청한 바보 년."

또 한 걸음 내디뎠다.

"멍청한 바보 머저리 같은 년."

그 주차장에서 몸을 일으키는 건 살면서 해본 일 중 가장 힘든 일이었다. 통증 때문에 바닥에서 몸을 일으킬 수 없었다. 사슴뿔에 뚫리는 것도 이렇게 아프지는 않았다. 나를 일으켜세울 수 있는 사람은 오로지 에이드리엔뿐이었다.

"왜 그렇게 누워 있어, 리넷?" 에이드리엔이 나를 바라보며 말했다.

"…… 할 수가 없어서." 내가 말했다.

"할 수 있어." 에이드리엔이 말했다. "왜인지 알아? 일어나지 않으면 내가 너한테 투자한 모든 시간이 물거품이 되니까. 그건 내가 실패했다는 의미일 거야. 하지만 나는 실패하지 않아. 나는 엄한 가정에서 자랐어, 리넷. 그래서 실패를 견디기 힘들어. 네가 포기하면 완벽주의자 에이드리엔도 덩달아 망하는 거야. 그건 내가 받아들이기 어려운 일이야."

에이드리엔은 내 머리 옆에 무릎을 꿇고 앉더니 손으로 내 겨드랑이를 받쳐줬다. 내 몸 이곳저곳이 완전히 잘못된 방향으로 접히면서 힘줄이 비명을 지르고 근육이 부르르 떨렸다. 어느새 나는 일어나 주차장 한복판에서 비틀거리며 내 피 웅덩이 위에 서 있었다. 주변에는 아무도 없었다.

이제 나는 산을 오르고 있었고, 만약 이러다 죽는다면 그건 온몸이 구석구석 너무나 아프기 때문일 것이었다. 숲이 끝난 지점에서 나는 솔방울 위로 풀썩 주저앉았다. 레드 레이크 캠핑장 끝자락이었다. 반대편 소나무 표지판에 커다란 글씨로 환영합니다라고 적혀 있었고, 그 너머로는 '메인 산장'으로 이어지는 드넓은 푸른 잔디밭이 펼쳐져 있었다. 산장의 통나무들이 분홍색 황혼의 빛 아래 주황색으로 빛나고 있었다.

"빌리 워커가 먼저 찔러봤을 거라곤 생각 못했겠지. 그렇지?" 나는 고통으로 요동치는 머릿속으로 스테퍼니에게 질문을 던졌다. "그 자식 때문에 내 머리엔 그 빌어먹을 티타늄 판이 들어 있거든, 멍청아."

워커 형제가 내 목숨을 구해주는 날이 오리라고는 생각지도 못했다. 리키가 내 두개골 절반을 날려버린 후, 나는 남은 두개골을 지탱하기 위해 판을 삽입해야 했다. 스테퍼니는 그 조그마한 22구경으로 정확히 그 판 한가운데를 쏜 것이다. 도살장의 돼지처럼 두피에서 피가 흥건히 흘러내렸고 거울을 쳐다보기가 겁나긴 했지만, 어쨌든 나는 살아 있었다.

그러나 아팠다. 맙소사, 정말 너무나 아팠다. 나는 발에 힘을 주고 일어나 부러진 듯한 발목으로 휘청휘청 메인 산장에서 시선을 떼지 않고 걸었다. 딱딱한 아스팔트에 발이 채였다. 아래를 내려다보니 레드 레이크 캠프 앞의 원형 진입도로였다. 다시 시선을 들어올렸을 때 나는 눈물을 터뜨리고 말았다.

"옳지 않아." 내가 중얼거렸다. "옳지 않아."

내 앞에는 대니의 커다란 빨간색 F-150이 서 있었다. 운전석 문이 열려 딩, 딩, 딩 소리가 울리고 있었다. 모든 전의가 발끝으로 빠져나가는 것만 같았다. 스테퍼니가 이미 이곳에 있었다. 총소리는 듣지 못했지만 내 머리는 폭포수처럼 쏟아지는 고통으로 절규하고 있었다.

오르는 걸음마다 죽고 싶었던 그 산길이 전부 무소용이었다. 스테퍼니가 이미 도착했고 내가 아는 모든 사람은 죽었다.

나는 주차된 SUV에 몸을 기댔다. 어쩌면 매릴린의 무지막지한 경호차량 중 하나일지 몰랐다. 매끈한 표면에 비치는 내 모습을 쳐다보지 않으려고 애를 썼다. 티타늄 판이 있다지만 스테퍼니의 총알 때문에 고통스러웠다. 뇌가 다쳐 아팠다.

다른 사람들이 전부 죽었더라도 스테퍼니를 막을 생각이었다. 나는 메인 산장으로 절뚝절뚝 걸어갔다. 누구도 다치게 하고 싶진 않았지만, 스테퍼니가 더 많은 사람을 다치게 하기 전에 막아야 했다. 보폭을 점점 벌리며 푹신한 잔디 사이로 발을 푹푹 내디뎠다. 산장이 좌우로 흔들흔들거렸고 머리는 목 끝에 달린, 고통에 터져버릴 듯한 전구 같았다.

나는 힘겹게 계단을 올라 아직도 노란색 범죄 현장 테이프가 붙어 있는 거대한 삼나무 기둥 사이를 지났다. 다리를 질질 끌며 송판으로 만든 현관 위를 가로지른 뒤 현관문을 밀어 산장 안으로 들어갔다.

온통 나무 냄새가 났다. 아주 오래된 거대한 기둥이 2층 높이의 지붕을 받치고 있고, 서까래와 마룻대는 늦은 오후의 어둑함에 묻혀 보이지 않았다. 넓은 로비의 한쪽 끝에는 자연석으로 만든 벽난로가 솟아 있고 나머지 공간은 중이층이 둘러싸고 있다. 누군가가 미소를 짓고 있는 시스터들과 그 가족들의 폴라로이드 사진을 곳곳마다 붙여놨다. 기둥에는 하얀 이를 활짝 드러내고 웃으며 서로에게 팔을 두른 여성들의 모습이 가득했고, 참가 신청서들과 이런저런 게시물, 복사한 일정표와 안전 관련 포스터가 욱신거리는 내 머리 주변에서 보였다 안 보였다 했다.

내 앞에는 원형 안내 데스크가 있었고, 데스크 위로는 모두가 시스터라는 문구가 낡은 철제 글자로 벽에 박혀 있었다.

스테퍼니는 예외였다. 스테퍼니는 따로 떨어진 조각이었다. 여기에 속하지 않았다.

다들 어디 있는 거지? 내 시스터들은 어디 있는 거지? 숨어 있는 건가? 스태프들은? 크리스토프 볼커가 온 이후로 캠프를 닫았지만 최소한의 직원은 있어야 했다. 여덟 명? 열 명? 머릿속에서 속삭이는 목소리가 이렇게 고요한 건 모두가 죽었을 때나 가능하다고 말해줬다.

안내 데스크 양쪽에는 화살표 모양의 표지판이 두 개 걸려 있었는데, 오른쪽을 가리키는 화살표에는 밧줄을 꼬아 만든 매점이라는 글자가 있었고, 왼쪽을 가리키는 화살표에는 밧줄로 실외 식사 공간이라고 적혀 있었다. 그거였다. 오후 5시가 다 되어가고 있었다. 사람들이 식사를 하고 싶을 때였다.

무방비 상태로 왼쪽 다리를 절뚝거리면서 나는 미노타우로스의 미궁에 들어섰다. 생목으로 만들어 아직까지도 나무껍질이 남아 있는 두 개의 쌍여닫이문을 밀고 식당으로 들어갔다. 옅은 빛깔의 커다란 송판으로 만든 테이블이 부검대처럼 질서정연하게 죽 늘어서 있었고 양옆의 벤치에는 아무도 없었다. 뒤집힌 카누배 하나가 덩그러니 천장에 걸려 있었고, 멀찍이 떨어진 벽은 전부 실외 테이블이 있는 곳으로 이어지는 유리문으로 되어 있었다. 생명의 흔적이라고는 유리 한가운데 찍힌 피 묻은 손자국 하나뿐이었다.

샐러드/아이스크림선디라고 쓰인 간판이 바닥에 쌓인 빨랫감 위로 가볍게 흔들거리고 있었다. 몸을 숙이자 무릎에서 우두둑거리는 소리가 났다. 형체 없는 옷더미는 여자의 시체였다. 나는 여자의 몸을 뒤집었다. 남아 있는 두개골이 얼마 없었다. 얼굴은 바닥에 으스러져 있었다. 예쁜 얼굴이었을까. 행복한 삶을 살았을까. 이들의 시스터는 누구였을까. 그녀는 레드 레이크 티셔츠를 입고 있었고, 오른쪽 가슴에 몸의 잔해에 가려져 있던 이름표가 보였다. 나는 오른손 엄지로 이름표를 문질러 닦았다.

"정말 미안해요, 마시." 나는 그 어떤 때보다 진심을 담아 말했다.

조리실을 들여다보니 한 사람이 더 엎드려 있었고 티셔츠는 검붉은 색으로 물들어 있었다. 남자인 듯했다.

스테퍼니가 다녀갔다.

내가 스테퍼니를 믿는 바람에 대체 얼마나 많은 사람이 죽은 것일까.

뭔가 부드럽게 벽에 부딪히는 소리에 나는 재빨리 고개를 돌렸다. 관자놀이에 찌르듯 날카로운 통증이 느껴졌다. 문이 굳게 닫힌 보관실에 시선이 닿았다. 나는 조심스럽게 다가가 측면에 붙어 섰다. 안에 뭐가 들었든 문 중앙에 난 둥근 창으로 내가 보이는 걸 원치 않았다. 문을 밀어봤다. 전혀 움직이지 않았는데 문이 무거워서 그런 걸지도 몰랐다. 정신을 가다듬고 다시 문을 밀자 잠금장치가 덜컥이는 소리가 났다. 그리고 안에서 뭔가 삐걱거리는 소리가 희미하게 들렸다. 스테퍼니가 보관실에 숨을 이유가 있을까? 밖으로 나와 사람을 죽이고 싶어할 텐데. 나는 유리에 얼굴을 들이댔다.

안이 어두웠으므로 손을 둥글게 말아 눈가에 갖다댔다. 어둠 속에서 뭔가 움직이는 게 보였다.

"누구 있어요?" 내가 조용히 속삭였다.

목소리가 건물 안까지 들리지 않기를 바랐다. 나는 손가락마디로 유리를 톡톡 두드렸다. 다시 인기척이 있었다.

"다 보여요." 내가 말했다.

그 형체는 몸을 빼 어둠 속으로 몸을 숨겼다.

"다쳤나요?" 내가 물었다.

"리넷?" 희미한 작은 목소리가 내 배꼽 언저리의 문틈으로 새어나왔다.

"줄리아?"

잠금장치가 딸깍하고 열리는 소리가 들렸다. 시야의 가장자리에서 뭔가 휙 움직였고, 나는 머리를 숙이며 고개를 돌렸다. 바깥의 너른 잔디밭에서 새들이 날아가고 있었다. 새들의 날개가 은빛으로 반짝였다. 휠체어를 탄 줄리아가 보관실에서 나왔다. 커다란 바퀴의 상단부가 안쪽으로 기울어진, 몸체가 낮고 튼튼한 휠체어였다. 줄리아 뒤로는 사색이 된 십대 남자아이 둘과 캠핑장에 자주 오는 듯한 행색에 불안한 표정을 짓고 있는 여자가 하나 있었다.

"문 잠그고 있어요." 줄리아가 그들에게 말했다. "안전해지면 데리러 올 테니까."

그들은 순순히 말을 들었다. 나는 기껏 줄리아만 찾아냈을 뿐, 스테퍼니가 살육하고 있는 곳으로 가서 사람들을 더 찾아야 한다는 생각에 힘이 빠졌다.

"대체 무슨 일인 거야?" 줄리아가 물었다.

"스테퍼니야." 내가 말했다. "스테퍼니 푸가티."

줄리아의 이마에 주름이 잡혔다가 곧 풀어졌다.

"레드 레이크 여자애 말이야?" 줄리아가 물었다. "네가 납치한 애? 세상에, 리넷, 사람 보는 눈 좀 키워. 걔가 기관총을 들고 여길 돌아다니고 있다고."

"기관총은 아닐 거야." 나는 대니 트럭 뒤에 있던 엽총을 떠올리며 말했다.

"그래. 여기 서서 그 새로 사귄 절친이라 믿었던 여자애가 사람들을 죽이려고 무슨 무기를 쓰는지 한번 토론해보자고." 줄리아가 말했다.

나는 머리 깊숙이 욱신거리는 나머지 토할 것 같았다.

"꼴이 말이 아니니까 용서는 해줄게." 줄리아가 말했다. "핸드폰은 먹통이지만 간호사실에 유선전화가 있어. 그건 될지도 몰라."

"헤더랑 매릴린은?" 줄리아와 이동하면서 나는 마비된 입술로 웅얼웅얼 질문했다.

"다른 사람들이랑 호수에 있어." 줄리아가 말했다. "나는 여기 선크림 가지러 온 거야. 스무 명 정도 되는 스태프들이 에이드리엔의 장례식을 치르고 있고."

나는 들리지 않았다. 그저 가만히 서 있었다. 지금 서 있는 자리에서는 피 묻은 손자국이 찍힌 유리문 너머 홀로 서 있는 나무 한 그루 뒤까지 보였다. 아까 있던 자리에서는 그 나무 때문에 너른 잔디밭 중앙을 보지 못했던 것이다. 그 잔디밭에 누군가 쓰러져 있었다. 익숙한 플란넬 셔츠였다. 줄리아가 내가 바라보는 곳을 바라보았다.

"저거 설마?" 줄리아가 입을 열었다.

"네가 전화를 해." 내가 말했다. "나는 대니를 데려올게."

밖으로 나가려는데 줄리아가 유리문 앞을 가로막았다.

"왜? 내가 계단도 못 내려갈 것 같아?" 줄리아는 그렇게 쏘아붙이고는 재빨리 내 앞을 지나갔다.

내가 밖으로 나갔을 때 줄리아는 이미 실외 식사 공간의 가장자리에 가 있었다.

줄리아는 휠체어에 기대앉아 한 손으로 계단 난간을 잡고 세 칸의 계단 위로 몸을 던지다시피 하더니 바퀴로 부드럽게 충격을 흡수하며 바닥에 닿았다. 나도 얼른 따라갔다.

"굼벵이처럼 있지 마." 줄리아가 잔디밭을 순식간에 가로지르며 나에게 소리쳤다.

달리니 머리가 아파서 나는 최대한 빠르게 걸으며 뒤를 돌아보고, 또 좌우와 앞뒤에서 누가 접근해올 가능성이 있는지 확인했다. 군데군데 나무가 있긴 했지만 완전히 노출된 공간이었다. 모든 방향에서 시야가 확보됐다. 오른쪽 끝에는 캠프파이어를 위한 원형극장과 무대가 보였다. 앞에는 나무들이 줄지어 서 있었고 줄기 사이로 보이는 하늘은 이미 짙은 보랏빛이었다. 숲 안쪽은 오두막 객실이 자리잡고 있었고, 그 너머는 바로 스테퍼니가 추가로 해치울 스무 명의 사람들이 모여 있는 호수였다.

대니의 상태는 좋지 않았다. 다리는 서로 다른 방향으로 꺾여 있었고 둘 다 자연스러운 방향이 아니었다. 입을 벌린 채 흙속에 얼굴을 파묻고 있었다. 다행히도 등이 오르내리는 게 보였다. 숨을 쉬고 있었다.

"대니 다리를 내 휠체어 위에 걸쳐서 무게를 줄이자." 줄리아가 말했다. "안으로 들어가서 전화를 해야 하니까."

그럴 수가 없었다.

"1분만 쉴게." 내가 줄리아에게 한 손을 흔들며 웅얼거렸다.

몸이 너무 힘들었다. 바닥이 내 엉덩이를 끌어당기고 있었다. 앉아야 했다. 나는 어떻게 해야 안전하게 앉을 수 있을지 알 수 없어 몸을 웅크렸다.

"뭐하는 거야, 리넷?" 줄리아가 멀리서 소리쳤다.

쉬어야 했다.

"뭐하는 거야, 리넷?" 에이드리엔의 목소리가 들렸다.

에이드리엔이 나와 함께 잔디밭 위를 걷고 있었다. 내 옷에서 화약 냄새가 났다. 에이드리엔은 흰색 스웨터와 바지 차림이었다.

"죽지 않으려고 애쓰고 있는데?" 내가 말했다.

"그걸로 충분한 거야?" 에이드리엔이 물었다. "숨을 계속 쉬는 일? 그게 네가 세상에 줄 수 있는 전부인 거야?"

"일단 그것부터 시작해야 하니까." 이제 더는 죄책감을 그만 유발했으면 했다.

자매를 지켜줘야지. 질리언이 엄마의 목에 파고들며 울부짖는 동안 엄마는 나를 내려다보며 그렇게 말했다.

"나는 요다가 아니야." 에이드리엔이 말했다. "하지만 말이야, 여동생이 죽었으니까 이제 그걸로 끝이라고 생각하는 거야? 토미가 죽었으니까 상황이 너무 무섭게 흐르면 관둘 수 있다고 생각하는 거야? 인생은 살아남는 것, 그 이상인 거야."

"입 좀 다물어, 에이드리엔." 내가 신음했다.

"너도 내 말이 맞다는 걸 아니까 죄책감을 느끼는 거겠지." 에이드리엔이 말했다.

중력이 승리했다. 나는 잔디밭에 털썩 주저앉았다. 충격이 척추를 타고 올랐다. 머리에선 뜨거운 피가 철철 흘렀다. 잔디밭이 어느 순간 회전목마가 되어 나를 태우고 산장을 빙글빙글 돌았다.

저멀리 산장에서 검은 곤충이 우리를 향해 달려왔다. 곤충은 점점 커지더니 내 초점 안으로 들어왔다. 방독면을 쓰고 검은색 전투 장비를 입은 남자였다. 등에는 자동 소총 같은 것이 매달려 있었지만, 손에는 꼭 리키 워커처럼 도끼를 들고 있었다. 그는 다리를 움직이며 순식간에 잔디밭을 달려 거리를 좁혀왔다.

"젠장, 젠장, 젠장." 줄리아가 외치며 허리를 굽혀 대니에게 황급히 손을 뻗었다.

정체를 알 수 없는 그자는 우리를 발견하고는 더 빨리 내달렸다. 너무나 피곤했지만 고개를 돌려 숲 방향을 바라보았다. 그렇게 멀지 않았다.

할 수 있어. 에이드리엔이 말했다.

나는 두 발을 딛고 일어섰다. 세상이 또 천천히 거꾸로 돌았고 내 머리는 고통의 바다를 헤엄치고 있었다. 나는 지난 10년간 이곳이 너무 많이 변하지 않았기를 기도했다.

자매를 지켜줘야지. 엄마가 말했다.

나는 대니의 벨트를 잡고 휙 들쳐맸다. 들려오는 폭발음은 애써 무시했다. 휙 대니를 들어 매자 대니의 다리가 줄리아의 가슴

을 쳤다. 줄리아와 대니의 무게를 나눠들며 나는 절뚝절뚝 나아
갔다.

"오두막으로!" 그렇게 외쳤던 것 같다.

속이 울렁거리고 머리가 쿵쿵 울렸다. 빠르게 숲으로 비틀비틀
움직였다. 줄리아가 양손으로 힘껏 바퀴를 밀며 따라붙더니 내
옆에서 질주했다. 발을 내디딜 때마다 충격이 전달되어 머리가
터질 것만 같았고 시야의 늘어선 나무들이 거세게 흔들렸다. 나
무들 사이로 첫 오두막 뒤쪽이 모습을 드러냈고 나는 그 방향으
로 달렸다.

뒤에서 뭔가 딸깍이는 소리가 들렸고 머리 위로 바람이 나부꼈
다. 그는 사격을 멈췄다. 그랬길 바랐다. 그에게 한 걸음 멀어질
때마다 안전에 가까워졌다.

저 앞에는 헤더가 녹색 맥주병을 손에 들고 나무 사이에서 어
슬렁거리고 있었고, 그 뒤로 매릴린이 여름용 원피스 같은 것을
입고 머리에는 커다란 밀짚모자, 어깨에는 커다란 핸드백을 걸친
채 나오고 있었다. 나는 줄리아에게 외쳤다. "오두막 문 열어!"

"나무로 된 데를? 창문 잔뜩 있는 오두막으로 가라고?" 줄리아
가 외쳤다.

내가 포효하듯 날카롭게 고성을 지르자 줄리아는 마침내 나를
믿기로 한 모양인지 쏜살같이 잔디밭을 나아갔다. 휠체어의 바퀴
가 잔디 깎는 기계처럼 땅을 가로질렀다. 내가 대니의 온 무게를
받쳐들고 비틀거리자 매릴린이 나타나 모자를 떨어뜨리며 대니
의 다른 팔을 부축했다. 우리 뒤에서 다시 딸깍이는 소리가 들렸
고 대니의 몸이 앞으로 밀렸다. 그 힘이 욱신거리는 내 발바닥까

지 고스란히 전달됐다.

"끌어, 리넷!" 매릴린이 내 귀에 소리를 질렀고 우리는 대니를 사이에 두고 질질 끌며 나아갔다. 세상이 고통스럽게 요동치더니 시커먼 나무들이 곧 우리를 둘러쌌다. 줄리아가 커다란 흙먼지를 일으키며 대담하게 휠체어를 돌리는 게 보였다. 그 바람에 휠체어가 뒤집힐 뻔했다. 줄리아는 오두막 입구의 계단을 세 칸 오른 후 몸으로 문을 박차듯이 열었고, 휠체어가 옆으로 나동그라지며 바퀴 한쪽이 빙그르르 돌았다.

헤더가 줄리아 다음으로 들어갔고, 나는 남은 힘을 짜내 계단을 올라 문 안쪽으로 들어가 대니를 끌어당겼다. 매릴린이 문을 닫는 찰나 바깥에서 죽음의 총알이 날아와 문에 박혔다.

"빌어먹을 나무로 만든 집이잖아!" 줄리아가 바닥에서 비명을 질렀다.

매릴린은 나무 벽을 따라 각각 세 개씩, 총 여섯 개의 창문이 오후의 빛을 받아 빛나는 걸 보며 동물처럼 목 깊숙한 곳에서 신음을 토했다. 다들 나무로 된 벽과 갈라진 바닥, 판자로 된 문 따위를 바라보고 있었다. 하지만 나처럼 여기서 에이드리엔과 시간을 보냈던 사람은 없었다.

나는 대니의 몸을 매릴린에게 맡기고 내 오른쪽에 있는 침대로 달려가 팔을 쭉 뻗어 여기저기를 더듬으며 속으로 기도했다. 밖에서 부츠를 신은 발이 문을 쾅쾅 차자 문틀이 덜컹덜컹 흔들렸다.

침대 맡 벽에 있는 옹이구멍에 손가락을 내려꽂자 나무에 손마디가 주르륵 긁혔다. 네모난 나무판자를 뜯어내 그 옹이구멍을 반지처럼 손가락에 끼우고 다른 손으로 그 안에 숨어 있던 빨간 버튼을 눌렀다.

오두막이 반으로 갈라지기 시작했다. 매릴린은 기겁하며 비명을 질렀다. 헤더는 쥐고 있던 맥주를 떨어뜨렸다. 줄리아는 모터와 기어와 볼트가 움직이며 토해내는 기계 소리에 귀를 막았다. 여섯 개의 잠금장치가 철컥이며 문을 잠갔다. 창문마다 창틀 상단의 나무판이 떨어졌고, 나는 혼미한 상태로 침대들의 모서리에 엉덩이를 부딪히며 창문으로 달려가 그 자리에 모습을 드러낸 두 개의 손잡이를 붙잡아 획 잡아당겼다. 그러자 철제 셔터가 창을 덮으며 쿵 하고 내려왔다.

"도와줘!" 내가 소리를 질렀다.

매릴린이 창문 두 개를 맡고 내가 다른 네 개의 셔터를 내렸다. 마지막에 나는 묽은 토를 게워냈다.

"그래도 아직 나무 집이잖아!" 줄리아가 바닥에서 외쳤고 기관총이 집을 뚫는 소리가 들렸다. 내가 아는 소리였다. L.A. 건물들 사이로 울려대던 메아리는 없어도 알 수 있었다. 지난주 내 집을 쑥대밭으로 만들어버린 총과 똑같은 총이었다.

오두막은 이제 어두워졌다. 문틀이 흔들리고 있었지만 더이상 구멍이 뚫리지는 않았고, 문도 제자리에 붙어 있었다. 또다른 폭발음이 들렸다. 유리창이 깨지는 소리가 들렸지만 총알은 철제 셔터 위에서 탭댄스를 추며 셔터를 약하게 흔들어댈 뿐이었다. 셔터가 단단히 버티고 있었다.

"패닉 오두막이야." 내가 숨을 거칠게 몰아쉬며 말했다. "내가 안전하다고 느낄 수 있게 에이드리엔이 지어줬어. 철로 된 셔터. 문이랑 벽은 나무 사이에 철판을 껴넣었어. 바닥은 나무판자 아래 콘크리트를 깔았고."

"멋진데." 헤더가 그렇게 말하며 문으로 걸어가 소리쳤다. "엿먹어라, 이 새끼야!"

정체 모를 그 사람이 또 총알 한 세트를 문에 쏘아 박았다. 총알이 철판을 수놓는 소리가 났다.

"이제 꼼짝없이 갇혔네." 헤더가 말했다. "좋은 작전이야, 린."

"도움을 요청하자." 내가 말했다. "핸드폰 되는 사람 있어?"

"없어. 우린 처음부터 망한 거야." 헤더가 말했다.

"대니가 피를 너무 많이 흘리는데." 줄리아가 대니의 등에 압박을 가하며 말했다. 새로 흘린 피가 대니의 옷, 팔과 얼굴을 온통 적시고 있었다.

"그러니까 우리는 오두막에 갇혔는데 밖에는 기관총을 든 킬러가 있고, 대니는 죽게 생겼는데 도움을 요청할 방법이 없는 거로군." 헤더가 말했다. "내 빌어먹을 초능력으로 모두를 구해야 할 것 같네."

헤더는 캠핑 침대에 누워 담요를 펼쳐 덮고 베개에 얼굴을 파묻었다.

"자려고?" 줄리아가 물었다.

"증상이 왔어." 헤더는 눈을 감은 채 대꾸했다.

"내가 911에 전화할게." 매릴린이 짚을 엮어 만든 핸드백에 손을 넣더니 보통의 핸드폰보다 약간 더 두툼하고 커다란 핸드폰을 꺼냈다.

"신호 없다니까." 헤더가 말했다.

"위성전화란 거 못 들어본 거야?" 매릴린이 물었다.

밖에서는 아무 소리도 들리지 않았다. 괴물이 문 옆에서 기다리고 있는지 호수로 가버렸는지 알 수 없었다. 스테퍼니가 어디서 뭘 하고 있는지도 몰랐다. 방금 그 사람이 스테퍼니인지도 알 수 없었다. 어디서 그런 장비가 생긴 걸까? 하지만 그런 건 중요하지 않았다. 나는 카운슬러용 침대를 옆으로 밀었다.

"소리 좀 내지 마." 헤더가 눈을 감은 채로 말했다.

"여보세요." 매릴린의 목소리가 들렸다. "총격 사건을 신고하고 싶은데요."

나는 또다른 옹이구멍에 두 손가락을 집어넣었다. 이번에는 바닥에 있는 옹이구멍이었다. 아까보다 커다란 나무판을 들어올리자 잠금장치가 달린 작은 문이 드러났다.

"이게 뭐야?" 줄리아가 소리쳤다.

"호수에 에이드리엔과 일했던 스무 명의 사람들이 있어." 내가 말했다.

"안 돼, 그건." 줄리아가 말리려 했지만 나는 듣지 않고 출입구를 열어 오두막 아래의 서늘하고 부드러운 모래바닥으로 풀썩 뛰어내렸다. 나는 일어서서 말했다.

"문을 도로 잠가."

나는 몸을 숙이고 주변을 정찰했다. 오두막 바닥과 땅 사이에 드리운 틈새의 빛을 보니 바깥에는 아무도 없었다. 검은색 전투복 바지도, 군용 부츠도 보이지 않았다. 나는 모래를 헤치고 오두막 앞 방향으로 달렸다. 뒤에서 바닥 출입구가 잠기는 소리가 들렸다. 잘하고 있어.

무릎에 힘이 풀려 손을 써서 기어나온 뒤 일어서서 휘청거렸다. 나무와 오두막들이 위험하게 흔들렸고 시야의 가장자리에 어두운 그림자가 몰려왔지만, 내 앞의 나무들 사이로 더 밝은 빛이 보였고 그쪽에 호수가 있다는 것을 알 수 있었다. 총격범이 아직 거기까지는 가지 못했을 것이다. 거기에 가려면 오두막 세 열을 지나고 휴게 공간인 유르트*를 지나 자연 전망대와 한증막 산장을 지나쳐야 했다.

뒤를 돌아보니 이리저리 갈라진 오두막 정면이 눈에 들어왔다. 새까만 탄환 자국으로 그을린 아연 도금 철판이 드러나 있었다. 나는 절뚝절뚝 왼쪽으로, 호수와 평행선을 그리며 달려갔다. 마침내 오두막의 마지막 열에 도착했을 때 나는 입가에 손을 모으고 멍든 폐 속 깊이 숨을 들이마신 뒤 온 힘을 다해 외마디 고함을 내질렀다.

"스테퍼니!" 저 위의 나무 사이로 내 목소리가 윙윙 울렸다. "나 아직 살아 있다. 죽이고 싶지. 어서 와 죽여봐."

기력이 바닥났다. 시야에 검은 점들이 번쩍거렸고 그중 하나가 나를 향해 돌진했다. 이윽고 나는 그게 한쪽 무릎을 땅에 대고 있다는 것을 깨달았다. 어깨에서 불이 번쩍였고, 벌들이 내 얼굴을 앞다퉈 지나가며 머리카락을 잡아당겼다.

나는 뒤돌아 달렸다.

앞에 웰니스** 헛간이 희미하게 보였다. 지붕 양쪽 끝이 뾰족하게 솟은 커다란 붉은색 벽의 헛간이 꼭 치솟은 눈썹처럼 나를 바

---

* 키르기스족이나 시베리아의 유목민들이 사용하는 둥근 가죽 천막.
** 신체와 정신의 균형 잡힌 상태를 추구하는 활동.

라보고 있었다. 레드 레이크에서 메인 산장 다음으로 큰 건물로, 에이드리엔이 캠핑장을 사들이면서 90년대 초반에 지었다. 안구 운동EMDR*실, 내러티브 의학**실, 아트 테라피 스튜디오로 가득했다. 방도 많고 문도 많은 이 미로 같은 공간으로 유인하면 그놈이 길을 잃고 씩씩대느라 시간을 허비하게 만들 수 있고, 저 호수 아래 여린 스무 명의 표적 대신 나에게 집중하게 할 수 있다. 건물 측면으로 오게 만든 다음, 벽 뒤에 숨은 공간이 있는 2층 맨 끝의 스튜디오로 유인할 것이다. 숨바꼭질 놀이를 하다가 놈이 포기할 때쯤이면 경찰이 올 것이다.

유리문에 다다라 나는 손을 뻗어 힘껏 문을 밀었다. 문이 부서지면서 나무와 유리가 비처럼 쏟아져내렸고 그제야 미는 게 아니라 당겨서 여는 문이란 것이 기억났다. 나는 부서진 문턱에 걸려 넘어지면서 입구 아트리움 바닥에 손바닥을 대고 주르륵 미끄러졌다.

아팠다. 머리가 고통의 바다에서 헤엄을 쳤다. 모든 것에서 레몬그라스와 시나몬 향이 났고, 방금 머리에 총을 맞지만 않았다면 구석에 놓여 시원한 물을 쫄쫄 흘리고 있는 풍수장치가 두개골의 통증을 완화해줄 것만 같았다. 한쪽 벽면을 따라 공중계단이 2층으로 이어졌고, 천장의 채광창을 통해 은은한 분홍빛이 쏟아져들어왔다. 벽에는 누군가가 유려한 글씨로 적은 문장이 있었다.

---

* 안구 움직임을 통해 기억과 관련된 감정을 둔화하고 기억을 재구성하는 트라우마 치료법.
** 문학작품 분석 기술을 환자 상담에 적용하는 학문.

때로는 소망과 희망만이 남는다.

그때 뒤에서 갑자기 폭발음이 들리면서 소망과 희망 사이로 총알을 수놓았다. 나는 자리에서 일어났다. 시간이 없었다. 놈이 코앞까지 따라왔다. 계단은 너무 노출되어 있었으므로 나는 오른쪽으로 재빨리 몸을 틀어 첫번째 스튜디오 문으로 달려갔다.

가까스로 문을 닫자마자 누군가가 돌진해 문에 거세게 부딪혔다. 경첩이 떨어질 지경이었지만 간신히 문을 문틀에 꽉 밀어넣으며 버텼다. 반대편에서 잠시 침묵이 흐르더니 도끼날이 나무를 찍어대기 시작했고 내 왼손을 가까스로 비꼈다. 죽음이 집요하게 문을 난도질하는 사이 나는 얼른 손을 떼고 잠금장치를 걸었다. 주체할 수 없는 흐느낌이 흘러나왔다.

문은 너무 빠르게 박살이 났다. 제대로 오판을 한 듯했다. 웰니스 헛간은 아연 도금 철판과 강화 콘크리트가 아니라 꿈과 희망으로 이뤄진 곳이었다.

펑 소리와 함께 문틀에서 문이 떨어져나가더니 바닥에 납작하게 떨어졌다. 하마터면 깔릴 뻔했다. 나는 달렸다. 머리가 피로 꽉 차 쿵쾅거렸다. 그때 뭔가가 아래서 다리를 걸어찼고, 오른쪽 거울 벽에 피에 젖은 허수아비 같은 것이 뒹구는 게 보였다. 요가 볼에 발이 걸려 넘어지는 내 모습이었다.

나는 재빨리 몸을 비틀어 일어난 다음 분홍색 공에 빠르게 발차기를 날렸다. 공은 바닥에서 날아가 망가진 문을 향해 직진해 총격범을 맞췄고 그는 무릎이 꺾여 넘어졌다. 바닥에 고꾸라진 그는 총을 쏘아댔고, 거울로 된 벽이 깨지며 은색의 삼각형과 조각난 원들이 바닥에 우수수 쏟아졌다.

웰니스 헛간의 모든 스튜디오는 문이 두 개였다. 나는 재빠르게 다른 문으로 들어가 월드뮤직 음반을 모아둔 벽에 몸을 박고, 치유의 수정구슬 진열장을 박살내고, 침대에 엉덩이를 찧으며 움직였다. 우주의 기이한 음악이 나를 감쌌다. 하프가 미끄러지듯 울리고 종소리가 퍼지고 영롱한 음이 생명의 신비를 섬세하게 풀어내고 있었다. 가슴 저미는 화합의 음악이 나를 홀리는 가운데 나는 허둥지둥 다다미 위를 가로질렀다. 총격범이 부츠로 크리스탈을 으깨며 들어올 때 가까스로 다음 문으로 나갈 수 있었다.

다음 스튜디오는 L자 모양으로 된 음악 테라피 방이었다. 총격범이 나를 거의 따라잡았으므로 무엇을 할 여유도 없이 그저 뛰었다. 그가 총을 발사하자 실로폰이 터지고 심벌즈가 요란하게 울렸다. 드럼 세트는 갈기갈기 찢어졌고, 기타는 펑 소리와 함께 폭발해 허공을 가문비나무 파편으로 채웠다.

나는 L자 모퉁이를 돌다가 발이 미끄러지면서 어깨를 바닥에 부딪혔다. 뇌가 갈라지는 느낌이 들었다. 황급히 일어나 움직였지만 계획이 실패했다는 걸 깨달았다. 따돌리기엔 그가 너무 가까이 있었다. 이제는 아무런 대책도 없으므로 그저 카펫 바닥을 힘껏 내디디며 앞에 있는 문으로 향했다. 하지만 그때 대책이 떠올랐다.

자매를 지켜줘야지. 질리언이 울어댈 때 엄마가 그렇게 말했다.

내가 미끼다. 내가 유인하는 사람이다. 내가 손쉬운 목표물이다. 다른 사람들이 도망갈 때까지만 그를 붙잡아놓으면 되는 거다. 할 수 있는 데까지 시간을 벌면 되는 거다.

에이드리엔의 말이 맞았다. 인생은 살아남는 것, 그 이상이었다.

손을 대자마자 열리긴 했지만 문이 너무 느려서 이마로 들이받았다. 기다란 실내에 분홍색과 흰색의 테이프 장식과 헬륨 풍선이 가득했다. 에이드리엔이 가장 좋아하는 색깔이었다. 컵케이크와 탄산음료도 보였다. 어느새 나는 과거로 돌아가 1학년이 되어 있었다. 머릿속으로는 이게 에이드리엔의 추모식이 끝나고 다과회를 하는 곳이란 걸 알았지만, 한편으로 나는 신나게 소리를 지르며 뛰어다니는 아이였다. 엄마, 나 토끼처럼 빠르게 뛸 수 있어요.

총격범은 너무 빠르게, 너무 가까이 나를 따라와 남은 탄환을 들이부었다. 풍선은 터지고, 색 테이프는 종이 가루가 되어 날리고, 총알은 부족미술이 그려진 반대편 벽을 수놓았다. 나는 무기를 든 남자에게서 도망쳐야 했던 모든 소녀였다. 목숨을 구하려 안전하게 지내 마땅했던 장소들을 도망쳐야 했던 그 모든 소녀였다. 나는 다음 스튜디오로 재빨리 이동했다. 나는 기숙사에서 도망치던 줄리아였고, 고등학교 복도를 내달리던 헤더이자, 오후의 텍사스를 가로지르던 매릴린이자, 병원을 뛰어다니던 대니이자, 여자아이 하나가 언제고 뛰어다니며 소리를 내지를 이 캠핑장을 도망다니던 에이드리엔이었다. 그리고 나는 이제서야 내달리는 리넷이었다. 그는 나를 잡을 수 없을 것이다. 나는 우리 모두를 합친 것만큼 빠르고, 빌리 워커보다 빠르며, 유령보다 빠르고, 볼커 집안 전체보다 빨랐다. 나는 세상에서 가장 빠른 여자아이였다.

나는 다리를 내지르며, 목 끝에 달린 머리를 덜렁거리며 전력으로 달렸다. 그래, 이게 내 마지막 질주야. 나는 나무문을 박차고 축축한 염소소독제 냄새가 가득한 수영 테라피 스튜디오로 들어갔다. 놈을 콘크리트 바닥의 풀장 중 하나로 유인해 제압하고

놈이 무거운 장비를 착용하고 있다는 걸 나에게 유리하게 이용할 생각이었지만, 총격범은 이미 문까지 와 있었고 나는 문짝으로 그의 얼굴을 박아버릴 여유조차 없었다. 그는 팔꿈치로 문을 쾅 치고 들어와 총을 들어올렸고, 나는 순간 앞으로 넘어지며 철제 수영장 사다리에 골반을 찧었고 한쪽 발이 따뜻한 물에 빠졌다. 나는 발을 빼내 철벅철벅, 그리고 절뚝절뚝 최대한 빨리 방을 가로질러 세 개의 문이 연이어 있는 곳으로 향했다. 이제 유일하게 남은 탈출구였다.

머리가 너무 아파서 거의 앞이 보이지 않을 지경이었다. 맨 오른쪽 문이 앞에 있었고 나는 망설이지 않고 들어갔다. 반대편 벽에 있는 창문을 뚫고 바깥으로 나가 숲속으로 숨을 생각이었다. 하지만 막상 들어가니 창문이 없었고 문도 하나뿐이었다.

개인용 입욕 테라피 방이었다. 온통 사암 타일로 되어 있었고 커다란 흰색 욕조와 변기, 세면대, 마사지 침대가 놓여 있었다. 내 뒤에서 문이 휙 열리면서 나를 앞으로 밀쳤고, 나는 기우뚱 균형을 잃고 쓰러져 욕조 상단에 허벅지를 걸치고 발이 휙 들리면서 몸이 뒤집혔다. 그렇게 욕조 바닥에 널브러져 목에 매달려 울부짖는 질리언을 안은 엄마를 바라보고 있었다.

나는 눈을 질끈 감았다. 죽고 싶지 않아선지 눈꺼풀 뒤로 검은 피가 꿀렁 솟았다. 눈을 뜨자 머리는 깨진 유리로 가득차 내 연약한 뇌를 찢어놓고 있었고, 욕조 위에는 죽음이 서 있었다. 세상에서 가장 거대한 존재처럼 보였다.

죽음이 나에게 총을 겨눴다. TEC-9. 비디오 게임에 자주 등장하는 총 중 하나로, 남자아이들이 멋있다고 하는 모델이었다. 형

444

편없는 총이지만 이 정도 거리에선 그렇지만도 않았다. 죽음은 검은색 전투복을 입고 있었고, 거기에는 온갖 벨트와 스트랩, 주머니 등 어린 남자아이들이 자신을 강하게 만들어줄 거라 여기는 잡다한 것들이 가득 달려 있었다. 죽음은 방독면 뒤에 그 얼굴을 숨기고 있었다. 전투용 장갑으로 손을 가리고 있었다. 검은색 헬멧을 쓰고 있었다. 모든 게 초라한 자신을 과대포장하고 있음을 보여줬다. 나는 본능적으로 그의 신발을 확인했다.

지퍼 달린 언더아머 전투 부츠. 내 머릿속에 번뜩 불꽃이 일었다.

"스카이?" 내가 말했다.

스테퍼니는 어디 있는 거지? 스카이를 돕고 있나? 아니면 스카이가 스테퍼니를 돕는 건가? 죽은 건가? 내 판단이 틀렸고 스테퍼니는 그의 마수에 걸린 또다른 파이널 걸이었던 것일까?

방독면 사이로 쌕쌕거리는 숨소리가 들렸다. 그가 뭔가를 말했다. 방독면에 가려져 잘 들리지 않았지만, 몇몇 단어를 알아듣고는 모든 힘이 다 빠져버렸다.

"넌 혼자 죽을 거고 아무도 신경쓰지 않을 거야." 그가 말했다.

엄마가 울어대는 질리언을 토닥이며 목 옆에 엎었다. 자매를 지켜줘야지. 나는 그것도 하지 못했구나. 미안해, 질리언. 미안해요, 캐럴 박사. 미안해요, 엄마 아빠. 마이크와 리즈도 미안해. 미안해, 파인. 모두들 미안해.

더이상 싸우지 못해 미안해.

스카이가 총을 고쳐 잡았다.

미안해, 에이드리엔.

그는 내 얼굴에 총을 겨눴다. 총구는 세상을 삼켜버릴 만큼 커다랗게 아가리를 벌린 블랙홀이었다.

그때 헤더가 그에게 달려들었다. 알 수 없는 곳에서 번개처럼 나타난 헤더는 손에 무거운 흰색 도기로 된 변기 수조 뚜껑을 들고 그의 목덜미를 내려치고 또 쳤다. 도자기 뚜껑이 충격을 받아 깨지면서 수천 개의 칼날이 되어 내 얼굴을 할퀴었다. 스카이의 몸이 한쪽으로 구부러지면서 고개가 그 반대 방향으로 꺾이더니 앞으로 풀썩 쓰러져 욕조 가장자리에 얼굴을 찧었다. 그러고는 일어나지 않았다.

한참 동안 우리 두 사람의 숨소리만 들릴 뿐이었다.

"다들 어딨어?" 마침내 내가 물었다.

"그 오두막에." 헤더가 답했다. "문 잠그고."

이해가 되지 않았다.

"대체 여길 어떻게 온 거야?" 내가 물었다.

헤더는 거세게 숨을 몰아쉬면서 미소 비슷한 것을 띠었다.

"말했듯이, 넌 절대 이해 못할 그런 고차원적인 게 있어 나한테는."

크리시의 박물관에서 헤더의 방을 보았기에 나는 조금도 의심하지 않았다.

나는 자쿠지 욕조에서 몸을 일으켰고, 헤더는 몸을 숙여 스카이의 헬멧과 방독면을 벗겼다.

"살아 있어?" 내가 물었다.

"거의." 헤더가 답하며 그의 턱에 있는 끈을 가지고 씨름했고 마침내 끈이 풀렸다.

"건드리지 마." 내가 말했다. "목이 부러졌을지도 몰라."

헤더가 헬멧을 젖히고 방독면을 벗기자 그의 얼굴이 보였다. 눈 주변을 까맣게 칠하고 머리는 땀에 흠뻑 젖은 채 눈꺼풀을 파르르 떨고 있었다. 정말로 스카이였다.

우리 모두를 죽도록 증오했던 게 분명했다.

헤더는 일어나 발로 그의 고환을 힘껏 걷어찼다. 스카이의 몸이 무거운 빨랫감처럼 들썩였다.

"건드려선 안 되지." 헤더는 말 한마디를 뱉을 때마다 스카이의 사타구니를 걷어찼다. "당연히 안 되지. 척수가. 손상. 되면. 안 되니까."

나는 헤더에게 한 걸음 다가갔다. 눈앞이 위험할 정도로 빠르게 빙빙 돌아 꼭 머리통이 떠내려갈 것만 같았다. 중심을 잡으려 한 손을 헤더의 어깨에 얹었다.

"그만해." 내가 헤더에게 말했다. "총을 뺏자."

헤더는 몸을 숙여 총을 집어들고 그의 가슴을 조준하며 가늠쇠로 친환경 욕실의 잔해 사이로 널브러져 있는 괴물을 내려다보았다.

"헤더." 내가 말했다. "그 여자 아들이야."

헤더는 반응이 없었다. 우리는 아마 한참을 그렇게 서 있었던 것 같다. 마침내 헤더는 총을 내리고 욕조로 던져버렸다. 쨍그렁 소리가 났다.

"제기랄이네. 맞지?" 헤더가 말했다.

"제기랄이지." 내가 말했다. "오늘 죽는 사람은 더 없을 거야."

"글쎄. 너무 긍정적인 거 아닌가?" 스테퍼니가 문가에 서서 말했다.

헤더가 뒤돌아보려 했지만 스테퍼니의 엽총이 헤더의 목덜미를 누르고 있었다. 헤더의 목 너머로는 내 얼굴이었다. 스테퍼니는 움직이지 않고 정자세로 서서, 개머리판 끝을 어깨에 고정하고 뺨을 붙여 몸이 반동을 견디도록 준비한 채 한 손은 총신에 갖다대고 있었다. 헤더의 등 뒤로 스테퍼니가 있었고, 나는 헤더 앞쪽에 있었다. 스카이의 몸이 욕실 절반을 차지해서 도망칠 만한 공간이 없었다.

"죽은 척해서 두 번이나 살아남았군." 스테퍼니가 말했다. "어떻게 한 거야?"

"머리에 철판이 있어." 내가 말했다.

"젠장." 스테퍼니가 가볍게 탄식했다. "솔직히 말하자면 네 위키피디아는 제대로 읽지 않았거든. 로드킬엔 관심이 없어서. 반면 이 냄새 나는 약쟁이는 대단했지."

"망할 광팬들 같으니." 헤더가 말했다.

"신경 꺼, 늙은이." 스테퍼니가 말했다. "내 남자랑 내가 미로속 쥐 잡는 것처럼 몇 주 동안 너희를 쫓아다녔다고. 이제 이렇게 총을 겨누고 있으니 독 안에 든 쥐라고 해야 하나. 너희 멍청한 것들은 자랑거리도 안 돼. 방귀 뀌는 것만큼 쉬운 일이라."

내 귀에 걸리는 건 '내 남자'란 표현이었다.

"스카이……" 내가 입을 열었다.

"온라인으로 만났지." 스테퍼니가 말했다. "이 일이 끝나면 아무도 너희 같은 패배자들을 기억하지 않을 거야. 스카이와 나는 영웅이 되겠지. 우리가 여기서 한 말이 몇 년 동안 사람들 입에 오르내릴 거야. 너흰 아무 의미 없는 과거 유물일 뿐이고, 우리는 너희 같은 걸 쓰레기통에 쓸어버리러 온 거지. 다들 과거에 매달리는 일은 관둬야 하니까."

"방아쇠나 당겨. 아니면 좀 닥치든가." 헤더가 말했다. 하지만 내게는 헤더의 얼굴이 보였다. 용감한 건 목소리뿐이었다. "내 전 남자친구처럼 따분하기만 하네."

스테퍼니가 빙긋 웃었다.

"좋아." 그애가 말했다.

스테퍼니가 계속 떠들게 해야 했다.

"이 모든 걸 유명해지기 위해서 했다고?" 내가 말했다. "그저 TV에 나오기 위해 이 모든 사람을 죽였단 말이야?"

"그 밖에 또 무슨 이유가 더 있겠어?" 스테퍼니가 물었다.

나는 캐럴 박사의 집에 있던 파일을 떠올렸다. 스테퍼니의 사진이 붙어 있던 그 파일. 스카이가 어떻게 스테퍼니를 찾아냈는지 알 것 같았다.

"스카이가 먼저 연락했지. 안 그래?" 내가 물었다.

"우리 연애사 들을 시간이 없을 텐데." 스테퍼니가 말했다.

"걔가 널 조종한 거야." 내가 말했다. "우리가 얼마나 나쁜지 네게 얘기한 건 걔가 엄마를 증오해서 그래. 그래서 널 조종한 거야."

"다 틀렸어." 스테퍼니가 말했다. 하지만 나는 스테퍼니가 주인공이 아닌 도구가 되기 싫어한다는 걸 알았다.

"이런 건 걸 파워가 아니야." 나는 더듬더듬 말을 이어갔다. "넌 그냥 스카이의 꼭두각시인 거야. 법정에서 네 변호사는 감정을 강요받았다고 주장할 거야. 너는 네 행동에 책임이 없다고. 저 남자에게 모든 책임이 있다고. 너는 그냥 권력을 쥐고 다른 사람을 조종해대는 남성의 또다른 희생자일 뿐인 거야."

"나한테 머리 쓰려고 하지 마, 리넷." 스테퍼니가 말했다. "우린 동등해. 그게 요즘의 사랑 방식이야."

"이게 너와 스카이의 일이라고 생각해?" 내가 물었다. "이건 스카이와 걔 엄마의 일인 거야. 너는 그냥 그의 사이코 같은 집착에 휘말린 슬픈 며느리인 거지. 걔의 사건 파일에서 각주에 불과한 거야. 우리는 추모되고 영웅 대접을 받겠지. 걔는 인터넷의 우울한 남자애들이 보듬어줄 테고. 하지만 네 자리는 어디에도 없어. 너는 잊혀질 거야. 왜냐면 네가 한 거라곤 그저 '네' '아니오'로 대답하고 걔 말대로 방아쇠 당긴 게 전부니까."

"닥쳐." 스테퍼니가 말했다.

"너도 내 말이 맞단 걸 알잖아." 내가 말했다. "네가 스카이를 죽이지 않는 한 말이야." 나는 잠깐 말을 멈췄다. "아직 살아 있어."

헤더는 왼쪽에서 오른쪽으로 눈을 굴리며 '아니야'라고 떨리는 눈빛을 보냈고 입으로는 안 돼라고 소리 없이 말하고 있었다. 내가 무슨 생각인지 헤더는 알고 있었다. 나는 헤더를 무시했다.

"많이 다쳤거든." 내가 오른쪽 아래를 바라보며 말했다. "네 손으로 끝낼 수 있고말고. 강력한 메시지가 될 거야."

나는 지금 전력을 다하고 있었다. 수년 만에 처음으로 두렵지 않았다.

스테퍼니는 인상을 찌푸리더니 재빨리 스카이를 내려다보았다. 그게 내가 바라는 전부였다. 내 몸이 빠르게 움직이길 기도했다.

모든 게 한순간이었다. 나는 몸을 웅크리고 어깨로 헤더를 밀고 지나가, 내 두개골이 옥죄는 느낌은 무시하고 앞으로 뛰어올랐다. 그리고 대니가 했던 것처럼 한 팔을 뻗어 엽총의 총신을 밀쳤다. 욕실의 허공에 폭발음이 울리며 내 손이 뜨겁게 화끈거렸다. 손바닥이 총신에 붙어 지글지글 타들어가는 느낌이 들었고 어깨는 부서진 듯했다. 방은 회색 연기로 가득찼다. 내 곁 어딘가에서 헤더가 욕조 안으로 넘어지는 소리가 들렸다.

발을 땅에 붙일 틈도 없이 나는 스테퍼니에게 덤벼들었다. 스테퍼니를 넘어뜨리며 문틀에 머리를 부딪히는 바람에 너무 아파 거의 기절할 뻔했지만 스테퍼니의 몸을 깔아뭉개는 것을 잊을 정도는 아니었다. 뜨겁게 달궈진 엽총을 우리 몸통 사이에 끼운 채로 내 온 체중을 실어 콘크리트 바닥에 넘어뜨리자 스테퍼니의 폐에서 공기가 빠져나가는 소리가 들렸다.

우리의 몸 절반은 입욕 테라피 방의 문 밖에, 나머지 절반은 문 안에 걸쳐 있었다. 스테퍼니를 때리거나 칼로 베거나 총으로 쏘거나 하기에는 힘이 달렸으므로 나는 그저 팔과 다리로 스테퍼니를 감싸고 꽉 매달려 있었다.

스테퍼니는 방아쇠에 손가락을 집어넣으려고 몸부림치고 꿈틀대고 비명을 지르며 버둥댔지만 그래도 아이일 뿐이었다. 나는 스테퍼니를 땅에 눕힌 채 바닥 타일에 밀착시켰다. 팔로는 상체를 일으키지 못하게 막았고, 다리로는 종아리를 감싸서 일어서지 못하게 막았다. 으스러진 내 턱으로는 두개골을 눌러 땅에 닿게 했다. 거의 키스를 할 정도로 얼굴이 가까웠다.

스테퍼니는 침을 뱉으며 비명을 지르고 울부짖었지만 꼼짝도 할 수 없었고 시간이 조금 지나자 그걸 받아들였다. 대신 내 귀에 대고 비명을 지르기 시작했는데 그 소리가 너무 커서 머리가 새하얘질 지경이었다.

그렇지만 무슨 말을 하는지 결국은 이해했다.

"죽여!" 스테퍼니가 고래고래 소리를 지르고 또 질렀다. "죽이라고! 죽여! 죽이라고!"

마침내 사람들이 나를 끌어내렸다. 스카이는 이미 수갑을 차고 있었다. 매릴린과 헤더가 스테퍼니에게도 수갑을 채웠다. 사람들이 방 맞은편으로 끌고 가는 동안 스테퍼니는 내게서 눈을 떼지 않았다.

"날 죽였어야지, 망할 년." 스테퍼니가 내뱉었다.

나는 피곤했다. 모든 곳이 아팠다. 몸 구석구석 새로운 고통이 스몄다.

"재판을 받아야지." 나는 지쳐서 말했다. "감옥에도 가고."

"꺼져!" 스테퍼니가 소리를 질렀다. "탈출하면 돼!"

나는 이 모든 상해와 살인과 협박, 그리고 내 삶 자체가 되어버린, 끝없이 이어지는 두려움이 지겨웠다.

"아니. 넌 못해." 내가 말했다. "그 정도로 똑똑하지 않으니까."

살려두자. 스테퍼니와 스카이가 살게 내버려두자. 살아남아서 그들의 살인이 얼마나 작고 무의미했는지 보게끔. 스테퍼니는 너무나 많은 사람을 죽였다. 그러나 아시다시피 놀랍게도 그러든 말든 세상은 늘 그렇듯 비협조적이고 완고하게 돌아간다.

죽음은 중요한 것이 아니었다. 그건 인생의 끝에 찍는 마침표에 불과했다. 중요한 건 그 앞에 오는 모든 것들이었다. 대부분의 사람들은 마침표 따위에 주의를 기울이지도 않는다. 마침표는 소리 내어 읽을 수도 없다.

일자: 2009년 2월 13일
발신인: 스테퍼니 푸가티 〈StephSlays@live.com〉
수신인: 스카이 엘리엇 〈SkEllraiser@hotmail.com〉
제목: 시-너-지

아니 이런. 저는 스토킹을 당하고 있어요. 터무니없이 엉성한 무기를 든 느림보 살인마한테요! 으엑! 그건 바로 보트 갈고리 장대! 그리고 마체테! 케밥 꼬치! AR-15만 있으면 다 잡동사니지. 이년들이 제대로 된 총맛을 좀 봐야 자기가 강인하단 생각을 멈출 텐데 말이야. 그런 구식 무기들은 할망구와 코흘리개를 위한 거야. 낡아빠진 칼싸움에 현대적인 전술과 무기를 도입할 필요가 있어.

학교 총기 난사 + 슬래셔 시나리오 = 시너지!

걔들이 유명하든 말든 난 신경 안 써. 일단 우리가 한곳에 모아 방아쇠를 당기기 시작하면 울고불고 질질 짜는 년들에 불과할 테니까. 파이널 걸? 과도한 유명세를 탄 고깃덩어리. 한때 잠깐 꾸물대는 머저리들에게 맞섰단 이유로 말이야. 그 머저리들은 몰라. 요즘은 어떤 방식으로 시체 수를 늘려가는지.

파이널 걸 서포트 그룹 24
새로운 시작

은빛 돌고래가 자외선의 파도를 뚫고 뛰어올랐다.

토실한 분홍색 코끼리 세 마리가 팔짱을 끼고 일렬로 늘어서 외쳤다. 즐거운 방문의 날!

위대한 여정은 작은 걸음에서 시작된다. 낡은 운동화를 신은 다리가 선언했다.

나를 위한 말이다. 지금 내가 할 수 있는 거라고는 작은 보폭으로 걷는 일밖에 없었다.

금속탐지기를 지나쳤지만 머리에 새로 심은 판이 수술 전용 폴리머라 경보음이 울리지 않았다. 하지만 내 지팡이를 엑스레이 검사하는 데는 한참이 걸렸고 타이레놀 3은 압수당했다. 곧 두통이 올 것 같아 걱정됐다. 그들은 내 몸을 위아래로 더듬으며 몸수색을 했다. 마침내 중부 캘리포니아 교정시설 입장 허가가 났을 때는 꼭 아흔 살은 된 기분이었다.

머리에 총을 맞는 것은 알고 보니 공황발작에 대한 기적의 치료법이었다. 병원에서 일어나니 줄리아가 말해주기를, 뇌의 부기를 가라앉히는 사흘 동안 내가 무의식이었다고 했다. 의식을 되찾은 뒤 폐가 쫄아들거나 목구멍이 막힐 거라 생각했지만 그저 심박수만 살짝 올라갔을 뿐이었다. 내 몸은 스테퍼니와 스카이의 음모에 제삼자는 없다고 판단한 듯했다. 여전히 안전하단 느낌은 들지 않았지만 열여섯 살 이후 처음으로 나는 끊임없이 겁에 질려 있지는 않게 되었다.

"다들 괜찮아?" 다시 깨어났을 때 옆에 있던 줄리아에게 그렇게 물었고, 너무나 많은 말을 내뱉는 줄리아를 뒤로하고 또 기절했다.

병실의 TV는 늘 켜져 있었고, 내가 무의식에 빠졌다가 다시 깨어나 진통제로 몽롱해하는 사이 사람들은 내가 이해하지 못하는 말을 하며 들락날락했다.

의식이 돌아와 있을 때 화면에서 스카이의 변호사를 보았다. 그는 매일 기자회견을 열고 자기 의뢰인의 선언문을 장황하게 읽어댔다. 알고 보니 그 변호사는 남성 권리를 옹호하는 유명한 활동가였고, 그의 전략은 스카이가 물불 안 가리는 페미니즘의 음모에 희생됐다고 주장하는 것이었다. 스카이의 악독한 발언은 인터넷으로 퍼지고 또 퍼졌다. 차라리 헤더가 그를 쏘게 놔뒀다면 캐럴 박사는 한결 견디기 편했을 것이다.

우리는 다시 유명해졌다. 사실대로 말하자면, 지나치게 유명해지는 바람에 내가 퇴원할 때 매릴린이 경호원 두 명 달린 차를 보낼 지경이었다. 차를 타고 가는 동안 우리는 두 사람 중 한 명이 매릴린의 뒤뜰에서 나를 제압할 때 썼던 기술에 대해 유쾌한 대화를 나눴다. 아무 도움 없이 다시 걸을 수 있게 되면 그가 나에게 그 기술을 가르쳐주기로 했다.

내 집은 여전히 사건 현장이었고, 집주인은 나에게 수만 달러의 손해배상 소송을 제기했다. 나는 돌아갈 곳도, 돌아갈 일상도 없었다. 내게는 그저 뉴스에 나가 '사연을 좀 들려달라'고 끊임없이 부탁하는 사람들뿐이었다. 다들 내가 어떤 '기분'인지 알고 싶어했다.

중부 캘리포니아 교정시설 접견실에선 아무도 나에게 어떤 기분인지 묻지 않았다. 나는 거기 앉아 스톡 이미지 같은 사진 포스터와 아마추어적인 벽화를 바라보았다. 만약 어떤 기분이냐고 물어봤다면, 턱은 아프고 새로 판을 심은 부분의 두피가 근질거리고 눈 뒤로 불쾌한 두통이 지끈거린다고 할 텐데. 그리고 이곳에 온 게 실수란 생각이 들기 시작한다고도.

마음을 바꿔 자리를 뜨기 전에 매릴린이 도착했다. 장신구는 목걸이 하나와 반지 하나만 가능했고 어깨를 노출한 원피스는 금지였다. 주황색, 베이지색, 짙은 파랑, 짙은 초록색도 입어선 안 됐지만 햇빛 차단용 모자는 허용됐고, 매릴린은 거대한 흰색 모자를 손에 들고 있었다.

매릴린이 내 양볼에 입을 맞췄다.

"캐럴 박사랑 연락은 됐어?" 나는 매릴린의 립스틱 자국을 닦아내며 물었다.

"메모를 남겼어." 매릴린이 말했다. "당분간 연락이 안 될 거란 사실을 받아들여야 할 것 같아."

나는 퇴원한 후 이틀간 캐럴 박사에게 연락하려 애썼지만 연락이 닿질 않았다. 캐럴 박사는 공개 성명서를 하나 읽었고, 그 영상이 두고두고 방영됐다. 영상 속 캐럴 박사는 종이를 내려다보며 손을 너무나 심하게 떨어서 결국 테이블 위에 종이를 올려놔야 했다. 그러고는 어려운 시기인 만큼 자신의 프라이버시를 존중해달라는 내용의 짧고 딱딱한 문장을 연달아 읽었다. 아무 소용 없는 부탁이었다. 사람들은 연일 그녀를 따라다녔고 결국 캐럴 박사는 모습을 감췄다. 우리 중 그 누구와도 전화가 되지 않았고 이메일로도 연락이 닿질 않았다. 나는 그녀를 도와주고 싶었다. 괜찮다고 말해주고 싶었다. 나를 위해 정말 애썼으니까. 하지만 그럴 기회가 없었다.

"대니랑 같이 온 거 아니야?" 매릴린이 물었다.

퇴원 후 매릴린은 자신의 별채에서 묵으라고 나에게 제안했지만 나는 어딘가 조용한 곳에 있고 싶었다. 그래서 대니에게 목장에 머물러도 될지 물어봤다. 안 된다고 하지 않았으므로 나는 허락의 의미로 받아들였다. 그곳이 좋았다. 멀리서 오는 사람들도 다 볼 수 있었다. 대니의 말들은 전부 돌아왔고, 나는 대니의 말과 시간을 보내는 게 좋았다. 말들이 냄새를 맡고 움직이는 방식이, 세상을 살피는 조심스러운 모습이 마음에 들었다. 질리언이 말을 그렇게 좋아했는데 한 번도 타보지 못했단 것이 다시금 생각났다. 나는 서서히 마음의 준비를 하고 있었다. 아마도.

"개인 트레이닝 받고 있어." 내가 매릴린에게 말했다. "줄리아랑 함께 올 거야."

대니의 왼쪽 다리와 골반, 그리고 양 무릎은 재활이 필요했다.

처음 이틀 동안 대니는 병원 침대에서 나오는 걸 거부했다. 셋째 날에는 줄리아가 대니의 병실로 들어가 활기차게 박수를 쳤다.

"자, 신세 한탄 시간은 이걸로 끝났어." 줄리아가 그렇게 말했고 간호사가 빈 휠체어를 밀고 들어왔다. "그 안락한 관에서 일어나 다시 살아가야 할 때야."

줄리아는 다른 사람보다 뭔가를 더 많이 아는 것을 좋아하는데, 휠체어에 대해서는 확실히 대니보다 많은 것을 알았다. 대니는 목장으로 돌아왔고, 우리 셋은 일주일 내내 이동이 용이하도록 목장을 수리했다. 휠체어 탄 사람 둘에 지팡이를 짚은 나, 그렇게 몸이 망가진 파이널 걸 셋과 마을에서 불러온 건축업자 두세 명이서. 대니는 놀라운 회복력을 보였고 프리덤 체어*라고 하는 것을 사서 이따금 사막으로 며칠씩 떠나버리곤 했다.

처음으로 대니가 야밤에 모습을 감췄을 때 나는 기겁했다. 대니는 다음날 해질 무렵에 집 뒤쪽 관목 사이에서 나타났다. 레버를 휘두르며 흙 위로 거칠게 운전하는 모습을 보고 나는 달려가 길길이 날뛰었다. 대니는 내 화가 가라앉을 때까지 잠자코 기다렸다.

"별빛 아래서 잠드는 걸 좋아해." 대니가 말했다. "매도 보고, 코요테도 봤어. 미셸이 와서 잠깐 앉아 있다 갔지. 별말은 없었지만 잘 들어줬어. 이제 주기적으로 가서 만나려 해."

대니는 레버를 움직여 나를 스쳐 집으로 향하다가 잠시 멈춰서서 말했다.

---

*수동 휠체어와 마운틴 바이크를 혼합한 형태의 이동 수단.

"넌 말수가 없는 편이 나아."

"내가 싫지?" 나는 텅 빈 접견실에서 매릴린과 함께 대기하며
물어봤다.

플라스틱 테이블이 리놀륨 바닥에 나사로 고정되어 있었고 창
문은 없었다. 구석에는 춤추는 동물 캐릭터가 그려진 벽과 놀이
공간이 있었다. 세상에서 가장 울적한 초등학교 급식실 같았다.

"네가 싫냐고?" 매릴린이 물었다.

나는 고개를 끄덕였다. 내가 쓴 편지와 책을 생각했고, 매릴린
을 버릇없는 주정뱅이라고 썼던 것을 생각했고, 또 내가 했던 모
든 실수에 대해 생각했다.

"보여줄 게 있어." 매릴린이 무릎에 올려둔 커다란 밀짚 핸드
백에서 엄청난 크기의 핸드폰을 꺼냈다. 화면을 엄지로 몇 번 내
리고, 내리고 또 내린 후에 두드려서 나에게 내밀었다.

처음에는 내가 뭘 보고 있는지 알아차리지 못했다. 어떻게 그
를 못 알아보았는지 알 수 없었다.

"파인!" 나는 소리쳤다.

매릴린이 냄비에 있던 그를 꺼내 손님용 별채 앞의 보드랍고
비옥한 화단에 옮겨 심었던 것이다. 내가 버린 이후로 파인은 부
쩍 자라 있었다. 새 잎이 돋고 초록색 작은 후추 봉오리가 맺혔으
며, 뿌리를 넓게 뻗고 말린 잎을 펼치고 있었다.

그건 내가 누려선 안 되는 은총처럼 느껴졌다.

"언짢지 않았으면 좋겠다." 매릴린이 말했다.

"파인." 내가 말했다. 눈 앞의 식물도 아니고 다른 사람 핸드폰

의 사진을 보고 대화를 나누는 게 좀 부끄러웠지만 어쩔 수 없었다. "와, 우리 파인 좀 봐. 너 쑥쑥 자랐구나. 게다가 주변엔 섹시한 양치식물 친구들이 잔뜩 있잖아?"

거대한 원시 양치식물들이 그의 주변에 솟아 있었다.

"냄비가 너무 비좁았거든." 매릴린이 말했다. "더 자랄 공간이 없더라고. 내 말은 그러니까, 그 불쌍한 작은 뿌리가 겁에 질려 있었어. 내가 제대로 했길 바라."

파인은 더이상 나에게 오지 않을 것이다. 다시는 자리에 앉아 나와 TV를 보지 않을 것이다. 더이상 내 것이 아니었다.

"굉장해." 내가 말했다. "완벽해. 내가 파인을 너무 가둬 길렀던 것 같아."

"사랑스러운 후추 꽃이 필 거야." 매릴린이 말했다. "자라고 또 자랄 거야. 다음에 보면 이 작은 친구를 분명 못 알아볼걸."

들었지. 내가 머릿속으로 파인에게 말했다. 넌 그 어느 때보다 멋져질 거야.

"그러니 너도 명분이 생겼지." 매릴린이 말했다.

"무슨 명분?"

"우리집에 올 명분." 매릴린이 답했다.

매릴린은 핸드폰을 도로 가방에 넣었다. 나는 딱딱한 플라스틱 의자에 앉아 방 맞은편 자판기가 웅웅대는 걸 물끄러미 바라보며 왜 이렇게 외로운 기분이 드는지 생각했다.

"에이드리엔이 그리워." 마침내 내가 말했다.

"나도야." 매릴린이 말했다.

"우리 중 가장 멋진 사람이었는데." 그렇게 말하니 가슴께가 저려왔다.

나는 멀리 떨어진 벽의 벽화를 보려고 고개를 돌렸다. 각기 다른 빛깔의 진흙색으로 그린 듯한 열대 해변의 일몰 그림이었다.

"아니." 매릴린이 내 턱을 잡아 자기 쪽으로 돌렸다. "네가 우리 중 가장 멋진 사람이야, 리넷. 넌 절대 그만두지 않았어. 멈추지 않았어. 네가 우리 모두를 구했어."

매릴린의 눈꼬리에 가느다란 주름이 져 있었고 윗입술은 살짝 패여 있었다. 그녀의 모근이 보였다. 턱에는 털이 한 가닥 나와 있었다. 나는 누구도 이렇게 가까이서 본 적이 없었다. 누구도 나를 이렇게 가까이서 본 적이 없었다.

매릴린은 뒤로 몸을 젖히더니 핸드백을 뒤적이며 껌을 찾았다.

"대니가 신경쓰이네." 그녀가 빅 레드 껌을 찾았다. "방문자 규칙을 보니까 진한 청색도 안 되고, 군복 색도 안 되고, 수감자 복장과 유사한 천 소재도 안 된다고 하던데. 그럼 대니가 뭘 입지?"

그날 대니가 사막 속으로 사라진 후, 나는 한참을 홀로 서서 사막을 바라보았다. 유칼리나무에서 매미들이 울었고, 삼색제비들은 빠른 속도로 하강해 벌레를 쫓아다녔다. 오른쪽 멀리서 기척이 나서 살펴보니 연한 갈색의 뱀 꼬리가 크레오소트나무 사이로 스윽 자취를 감췄다.

초저녁 하늘의 창백한 초승달 아래, 흙먼지가 쌓인 관목들 사이로 흰 나방들이 날아다녔다. 저멀리 산허리에는 자동차들이 작은 보석처럼 반짝이고 있었다. 얼마나 많은 사람들이 저기 있을지 생각했다. 너무나 많은 사람이 있었다.

뭔가 내 발을 건드렸고 나는 놀라 펄쩍 뛰었다. 확인해보니 그 냥 귀뚜라미였다. 내 신발에 앉아 아주 잠깐 폴짝이고는 한달음에 사라졌다. 멀리서 말이 힝힝 우는 소리가 들렸다.

너무나 많은 생명이 쉬지 않고 살아가고 있었다. 모든 생명이 계속 살아가는 것은 아닐지라도 삶은 이어졌다. 누군가를 위해 멈추는 일은 없었다. 크리시는 세상에 오직 두 가지의 힘이 있으며 그것끼리 서로 균형을 이룬다고 얘기했다. 삶과 죽음. 창조와 파괴. 하지만 크리시는 틀렸다. 세상에는 오직 하나만이 존재했다. 우리가 아무리 애를 쓴다 한들 삶을 멈출 수는 없었다. 우리가 얼마나 싸우고 얼마나 죽이든, 생명은 변하고 자라며 살아갔다. 사람들은 길을 잃고, 사라지고, 또다시 돌아오고, 태어나고, 계속 나아갔다. 이 모든 것이 너무나 과하고 버거워도 삶은 끊임없이 이어졌다.

"왔구나!" 매릴린이 내 옆에서 한쪽 팔을 흔들며 외쳤다. "여기야."

휠체어를 탄 줄리아와 대니가 방 끝에서 우리에게 다가왔다. 줄리아는 하염없이 대니에게 떠들고 있었고, 대니는 그저 플라스틱 테이블 사이를 지나 매릴린과 내가 앉아 있는, 접이식 의자를 둥그렇게 모아둔 곳까지 운전하는 데만 집중했다.

"우리한테 교도소 휠체어를 쓰라는 거야." 줄리아가 말했다. "그래서 내가 말했지. 장애인법으로 소송 걸리면 기분이 어떨 것 같으냐고. 초안을 거의 다 완성해서 보여주니 그제야 들여보내주더라니까."

나는 우리의 모습을 바라보았다. 휠체어에, 꿰맨 상처에, 거즈

붕대에, 알루미늄 지팡이까지. 꼭 외과 용품 박람회의 모델들 같았다.

"네 남자가 밖에서 기다리고 있던데." 대니가 휠체어를 멈추며 말했다.

택시를 타고 교도소에 내렸을 때는 개릿 P. 캐넌을 알아보지 못했다. 새로 산 기분 나쁜 비둘기색 모자에 같은 색 수트를 입고 끈 넥타이를 매고 있는 그를 어떻게 보지 못했는지 모르겠다. 절뚝이며 입구로 이어지는 보도를 걸어가던 나를 그가 붙잡았다.

"알지, 고맙단 말을 못하는 그 성정." 그는 더치 마스터즈 시가를 바닥에 버리고 카우보이 부츠 뒤축으로 비벼 끄며 말했다. "하지만 그래도 말이야, 이 모든 것을 가능하게 만들어준 경찰관 영웅에게 진심으로 고맙단 말은 해야 할 것 같은데."

"안녕, 개릿." 내가 말했다.

"이름을 세 번이나 불렀다고." 그가 말했다. "적어도 세 번."

"아, 미안해요. 다친 곳이 너무 아파서 걷는 게 어렵고, 그래서 정말 집중해야 해요. 귀찮게 했네요."

한번 걷기 시작하면 중간에 너무 오래 멈춰 서 있을 수 없었다. 그러면 온몸이 뻣뻣하게 굳었기 때문이다. 그래서 나는 계속 걸었다. 하지만 아주 천천히 움직였으므로 개릿이 쉽게 따라올 수 있었다.

"아, 너무 신경쓰지 말라고, 리니." 그가 말했다. "그냥 말하는 거야. 당신들끼리 거기서 오붓이 시간을 보낼 수 있게 내가 얼마나 많은 내규를 어기고 수많은 부탁을 해야 했는지 말이야. 자신을 이런 식으로 대하는 여자한테 나처럼 해줄 수 있는 남자는 많지 않을 거야."

"정말 고마워요, 개릿." 내가 말했다.

"그래서 오늘 오후 에이전트한테 연락해서 우리 책에 대해 논
의할 거야." 개릿이 말했다. "내가 이걸 주선해주면 책을 같이 쓰
겠다고 했잖아. 내가 핵심적인 역할을 했다는 데는 너도 동의하
지? 당연히 표지에는 내 이름이 먼저 들어갈 거야."

나는 걸음을 멈추고 그를 바라보았다.

"개릿." 내가 말했다. "그때 책 함께 쓰자고 한 거요, 그거 거
짓말한 거예요."

나는 개릿의 험한 욕설을 들으며 절뚝절뚝 다시 앞으로 걸어
갔다.

접견실에서 매릴린이 말했다. "언제 시작하는 거야? 우린 다
왔는데."

아무도 헤더가 어디 있는지 알지 못했지만 우린 헤더가 괜찮
을 거라 믿었다. 나는 헤더에게 경찰을 부른 일을 원망하지 않는
다고 말해주고 싶었지만 언제나 그렇듯 헤더는 그 누구를 조금도
만족시켜주지 않았다. 매릴린이 헤더를 위해 은행 계좌를 작게나
마 만들어줬는데 주기적으로 돈을 인출하긴 한다고 했다. 어쩌면
누가 헤더를 죽이고 카드만 가져간 것일 수도 있었다. 어쩌면 헤
더는 드림킹을 찾아다니는 것일지도 몰랐다. 어쩌면 바깥 어딘가
에서 그냥 헤더답게 살고 있는 것일지도 몰랐다.

접견실 저 끝에서 문 열리는 소리가 들렸고, 우리는 모두 고개
를 돌렸다. 하지만 키가 크고 배가 나온 교도관 한 명이 테이블
사이를 걸어오고 있을 뿐이었다. 베이지색 셔츠에 진녹색 바지를

입은 남자였다. 무슨 연유에선지 이 업계 사람들은 콧수염 기르는 것을 좋아하는 듯했다.

"윈즐로 서장입니다." 그가 말했지만 우리 중 아무도 일어서지 않았다.

그는 원을 돌며 우리에게 한 명씩 차례대로 자신을 소개했다. 악수를 할 때 만진 그의 손이 너무나 부드러워 놀랐다.

"면회 시간 처음부터 끝까지 제가 여기 함께 있어야 한다는 점을 알려드리고 싶습니다." 그가 안됐다는 표정으로 말했다. "하지만 여러분의 비밀을 보장합니다. 저를 그냥 벽의 일부라고 생각하세요."

우리는 모두 고개를 끄덕였고 그는 자리를 떴다. 아무도 말이 없었다. 앉아 있기만 해도 몸이 아팠고 관절이 쑤셨다. 접견실 공기가 숨쉬기 어려울 정도로 무거워졌다. 지금 이 순간, 다들 각자 속으로 이 결정을 다시 생각해보고 있었다. 하지만 누군가 마음을 바꾸기 전에 문이 열리면서 윈즐로 서장이 스테퍼니를 데리고 왔다.

화장을 하지 않은 맨얼굴이었지만 머리는 풍성하고 윤기가 났으며 손톱에는 매니큐어를 칠한 듯했다. 하늘색 셔츠와 바지 차림에 손목에는 수갑을 차고 있었고 수갑은 허리에 감긴 쇠사슬에 연결되어 있었다. 공포심 어린 눈빛이었지만 윈즐로 서장이 가까이 데려오자 애써 따분하고 무심한 눈빛으로 바뀌었다.

이건 내 아이디어였다. 레드 레이크 캠프의 입욕 테라피 방에서 내가 예상했던 것들은 모두 현실이 되었다. 스테퍼니는 실제로 아무도 죽이지 않았다. 그저 대니가 휠체어에 앉고 내가 지팡이를 짙게 만들었을 뿐이다. 식당 직원 중 하나를 쏴서 한쪽 눈을 잃게 했지만 나머지 살인은 전부 스카이의 소행이었다.

두 사람은 이 모든 것에 엄청난 노력을 들였지만 차갑게 계산을 하는 스카이와 달리 스테퍼니는 즉흥적인 행동으로 스카이를 돌아버리게 만들었다. 스테퍼니도 처음에는 계획을 따랐다. 크리스토프 볼커와 친해져 레드 레이크에 들여보내고 에이드리엔이 어디 사는지 알려줬다. 그런 다음 그를 건초보관용 다락 밖으로 밀었다. 그래야 좀더 진짜 같아 보인다고 생각했기 때문이다. 하지만 내가 집에 나타났을 때 나를 따라나선 건 즉흥적인 행동이었다. L.A.로 돌아가는 길의 휴게소에서 스테퍼니가 전화했던 사람은 스카이였다. 모든 것이 계획대로 흘러가고 있다고 안심시키고 있었던 것이었다.

스카이의 원대한 계획은 어머니가 신경썼던 모든 사람을 죽이고, 어머니가 그토록 중시하는 경력을 돌이킬 수 없을 정도로 파탄낸 다음, 전 세계 사람들 앞에서 공개적으로 모욕하는 것이었다. 하지만 그는 위기일발의 아슬아슬한 상황에서 쾌감을 느끼는 변덕스러운 파트너와 팀을 이뤘다. 헤더가 먼저 그를 처리하지 않았더라면 스카이는 순전히 짜증이 나서 스테퍼니를 쏴버렸을지도 몰랐다.

스테퍼니는 아홉번째 희생자가 되었을 것이다.

아주 오래전, 나는 에이드리엔의 영화 〈여름의 도살〉을 보려고 한 적이 있었다. 하지만 희생자들에 대한 이야기가 전혀 나오지 않는다는 것을 알고 20분 만에 꺼버렸다. 가족도 있고 꿈도 있던 사람이 그저 성도 없고 이름만 있는 핏방울 튀기는 효과로 전락했다는 것이 얼마나 역겹던지. 그들의 이름을 기억하는 일은 중요했다.

러셀 손이란 사람이 있었다.

레드 레이크에서 한쪽 눈을 잃었던 여성의 이름은 에바 와타나베였다.

잭 버렐.

브렌다 존스.

마시 스탠러.

에드나 호켓.

줄리어스 가우.

어맨다 셰퍼드.

이들의 이름을 기억하고 스카이 엘리엇이란 이름은 잊히길. 스테퍼니 푸가티란 이름이 잊히길.

스테퍼니의 부모는 딸이 테니스 코치 살해 사건으로 인한 외상후스트레스장애 때문에 공격적으로 변하고 범죄자 애호 성향이 생겼다고 주장하는 변호사를 고용했다. 변호사는 스테퍼니가 '괴물을 피할 수 없다면 차라리 합세하라' 철학의 일환으로 괴물과 사랑에 빠지게 되었다고 했다. 나는 변호사의 말이 틀렸다고 생각하지 않는다. 스카이는 2년이란 시간 동안 스테퍼니를 꾀고 길들이고 자신의 완벽한 놀이 파트너로 탈바꿈시켰다. 그의 피해자 명단에 추가될 또다른 소녀였다. 스테퍼니는 치사 가능한 무기를 이용한 폭행 혐의 세 건으로 각각 25년 형을 받았고, 심각한 신체적 상해를 입힌 구타 혐의 하나로 3년 형을 선고받았다. 이제 남은 인생을 이곳에서 보내게 될 것이다.

나는 이 문제에 대해 오래도록 생각했지만 내가 떠올릴 수 있는 답은 하나였다. 엄밀히 따지면 스테퍼니는 기준에 부합하지 않을 것이다. 하지만 어느 쪽에서 보든 부정할 수 없는 사실은, 스테퍼니가 괴물에게 희생되었으며 나에게도 책임이 있다는 것이다. 나는 누구도 버리고 가고 싶지 않았다. 언젠가 내가 살아남을 자격이 없는 것 같다고 말했을 때 에이드리엔이 해준 말이었다.

"그건 허영심에서 하는 말이야." 에이드리엔이 말했다. "그냥 특별해지고 싶은 거야. 명심해둬. 그 누구도 되돌아오지 못할 만큼 멀리 가지 않아. 그 누구도 발견되지 못할 정도로 길을 잃진 않아. 아무도."

아마 효과는 없을 것이다. 스테퍼니는 우리가 하는 모든 일에 저항할 것이다. 내 노력을 조롱하고 우리와 같은 방법으로 맞설 것이다. 하지만 내가 에이드리엔에게 배운 것이 있다면, 그건 바로 누가 뭐라든 상관없다는 것이다. 우리는 스스로 구제될 수 없다. 그래서 이것이 우리가 하는 일이다. '자매'를 구하기 위한 노력을 멈춰서는 안 된다.

다른 파이널 걸들도 모두 동의했다는 것이 아직도 놀랍다. 어쩌면 다들 서로를 계속 만나야 할 명분이 필요했던 것일지도 모른다. 어쩌면 다들 살아가야 할 이유가 필요했던 것일지도.

윈즐로 서장은 접이식 의자에 스테퍼니를 앉히고 접견실 반대편으로 사라졌다. 스테퍼니는 지루하고 무표정한 얼굴로 경멸의 눈빛을 뿜어냈다. 그리고 자신의 선한 본성에 호소하려는 시도라면 싹 무시하기로 결심한 듯, 심한 말을 뱉으려고 입을 열었다.

나는 먼저 선수를 쳤다.

"스테퍼니." 내가 말했다. "파이널 걸 서포트 그룹에 온 걸 환영해."

파이널 걸들이 무슨 일을 겪는지 생각해본 적 있는가? 계획이란 계획은 다 실패하고, 무기란 무기는 다 소용없게 된 후에? 방어선이 무너지고 머리에 총을 맞은 후에? 잘못된 사람을 믿고, 잘못된 선택을 하고, 최악의 순간에 마음을 열어버린 후에? 인생이 파탄나고 은행 계좌에 한 푼도 없는 서른여덟 살이 되어, 아이도 없고 사랑하는 사람도 없고 자기 이름으로 남은 것도 없이, 그저 귀신이 된 사람에 대한 기억과 망가진 친구들 몇 명만 남은 후에?

나는 그 소녀들이 무슨 일을 겪는지 알고 있다.

그들은 성인 여성으로 자라난다.

그리고 삶을 살아간다.

감사의 말

다음의 영화에서 크게 활약해주신 모든 분께 깊이 감사드린다. 그분들이 아니었다면 이 책은 존재하지 않았을 것이다.

〈여름의 도살〉

애덤 골드웜(R.I.P), '테디' 역, 〈여름의 도살 2〉〈여름의 도살 파트 3 3D〉〈여름의 도살 4〉

스티븐 그레이엄 존스, 몸이 두 동강 난 카운슬러 역, 〈여름의 도살 5〉

해럴드 브라운, '마체테 헤드' 기자 역, 〈여름의 도살 7〉

대니얼 패스먼, 사악한 변호사 역, 〈여름의 도살 8: 워싱턴으로 간 테디〉

패트릭 추, 감독, 〈여름의 도살 9: 무중력 테디〉

〈팬핸들 정육점 갈고리〉

조슈아 블라임즈, 프로듀서, 〈팬핸들 정육점 갈고리 2〉〈팬핸들 정육점 갈고리 3〉〈팬핸들 정육점 갈고리 4〉

에디 슈나이더, 냉동고 속 사나이 역, 〈팬핸들 정육점 갈고리〉

브레이디 맥레이놀즈, 햇볕에 바짝 그을린 시체 역, 〈팬핸들 정육점 갈고리〉

발렌티나 세인토, '수지' 역, 〈팬핸들 정육점 갈고리〉

수전 벨라스케스, '매릴린' 역, 〈팬핸들 정육점 갈고리〉

데이비드 리트먼, 곰덫에 걸린 경정 역, 〈팬핸들 정육점 갈고리 2〉

〈놈커밍〉

제시카 웨이드, 프로듀서, 〈놈커밍〉

알렉시스 닉슨(프렌치 호른) · 대니얼 케어(튜바) · 파리다 불러트(멜로폰) · 대니엘라 리들로바(피콜로) · 진 유(작은북), 악단 역, 〈놈커밍〉

클레어 자이언, 비명 지르는 소녀 역, 〈놈커밍〉

진마리 허드슨, 헌트 교감 역, 〈놈커밍〉

에밀리 오스본, 파티에서 혼자 노는 여자 역, 〈놈커밍〉

메가 자인, 검시관 역, 〈놈커밍〉

로라 콜리스, 화구 붓에 찔린 사람 역, 〈놈커밍〉

〈살인의 종소리〉

캣 카머초, 프로듀서, 〈살인의 종소리 2: 지옥 같은 휴일〉〈살

인의 종소리 3: 사악한 엘프들〉

줄리아 로이드, 찬송가 부르는 사람 역, 〈살인의 종소리〉

루크 던레이비, 잔디밭 다트에 죽은 사람 역, 〈살인의 종소리 2: 지옥 같은 휴일〉

로라 프라이스, 무서운 엘프 1 역, 〈살인의 종소리 3: 사악한 엘프들〉

리디아 지틴스, 성가대 선창자 역, 〈살인의 종소리 4: 공포의 축제〉

〈죽음의 꿈〉

두기 호너, 턱수염을 기른 멍한 눈의 피자 괴물 역, 〈죽음의 꿈 2: 달콤한 꿈에는 이런 게 필요해〉

니컬러스 루카, 감독, 〈죽음의 꿈 3: 드림퀸〉

록샌 벤저민, 아기 인형 괴물 역, 〈죽음의 꿈 4: 최후의 흉몽〉

테드 게허건, '고퍼스' 역, 〈죽음의 꿈 4: 최후의 흉몽〉

〈베이비시터 살인 사건〉

해나 킹, 정신병동 간호사 역, 〈베이비시터 살인 사건〉

크리스틴 존스턴, 사탕 먹는 여자친구 역, 〈베이비시터 살인 사건〉

니컬러스 스콧 샌버그, 격노한 이웃집 주민 역, 〈베이비시터 살인 사건〉

마이크 히키, 사망한 자판기 수리공, 〈베이비시터 살인 사건 2〉

다이애나 로마노바, 닥터 스트럼프 역, 〈베이비시터 살인 사

건 2〉

캣 스컬리, 중앙컴퓨터 기술자 역, 〈베이비시터 살인 사건 3: 삼하인〉

크리스 질브레스, 인신 공양 제물 역, 〈베이비시터 살인 사건 3: 삼하인〉

에릭 뮤엘러, 드루이드교 사제 역, 〈베이비시터 살인 사건 3: 삼하인〉

슬래셔 영화의 연원은 로버트 블로흐의 동명 소설을 원작으로 한 알프레도 히치콕의 영화 〈사이코〉(1960)로 올라간다. 블로흐는 자신의 책이 에드 게인의 실제 범죄에서 영감을 받은 것이라고 여러 차례 밝혔지만, 정작 그의 파일에는 위스콘신주의 악명 높은 아동 대상 희극인이자 연쇄살인범인 플로이드 스크릴치에 관한 기사 스크랩이 더 많았다. 히치콕은 블로흐 소설의 판권을 사들이면서 스크릴치의 악랄한 '부활절 토끼 살인 사건'의 유일한 생존자 어맨다 코언의 인생 서사 저작권 역시 함께 확보했다. 코언은 스크릴치를 찾고 체포하는 데 결정적인 역할을 했지만 그 용기에 대한 대가를 혹독히 치러야 했다. 이 책을 그녀에게 헌정한다.

옮긴이 **류기일**

고려대학교에서 서문학과 국문학을 공부하고 출판 편집자로 일했다. 옮긴 책으로 『블랙아웃』 『초보자를 위한 살인 가이드』 『우리의 분노는 길을 만든다』가 있다.

문학동네 세계문학
파이널 걸 서포트 그룹

초판 인쇄 2025년 5월 9일 | 초판 발행 2025년 5월 21일

지은이 그래디 헨드릭스 | 옮긴이 류기일
책임편집 고선향 | 편집 송원경
디자인 최윤미 이원경 | 저작권 박지영 형소진 오서영
마케팅 정민호 서지화 한민아 이민경 왕지경 정유진 정경주 김수인 김혜원 김예진
　　　　나현후 이서진
브랜딩 함유지 박민재 이송이 김희숙 박다솔 조다현 김하연 이준희
제작 강신은 김동욱 이순호 | 제작처 한영문화사

펴낸곳 (주)문학동네 | 펴낸이 김소영
출판등록 1993년 10월 22일 제2003-000045호
주소 10881 경기도 파주시 회동길 210
전자우편 editor@munhak.com | 대표전화 031) 955-8888 | 팩스 031) 955-8855
문학동네카페 http://cafe.naver.com/mhdn
인스타그램 @munhakdongne | 트위터 @munhakdongne
북클럽문학동네 http://bookclubmunhak.com

ISBN 979-11-416-1026-5 03840

잘못된 책은 구입하신 서점에서 교환해드립니다.
기타 교환 문의 031) 955-2661, 3580

www.munhak.com